EREC ET ENIDE

LETTRES GOTHIQUES

Collection dirigée par Michel Zink

Chrétien de Troyes

EREC ET ENIDE

Édition critique d'après le manuscrit B.N. fr. 1376,
traduction, présentation et notes
de Jean-Marie Fritz

Ouvrage publié avec le concours du Centre National du Livre

LE LIVRE DE POCHE

A mes parents.

Ancien élève de l'Ecole Normale Supérieure et agrégé des lettres, Jean-Marie Fritz est professeur de littérature française du Moyen Age à l'Université de Bourgogne. Il est l'auteur d'un ouvrage sur *Le Discours du fou au Moyen Age. Etude comparée des discours littéraire, médical, juridique et théologique de la folie* (Presses Universitaires de France, Paris, 1992).

Introduction

L'activité littéraire de Chrétien de Troyes, sans doute le plus grand romancier français du Moyen Age, s'est exercée à la cour de Marie de Champagne, puis de Philippe de Flandre entre 1160 et 1185. Sa vie nous reste mal connue (notons qu'il ne se nomme *Crestïens de Troies* qu'au vers 9 d'*Erec et Enide*, partout ailleurs Chrétien tout court) et son œuvre ne nous a été transmise que partiellement. Le prologue d'un de ses romans, *Cligès*, présente l'intérêt de nous donner un catalogue de ses œuvres antérieures : des traductions-adaptations d'Ovide, dont seule *Philomena* est conservée ; un roman *del roi Marc et d'Ysalt la blonde*, malheureusement perdu — le titre qui fait l'économie de Tristan est cependant significatif de l'originalité de l'œuvre — ; enfin *Erec et Enide*, son premier roman arthurien. On a pu ainsi reconstituer la chronologie suivante : vers 1160-1170 : œuvres ovidiennes, *Marc et Ysalt* (?) ; vers 1170 : *Erec et Enide* ; vers 1176 : *Cligès* ; vers 1177-1181 : *Le Chevalier de la Charrete* et *Le Chevalier au Lion*, auxquels il semble travailler conjointement (le premier roman sera achevé par son confrère Geoffroy de Lagny) ; vers 1181-1185 (?) : *Le Conte du Graal*, qui restera inachevé, sans doute du fait de la mort de l'écrivain.

Erec et Enide occupe ainsi une place bien particulière dans la littérature du XIIe siècle : premier roman de Chrétien de Troyes qui soit parvenu jusqu'à nous, il est aussi le premier témoin connu de roman arthurien de langue romane. Le *Tristan* de Béroul lui est sans doute antérieur de quelques années, mais l'univers tristanien ne se situe qu'en marge de l'univers arthurien. *Erec* est alors tout à la fois un roman qui fait la somme de la littérature des deux premiers tiers du siècle et une œuvre qui contient en germe bien des développements ultérieurs. En ce sens, *Erec* est un texte qui fait le lien, la *conjointure* (v. 14 du prologue) entre un âge roman de la littérature et un âge gothique : l'œuvre n'est-elle pas élaborée au moment où, en Ile-de-France, s'édifiaient les premières cathédrales gothiques ? La richesse de l'intertexte témoigne de cette position centrale ; Chrétien de Troyes cite dans son roman les principaux héros de la littérature de son temps, d'Alexandre à Tristan, de Didon à Yseut, d'Enée à Fernagu, situant ainsi son texte par rapport aux trois genres narratifs les plus prestigieux de son époque : la chanson de geste, le roman antique et les romans de Tristan, auxquels correspondent trois « matières » bien particulières : la matière carolingienne, la matière antique et la matière bretonne.

Dans *Erec*, on l'a souvent dit, la manière de Chrétien est encore proche de la chanson de geste : en témoignent le développement important des scènes de combat, ainsi que le goût marqué pour l'énumération ou le catalogue, procédé cher à l'épopée, avec la revue détaillée des différents membres de la Table Ronde lors du baiser du blanc cerf ou le défilé haut en couleurs des comtes, ducs et rois venus à la cour d'Arthur pour le mariage d'Erec et d'Enide. Ajoutons que Chrétien cherche explicitement à rivaliser avec le genre épique, plaçant Arthur au-dessus de tous les rois de *chançons de geste* (v. 6671) et faisant de la Joie de la Cour une aventure qui aurait paru bien redoutable pour les héros de l'épopée, fussent-ils Fernagu ou Opinel (v. 5770-5771). Cette même fonction hyperbolique de l'intertextualité apparaîtrait avec la seconde matière, la matière antique qui a connu un immense développement dans le deuxième tiers du XIIe siècle à travers quatre grands romans *(Alexandre, Thèbes, Troie, Eneas)* : ainsi, Erec ou Arthur sont, par leur largesse, des nouveaux Alexandre, voire des « hyper-Alexandre » (v. 2266 et 6665) ; la demoiselle de Mabonagrain est quatre fois plus belle que Lavinie de Laurente (v. 5883). Mais le roman antique devient aussi, par une translation curieuse et significative, sujet possible d'une œuvre d'art à l'intérieur même de l'univers de la fiction : sur les arçons en ivoire du palefroi d'Enide, un sculpteur breton a gravé l'histoire d'Enée depuis son départ de Troie jusqu'à son installation dans le Latium (v. 5331 sq.), hommage original de Chrétien à l'un de ses devanciers immédiats. De fait, ce sont par les descriptions riches et luxuriantes, celle des vêtements (robe remise à Enide par la reine ou à Erec par le roi Arthur) ou du mobilier (fauteuils du sacre) que Chrétien de Troyes cherche à rivaliser avec les romans antiques comme *Eneas* ou *Troie*.

Enfin, troisième matière qui informe l'œuvre de Chrétien : la matière bretonne. Dans le prologue, le romancier affirme s'être appuyé sur un *conte d'aventure* et, plus loin, il mentionne l'*estoire* à laquelle il veut rester fidèle (v. 3586, 5730, 6728). On a pu supposer qu'il s'agissait d'un conte d'origine celtique, voisin de celui qui a pu donner naissance au récit gallois de *Gereint*. En effet, une partie de l'onomastique est celte, en particulier Erec (= *Guerec, Weroc*, nom armoricain, dont la forme galloise est précisément *Gereint*), et deux épisodes situés aux extrémités du roman sont clairement empruntés aux mythologies celtiques : la chasse à l'animal blanc, prélude fréquent à l'entrée dans l'Autre Monde, et la Joie de la Cour, où il s'agit de libérer un chevalier prisonnier d'une fée de ce même Autre Monde (de plus, le motif du cor peut évidemment faire penser aux mythes très répandus de la corne d'abondance). Le « texte-source » de Chrétien et la manière dont le romancier champenois a assimilé le fonds celtique restent cependant pour nous une énigme. En revanche, le rapport avec le roman de *Tristan* est plus limpide. Chrétien semble avoir eu sous les yeux la version dite « commune » de la légende, peut-être dans le texte de Béroul. Moins nettement sans doute que *Cligès*, *Erec et Enide* n'en est pas moins un « hyper » et un « anti-Tristan » : Chrétien de Troyes n'avait-il pas écrit un poème sur le roi Marc et Yseut, sans doute peu de temps avant *Erec*, si l'on en croit le prologue du *Cligès* ? Ainsi, la victoire d'Erec sur Ydier a suscité plus de joie que celle de Tristan sur le Morholt (v. 1246) et Enide est bien plus belle qu'Yseut (v. 424, 4940) ; surtout, la nuit de noces d'Erec n'a rien à voir avec

celle de Marc, aucune Brangien n'a été substituée à Enide
(v. 2072).

En fait, ce qui est important à travers tous ces emprunts et
toute cette intertextualité, c'est la transformation que leur fait
subir le romancier : la chasse au blanc cerf est vite oubliée
pour faire place à la coutume courtoise du baiser à la plus
belle, la Joie de la Cour met moins en scène un enchantement
tyrannique et féerique qu'une relation courtoise pervertie où
le chevalier est esclave de la dame ; quant aux longues
descriptions de la robe d'Erec sur laquelle sont représentés les
arts du *quadrivium*, elles visent plus qu'à une simple
ornementation, puisqu'elles cherchent à nous montrer
l'alliance de la sagesse et de la prouesse, de la *clergie* et de la
chevalerie autour du nouveau roi. En somme, la *conjointure*,
notion essentielle du prologue, se réalise à chaque fois à partir
d'un idéal courtois et chevaleresque.

Ainsi, à travers cet idéal nouveau, cette œuvre où l'on sent,
plus que dans aucun autre roman de Chrétien de Troyes, la
présence de la littérature de son temps et du passé immédiat,
est surtout riche d'avenir. Elle constituera pour les successeurs de Chrétien un précieux réservoir de personnages et de
motifs : combien de chasses au blanc cerf, de morts ressuscités
(cf. Limors), de combats contre les géants ou de vergers
merveilleux ne retrouverons-nous pas dans les romans du
siècle qui va suivre ? Et dans le catalogue des chevaliers de la
Table Ronde, le romancier sacrifie moins aux modes de
l'épopée qu'il ne prend plaisir à présenter pour la première
fois une liste de personnages arthuriens où ses successeurs,
tout comme lui-même, puiseront librement. N'oublions pas
enfin les adaptations étrangères médiévales, signe de la
diffusion rapide de l'œuvre. *Erec et Enide* a été ainsi adapté
en allemand par Hartmann von Aue à la fin du xiie siècle et
en norrois à la fin du xiiie siècle *(Erex Saga)*.

Le prologue lui-même témoigne de cette ouverture vers
l'avenir — *Erec et Enide* restera toujours *en memoire* (v. 24)
— et, surtout, de la volonté de créer une œuvre nouvelle :
Chrétien de Troyes cherche à se distinguer nettement des
jongleurs professionnels (« ceux qui content pour gagner leur

vie », v. 22) qui « mettent en pièces » le conte d'Erec et le
« corrompent ». Corrélativement, Chrétien met en scène la
notion si souvent commentée de *conjointure* et, plus
précisément, de *mout bele conjointure* : l'œuvre se définit par
son agencement harmonieux. Harmonie de la narration
d'abord. Ainsi, pour la structure du récit, on a le plus souvent
insisté sur la tripartition : 1) « Premier couplet » (*premerains
vers*, v. 1840), sorte de court roman idyllique qui se termine
sur le mariage du héros, analogue à la première strophe
printanière de la chanson courtoise. 2) Mise à l'épreuve
réciproque des deux amants dans la partie centrale. 3) Enfin,
Joie de la Cour et joie du monde arthurien pour le
couronnement. Même si la seconde partie relève en un sens
du roman à tiroir, l'unité est assurée par le silence qu'Erec
impose à Enide et par le resserrement temporel (quatre jours).
Le mouvement d'ensemble est celui d'un élargissement : la
perspective cesse d'être individuelle (1re et 2e parties) pour
devenir collective (libération et joie de la cour de Brandigan),
puis universelle (sacre d'Erec par le roi Arthur) ; Erec de
chevalier devient roi. Mais, par-delà cette tripartition, se
dessine également un jeu de symétries : Laluth / Brandigan,
Ydier / Mabonagrain, Galoain / Limors, Erec et Enide à
Carrant / Mabonagrain et son amie à Brandigan. On a même
interprété récemment, non sans audace, l'ensemble du récit
comme une partie d'échecs métaphorisée (cf. U. Katzenmeyer).

Le sens même de ces structures a laissé les commentateurs
souvent perplexes, en particulier le sens du départ d'Erec
pour l'aventure après son mariage. *Erec et Enide* est en réalité
un roman idyllique qui échoue : le mariage des deux amants
qui clôt le *premerains vers* ne constitue pas la fin du roman
et ne suffit pas à assurer le bonheur des deux protagonistes.
Quel est donc l'obstacle qui surgit à ce moment ? Obstacle
curieux, car nullement extérieur aux amants, ni « troisième
homme » qui briserait l'unité du couple ni obstacle social (si
Enide est pauvre, le mariage d'Erec avec elle n'est cependant
jamais présenté comme une mésalliance), mais obstacle
intérieur : faute d'Erec qui a oublié ce qui fait qu'Enide
l'aime, la chevalerie ; faute (*orguil* et *outrecuidance*, v. 3105)

d'Enide qui a prêté foi aux accusations de *recreantise*. Le regard social n'est certes pas absent, mais il est intériorisé ; de plus, ce qui complique l'élucidation de la longue quête centrale est la dissymétrie de la focalisation : nous voyons Erec à travers Enide et non Enide à travers Erec, nous connaissons les sentiments d'Enide, guère ceux d'Erec. Il est clair cependant qu'*Erec et Enide* est une apologie du mariage, de l'amour légitime et librement assumé — le titre duel, le seul chez Chrétien, est là pour le prouver —, et une condamnation implicite de l'adultère des *Tristan* ou du pur rapport de force qui lie Mabonagrain à son amie dans le verger merveilleux de la Joie de la Cour, mais le mariage demande à être constamment mis à l'épreuve : il ouvre sur les aventures et ne les clôt pas, il est initial et non terminal, initiation et non finalité.

En fait, la *conjointure* d'*Erec* n'est sans doute pas d'abord psychologique — on a trop souvent voulu analyser les personnages de Chrétien de Troyes à la lumière de ceux de Balzac ou de Flaubert — ; on la retrouverait davantage dans une même atmosphère, dans une continuité de motifs. Deux d'entre eux semblent particulièrement importants : la joie et la parole. La joie d'abord. Le mot revient de manière obsédante dans le premier et le dernier tiers du roman : joie à Laluth d'Erec, du comte et du vavasseur après la victoire du héros sur Ydier, joie de la cour d'Arthur à Caradigan lors du retour d'Erec en compagnie d'Enide, joie du vieux roi Lac, lorsque son fils, Erec, revient avec sa femme dans son royaume, joie d'Erec aux côtés d'Enide à Carrant (joie que brisera le *Con mar i fus !*), joie à Nantes pour le couronnement et, évidemment, Joie de la Cour à Brandigan. Erec est d'abord un héros qui crée la Joie : celle du vavasseur, triste et pensif sur son escalier comme celle d'Arthur à Roais, en proie à une profonde mélancolie, car il n'avait avec lui que « cinq cent chevaliers » (v. 6411). L'aventure de la Joie de la Cour est emblématique de l'œuvre : Erec, par sa prouesse, plonge dans la joie tout un royaume ; avec la Joie de la Cour, la joie devient liesse ; aussi mérite-t-il désormais d'être roi. Erec, par cette faculté de susciter la joie, s'oppose, une fois encore, à Tristan le Triste, celui qui, dans la longue énumération des chevaliers de la Table Ronde qui assistent au baiser du blanc cerf, est présenté par Chrétien comme « celui qui jamais n'a ri » (v. 1709).

Le motif de la parole est sans doute encore plus décisif, puisqu'il couvre l'ensemble du roman : parole du roi Arthur qui a décidé la chasse du blanc cerf, parole sacrée, intouchable (« On ne doit pas contredire parole après que roi l'a prononcée », v. 61-62) et parole dangereuse (*parole male*, v. 298) qui risque, si l'on en croit Gauvain, de mettre en péril l'entente harmonieuse des chevaliers de la Table Ronde. Erec, en ramenant Enide à Caradigan, résout ce conflit latent : l'unanimité de la cour se fera autour de la demoiselle à la blanche tunique (*Tuit l'outroient communement*, v. 1824) et c'est sur cet échange harmonieux de paroles entre le roi et les barons et sur les paroles courtoises du roi à Enide, lors du baiser du blanc cerf, que s'achève le « premier couplet ». A Carrant, la *recreantise* d'Erec est, elle aussi, intimement liée au discours. Erec est moins celui qui a perdu sa valeur chevaleresque que celui dont on dit qu'il est *recreant* (v. 2461-2462) et c'est bien la parole que les barons prononcent sur lui dans la contrée, ces on-dit (v. 2476), qui sont à l'origine de la parole par excellence : *Con mar i fus !* (v. 2503). Désormais, *la parole* suffira à désigner ce propos d'Enide (parfois, celui des barons qu'elle ne fait que répercuter, comme au v. 4639, où les manuscrits hésitent) qui inaugurera le temps des épreuves et de la *penitance* (v. 5245) parole folle et de folle (v. 2484, 4621-4622), parole d'*omicide* et parole meurtrière (v. 4618-4619), « parole mortelle et empoisonnée » (v. 4641). Et tout comme, dans l'hagiographie, le blasphémateur est puni par le mutisme, Enide qui a trop parlé sera condamnée à rester silencieuse. L'épreuve d'Enide se situera donc sur le plan du langage : dans chacune des aventures centrales, l'héroïne se trouvera déchirée entre l'obéissance à son seigneur qui lui a imposé le silence et la nécessité de parler pour avertir ce même seigneur des dangers qu'il encourt. Ce combat prend une dimension quasiment physique, voire physiologique : la langue se meut, mais la voix ne peut sortir, car Enide serre les dents (v. 3725 sq.). L'épreuve n'est cependant pas que négative ; ainsi, devant le comte Galoain, où l'interdit de parole n'a plus cours, Enide est celle qui maîtrise parfaitement son discours, qui rentre dans le dessein du comte pour mieux le tromper (« Par sa parole, elle sut bien faire tourner la tête de ce sot, pour peu qu'elle en prît la peine », v. 3414-3415).

Au terme de ces épreuves, si Erec a pardonné à Enide sa parole (v. 4925), le motif ne disparaît pas pour autant. Fait significatif, le *Con mar i fus!* est repris en chœur par les habitant de Brandigan (v. 5708) à propos de l'aventure de la Joie de la Cour, qui se construit d'abord sur le discours. C'est le nom de l'aventure à lui seul qui attire Erec (v. 5449 sq.) et l'aventure repose sur l'écart entre le nom et ce qu'il désigne (« Le nom de l'aventure est très beau à prononcer, mais elle est très difficile à accomplir », v. 5453-5454), sur une figure d'oxymore (la Joie plonge dans la douleur). Le nom est en même temps prospectif et s'inscrit dans une sorte d'eschatologie : c'est dans l'attente de celui qui accomplira l'aventure qu'on l'a appelée *Joie de la Cour* (v. 6115-6116) et Erec sera précisément le héros qui redonne sens au mot *Joie*, qui supprimera cette distorsion entre le mot et la chose. Le long discours de Mabonagrain à Erec est de ce point de vue essentiel : l'emprisonnement de Mabonagrain dans le verger merveilleux résulte d'une perversion de la promesse à travers le motif du don contraignant : Mabonagrain a promis à son amie, sans savoir ce qu'il promettait. Parole pervertie qui entraîne une dénomination erronée : *Joie de la Cour*. Ainsi, la Joie de la Cour « conjoint » harmonieusement le motif de la parole et celui de la joie.

Dès son premier roman, Chrétien de Troyes nous montre ses personnages aux prises avec le discours et la parole, et l'on ne peut ici que mettre en regard *Erec et Enide* avec son dernier roman, du reste inachevé, le *Conte du Graal. Erec*, à première vue, est une sorte d'anti-*Perceval*, puisque l'épreuve d'Enide consiste à ne pas parler et celle de Perceval à ne pas se taire. Perceval ou le danger du mutisme (éd. Méla, v. 4597-4599), Erec ou le danger de la parole :

Ainz taisirs a home ne nut,
Mais parlers nuit mainte foïe
(« Le silence n'a jamais nui à personne,
mais la parole cause maintes fois du tort », v. 4624-4625).

Mais en fait, c'est en enfreignant l'interdit de parole
qu'Enide prouve son amour à Erec, comme Perceval aurait
accompli l'aventure du *graal* en brisant le silence lors du
défilé merveilleux au château du Roi Pêcheur. D'Erec à
Perceval, nous glissons avant tout d'un héros ou d'un couple
de héros qui réussit à un personnage qui échoue, au moins
provisoirement. Et la littérature romanesque du XIIIe siècle se
proposera en partie de remédier à cet échec et de faire enfin
parvenir Perceval, en compagnie de Bohort et de Galaad à
une autre « joie de la cour », toute spirituelle celle-là, celle de
la vision extatique du Saint Graal à Sarraz.

★

Argument

— *Prologue de l'auteur* (v. 1-26).

— *Pâques à Caradigan :* cour du roi Arthur et chasse au
blanc cerf ; le baiser du blanc cerf qu'Arthur doit donner à
la plus belle de la cour est remis à plus tard, car Erec a été
frappé au visage par le nain d'Ydier (v. 27-346).

— *Le même jour,* Erec poursuit Ydier jusque dans son
bourg, *Laluth,* où il est hébergé par un vavasseur chez qui il
apprend qu'une fête aura lieu le lendemain : le prix, un
épervier, reviendra au chevalier qui aura la plus belle amie.
Erec triomphe d'Ydier au terme d'un combat singulier et la
fille du vavasseur, Enide, remporte le prix de beauté (v. 347-
1084).

— *Le soir même du combat :* Ydier se rend à *Caradigan* avec
sa demoiselle et son nain pour s'y constituer prisonnier. La
reine lui rend sa liberté (v. 1085-1241). A *Laluth,* soirée de

liesse autour d'Erec et d'Enide chez le vavasseur (v. 1242-1475).

— *Le lendemain du combat*, Erec va présenter sa fiancée à la cour de *Caradigan* : la reine revêt Enide d'une robe somptueuse et le roi Arthur, suivant la coutume du blanc cerf, donne devant l'immense assemblée des chevaliers de la Table Ronde le baiser à Enide, la plus belle. Fin du *premerains vers* (v. 1476-1840).

— *A la Pentecôte*, le mariage est célébré à *Caradigan* dans un grand luxe de réjouissances qui s'achèvent *un mois après* par un grand tournoi sous *Ténébroc* : Erec s'y illustre plus qu'aucun autre chevalier (v. 1841-2300).

— *Au terme de ce tournoi*, retour d'Erec en compagnie d'Enide dans le royaume de son père, Lac, à *Carrant* : les époux y connaissent un parfait bonheur. Dans cet amour qui l'accapare, Erec oublie ses devoirs de chevalier et la rumeur publique l'accuse d'être *recreant* : Enide ne peut guère le lui cacher et laisse échapper un soupir de regret. Piqué, son époux lui prouvera qu'il est resté parfait chevalier ; il part donc avec elle en quête d'aventures, après lui avoir défendu de lui adresser la parole sous aucun prétexte (v. 2301-2760).

— *Un mois de mai* (v. 4773)*, les épreuves : Premier jour :* les trois chevaliers, puis les cinq chevaliers pillards vaincus ; la nuit dans la lande (v. 2761-3116). *Deuxième jour :* la rencontre avec l'écuyer obligeant du comte Galoain ; le comte requiert Enide d'amour, mais elle a le temps de prévenir son seigneur dans la nuit (v. 3117-3512). *Troisième jour :* victoire sur le comte Galoain qui s'est lancé à la poursuite d'Erec ; bataille contre Guivret le Petit qui devient finalement son ami ; rencontre d'Erec avec Keu, Gauvain et la cour arthurienne « en déplacement » dans la forêt : Arthur l'héberge dans sa tente (v. 3513-4300). *Quatrième jour :* Erec tue des géants et délivre Cadoc de Tabriol, mais, épuisé, il perd connaissance ; le comte de Limors qui a entendu les cris de désespoir d'Enide emporte le corps d'Erec et emmène la dame à son château. Le comte épouse Enide de force, mais Erec « ressuscite ».

Fuite de Limors au clair de lune, fin des épreuves (v. 4301-4932).

— Dans leur fuite, les deux amants rencontrent Guivret : les deux amis se combattent avant de se reconnaître ; Guivret emmène son ami au château de *Pénuris*, où ses deux sœurs soignent ses blessures ; on remet à Enide un palefroi aux arçons finement sculptés (v. 4933-5359).

— En route vers la cour arthurienne, Guivret, Erec et Enide arrivent au château de *Brandigan* ; Erec y sort vainqueur de la plus périlleuse des épreuves, celle de la Joie de la Cour : il a l'avantage sur un chevalier géant, Mabonagrain, qui avait promis à sa dame (une cousine d'Enide) de rester auprès d'elle dans un verger merveilleux jusqu'au jour où il serait vaincu par un plus brave ; Erec met ainsi fin aux enchantements et suscite la joie dans le royaume de Brandigan, en sonnant du cor (v. 5360-6403).

— Arrivée des trois héros à *Roais* où Arthur tient sa cour ; *vingt jours avant la nativité, à Tintajel*, autre résidence arthurienne, Erec apprend la mort de son père Lac ; il demande alors au roi Arthur de le couronner à Nantes (v. 6404-6550).

— *Nativité à Nantes :* grandes fêtes du couronnement d'Erec et d'Enide (v. 6551-6950).

L'ETABLISSEMENT DU TEXTE

Nous possédons d'*Erec et Enide* sept manuscrits complets :
— Paris, B.N. fr. 794 : champenois, début du XIIIe siècle
  = copie de Guiot (C) ;
— Paris, B.N. fr. 1450 : picard, première moitié du
  XIIIe siècle (H) ;
— Paris, B.N. fr. 1376 : franco-bourguignon, début du
  XIIIe siècle (B) ;
— Paris, B.N. fr. 375 : picard, fin du XIIIe siècle (P) ;
— Paris, B.N. fr. 1420 : franco-picard, fin du XIIIe siècle
  (E) ;
— Paris, B.N. fr. 24403 : picard, fin du XIIIe siècle - début
  XIVe siècle (V) ;
— Chantilly, Condé 472 : picard-wallon, fin du
  XIIIe siècle (A).

Des quatre manuscrits fragmentaires (Mons, 273 vers ;
Paris, Bibliothèque Sainte-Geneviève, 92 vers ; Laigle, 27 vers
et Annonay, 306 vers), nous avons mis à contribution celui
d'Annonay (champenois, début du XIIIe siècle, N) qui couvre
les v. 5411-5718 de notre édition.

La tradition manuscrite d'*Erec*, A. Micha l'a bien montré,
est fort complexe. On peut néanmoins mettre en évidence
trois groupes, HC (qui sont aussi des manuscrits « collectifs »,
contenant les cinq romans arthuriens de Chrétien de Troyes),
BP et EVA ; les rapports entre ces groupes sont d'ailleurs
constants : les leçons communes à HP, à CP, à BH ou à BC
ne sont pas rares, ce qui tendrait à prouver que les copistes
avaient sous les yeux plusieurs versions du texte (on a même
parlé à propos d'*Erec* de plusieurs « éditions » de l'œuvre).

Nous avons d'emblée laissé de côté le groupe EVA, peu important, W. Foerster l'avait vu le premier, pour l'établissement du texte : EVA se rattache le plus souvent à BP, mais semble aussi avoir eu un modèle du type CH. Des quatre autres manuscrits, aucun n'offre un texte véritablement satisfaisant : la copie de Guiot (C) est sans doute le moins mauvais d'entre eux, mais, si la copie est soignée, assez rarement incompréhensible (plus souvent cependant que ne le laisse entendre M. Roques dans les notes critiques de son édition[1]), elle se signale aussi par certains « tics » (rimes du même au même en particulier) et par le nombre élevé de leçons particulières Guiot a souvent contre lui tous les autres manuscrits, tout en offrant un texte acceptable. La qualité de la copie de Guiot pour *Erec* et, à des degrés divers, pour les autres romans de Chrétien résiderait alors moins dans la qualité de son modèle ou dans une proximité plus grande avec l'original que dans la qualité des réfections : Guiot s'était suffisamment imprégné de l'art de Chrétien de Troyes pour refaire « du Chrétien de Troyes », lorsqu'un vers de son modèle était corrompu ou qu'un passage du romancier lui semblait obscur (cf. v. 5736 ou v. 5888) ; l'interpolation des offrandes d'Erec et Enide à l'église de Carnant (éd. Roques, v. 2323-2376) n'est-elle pas une sorte de pastiche de Chrétien ?

Les écarts sont ainsi nombreux entre l'édition Roques et les trois éditions Foerster, et il nous a donc semblé intéressant, pour saisir la spécificité de la copie de Guiot et pour retrouver un texte plus proche de l'édition critique allemande, de partir d'un autre manuscrit en le comparant au texte du B.N. 794. Des trois manuscrits restants (HPB), H et P ont en commun d'abréger considérablement le texte : sur les 6950 vers de notre édition, 360 sont absents de H et 289 de P (contre 128 pour C et 58 pour B) ; H abrège la première moitié de l'œuvre et P, le dernier tiers. Il était donc difficile de les prendre

---

1. L'édition Carroll qui s'appuie aussi sur la copie de Guiot a le grand mérite de ne pas hésiter à recourir aux autres manuscrits pour « expurger » le manuscrit de ses fautes les plus grossières et de retrouver ainsi un texte plus conforme à l'« original ».

comme base d'une édition. Restait B. Ce manuscrit[2] est
intéressant à plus d'un titre :

— un manuscrit ancien, proche par la date, de la copie de
Guiot : début du XIIIe siècle ;

— même s'il présente quelques traits dialectaux bourguignons, il est bien plus proche de la langue de Chrétien que les
manuscrits picards H et P ;

— un manuscrit qui, A. Micha l'avait bien noté (*La
Tradition manuscrite...*, p. 218-219), ne remanie guère le texte.
Notre copiste a pris peu de libertés avec son modèle à la
différence de HPC : peu de rédactions particulières, peu de
lacunes, peu d'interpolations (sauf peut-être les v. 1737-1744
que l'on ne retrouve que dans V et A). La plupart des vers
absents de C et présents dans H, ou inversement, figurent
dans B, preuve que là où C et H ont abrégé, B a maintenu
le texte. Le manuscrit B offre donc un texte de base
intéressant, même s'il n'a pas la qualité intrinsèque de la copie
de Guiot. Le copiste commet en effet un certain nombre
d'erreurs de détail (variables selon les passages), mais sa
grande proximité avec le manuscrit P nous a permis de les
rectifier aisément[3]. Lorsque la tradition BP était erronée,
nous n'avons pas hésité à faire appel aux autres manuscrits
et en particulier au groupe CH pour amender le texte.

---

2. Il avait été publié en 1856, sans aucune note critique, par I. Bekker
à partir d'une copie de Fr. Michel, mais avec plusieurs centaines de fautes
(un certain nombre d'entre elles seulement ont été relevées par W.
Foerster à la fin de sa grande édition d'*Erec*).

3. W. Foerster reconnaît lui-même, dans sa seconde édition, avoir
regardé d'assez loin le manuscrit P : son appareil critique surestime le
nombre de fautes ou de leçons communes à BP.

LE MANUSCRIT B.N. FR. 1376

Le manuscrit B.N. fr. 1376, qui contient, outre *Erec et Enide* (fº 95 ra-144 vb), le *Florimont* d'Aimon de Varennes, est de présentation soignée : miniature initiale, lettrines rouges ou bleues dont les filigranes sont prolongés dans les deux sens verticaux pour diviser la page en deux colonnes de 35 vers, petites initiales de chaque vers rehaussées de vert ou de jaune. Quelques particularités dialectales permettent de préciser la personnalité du copiste et son origine :

PHONÉTIQUE

— *e* pour *a* (surtout à l'initiale) :
as / es
assaut / essaut (v. 2940, 3833...)
affichiez / effichiez (v. 3601...)
assamblez / essamblez (v. 4955)
au subjonctif, forme alest (v. 5429)

— *au* pour *a* :
Table / Tauble (v. 83)
sale / saule (v. 1089, 4738, 6578)

— *o* pour *e* :
meillor / moillor (v. 114...)
conseil / consoil (v. 311...)
seul / soul (v. 2701...)
peu / pou (v. 138...)

— *i* pour *e* :
orguel / orguil (v. 243...)

vuel / vuil (v. 168, 244...)
œl / huil (v. 433...)

— *Nus* s'écrit le plus souvent *nuns*;

— *el* se vocalise en *ou*: *nel / nou, del / dou, sel / sou*;

— dans quelques cas, disparition du *s* devant dentale : *fit*
(v. 3053), *preter* (v. 258, 629), *reluit* (v. 2407); chute de la
consonne finale : *aten*[t] (v. 921, 2971, mais non au v. 529)
ou *tien*[g] (v. 1264, mais non au v. 4031);

— diphtongaison du *é* final en *ey* au participe passé (v. 995,
3270, 3535-3536, 3845, 3951-3952, 4216; cf. v. 717 : *costey*
/ *costé*); de *lit* en *leit* (v̄. 4270); de *des* en *deis* (v. 5470)
ou *dois* (v. 1332).

MORPHOLOGIE (ces traits ne sont pas systématiques).

— Féminin « picard » *lie* pour *liee* (v. 1308...), *brisie* pour
brisiee (v. 3070...), *corgie* pour *corgiee* (v. 148...), etc.

— Cas sujet sing. et cas rég. pl. sans vocalisation : *duelx*
pour *diaus* (v. 2456..., mais *diax* au v. 4743), *ciels* pour
ciaus (v. 4430), *pareilz* pour *paraus* (v. 2266, mais aux
v. 2548 et 6297 on a la forme vocalisée);
tendance à la disparition de la marque casuelle au cas
sujet sg. (*li ciel* aux v. 1782 et 6740, *li conseil* au v. 4019;
cf. aussi v. 784, 4632, 4986) ou pl. (*li liz* au v. 692).

— Pronoms : *vo* pour *vostre* (v. 1283); *lor* pour *aus* (v. 145 :
devant lor); *li* en fonction de cas régime masculin
tonique (= *lui*; v. 88, 143, 230, 743, 912, 2397, 2840...);
idem avec *celi* (= *celui*; v. 3537, 3882) ou *cesti* (v. 5348);
que pour *qui* féminin (v. 24, 642, 4196, 4606).

Ajoutons que *se* est très souvent en place de *si* et que *donc*
et *dont* s'emploient indifféremment l'un pour l'autre
(cf. v. 3842 et 3985). Notre scribe maintient assez souvent les
hiatus, ce qui explique le nombre de vers hypométriques : ces

hiatus figuraient peut-être dans le texte original et la divergence de la tradition manuscrite dans ces types de vers s'expliquerait par le fait que chaque copiste a tenté à sa manière de remédier à l'hypométrie, à une époque où les hiatus n'étaient plus de mise (H les supprime quasi systématiquement) ; nous les avons le plus souvent supprimés à l'aide des autres manuscrits (cf. cependant v. 517, 2942, 6045 ou 6590).

Les particularités phonétiques permettent de situer le copiste en Bourgogne et, plus précisément, dans la région de Dijon même : monsieur le Professeur Gérard Taverdet, que nous tenons à remercier ici tout particulièrement, nous signale plus d'un indice à l'appui de cette localisation : *essaut* pour *assaut*, *tau(b)le* pour *table*, *sou* pour *seul*, *dou* pour *del*, *ley* pour *lit*, *lor* en situation de cas régime tonique, tous ces traits se retrouvent dans la toponymie ou dans le dialecte bourguignon (archaïque, moyen ou même moderne) des environs de Dijon. *Corgie* y désigne encore le fouet. Toutefois, les traits dialectaux de notre manuscrit restent sporadiques (sauf peut-être le féminin *lie, brisie*, qui n'est d'ailleurs pas spécifiquement bourguignon) et le texte d'*Erec et Enide* est déjà fortement marqué par le français d'Ile-de-France.

AVERTISSEMENT AU LECTEUR

L'appareil critique se présente sur trois niveaux :

* Les leçons du manuscrit de base (B) rejetées au profit de P. Lorsque nous faisons appel à un des cinq autres manuscrits (surtout à CH, de rares fois, à VAE), nous l'indiquons explicitement.

** Les leçons divergentes de la copie Guiot (ce qui ne signifie pas toujours l'édition Roques ; de plus, nous avons tenu compte des corrections portées par C.W. Carroll à la lecture qu'a faite M. Roques du manuscrit), en indiquant à chaque fois le comportement de HP. Si HP ne sont pas mentionnés, ils sont, soit absents (cf. ***), soit en accord avec le texte de notre édition. On peut ainsi aisément se rendre compte du degré d'originalité de la leçon de B ou de C.

*** Les vers que suppriment H ou P. Il est intéressant en effet de pouvoir analyser quel type de détail H ou P a jugé bon d'éliminer de sa version d'*Erec*.

Pour alléger l'appareil critique, nous avons mis entre crochets droits, les lettres ou les mots absents du manuscrit, mais nécessaires à la correction du vers ou de la langue (en cas de divergence de la tradition manuscrite — voir ** —, nous donnons entre crochets le texte de P).

Dans l'appareil critique, la barre oblique / signifie le passage d'un vers à un autre ; la barre droite | permet de délimiter plusieurs unités à l'intérieur du vers : la parenthèse critique ne se rapporte alors qu'à la partie du vers ainsi

délimitée (ex. : au v. 2504, *se tot* est propre à Guiot, alors que
dist est la leçon commune à Guiot et à P) ; dans le cas de
points de suspension, la parenthèse critique porte au
contraire sur l'ensemble du vers. [— 1] signifie que le vers est
hypométrique (sept syllabes), [+ 1] qu'il est hypermétrique
(neuf syllabes).

Notre manuscrit comporte peu d'abréviations : nous avons
développé la note tironienne *9* en *con*, puisque l'on ne trouve
en toutes lettres que la forme *con*, aussi bien devant voyelle
que devant consonne. Pour *.ii.*, nous avons adopté la forme
deus, forme développée la plus fréquente (v. 2098, 2326, 4724)
à côté de *deux* (v. 1969, 2794), de *dous* (v. 1651) et de *dos* (exigé
par la rime au v. 3434).

Pour la traduction, nous tenons à reconnaître notre dette
envers celle de René Louis, aussi précise qu'élégante. Notre
texte de départ est cependant sensiblement différent et nous
avons tenté de trouver pour tous les mots du texte un
équivalent moderne, sans y adjoindre de glossaire.

Bibliographie

EDITIONS

I. BEKKER, « Des Chrestien von Troyes *Erec und Enide* », dans *Zeitschrift für deutsches Altertum*, 10, 1856, p. 373-550.

W. FOERSTER, *Christian von Troyes sämtliche Werke, III. Band: Erec*, Halle, 1890, éd. critique d'après tous les manuscrits, suivie de la mise en prose du xvᵉ siècle ;

W. FOERSTER, *Kristian von Troyes: Erec und Enide, neue verbesserte Textausgabe*, Halle, 1896 (*Romanische Bibliothek*, XIII) ; 2ᵉ éd. qui présente un texte encore amélioré en 1909.

M. ROQUES, *Les Romans de Chrétien de Troyes d'après la copie Guiot. Erec et Enide*, Paris, 1952 [C.F.M.A. 80]. Trad. française du texte de cette édition par R. LOUIS, Paris, Champion, 1954.

C. W. CARROLL, *Chrétien de Troyes, Erec et Enide*, ed. and transl., New York and London, 1987 (*Garland Library of Medieval Literature*, A / 25).

Pour le fragment d'Annonay, voir A. PAUPHILET, « Nouveaux fragments manuscrits de Chrétien de Troyes », *Romania*, 63, 1937, p. 310-323.

Pour les textes étrangers, voir HARTMANN VON AUE, *Erec*, éd. A. Leitzmann, Tübingen, 1963 ; trad. en allemand mod. par W. Möhr, Göppingen, 1980. *Erex Saga*, éd. et trad. anglaise par F. W. Blaisdell, København, 1965. *Gereint et Enid*, récit gallois du xiiiᵉ siècle vraisemblablement indépendant de Chrétien de Troyes, trad. française de J. Loth, *Les Mabinogion*, t. II, Paris, 1913, p. 121-185.

ETUDES

J. P. ALLARD, *L'Initiation royale d'Erec, le chevalier*, Milano/Paris, 1987 (analyse dumézilienne à partir du texte d'Hartmann).

R. BEZZOLA, *Le Sens de l'aventure et de l'amour. Chrétien de Troyes*, Paris, 1947.

G. S. BURGESS, *Chrétien de Troyes : Erec et Enide*, London, 1984.

S. CIGADA, *La Leggenda medievale del cervo bianco e le origine della « Matiere de Bretagne »*, Rome, 1965.

J. GYÖRY, « Prolégomènes à une imagerie de Chrétien de Troyes », *Cahiers de Civilisation Médiévale*, 10, 1967, p. 361-384 et 11, 1968, p. 29-39.

T. E. HART, « Chrestien, Macrobius and Chartrean Science : The Allegorical Robe as Symbol of Textual Design in the Old French *Erec* », *Mediaeval Studies*, 43, 1981, p. 250-296.

T. HUNT, « Chrestien de Troyes : The Textual Problem », *French Studies*, 33, 1979, p. 257-271.

U. KATZENMEYER, *Das Schachspiel des Mittelalters als Strukturierungs-prinzip der Erec-Romane*, Heidelberg, 1989 (sur Chrétien et Hartmann).

J. LE GOFF, *L'Imaginaire médiéval*, Paris, Gallimard, 1985, p. 188-207 (« Code vestimentaire et alimentaire dans *Erec et Enide* »).

R. S. LOOMIS, *Arthurian Tradition and Chrétien de Troyes*, New York, 1949.

C. LUTTRELL, *The Creation of the First Arthurian Romance : A Quest*, London, 1974.

D. L. MADDOX, *Structure and Sacring : The Systematic Kingdom in Chrétien's Erec et Enide*, Lexington, 1978.

A. MICHA, *La Tradition manuscrite des romans de Chrétien de Troyes*, nouvelle éd., Genève, 1966 (surtout p. 78-102).

B. PANVINI, *L'Erec et Enide di Chrétien de Troyes. « Conte d'aventure » e « conjointure »*, Catania, 1986.

T. B. W. REID, « Chrétien de Troyes and the Scribe Guiot », *Medium Aevum*, 45, 1976, p. 1-19 (exclusivement sur *Erec et Enide*).

Z. P. ZADDY, *Chrétien Studies. Problem of Form and Meaning in Erec, Yvain, Cligès and the Charrete*, Glasgow, 1973.

Erec et Enide

Li vilains dit en son respit   (f° 95a)
Que tel chose a l'en en despit,
Qui mout vaut mieuz que l'en ne cuide.
Por ce fait bien qui son estuide
5 Atorne a sens, quel que il l'ait ;
Car qui son estude entrelait,
Tost i puet tel chose taisir
Qui mout venroit puis a plesir.
Por ce dit Crestïens de Troies
10 Que raisons est que totes voies
Doit chascuns penser et entendre
A bien dire et a bien aprendre,
Et trait [d']un conte d'aventure
Une mout bele conjunture
15 Par qu'em puet prover et savoir
Que cil ne fait mie savoir
Qui sa scïence n'abandone
Tant con Dex la grace l'en done.
D'Erec, le fil Lac, est li contes,
20 Que devant rois et devant contes
Depecier et corrompre suelent
Cil qui de conter vivre vuelent.
Des or comencerai l'estoire
Que toz jors mais iert en memoire
25 Tant con durra crestïentez.
De ce s'est Crestïens ventez.

Un jor de Pasque, au tens novel,   (lettrine rouge)
A Caradigant son chastel

Au v. 1, initiale L bleue historiée : Un personnage couronné et à cheval
(Arthur ?), portant un arc et accompagné d'un serviteur et de deux
chiens, poursuit un blanc cerf. Voir illustration de la couverture.

*   *Leçons du man. B rejetées et corrigées (sauf indication contraire) à partir
du manuscrit P :* **5.** a bien *(leçon commune à BC).* **21.** derompre.

**   *Divergences avec la copie de Guiot (C) :* **9.** dist *(+P).* **14.** conjointure
(+P). **17.** s'escïence. **24.** Qui *(+P)* [Que *dans B =* quae, *pronom relatif
féminin : cf. v. 642, 4196 et 4606*].

***   *Abrègement des manuscrits H et P :* H. **1-26.**

Le vilain dit dans son proverbe :
chose que l'on dédaigne
vaut bien mieux qu'on ne le croit.
Aussi faut-il approuver celui qui s'applique
à faire œuvre sage, quelle que soit son intelligence
car qui néglige cette tâche
risque fort de passer sous silence chose
qui plus tard viendrait à beaucoup plaire.
C'est pourquoi Chrétien de Troyes affirme
que tout homme, s'il veut être raisonnable,
doit à tout moment penser et s'appliquer
à bien dire et à bien enseigner ;
et il tire d'un conte d'aventure
une fort belle composition :
par elle, on a la preuve et la certitude
que n'est pas sage
qui ne diffuse pas sa science,
autant que Dieu lui en donne la grâce.
Ce conte est celui d'Erec, le fils de Lac :
devant rois et devant comtes,
il est souvent corrompu et réduit à l'état de fragments
par ceux qui content pour gagner leur vie.
Maintenant, je peux commencer l'histoire
qui à tout jamais restera en mémoire,
autant que durera la chrétienté.
Voilà de quoi Chrétien s'est vanté.

Un jour de Pâques, à la saison nouvelle,
à Caradigan, son château,

Ot li rois Artus cort tenue.
30 Onc si riche ne fu veüe,
  Car mout i ot boens chevaliers,   (95 b)
  Hardiz et corageus et fiers,
  Et riches dames et puceles,
  Filles de rois, gentes et beles.
35 Mais ainçois que la corz fausist,
  Li rois a ses chevaliers dist
  Qu'il voloit le blanc cerf chacier
  Por la costume ressaucier.
  Mon seignor Gauvain ne plot mie
40 Quant il ot la parole oïe :
  « Sire, fait il, de ceste chace
  N'avroiz vos ja ne gré ne grace.
  Nos savommes bien tuit pieç'a
  Quel costume li blans cers a.
45 Qui le blanc cerf ocirre puet,
  Par raison baisier li estuet
  Des puceles de vostre cort
  La plus bele, a que qu[e] il tort.
  Maus en porroit avenir granz :
50 Encor a il ceanz .v^c.
  Damoiseles de hauz parages,
  Filles de rois, gentes et sages,
  Et n'i a nule n'ait ami
  Chevalier vaillant et hardi,
55 Que chascuns desranier voudroit,
  Ou fust a tort ou fust a droit,

*   **30.** si bele ne. **31.** ot beax c.

** **31.** Que m. **32.** H. et conbatanz *(+ P)*. **49.** Maus en puet a. molt g. *(HP :* M. en porroit venir ml't grans)*. **53.** N'i a nule qui n'ait a. *(HP :* Ne n'i a n.)*. **55.** Don c. *(H :* Qui tost d. la v.)*.

le roi Arthur avait tenu sa cour.
Jamais, on n'en vit de plus riche,
car il y avait bon nombre de valeureux chevaliers,
hardis, courageux et fiers
et de riches dames et demoiselles,
filles de roi, gracieuses et belles.
Mais avant que la cour ne se séparât,
le roi a dit à ses chevaliers
qu'il voulait chasser le blanc cerf
pour faire revivre la coutume.
Monseigneur Gauvain ne fut pas content,
lorsqu'il eut entendu cette parole :
« Seigneur, fait-il, de cette chasse
on ne vous saura jamais aucun gré.
Nous savons bien tous depuis longtemps
quelle coutume est attachée au blanc cerf.
Qui peut tuer le blanc cerf,
il lui faut en toute légitimité donner un baiser
à la plus belle des jeunes filles de votre cour,
quelles qu'en soient les conséquences.
De grands malheurs pourraient s'ensuivre :
sont encore ici présentes cinq cents
demoiselles de haute naissance,
filles de roi, gracieuses et sages,
et pas une qui n'ait pour ami
un chevalier vaillant et hardi ;
aussi, chacun voudra soutenir,
à tort ou à raison,

Que cele qui lui atalante
Est la plus bele et la plus gente. »
Li rois respont : « Ce sai je bien.
60 Mais por ce n'en lairai je rien,
Car ne doit estre contredite
Parole puis que rois l'a dite.
Le matinet par grant deduit
Irons chacier le blanc cerf tuit
65 En la forest aventurouse.
Ceste chace est mout merveillouse. »   (95 c)
  Ensinc est la chose atornee   (lettrine bleue)
A l'endemain, a l'ajornee.
L'endemain, lues que il ajorne,
70 Li rois se lieve et si s'atorne,
Et por aler en la forest
D'une corte cote se vest.
Ses chevaliers fait esveillier,
Ses chaceors aparoillier.
75 Ja sont tuit monté, si s'en vont,
Lors ars et lor seetes ont.
Aprés aus monte la roÿne,
Ensamble o li une meschine.
Pucele estoit, fille de roi,
80 Et sist sor un blanc palefroi.
Aprés les siut a esperon
Uns chevaliers, Erec ot non.
De la Tauble Reonde estoit,
Mout grant los en la cort avoit.

---

*   **66.** perillouse (*corr. C ; P = B ; H :* delitose). **69-70** *intervertis* **69.** A
l'endemain, lors qu'il a. **75.** La sont.

** **61.** Car parole que rois a dite (*H :* Mais ne puet e. c. ; *P :* Ja ne doit e.
c.). **62.** Ne doit puis estre contredite. **63.** Demain matin a g. d. (*H :*
Demain iront a g. d. / Por c. le b. c. de ruit). **66.** iert (+ *H*). **73-74.** Les
c. (+ *HP*) **75-76.** Lor ars et lor s. ont, / An la forest chacier s'an vont.
80. boen p.

*** H. **67-68.**

que celle qui lui est chère
est la plus belle et la plus gracieuse. »
Le roi répond : « Je le sais bien,
mais je ne céderai pas pour autant,
car on ne doit pas contredire
parole après que roi l'a prononcée.
Au petit matin, pour notre plus grand plaisir,
nous irons tous chasser le blanc cerf
dans la forêt aventureuse.
C'est une chasse pleine de merveilles. »
On fixe ainsi la chasse
au lendemain, à l'aube.
Le lendemain, au point du jour,
le roi se lève, se prépare
et, pour aller dans la forêt,
revêt une courte cotte.
Il fait réveiller ses chevaliers,
équiper ses chevaux de chasse.
Les voilà tous sur leur monture : ils prennent le départ,
munis de leurs arcs et de leurs flèches.
Après eux monte la reine,
accompagnée d'une suivante.
C'était une demoiselle, fille de roi,
et elle montait un blanc palefroi.
A leur suite, s'élance, piquant des éperons,
un chevalier nommé Erec.
Il faisait partie de la Table Ronde
et jouissait d'une très grande faveur à la cour.

85 De tant con il i ot esté,
  N'i ot chevalier plus amé ;
  Et fu tant beax qu'en nule terre
  N'esteüst plus bel de lui querre.
  Mout estoit beax et prouz et genz,
90 Se n'avoit pas .xxv. anz.
  Onques nuns hom de son aage
  Ne fu de greignor vasselage.
  Que diroie de ses bontez ?
  Sor un destrier estoit montez :
95 Afublez d'un mantel hermin,
  Vient galopant par le chemin ;
  S'ot cote d'un dÿapre noble
  Qui fu faiz en Costantenople.
  Chauces ot de paile chaucies,
100 Mout bien faites et bien taillies,
  Et fu es estriers esfichiez,   (95 d)
  Uns esperons a or chauciez ;
  Ne n'ot arme o lui aportee
  Fors que tant soulement s'espee.
105 La roÿne vient ateignant
  Au tor d'une rue poignant.
  « Dame, fait il, en ceste voie,
  Se vos plesoit, o vos iroie.
  Je ne ving ci por autre afaire
110 Fors por vos compaignie faire. »
  Et la roÿne l'en mercie :
  « Beax amis, vostre compaignie

---

* **88.** N'estuet | de li a q. **94.** cheval. **99.** d'un p. **101-102.** *intervertis dans* BP.

** **86.** c. si [*H :* tant] loé *(+ H)*. **88.** N'estovoit *(+ H)*. **90.** Et n'avoit *(+ H)*. **92.** de si grant (*H :* de forçor). **96.** Galopant vient tot le c. (*H :* Vint g. tot le c.). **99.** Ch. de paile avoit ch. (*H :* S'ot ch. de p. ch.). **101.** afichiez *(+ HP)*. **103.** N'ot avoec lui arme a. **106.** de la rue. **107.** D., fet il, a vos seroie. **108.** S'il vos p., an ceste voie (*H :* a vos seroie). **109.** ça *(+ H)*.

*** H. **103-104.**

Depuis qu'il y séjournait,
il n'y eut chevalier plus aimé
et il était d'une beauté telle qu'en nulle terre
on ne pouvait espérer trouver plus beau que lui.
Plein de beauté, de prouesse et de noblesse,
il n'avait pourtant pas vingt-cinq ans.
Jamais homme de son âge
ne fut de plus grande bravoure.
Que dirais-je de ses qualités ?
Il était monté sur un destrier
et vêtu d'un manteau d'hermine ;
il suit au galop le chemin,
portant une cotte en brocart somptueux,
tissé à Constantinople,
des chausses en tissu de soie,
parfaitement confectionnées et taillées.
Il était campé sur ses étriers
et avait mis une paire d'éperons en or.
Il n'avait emporté avec lui d'autre arme
que son épée.
Il vient rejoindre la reine
à bride abattue, au tournant d'une rue :
« Dame, fait-il, je ferais route
à vos côtés, s'il vous plaisait.
Je ne suis venu ici que dans cette seule intention :
vous tenir compagnie. »
Et le reine l'en remercie :
« Cher ami, votre compagnie

    Aim je mout, ce sachiez de voir,
    Car ne puis pas moillor avoir. »
115 Lors chevauchent a grant esploit,
    En la forest vienent tot droit.
    Cil qui devant ierent alé,
    Avoient ja le cerf levé.
    Li un cornent, li autre hüent ;
120 Li chien aprés le cerf s'esbrüent,
    Corrent, engressent et abaient.
    Li archer espessement traient.
    Devant aux toz chaçoit li rois
    Sor un chaceor espanois.
125   La roÿne Guenievre estoit   (lettrine rouge)
    Ou bois, qui les chiens escoutoit,
    Lez li Erec et sa pucele
    Qui mout estoit cortoise et bele.
    Mais d'aus tant esloignié estoient
130 Cil qui le cerf chacié avoient
    Qu'en ne pooit d'aus oïr rien,
    Ne cor ne chaceor ne chien.
    Por oroillier, por escouter
    S'il orroient home corner
135 Ne cri de chien de nule part,
    Tuit troi furent en un essart   (96 a)
    Delez le chemin aresté.
    Mais mout i orent pou esté,
    Quant il virent un chevalier
140 Venir armé sor son destrier,

---

*   **118.** le c. trové *(corr. CH ; P = B).* **121.** angoissent. **123.** chaça.

**   **114.** Je ne (*H :* Car jo n'i quier). **123.** chace. **130.** cerf levé. **131.** Que d'ax
ne pueent oïr rien (*H :* Que mais n'em porent o. r.). **133.** Por o. et e.
(+ *H ; P :* Por oïr et por e.). **134.** home parler. **137.** Anz en un c.
(*H :* Les le c. sont a. ; *P :* Jouste le c. a.). **140.** un d. (+ *P*).

m'agrée tout à fait, soyez-en persuadé,
car je ne puis en trouver de meilleure. »
A ces mots, ils chevauchent promptement
et, sans détour, atteignent la forêt.
Ceux qui étaient allés au devant
avaient déjà levé le cerf.
Les uns sonnent du cor, les autres poussent des cris,
les chiens se lancent bruyamment à sa poursuite,
courent, harcèlent et aboient.
Les archers tirent dru.
Au devant de tous, chassait le roi
sur un coursier d'Espagne.
La reine Guenièvre était
dans le bois à écouter les chiens,
avec, à ses côtés, Erec et sa suivante,
fort courtoise et fort belle.
Mais ils étaient si éloignés
de ceux qui avaient poursuivi le cerf
qu'il était impossible de rien entendre d'eux,
ni cor, ni cheval de chasse, ni chien.
Afin de tendre l'oreille, d'écouter attentivement
s'ils pouvaient entendre de quelque côté
un homme sonner du cor ou un chien crier,
tous les trois s'étaient arrêtés
dans un essart, à côté du chemin.
Mais voici que peu de temps après,
ils virent un chevalier
venir tout en armes sur son destrier,

L'escu au col, la lance ou poing.
La roÿne le vit de loing;
Delez li chevauchoit a destre
Une pucele de grant estre,
145 Et devant aus sor un roncin
Venoit uns nains tot le chemin,
Et ot en sa main aportee
Une corgie en son noee.
La roÿne Guenievre voit
150 Le chevalier bel et adroit,
Et de sa pucele et de lui
Vuet savoir que il sont andui.
Sa pucele commande aler
Isnelement a lui parler :
155 « Damoisele, fait la roÿne,
Cel chevalier qui la chemine
Alez dire qu'il viegne a moi,
Et s'amaint sa pucele o soi. »
La pucele va l'ambleüre
160 Vers le chevalier a droiture.
Li nains a l'encontre li vient,
En sa main sa corgie tient.
« Damoisele, estez ! », fait li nains,
Qui de felenie fu plains,
165 « Qu'alez vos ceste part querant ?
Ça ne passeroiz vos avant.
[— Nains, fait ele, laisse m'aler :
A cel chevalier vuil parler,

*   **145.** d. lor. **155.** Damoisele *illisible dans B (man. taché).* **164.** Qui de folie fu toz p. *167-172. Vers absents de la tradition B-P. Texte de C (H a* Ci *au v. 172).*

**   **144.** bel estre. **145.** D. ax sor un grant r. **158.** Et amaint *(+ P).* **162.** Qui sa corgiee en sa m. tient. **166.** Ça n'avez vos que fere a. (*H :* Ci ne p. vos a. ; *P :* Cha n'aprocerés vos avant).

l'écu au cou, la lance au poing :
la reine l'aperçut de loin.
A ses côtés, sur sa droite, chevauchait
une jeune fille de noble condition,
et ils étaient précédés d'un nain — *dwarf*
qui suivait le chemin, monté sur un roussin[1].
Il avait apporté dans sa main
un fouet de lanières nouées par un bout.
La reine Guenièvre, en voyant
le chevalier qui est beau et adroit,
désire savoir qui ils sont l'un et l'autre,
lui et sa demoiselle.
Elle demande à sa suivante d'aller
sans délai lui adresser la parole :
« Demoiselle, fait la reine,
à ce chevalier qui s'avance là sur le chemin,
allez dire qu'il vienne vers moi
et qu'il amène sa demoiselle avec lui. »
La suivante se dirige à l'amble,
droit vers le chevalier ;
le nain se porte à sa rencontre,
son fouet entre ses mains.
« Demoiselle, arrêtez-vous ! », fait le nain,
qui était plein de perfidie,
« Qu'avez-vous à chercher de ce côté ?
Vous n'irez pas plus avant !
— Nain, fait elle, laisse-moi passer :
je veux parler à ce chevalier,

---

1. Cheval de trait, mauvais cheval.

Car la roÿne m'i envoie. »

170 Li nains s'estut en mi la voie,
Qui mout fu fel et de put'aire :
« Ça n'avez vos, fait il, que faire.]
Alez arriers ! N'est mie droiz
Qu'a si bon chevalier parloiz. »

175 La damoisele avant s'est traite,
Passer vuet outre, a force faite,
Car le nain ot a grant despit   (96 b)
Por ce qu'ele le vit petit.
Et li nains hauce la corgie,

180 Quant a lui la vit aprochie,
Ferir la volt parmi le vis
Et cele a son braz devant mis.
Cil recuevre, si l'a ferue
A descovert sor la main nue.

185 Si la fiert sor la main enverse
Que toute en devient la main perse.
La pucele, quant mieuz ne puet,
Vuelle ou non, retorner l'estuet.
Retornee s'en est plorant,

190 Des ieulz li descendent corrant
Les lermes contreval la face.
La roÿne ne set que face,
Quant sa pucele voit blecie.
Mout est dolante et corrocie :

195 « Ha ! Erec, beax amis, fait ele,
Mout me poise de ma pucele

---

*   **175-176.** *intervertis.* **177.** Qui le n.

** **175.** La pucele s'est a. t. (*H :* La puc. s'a a. t.). **177.** Que le n. **180.** vers
lui (+ *H ; P :* de lui). **182.** Mes cele (*P :* Cele a son b. par d. m.). **186.** devint
(+ *P ; H :* [Si que tote en ot la main perse] / Celi qu'ele tint a traverse).

car la reine m'y envoie. »
Le nain se dressa en plein milieu du chemin,
se montrant aussi perfide qu'ignoble,
et dit : « Vous n'avez rien à faire par ici.
Reculez ! Vous n'avez pas le droit
de parler à un si bon chevalier. »
La demoiselle s'est avancée,
elle veut passer outre par la force,
car elle n'avait que mépris pour le nain,
en voyant sa petite taille.
Et le nain soulève le fouet,
quand il la voit s'approcher de lui :
il voulut la frapper en plein visage,
mais l'autre s'est protégée de son bras.
Il revient alors à la charge, et voilà qu'il l'a frappée
à découvert, sur la main nue ;
et c'est avec une telle force qu'il la frappe sur l'envers de la
que celle-ci en devient toute bleue.   [main,
La jeune fille, faute de mieux,
qu'elle le veuille ou non, doit faire demi-tour.
Elle s'en est retournée en pleurant,
des larmes coulent de ses yeux
et inondent son visage.
La reine ne sait que faire,
lorsqu'elle voit sa suivante blessée.
Pleine de chagrin et de courroux,
elle dit : « Ha ! Erec, cher ami,
qu'il me pèse de voir ma suivante

Que si m'a blecie li nains.
Mout est li chevaliers vilains,
Quant il soffri que tel faiture
200 Feri si bele creature.
Beax amis Erec, alez m'i
Au chevalier et dites li
Qu'il viegne a moi, et nou laist mie :
Conoistre vuil lui et s'amie. »
205 Erec cele part esperone,
Des esperons au cheval done,
Vers le chevalier point tot droit.
Li nains cuvers venir le voit,
A l'encontre li est alez.
210 « Vassaux, fait il, arriers estez !
Ça ne sai je qu'a faire aiez.
Arriers vos lo que vos traiez.
— Fui, fait Erec, nains enuious,
Trop es fel et contralïous !
215 Laisse m'aler ! — Vos n'i iroiz !
— Je si ferai. — Vos ne feroiz ! »
Erec boute le nain ensus.
Li nains fu fel, nuns nou fu plus.
De la corgie grant colee
220 Li a parmi le col donee.
Le col et la face a vergie
Erec dou cop de la corgie ;
De chief en chief perent les roies
Que li ont faites les corroies.

(96 c)

---

* **197.** Que si la m'a b. **215.** Laissiez.

** **197.** Que si a b. cil n. **199.** fauture. **201.** alez i *(+ HP)*. **203.** Que il | et *omit.* (*P :* ne le l. mie). **207.** c. vient t. d. (*H :* c. s'en vint droit). **212.** Je vos lo qu'arriers vos t. **218.** f. tant con nus plus (*HP :* f. tant que n. p.). **221.** ot v. (*+ H ; P :* a rougie).

blessée de la sorte par le nain!
Que ce chevalier est vilain
pour avoir souffert qu'une telle engeance
frappât une si belle créature!
Erec, cher ami, allez donc
auprès du chevalier et dites-lui
de venir me voir sans faute:
je veux les connaître, lui et son amie. »
Erec s'élance,
éperonnant son cheval,
et pique droit vers le chevalier.
L'infâme nain le voit venir
et s'est avancé à sa rencontre.
« Vassal! fait-il, restez en arrière!
Vous n'avez vraiment rien à faire là.
Reculez, je vous le demande.
— Va-t'en, fait Erec, sinistre nain,
tu n'es que trop perfide et que trop contrariant!
Laisse-moi passer! — Vous ne passerez pas!
— Je passerai. — Non, vous ne passerez pas! »
Erec bouscule le nain
qui était perfide comme pas un.
De son fouet, celui-ci l'a frappé
violemment au milieu du cou.
Erec a le cou et la face
tout lacérés par le coup de fouet;
de part en part, apparaissent les traces
que lui ont faites les lanières.

225 Il sot bien que dou nain ferir
    Ne porroit il mie joïr,
    Car le chevalier vit armé,
    Mout felon et desmesuré,
    Et crient qu'assez tost l'ocirroit
230 Se devant li son nain feroit.
    Folie n'est pas vasalages ;
    De tant fist mout Erec que sages :
    Rala s'en, que n'i ot plus fait.
    « Dame, fait il, or est plus lait.
235 Si m'a li nains cuvers blecié
    Que tot m'a le vis depecié.
    Ne l'osai ferir ne tochier,
    Mais nuns nou me doit reprochier,
    Que trestoz desarmez estoie.
240 Le chevalier armé dotoie,
    Qui vilains est et outrageus ;
    [Et] cil nou tenist mie a geus,
    Tost m'oceïst par son orguil.
    Mais itant prometre vos vuil
245 Que, se je puis, je vengerai
    Ma honte ou je l'eng[r]ignerai.
    Mes trop me sont mes armes loing,   (96 d)
    Nes avrai mie a cest besoing,
    Qu'a Caradigant les lessai
250 Hui matin, quant je m'en tornai.
    Se je la querre les aloie,
    Ja mes retrover ne porroie

---

* **238.** Ne nuns. **244.** li vuil.

** **232.** De ce *(+ P)*. **239.** Que ge toz d. **244.** Itant bien p. **246.** je la crestrai
[-1] *(H :* je l'acroisterai ; *P :* je l'engrangerai). **251.** ja q.

Il savait bien qu'il n'aurait pas
la satisfaction de frapper le nain,
car il vit que le chevalier était armé,
plein de perfidie et de démesure ;
aussi, craint-il d'être rapidement tué par lui,
s'il frappait son nain en sa présence.
Folie n'est pas vaillance[1],
et ainsi Erec agit en homme parfaitement sage :
il s'en retourna, sans plus.
« Dame, fait-il, voilà qui est plus abject.
L'infâme nain m'a blessé,
au point de complètement me défigurer.
Je n'ai osé ni le frapper ni le toucher,
mais personne ne doit m'en faire reproche,
car j'étais sans armes.
Je redoutais le chevalier armé,
individu vil et outrecuidant,
et il ne l'aurait pas pris à la légère,
mais il aurait eu vite fait, dans son orgueil, de me tuer.
Cependant, je veux vous promettre
que, si je le puis, je vengerai
mon humiliation, ou alors je l'accroîtrai.
Mais mes armes sont trop loin d'ici,
et je ne les aurai pas en cette nécessité,
parce que je les ai laissées à Caradigan
ce matin, à mon départ.
Si j'allais là-bas pour les chercher,
je n'aurais jamais la chance

la vengeance

---

1. Proverbe célèbre que l'on retrouve notamment dans la *Chanson de Roland*
   (v. 1724) et dans le *Roman de la Rose* (éd. Poirion, v. 6988).

Le chevalier par aventure,
Qui s'en va mout grant aleüre.
255 Suire le me covient adés,
Ou soit de loing ou soit de pres,
Tant que je puisse armes trover
Ou a loier ou a preter.
Se je truis qui armes me prest,
260 Maintenant me trovera prest
Li chevaliers de la bataille.
Et bien saichiez, sanz nule faille,
Que tant nos combatrons andui
Qu'il me conquerra ou je lui.
265 Et se je puis, jusqu'au tier[z] jor
Me serai je mis au retor.
Lors me reverroiz a l'ostel,
Lié ou dolant, ne sai le quel.

D ame, je ne puis plus targier :   (lettrine rouge)
270 Suire m'estuet le chevalier.
Je m'en vois, a Deu vos comant. »
Et la roÿne au[tre]simant
A Deu, qui de mal le desfende,
P[l]us de .v^c. foiz le commande.
275 Erec se part de la roÿne,
Dou chevalier suire ne fine.
Et la roÿne ou bois remaint,
Ou li rois ot le cerf ataint.
A la prise dou cerf ainçois
280 Vient que nuns des autres li rois.

---

*   **267.** troveroiz.

**   **254.** Car il s'an vet g. a. **280.** vint *(+ HP).*

***   H. **273-274.**

de retrouver le chevalier,
qui s'en va à si vive allure.
Il me faut le suivre aussitôt,
de loin ou de près,
jusqu'à ce que je puisse obtenir des armes
à louer ou à emprunter.
Si je trouve quelqu'un pour m'en prêter,
aussitôt le chevalier me verra
prêt à engager la bataille.
Et soyez certain, n'en doutez pas,
que nous nous combattrons tous les deux
jusqu'à ce qu'il me réduise à sa merci, ou moi lui.
Enfin, si je le puis, avant trois jours,
j'aurai entamé mon retour :
alors vous me reverrez au palais,
joyeux ou triste, je ne le sais.
Dame, je ne puis plus m'attarder :
il me faut suivre le chevalier.
Je m'en vais, je vous recommande à Dieu. »
Et la reine fait de même :
elle le recommande à Dieu
plus de mille fois pour qu'il le protège de tout mal.
Erec quitte la reine
et ne cesse de suivre le chevalier.
La reine reste dans le bois
où le roi a atteint le cerf :
à la prise du cerf, le roi
arrive avant tous les autres.

Le blanc cerf ont desfait et pris,
Ou repairier se sont tuit mis,   (97 a)
Le cerf en portent, si s'en vont,
A Caradigant venu sont.
285 Aprés soper, quant li baron
Furent tuit lié par la maison,
Li rois, si con costume estoit,
Por ce que le cerf pris avoit,
Dist qu'il iroit son baisier prendre
290 Por la costume del cerf rendre.
Par la cort en font grant murmure :
Li un[s] a l'autre dit et jure
Que ce n'iert ja fait sanz deresne
D'espee ou de lance de fresne.
295 Chascuns vuet par chevalerie
Desranier que la soe amie
Est la plus bele de la sale ;
Mout est ceste parole male.
Quant mes sire Gauvain[s] le sot,
300 Ce sachiez, mie ne li plot.
A parole en a mis le roi :
« Sire, fait il, en grant esfroi
Sont ceanz vostre chevalier.
Tuit parolent de cest baisier ;
305 Bien dïent tuit qu'il n'iert ja fait
Que noise ou bataille n'i ait. »
Et li rois li respont par sen :
« Beax niés Gauvains, consoilliez m'en,

---

*   **290.** Et que mes nou voudroit atendre. **291.** c. ont fait g. **298.** Ceste p. est mout male [-1].

** **289.** le b. *(+ HP).* **292.** afie et j. **300.** Sachiez que mie *(+ H).* **306.** n. et b. *(+ HP).*

Lorsqu'ils ont achevé et pris le blanc cerf,
tous se sont mis sur le chemin du retour.
Ils emportent le cerf et s'en vont,
les voilà arrivés à Caradigan.
Après le souper, comme les barons
étaient tous en liesse dans le palais,
le roi a dit, selon l'usage,
que, comme il avait pris le blanc cerf,
il irait prendre son baiser
pour se conformer à la coutume du cerf.
A travers la cour, un grand murmure s'élève :
on affirme et on jure l'un à l'autre
que cette querelle ne sera pas réglée
sans le concours des épées ou des lances de frêne.
Chacun veut faire appel à sa valeur chevaleresque
pour soutenir que son amie
est la plus belle de la salle.
Voilà des propos fort dangereux.
Aussi, quand monseigneur Gauvain l'apprit,
il n'en fut pas content, soyez-en sûr,
et en a fait part au roi :
« Seigneur, fait-il, une grande agitation
a gagné ici-même vos chevaliers.
Tous ne parlent que de ce baiser,
tous affirment haut et fort qu'il ne sera pas donné
sans qu'il y ait querelle ou bataille. »
Et le roi lui répond, en homme sage :
« Gauvain, mon cher neveu, conseillez-moi là-dessus,

[annotation manuscrite dans la marge : « ne t'inquiète pas, Gauvain »]

Sauve m'onor et ma droiture,
310 Que je n'ai de la noise cure. »
Au consoil grant partie cort
Des moillors barons de la cort.
Li rois Ydiers i est alez,
Qui premiers i fu apelez;
315 Aprés li rois Cadovalanz,
Qui mout fu sages et vaillanz,
Kex et Giflez i sont venu,   (97 b)
Et Amaugins li rois i fu,
Et des autres barons assez
320 I ot avec aus amassez.
Tant ont la parole tenue
Que la roÿne i est venue.
L'aventure lor a contee
Qu'en la forest avoit trovee,
325 Dou chevalier que armé vit
Et dou nain felon et petit
Qui de la corgie ot ferue
Sa pucele sor la main nue,
Et ot feru tot ausiment
330 Erec ou vis mout laidement,
Qui ot seü le chevalier
Por sa honte croistre ou vengier;
Et dist que repairier devoit
Jusqu'au tier[z] jor, se il pooit.
335   « Sire, fait la roÿne au roi,   (lettrine bleue)
Or entendez un pou a moi:

---

*   314. estoit a. 316. poissanz *(leçon isolée).* 333. Et dist se r. d. 334.
repaireroit.

** 321. Tant est [*H :* fu] la p. esmeüe *(+ H).* 327. de s'escorgiee. 331. Qui
a seü (*P :* Qui va aprés). 333. Et que il r. d. 336. Antandez un petit a
m. *(+ HP).*

*** H. 319-320.

sauf mon honneur et ma loyauté,
car je n'ai aucune envie de susciter de querelle. »
La plupart des grands barons de la cour
s'empresse de se rendre au conseil :
le roi Ydier y est allé,
c'était le premier convoqué ;
il est suivi du roi Cadoualant,
modèle de sagesse et de vaillance,
de Keu et de Girflet ;
le roi Amaugin était également présent
et bien d'autres barons
s'étaient joints à eux.
Leurs débats se prolongèrent tant,
que la reine est arrivée.
Elle leur a conté l'aventure
qu'elle avait rencontrée dans la forêt :
comment elle avait vu le chevalier armé
et le nain perfide et menu
qui, de son fouet, avait frappé
sa suivante sur la main nue,
avant de récidiver en cinglant
Erec au visage de manière ignoble ;
ce dernier avait suivi le chevalier
pour accroître son humiliation ou pour la venger,
affirmant qu'il reviendrait
avant trois jours, s'il le pouvait.
« Seigneur, fait la reine au roi,
écoutez-moi donc un instant :

Se cist baron loent mon dit,
Metez cest baisier en respit
Jusqu'au tier[z] jor qu'Erec reviegne. »
340 N'i a nul qu'a li ne se tiegne,
Et li rois meïsmes l'outroie.
Erec vait sivant tote voie
Le chevalier qui armez fu
Et le nain qui l'avoit feru,
345 Tant qu'il vindrent a u[n] chastel
Mout bien seant et fort et bel;
Parmi la porte entrent tot droit.
Ou chastel mout grant joie avoit
De chevaliers et de puceles,
350 Qu'assez en i avoit de beles.
Li un paissoient par ces rues
Espreviers et faucons de mues,   (97 c)
Et li autre portoient fors
Terceus, oistors muez et sors.
355 Li autre jüent d'autre part
Ou a la mine ou a hasart,
Cil as eschas et cil as tables.
Li vallet devant ces estables
Torchent les chevax et estrillent,
360 Les dames es chambres s'atillent.
De si loing con il venir voient
Le chevalier qu'il cognoissoient,
Son nain et sa pucele o soi,
Encontre li vont troi et troi;

---

*   337-338 *intervertis*. **363.** o lui. **364.** trois ou dui.

**   **350.** Car molt en i a. *(+ H)*. **351.** les rues *(+ H)*. **353.** aportoient *(+ P)*.
     358. Li garçon *(+ P)*.

*** H. **353-354, 357-360.**

si vos barons approuvent ma proposition,
remettez ce baiser à plus tard,
dans trois jours, le temps qu'Erec revienne. »
Pas un des barons qui ne se range à son avis,
et le roi lui-même y consent.

    Quant à Erec, il ne cesse de suivre
le chevalier qui était armé
et le nain qui l'avait frappé,
lorsqu'enfin ils arrivèrent à un bourg fortifié,
très bien assis, aussi puissant que beau.
Ils franchissent la porte et y pénètrent directement.
Dans le bourg, régnait une grande joie
parmi les chevaliers et les jeunes filles,
car les belles y étaient en nombre.
Les uns nourrissaient dans les rues
éperviers et faucons de mue
et d'autres sortaient
tiercelets, autours mués et béjaunes.
Plus loin, d'autres encore jouent,
qui à la mine ou au hasard[1],
qui aux échecs, qui au trictrac.
Devant les écuries, les jeunes gens
bouchonnent et étrillent les chevaux ;
dans les chambres, les dames se pomponnent.
D'aussi loin qu'ils voient venir
le chevalier qu'ils connaissaient,
en compagnie de son nain et de sa demoiselle,
ils vont à sa rencontre trois par trois.

---

1. Deux variétés de jeux de dés.

365 Tuit le conjoient et salüent.
    Mais contre Erec ne se remüent,
    Que il ne le connoissent pas.
    Erec va sivant tot le pas
    Par le chastel le chevalier
370 Tant que il le voit herbergier.
    Quant il vit qu'il fu herbergiez,
    Forment en fu joioux et liez.
    Un petit est avant alez
    Et vit gesir sor uns degrez
375 Un vavasor auques de jorz,
    Mais mout estoit povre sa corz.
    Biauz homs estoit, chenuz et blans,
    Debonaire, gentis et frans.
    Iluec estoit toz sous assis,
380 Bien resembloit qu'il fust pensis.
    Erec pensa que cil estoit
    Proudon, tost le herbergeroit.
    Parmi la porte entre en la cort,
    Li vavasors contre li cort.
385 Ainz que Erec li deïst mot,
    Li vavasors salué l'ot :
    « Beax sire, fait il, bien veigniez !   (97 d)
    Se o moi herbergier deigniez,
    Vez l'ostel aparoillié ci. »
390 Erec respont : « Vostre merci.
    Je ne sui ça venuz por el :
    Mestier ai anuit mes d'ostel. »

---

*   **365.** convoient **377.** Viauz *(corr. CH; P = B).* **380.** Mout r. **388.**
     S'uimais h. voliez [-1] *(corr. CH; P:* Se huimais h. d.). **391.** ci.

**   **367.** Qu'il [*P:* Car] ne le conuissoient pas *(+ HP).* **370.** vit *(+ HP).*
      371-372 *intervertis.* **373.** avant passez *(+ H).* **379.** s'estoit. **385.** A. qu'E.
      li eüst dit mot *(+ H).*

***   H. **371-372, 379-380.** P. **385-386.**

Tous lui font fête et le saluent,
mais pour Erec, ils ne font pas un geste,
parce qu'ils ne le connaissent pas.
Erec continue de suivre de près
le chevalier à travers le bourg
jusqu'au moment où il le voit prendre un logis.
En le voyant logé,
il fut tout joyeux et content.
Il s'est alors avancé un peu plus loin,
lorsqu'il aperçut, appuyé sur les marches d'un escalier,
un vavasseur d'un certain âge,
mais la cour de sa maison était très pauvre.
C'était un bel homme, à la tête chenue et aux cheveux blancs,
de haute naissance, généreux et franc ;
il était assis là, tout seul,
à l'évidence plongé dans ses pensées.
Erec pensa qu'il s'agissait
d'un homme valeureux ; aussi n'hésiterait-il pas à le loger.
Il franchit la porte et pénètre dans la cour,
le vavasseur court à sa rencontre.
Avant même qu'Erec lui eût adressé la parole,
le vavasseur l'avait salué :
« Cher seigneur, fait-il, soyez le bienvenu !
Si vous voulez accepter mon hospitalité,
voici ma maison toute prête. »
Erec répond : « Je vous en remercie,
car je ne suis venu là pour rien d'autre :
j'ai besoin pour cette nuit d'un logis. »

Erec de son cheval descent,   (lettrine rouge)
Li sires meïsmes le prent,
395 Par la reinne aprés lui le trait.
A son oste grant honor fait ;
Li vavasors sa fame apele,
Et sa fille qui mout ert bele,
Qui en un ovreour ovroient,
400 Mais ne sai quel oevre fesoient.
La dame s'en est fors issue,
Et sa fille qui fu vestue
D'une chemise par panz lee,
Delïe[e], blanche et ridee.
405 Un blanc chainse ot vestu [de]sus,
N'avoit robe ne moins ne plus,
Mais tant estoit li chainses viez
Que as coutes estoit perciez.
Povre estoit la robe defors,
410 Mais desoz estoit beax li cors.
Mout estoit la pucele gente,
Que tote i avoit mis s'entente
Nature qui faite l'avoit.
Ele meïsmes s'en estoit
415 Plus de .vᶜ. fois mervoillie
Coment une soule feïe
Tant bele chose faire sot ;
Ne puis tant pener ne se pot
Qu'ele peüst son examplaire
420 En nule guise contrefaire.

---

*   **399.** ovreour estoient. **417.** f. pot *(leçon particulière à BC)*.

** **396.** De son o. g. joie fet. **398.** fu *(+ H)*. **400.** i f. **407.** Et tant *(+ P)*.
408. as costez *(+ H)*. **412.** Car tote i ot mise s'e. *(+ HP)*. **418.** Car puis.

Erec descend de son cheval,
le seigneur en personne le prend,
en le tirant par la bride ;
il fait grand honneur à son hôte.
Le vavasseur appelle sa femme
et sa fille qui était très belle ;
elles travaillaient dans un atelier,
mais je ne sais ce qu'elles y fabriquaient.
La dame en est sortie,
ainsi que sa fille qui portait
une chemise à larges pans,
fine, blanche et plissée.
Elle avait revêtu par-dessus une tunique blanche[1]
qui, en tout et pour tout, lui tenait lieu de robe,
mais cette tunique était si vieille
qu'elle était percée aux coudes.
Si cette robe était pauvre à l'extérieur,
qu'à l'intérieur le corps était beau !
La jeune fille avait beaucoup de grâce,
parce que Nature y avait mis
tous ses soins en la créant.
Celle-ci s'était elle-même
émerveillée plus de mille fois
de ce qu'une fois seulement,
elle sut créer si belle chose :
par la suite, malgré tous ses efforts,
elle fut incapable de reproduire
en quelque façon son modèle.

---

1. Cette tunique (*chainse* en a. fr.) était une tunique de dessous qui se portait
normalement sur la chemise et sous le *bliaut* ou le *surcot*. Sur le *bliaut* ou
tunique de dessus, on portait habituellement un manteau (cf. v. 1586 sq.).

De ceste tesmoingne Nature
C'onques si bele creature   (98 a)
Ne fu veüe en tot le monde.
Por voir vos di qu'Iseuz la blonde
425 N'ot tant les crins sors et luisanz
Que a cesti ne fust neanz.
Plus ot que n'est la flor de lis,
Cler et blanc le front et le vis.
Sor la blanchor, par grant merveille,
430 D'une color fresche et vermeille,
Que Nature li ot donee,
Estoit sa face enluminee.
Li huil si grant clarté rendoient
Que deus estoiles resembloient.
435 Onques Dex ne sot faire miauz
Le nes, la boche, ne les iauz.
Que diroie de sa beauté ?
Ce fu cele por verité
Qui fu faite por esgarder,
440 Qu'en li se peüst on mirer
Ausi con en un mireour.
Issue estoit de l'ovreour.
Quant ele le chevalier voit,
Que onques mais veü n'avoit,
445 Un petit arrieres s'estut :
Por ce qu'ele ne le connut,
Vergoigne en ot et si rougi.
Erec d'autre part s'esbahi

---

*   **429.** De la b. estoit m. (*corr. E ; C :* Sor la color, par g. m. ; *H :* Sor le
blancor ot a m. / [Une c. f. v. /... / Et s'ot...]).

**   **433.** Si h. **442.** Issue fu de.

*** P. **427-486** (*lacune involontaire : saut d'une colonne dans le texte
original ?*).

De celle-ci, Nature porte témoignage
que jamais si belle créature
n'a été vue dans le monde entier.
Je vous assure que les cheveux d'Iseut la Blonde,
aussi dorés et luisants qu'ils fussent,
n'étaient rien en comparaison de ceux-ci.
Son front et son visage étaient
plus lumineux et plus blancs que n'est la fleur de lis.
Et cette blancheur était merveilleusement rehaussée
d'une fraîche couleur vermeille
que Nature lui avait donnée
et qui illuminait sa figure.
Les yeux répandaient une telle lumière
qu'ils semblaient être deux étoiles.
Jamais Dieu ne sut mieux faire
le nez, la bouche ou les yeux.
Que dirais-je de sa beauté ?
Elle avait assurément
été créée pour être contemplée,
de sorte qu'on aurait pu se regarder en elle,
comme dans un miroir.
Elle avait quitté l'atelier
et, quand elle vit le chevalier
qu'elle n'avait encore jamais vu,
elle se tint un peu en retrait :
ne le connaissant pas,
elle manifesta de la timidité et rougit.
Quand à Erec, il fut tout ébloui

Quant en li si grant beauté vit.
450 Et li vavasors li a dit :
« Bele douce fille, prenez
Cest cheval et si le menez
En cel estable avec les miens.
Gardez que ne li faille riens,
455 Ostez li la sele et le frain ;
Se li donnez avoinne et fain,
Conreez le et estrilliez,
Si qu'il soit bien aparoilliez. »   (98 b)
La pucele prent le cheval,
460 Se li deslace le poitral,
Le frain et la sele li oste.
Or a li chevax mout bon oste,
Mout bien et bel s'en entremet :
Ou chief un chevestre li met,
465 Si le torche, estrille et conroie,
A la maingëoire le loie,
Et se li met fain et aveinne
Assez devant, novele et seinne,
Puis revint a son pere arriere.
470 Cil li dit : « Bele fille chiere,
Prenez par la main cest seignor,
Se li portez mout grant honor,
Par la main le menez lasus. »
La pucele ne tarda plus,
475 Car ele n'estoit pas vilainne.
Par la main contremont le mainne ;

---

*   **475.** Ele n'estoit pas trop v. (*corr. H ; C :* Qu'ele n'estoit mie v.)

**   **464.** Au cheval un c. m. **465.** Bien l'estrille et t. et c. (*H :* Bien le t. et
bien le c.) **470.** Et il li dist : Ma f. c. **473-474.** *intervertis.* **473.** Par la m.
l'an mainne leissus.

*** P. **(427-486).**

l'aubergiste ?

par le spectacle d'une si grande beauté.
Le vavasseur a alors dit à sa fille :
« Ma chère et douce fille, prenez
ce cheval pour le conduire
à l'écurie près des miens.
Veillez à ce que rien ne lui fasse défaut,
ôtez-lui la selle et le mors,
donnez-lui avoine et foin,
pansez-le et étrillez-le,
de sorte qu'il soit bien soigné. »
La jeune fille prend le cheval,
lui délace le poitrail,
lui ôte le mors et la selle.
Maintenant, le cheval est entre de bonnes mains,
car elle s'en occupe à la perfection :
elle lui met un licou autour de la tête,
le bouchonne, l'étrille et le panse,
l'attache à la mangeoire,
en lui donnant du foin et de l'avoine
fraîche et saine, en abondance.
Puis elle retourna auprès de son père
qui lui dit : « Ma chère fille,
prenez ce seigneur par la main
en lui faisant très grand honneur,
et conduisez-le ainsi jusque là-haut. »
La jeune fille ne s'attarda pas,
car elle n'était pas vilaine :
elle le prend par la main et le fait monter.

La dame estoit avant montee,
Qui la maison ot atornee.
Coutres porpointes et tapiz
480 Ot estendu desor les liz,
Ou il se sont assis tuit troi,
Erec et ses ostes lez soi,
Et la pucele d'autre part.
Li feus mout cler devant aus art.
485 Li vavasors serjant n'avoit,
Fors un tot seul qui le servoit,
Ne chamberiere ne meschine.
Cil atornoit en la cuisine
Por le soper char et oiseax.
490 De l'atorner fu mout isneax :
Bien sot aparoillier et tost
Char en broet, oiseax en rost.   (98 c)
Quant le soper ot atorné
Itel c'on li ot commandé,
495 L'eve lor done en deus bacins.
Tables et napes, pains et vins,
Tost fu aparoilliez et mis,
Si se sont au maingier assis.
Trestot quanque mestier[s] lor fu
500 Ont a lor volenté eü.
Quant a lor aise orent sopé
Et des tables furent levé,
Erec mist son hoste a raison,
Qui sire estoit de la meson :

---

*   **495** *et* **499.** li *au lieu de* lor. **501.** ont s. [-1]. **502.** Et de la table sont l.

**   **477.** La dame en ert [*H :* estoit] devant alee *(+ H)*. **480.** e. par sor les liz. **482-483.** E. la pucele ot lez soi / Et li sires de l'a. p. **492.** Char cuire et an eve et an rost (*H :* Car en esseu, oisiax en rost ; *P :* Char, venison, poucins en rost). **493.** Quant ot le mangier a. *(+ H)*. **494.** Tel con l'an li ot c. *(+ H ; P :* Tel que on li ot c.). **496.** n. et bacins (*rime du même au même*). **498.** Et cil sont (*P :* Puis se sont). **504.** sires ert *(+ P)*.

La dame les avait précédés
pour préparer la maison :
de couvertures piquées et de tapis,
elle avait recouvert les lits
où ils se sont assis tous les trois,
Erec, son hôte d'un côté
et la jeune fille de l'autre ;
le feu qui brûle devant eux répand une vive lumière.
Le vavasseur n'avait en tout et pour tout
qu'un seul serviteur ;
il n'avait ni femme de chambre ni suivante.
Ce serviteur préparait dans la cuisine
de la viande et des oiseaux pour le souper
et il y faisait preuve de beaucoup de dextérité :
il sut apprêter avec soin et rapidité
bouillons de viande et rôtis d'oiseaux.
Quand le souper fut accommodé
tel qu'on le lui avait demandé,
il leur offre l'eau dans deux bassins.
Tables et nappes, pains et vins,
il eut vite fait de placer et de disposer le tout.
Ils se sont alors assis pour le repas ;
tout ce dont ils avaient besoin,
ils l'ont eu à volonté.
Quand ils eurent soupé à leur aise
et se furent levés de table,
Erec se mit à interroger son hôte
qui était le seigneur de la maison :

505   « **D**ites moi, beax ostes, fait il,   (lettrine bleue)
       De tant povre robe [et] si vil
       Por qu'est vostre fille atornee,
       Qui tant par est bele et sennee ?
       — Beax amis, fait li vavasors,
510   Povretez fait mal a plusors,
       Et autretel fait ele moi.
       Mout me poise, quant je la voi
       Atornee si povrement,
       Mais n'ai pooir que je l'ament.
515   Tant ai esté toz jors en guerre
       Que toute ai perdu[e] ma terre
       Et engaigië, et vendue.
       Et neporquant bien fust vestue,
       Se sosfrisse qu'ele preïst
520   Tout ce qu'en doner li vousist.
       Nes li sire de cest chastel
       L'eüst vestue et bien et bel
       Et se li feïst toz ses buens,
       Qu'ele est sa niece et il est cuens.
525   Ne n'a baron en cest païs
       Qui tant soit riche et poestis,
       Qui ne l'eüst a femme prise   (98 d)
       Volentiers, tot a ma devise.
       Mais j'atent encor meillor point,
530   Que Dex greignor honor li doint,
       Que aventure ça amoint
       Ou roi ou conte qui l'en moint.

** **508.** Qui tant est b. et bien s. **511.** Et autresi f. (*H :* Tot ausement f. ele a moi; *P :* Et autresi f. ele a moi). **514.** Ne n'ai (+ *H*). **516.** Tote en ai perdue (+ *H*) **517.** *Hiatus dans tous les manuscrits, sauf H* (et despendue). **520.** Ce que l'an d. (+ *P*). **522.** v. bien et bel (+ *HP*). **525.** Ne n'a an trestot cest païs. **526.** Nul baron, tant soit de haut pris (*HP :* Tant soit r. ne p.). **531.** av. li am.

« Dites-moi, cher hôte, fait-il,
pourquoi votre fille est-elle vêtue
d'une robe aussi pauvre et si vile,
alors qu'elle est si belle et si sage ?
— Cher ami, fait le vavasseur,
Pauvreté accable bien des hommes,
et ainsi en est-il de moi.
Cela me pèse beaucoup de la voir
si pauvrement vêtue,
mais je n'ai pas les moyens d'y remédier.
J'ai été si souvent en guerre
que j'ai perdu toute ma terre,
l'ai mise en gage et vendue.
Et pourtant, ma fille aurait été bien vêtue,
si j'avais accepté qu'elle prît
tout ce qu'on a voulu lui donner.
Le seigneur même de cette cité
l'aurait habillée avec élégance,
assurant ainsi son bonheur,
parce qu'elle est sa nièce et qu'il est comte.
Et, dans ce pays, il n'y a baron,
aussi riche et puissant soit-il,
qui ne l'eût volontiers prise
pour épouse, aux conditions que j'aurais fixées.
Mais j'attends encore une occasion meilleure,
que Dieu lui accorde un plus grand honneur
et que le sort amène ici
ou roi ou comte qui l'emmènera.

A donc soz ciel ne roi ne conte
Qui eüst de ma fille honte,
535 Qui tant par est bele a mervoille
Qu'en ne puet trover sa paroille ?
Mout est bele, mes plus assez
Vaut ses savoirs que sa beautez.
Onques Dex ne fist rien tant sage
540 Ne qui tant fust de franc corage.
Quant je ai delez moi ma fille,
Tot le mont ne pris une bille.
C'est mes deduiz, c'est mes deporz,
C'est mes solaz, c'est mes conforz,
545 C'est mes avoirs et mes tresors.
Je n'aim tant riens comme son cors. »
   Quant Erec ot tot escouté   (lettrine rouge)
Quanque ses ostes a conté,
Si li demande qu'il li die
550 Dont estoit tex chevalerie
Qui ou chastel estoit venue,
Qu'il n'i avoit si povre rue
Ne fust ploinne de chevaliers
Et de dames et d'escuiers,
555 N'ostel si povre ne petit.
Et li vavasors li a dit :
« Beax amis, ce sont li baron
De cest païs ci environ.
Trestuit li jone et li chenu
560 A une feste sont venu,

---

* **534.** Qui de ma f. eüst h. [-1]. **540.** haut c. *(leçon isolée).* **549.** Donc li d. **555.** Ne hostel po. ne pe. **559.** li viel et li c. *(corr. CH ; P = B).*

** **534.** eüst an m. **537.** mialz a. *(+ HP).* **540.** soit *(+ P).* **548.** ot c. *(+ P).* **549.** Puis. **551.** Qu'an ce c. *(+ HP).* **555.** N'o. tant p. *(+ H).*

Existe-t-il donc sous le ciel roi ou comte
qui aurait honte de ma fille,
ma fille si merveilleusement belle
qu'on ne saurait trouver sa pareille ?
Elle est très belle, mais sa sagesse
est encore bien plus remarquable que sa beauté.
Jamais Dieu ne fit créature si sage
ni si noble de cœur.
Quand j'ai ma fille à mes côtés,
le monde entier vaut pour moi moins qu'une bille.
Elle est mon plaisir, mon divertissement,
elle est ma consolation, mon réconfort,
elle est ma richesse et mon trésor.
Je l'aime plus que rien au monde. »
— Quand Erec a écouté
tous les propos de son hôte,
il lui demande de lui expliquer
pourquoi on s'était assemblé
dans la cité en si grand nombre,
qu'il n'y avait rue si pauvre
ni maison si humble ou si petite,
qui ne fut pleine de chevaliers,
de dames et d'écuyers.
Et le vavasseur lui a répondu :
« Cher ami, ce sont les barons
du pays alentour.
Tous, les jeunes comme les vieux,
sont venus pour une fête

Qui en cest chastel iert demain;
Por ce sont li hostel si plain.   (99 a)
Mout i avra demain grant bruit
Quant il seront assemblé tuit,
565 Car devant trestote la gent
Iert sor une perche d'argent
Uns espreviers mout bien assis
Ou de cinq meues ou de sis,
Li mieudres c'on porra savoir.
570 Qui l'esprevier voudra avoir,
Avoir li covendra amie
Bele et sage sanz vilenie.
S'il i a chevalier tant os
Qui vuille le pris et le los
575 De la plus bele desranier,
S'amie fera l'esprevier
Devant touz a la perche prendre,
S'autres ne li ose desfendre.
Iceste costume maintienent,
580 Por ce tuit chascun an i viennent. »
Aprés li dit Erec et prie:
« Beax ostes, ne vos poist il mie,
Mes dites moi, se vos savez,
Qui est uns chevaliers armez
585 D'unes armes d'azur et d'or,
Qui par ci devant passa or,
Lez lui une pucele cointe
Qui mout pres de lui estoit jointe,

---

* 561. cest païs. 564. s. ensamble t.

** 565. Que d. *(+ P)*. 567. biax a. *(+ P)*. 568. de .II. mues ou *(erreur de Guiot)*. 573. c. si os. 580. Et por ce c. *(+ H)*. 582. ne vos enuit mie *(+ HP)*. 588. s'estoit j.

qui se déroulera demain dans la cité,
voilà pourquoi il y a tant de monde dans les maisons.
Demain régnera grande effervescence
quand tous seront réunis,
car, visible de toute l'assistance,
il y aura sur une perche d'argent
un épervier assis fort joliment,
de cinq mues ou de six,
le meilleur qui se puisse trouver.
A celui qui voudra obtenir l'épervier,
il lui faudra avoir une amie
belle et sage, sans vilenie.
S'il se trouve chevalier assez hardi
pour oser revendiquer pour son amie
le prix et l'honneur de la plus belle,
il fera prendre l'épervier
par elle sur la perche aux yeux de tous,
à moins que quelqu'un n'ait l'audace de le lui défendre.
Pour maintenir cette coutume,
tous sont chaque année au rendez-vous. »
Alors Erec le prie en ces termes :
« Cher hôte, je ne veux pas vous importuner,
mais dites-moi, si vous le savez,
qui est ce chevalier équipé
d'une armure d'azur et d'or
qui passa tout à l'heure devant chez vous,
avec, à ses côtés, une jeune fille charmante
qui se tenait très près de lui

Et devant aus un nain boçu ? »
590 Lors a li ostes respondu :
« C'est cil qui avra l'esprevier
Sanz contredit de chevalier.
Ne cuit que nuns avant s'en traie,
Ja n'i avra ne cop ne plaie.
595 Par deus anz l'a il ja eü,
C'onques chalongiez ne li fu.
Mais se il encor cest an l'a,   (99 b)
A toz jors desrainié l'ara.
Ja mes n'iert anz que il ne l'ait
600 Quite sanz bataille et sanz plait. »
Erec respont enelepas :
« Cest chevalier ne aing je pas !
Sachiez, se je armes avoie,
L'esprevier li chalongeroie.
605 Beax ostes, par vostre franchise,
Par guierredon et par servise,
Vos pri que vos me consoilliez
Tant que je so[i]e aparoilliez
D'unes armes, viez ou noveles,
610 Moi ne chaut, ou laides ou beles. »
Li ostes respont comme frans :
« Ja mar en seroiz en espans :
Bones armes et beles ai,
Que volentiers vos presterai.
615 Leanz est li hauberz tresliz
Qui entre .v.ᶜ. fu esliz,

*   597. e. un an l'a. 598. A.t.j. mais deservi l'a. 600. sanz noise et [-1]. 604.
    L'e. chalongier iroie. 612. seroit.

** 593-594 *intervertis.* 597. e. ouan l'a *(+ H)*. 604. li contrediroie. 605-606.
    por. 610. Ne me chaut quiex, l. *(+ P)*. 611. Et il li respont *(+ H)*.

et, devant eux, un nain bossu ? »
Et l'hôte lui a répondu :
« C'est celui qui obtiendra l'épervier
sans qu'un chevalier le lui dispute.
A mon avis, personne n'osera s'avancer
et il n'y aura ni coup ni blessure.
Il l'a déjà obtenu deux ans d'affilée,
sans qu'on le lui ait jamais contesté ;
mais s'il l'a cette année encore,
c'est pour toujours qu'il l'aura gagné.
Jamais il ne se passera d'année qu'il ne l'obtienne
en toute liberté, sans bataille ni querelle. »
Et Erec de répliquer :
« Ce chevalier, je ne l'aime pas !
Sachez que, si j'avais des armes,
je lui disputerais l'épervier.
Cher hôte, au nom de votre générosité,
à titre gracieux et pour me rendre service,
je vous prie de m'indiquer
où je pourrais me procurer
une armure, vieille ou nouvelle,
laide ou belle, peu m'importe. »
L'hôte répond en homme généreux :
« Vous auriez tort de vous en inquiéter :
j'ai de bonnes et belles armes
que j'aurai plaisir à vous prêter.
Là est le haubert à triple maille
qui fut choisi entre mille,

Et chauces ai bones et chieres,
Cleres et beles et legieres.
Li hiaumes est et bruns et beax
620 Et li escuz fres et noveax.
Le cheval, l'espee et la lance,
Tout vos presterai sanz dotance,
Que ja n'en sera riens a dire.
— La vostre grant merci, biaus sire !
625 Mais je ne quier meillor espee
Que cele que j'ai aportee,
Ne cheval autre que le mien :
De celui m'aiderai je bien.
Se vos le sorplus me pretez,
630 Vis m'est que c'iert mout granz bontez.
Mais encor vos vuil querre un don,
Dont je vos rendrai guierredon,   (99 c)
Se Dex done que je m'en aille
A tout l'onor de la bataille. »
635 Li hostes respont franchement :
« Demandez tot seürement
Vostre plesir, comment qu'il aut ;
Riens que je aie ne vos faut. »
Lors dit Erec que l'esprevier
640 Vuet pour sa fille desrainier,
Car por voir n'i avra pucele
Que la centieme part soit bele.
Et se il avec soi l'en mainne,
Raison avra droite et certainne

---

*   **618.** Beles et bones et entieres (*corr. H ; C :* Boenes et fresches et l. ; *P :* Beles et boines et l). **619.** est et bons et beax (*cf. v. 766*). **624.** Vostre m., fait Erec, sire. **630.** Vis m'iert que sera g. b. **641.** Que. **644.** R. avra tote c.

**   **617.** Et les c. beles et c. (*H :* Cauces ai ml't bo. et c. ; *P :* Cauces i a bo. et c.). **619.** Li h. i rest boens et b. (*H :* Li h. est burnis et b.). **624.** La vostre m., b. s. [-1] (*H :* La vostre m., biax dols s.). **626.** De celi q. *(+ P).* **630.** que c'est. **632.** Don ge r. le g. *(+ P).* **635.** Et cil li respont f. (*H :* Et il r. seürement / [D. t. a vo talent]). **642.** Qui *(+ H ; P :* De le centime part si b. ; *cf. v. 24*). **643.** a. lui *(+ HP).*

*** **H. 629-630.**

et j'ai des chausses de qualité et de grand prix,
brillantes, belles et légères.
Le heaume est bien bruni et beau
et l'écu, flambant neuf.
Le cheval, l'épée et la lance,
je vous prêterai le tout, soyez-en certain,
sans qu'il y ait rien à redire.
— Je vous remercie infiniment, cher seigneur !
Mais je ne recherche de meilleure épée
que celle que j'ai apportée,
ni d'autre cheval que le mien :
celui-ci fera bien mon affaire.
Si vous me prêtez le reste,
ce sera, je crois, l'effet d'une très grande bonté.
Mais je veux vous demander encore une faveur
pour laquelle je vous récompenserai,
si Dieu m'accorde de me tirer
avec honneur de ce combat. »
L'hôte répond généreusement :
« N'hésitez pas à faire demande
qui vous plaise, quelle qu'elle soit ;
rien de ce que je possède ne doit vous faire défaut. »
Alors Erec affirme qu'il veut
revendiquer pour sa fille l'épervier,
car, à la vérité, il n'y aura jeune fille
qui ait la centième part de sa beauté ;
ainsi, s'il l'emmène avec lui,
il aura un motif tout à fait légitime

645 Dou desrainier et dou mostrer
     Qu'ele [en] doit l'esprevier porter.
     Puis dit : « Sire, vos ne savez
     Quel oste herbergié avez,
     De quel afaire et de quel gent.
650 Filz sui d'un riche roi poissant,
     Erec filz le roi Lac ai non :
     Ensi m'apelent li Breton.
     De la cort au roi Artu sui,
     Bien ai esté trois anz o lui.
655 Je ne sai s'en ceste contree
     Vint onques nule renommee
     Ne de mon pere ne de moi,
     Mais je vos promet et outroi,
     Se vos d'armes m'aparoilliez
660 Et vostre fille me bailliez
     Demain a l'esprevier conquerre,
     Que je l'en menrai en ma terre,
     Se Dex la victoire me done.
     Je li ferai porter corone,
665 S'iert roÿne de trois citez.
     — Beax sire, est donc ce veritez ?
     Erec li filz Lac estes vos ?   (99 d)
     — Ce sui je, fait il, a estros. »
     Li ostes mout s'en esjoï
670 Et dit : « Bien avommes oï
     De vos parler en cest païs.
     Or vos ain plus assez et pris,

** **651-652.** Mes peres li rois Lac a non / Erec m'a. li B. *(+ H)*. **653.** De
la cort le roi *(+ P)*. **663.** v. m'an d. *(+ P)*. **664.** La li f. **665.** de dis c.
666. Ha ! biax s., est ce v. *(+ P ; H :* Ha ! Erec sire, est ce vertés).
668. Ce sui mon, f.

pour exiger et soutenir
qu'elle doit emporter l'épervier.
Puis il dit : « Seigneur, vous ne savez pas
quel hôte vous avez hébergé,
de quel rang et de quelle naissance.
Je suis le fils d'un riche et puissant roi,
je me nomme Erec, fils du roi Lac :
voilà comment m'appellent les Bretons.
J'appartiens à la cour du roi Arthur
et j'ai bien été trois ans en sa compagnie.
Je ne sais si, dans cette contrée,
n'arriva jamais nul bruit
de la renommée de mon père ou de la mienne,
mais je vous promets et vous donne ma parole
que, si vous m'équipez d'armes
et me confiez votre fille
pour conquérir demain l'épervier,
je l'emmènerai dans mon pays,
pourvu que Dieu m'accorde la victoire.
Je lui ferai porter une couronne
et elle sera reine de trois cités.
— Cher seigneur, est-ce donc vrai ?
Vous êtes Erec, le fils du roi Lac ?
— C'est moi, fait-il, parfaitement. »
L'hôte s'en réjouit vivement
et dit : « Nous avons bien entendu
parler de vous dans ce pays.
Maintenant, je vous aime et estime plus encore,

Car mout estes prouz et hardiz.
Ja de moi n'iroiz escondiz :
675 Tot a vostre commandement
Ma fille bele vos present. »
Maintenant la prist par le poing :
« Tenez, fait il, je la vos doing. »
Erec lïement la reçut ;
680 Or ot il quanque li estut.
Grant joie font tuit par leanz :
Mout en est li peres joianz,
Et la mere plore de joie,
La pucele sist tote coie,
685 Mais mout estoit joianz et lie
De ce que li ert outroïe,
Por ce que prouz ert et cortois,
Et bien savoit qu'il seroit rois
Et ele meïsme honoree
690 Riche roÿne coronee.

    Mout orent cele nuit veillié.   (lettrine rouge)
Li lit furent aparoillié
De blans draps et de coutres moles.
A tant lesserent les paroles,
695 Lïement s'en vont couchier tuit.
Erec dormi pou cele nuit.
L'endemain, lues que l'aube crieve,
Isnelement et tost se lieve,
Et ses ostes ensamble o lui.
700 Au mostier vont orer andui

---

*   **683-684.** *intervertis.* **692.** liz.

** **676.** vos comant. **677.** Lors l'a prise par mi le p. *(+ H).* **680.** Or a q.
il li estut *(+ H ; P : Lors a q. mestiers li fu).* **682.** Li p. an ert molt j.
684. Et la p. ert t. **686.** Qu'ele li estoit o. **693.** costes m. **694.** faillirent
(+ HP).

*** H. **693-694.**

si grande est votre prouesse et votre hardiesse.
Jamais, vous n'essuierez de ma part aucun refus :
c'est à votre entière disposition
que je remets ma fille si belle. »
Et la prenant aussitôt par le poing,
il lui dit : « Tenez, je vous la confie. »
Erec la reçut avec plaisir :
maintenant, il avait tout ce qu'il lui fallait.
Tous mènent grande joie par la maison :
le père en est tout joyeux
et la mère pleure de joie ;
la jeune fille gardait le silence,
mais était tout heureuse et comblée
de lui avoir été accordée,
car il était preux et courtois
et elle savait bien qu'il serait roi
et qu'elle serait elle-même honorée,
comme une riche reine couronnée.
Ils ont veillé très tard cette nuit.
Lorsque les lits furent garnis
de draps blancs et de couvertures moelleuses,
ils mirent fin à leur conversation :
tous vont se coucher allègrement.
Erec dormit peu cette nuit.
Le lendemain, au point du jour,
il a vite fait de se lever,
tout comme son hôte.
Ils vont l'un et l'autre à l'église pour y prier

Et firent de Saint Esperite
Messe chanter a un hermite ;   (100 a)
Lor offrande n'oblïent mie.
Quant il orent la messe oïe,
705 Andui enclinent a l'autel,
Si retornerent a l'ostel.
Erec tarda mout la bataille.
Les armes quiert et l'en li baille.
La pucele meïsme l'arme,
710 N'i ot fait charaie ne charme,
Lace li les chauces de fer
Et cout a corroies de cer.
Haubert li vest de bone maille,
Puis si li lace la ventaille.
715 Le hiaume brun li met ou chief,
Mout l'arme bien de chief en chief.
Au costey l'espee li ceint,
Puis commande c'on li ameint
Son cheval, et l'en li amainne.
720 Sus est sailliz de terre plainne.
La pucele aporte l'escu
Et la lance, qui roide fu.
L'escu li baille, et cil le prent,
Par la guiche a son col le pent ;
725 La lance li a ou poing mise,
Il l'a devers l'arestuel prise.
Puis dit au vavasor gentil :
« Beax sire, s'il vos plait, fait il,

---

*   **707.** A Erec t. la b. **715.** h. bon *(cf. v. 766).*

**   **703.** L'oferande n'o. *(HP :* L'o. n'oblierent mie). **706.** s'an repeirent
(+ HP). **725.** li ra el p. *(+ P).*

***   H. **723-726.**

et y font chanter
la messe du Saint-Esprit par un ermite ;
ils n'oublient pas leur offrande.
Quand ils eurent assisté à la messe,
l'un et l'autre s'inclinent devant l'autel,
avant de retourner à la maison.
Erec était fort impatient de combattre.
Il demande les armes et on les lui donne.
C'est la jeune fille elle-même qui l'arme,
sans qu'on ait recours ni à des incantations ni à des
elle lui lace les chausses de fer   [sortilèges :
et les coud avec des courroies de cerf ;
elle le revêt d'un haubert aux bonnes mailles,
puis lui lace le ventail ;
elle lui place le heaume bien bruni sur la tête.
Elle l'arme parfaitement de pied en cap.
Lorsqu'elle lui a ceint l'épée au côté,
il demande qu'on lui amène
son cheval, ce qui est fait sur-le-champ ;
il l'a enfourché d'un seul bond.
La jeune fille apporte l'écu
et la lance bien rigide,
lui tend l'écu, et il le prend :
par la guiche, il le suspend à son cou.
Elle lui a mis la lance au poing,
il l'a prise du côté du talon.
Puis il dit au vavasseur généreux :
« Cher seigneur, s'il vous plaît,

[handwritten margin note:] indique que Enide n'est pas Fée

Faites vostre fille atorner !
730 A l'esprevier la vuil mener,
     Si con vos m'avez covenant. »
     Li vavasor[s] fist maintenant
     Enseler un palefroi bai,
     Que onques nou mist en delai.
735 Del ernois a parler ne fait,
     Car la grant povretez ne lait,
     Dont li vavasors estoit plains.   (100 b)
     La sele i fu mise et li frains.
     Deslïee et desafublee
740 Est la pucele sus montee,
     Qui gaires ne s'en fist proier.
     Erec n'i vost plus delaier,
     Ainz s'en va, delez li a[n] coste
     En mainne la fille son oste.
745 Aprés lui en vont ambedui
     Li sire et la dame avec lui.
     Erec chevauchoit lance droite,
     Delez lui sa pucele adroite.
     Tuit l'esgardent parmi les rues,
750 Et les granz genz et les menues.
     Trestoz li pueples s'en merveille,
     Li uns dit a l'autre et conseille :
     « Qui est ? Qui est cil chevaliers ?
     Mout doit estre hardis et fiers
755 Qui la bele pucele en moinne.
     Cist emploiera bien sa poinne,

---

*   **736.** Que la p. ne li lait. **754.** vaillanz et f.

**   **730.** Qu'a l'e. *(+ HP).* **734.** Onques ne le m. *(+ P ; H :* Que il n'i m. o.
     d.). **741.** Qui de rien ne. **742.** E. ne v. **743.** Or s'an va *(+ H ; P :* Erec
     s'en va ; les lui en c.). **745.** Aprés les sivent a. *(+ H).* **755.** Quant.

***   H. **735-738, 741-742.**

faites apprêter votre fille !
Je veux la mener à l'épervier,
comme vous en avez convenu avec moi. »
Le vavasseur fit aussitôt
seller un palefroi bai,
sans y mettre aucun retard.
Inutile de parler du harnais,
car le vavasseur ne peut rien se permettre,
si grande était la pauvreté qui l'accablait.
On lui mit la selle et le mors.
Alors, sans voile de tête et sans manteau[1],
la jeune fille est montée sur le palefroi ;
elle ne se fit pas longtemps prier.
Erec ne voulut plus s'attarder,
il s'en va ; à ses côtés,
il emmène la fille de son hôte.
Il est suivi tout à la fois
du seigneur et de la dame.
Erec chevauchait, lance à la verticale,
accompagné de la jeune fille à la belle prestance.
Tous portent leurs regards sur lui dans les rues,
les grands comme les petits.
Le peuple tout entier s'en émerveille,
les uns et les autres échangent propos et questions :
« Qui est-ce ? Qui est ce chevalier ?
Qu'il doit être hardi et fier
celui qui conduit cette belle jeune fille !
Celui-ci ne perdra pas son temps,

---

1. Signe de négligence et, dans le contexte, de pauvreté (cf. *Conte du Graal*, éd. Méla, v. 3668).

Cist puet bien desrainier par droit
Que ceste la plus bele soit. »
Li uns dit a l'autre : « Por voir,
760 Ceste doit l'esprevier avoir. »
Li un la pucele prisoient,
Et maint en i ot qui disoient :
« Dex, qui puet cil chevaliers estre
Qui la bele pucele adestre ?
765 — Ne sai, ne sai, ce dit chascuns,
Mais bien li siet cil hiaumes bruns
Et cil hauberz et cil escuz
Et cil branz d'acier esmoluz.
Mout est adroiz sor cel cheval,
770 Bien resemble gentil vassal ;
Mout est bien faiz et bien tailliez
De braz, de jambes et de piez. »   (100 c)
Tuit a aus esgarder entendent,
Mais cil ne tardent ne atendent
775 Jusque devant l'esprevier furent.
Illuec de l'une part s'esturent
Ou le chevalier atendoient.
Estes le vos : venir le voient,
Lez lui son nain et sa pucele.
780 Ja avoit oï la novele
C'uns chevaliers venuz estoit
Qui l'esprevier avoir voloit,
Mais ne cuidoit q'ou siegle eüst
Chevalier qui tant hardi[z] fust

---

*   773. esgardent. 780. Il a. 782. Que l'e.

**   757. doit b. 761. p. looient. 766. Mes molt li (+ *HP*). 770. vaillant
v. (+ *P*). 774. Et il ne t. 775. Tant que d. (+ *HP*). 778. Estes vos que
[*P :* u] venir (+ *HP*). 784. si h. (*P :* tant osés).

*** H. 761-762, 769-772. P. 757-758.

celui-ci peut bien à juste titre soutenir
que celle-ci est la plus belle. »
L'un dit à l'autre : « A la vérité,
celle-ci doit obtenir l'épervier. »
Certains faisaient l'éloge de la jeune fille
et il y en avait beaucoup pour dire :
« Mon Dieu ! Qui peut donc bien être ce chevalier
qui avance à la droite de cette jeune fille ?
— Je ne le sais, je ne le sais, dit chacun,
mais ce heaume bien bruni lui va à merveille,
ainsi que ce haubert, cet écu
et cette épée d'acier affilée.
Il est fort habile sur son cheval,
c'est, à l'évidence, un généreux vassal.
Il est très bien bâti et bien taillé
de bras, de jambes et de pieds. »
Tous ont les yeux fixés sur eux,
mais ils ne prennent pas de retard et ne s'arrêtent pas
avant d'être arrivés devant l'épervier.
Là, ils se tinrent sur le côté,
en attendant le chevalier.
Le voici : ils le voient venir,
en compagnie de son nain et de sa demoiselle.
Il avait déjà entendu la nouvelle
qu'un chevalier était venu
dans le dessein d'obtenir l'épervier,
mais il n'imaginait pas qu'il y eut au monde
un chevalier assez hardi

785 Qui contre lui s'osast combatre ;
    Bien le cuidoit veincre ou abatre.
    Toutes les genz le conoissoient,
    Tuit le conjoient et convoient.
    Aprés lui ot grant bruit de gent :
790 Li chevalier et li serjant
    Et les dames corrent aprés
    Et les puceles a eslés.
    Li chevaliers va devant toz,
    O lui sa pucele et ses goz.
795 Mout chevauche orgoillousement
    Vers l'esprevier isnelement.
    Mais en tor avoit si grant presse
    De la villainne gent engresse
    Que l'en n'i pooit atochier
800 Ne de nule part aprochier.
    Li cuens est venuz en la place,
    As vilains vient, si les menace.
    Une verge tient en sa main :
    Arriers se traient li vilain.
805 Li chevaliers s'est avant traiz,
    A sa pucele dit en paiz :
    « Ma damoisele ! cist oiseax   (100 d)
    Qui tant par est muez et beax
    Doit vostre estre par droite rente,
810 Car mout par estes bele et gente ;
    Si iert il voir tote ma vie.
    Alez avant, ma douce amie,

---

*   793. cort. 809. Doit e. v. par droiture. 810. b. et pure.

**   786. v. et a. *(+ HP)*. 788. le salüent. 794. Lez lui sa p. *(+ HP)*. 799. p.
     aprochier *(+ P)*. 800. Del trait a un arbalestier *(P : De n. p. ne atoucier)*.
     808. tant bien est m. et b. *(H : tant est delitous et b.)*. 810. Que *(+ P)*.
     811. Et si iert il t.

*** H. 787-788.

pour oser le combattre ;
aussi était-il persuadé de le vaincre ou de l'abattre.
Comme tout le monde le connaissait,
tous lui faisaient fête et l'escortaient.
Il était suivi d'une foule fort bruyante :
les chevaliers, les valets d'armes
et les dames s'élancent à sa suite,
ainsi que les jeune filles, à toutes jambes.
Le chevalier s'avance devant tout le monde,
avec sa demoiselle et son nabot.
Gonflé d'orgueil, il chevauche
vers l'épervier, à vive allure.
Mais il y avait, tout autour, une telle cohue
de vilains agressifs
que l'on ne pouvait y accéder,
ni par quelque endroit en approcher.
Lorsque le comte est arrivé sur la place,
il vient vers les vilains, en les menaçant.
Il tient une baguette dans sa main :
les vilains reculent.
Le chevalier s'est alors avancé
et dit à sa demoiselle, d'un ton tranquille :
« Ma demoiselle ! Cet oiseau
qui est si bien mué et si beau
doit vous appartenir à juste titre,
tellement vous êtes belle et gracieuse ;
il sera vôtre, à la vérité, toute ma vie.
Avancez, ma douce amie,

    L'esprevier a la perche prendre. »
    La pucele vuet la main tendre,
815 Mais Erec li cort chalongier,
    Que rien ne prise son dongier :
      « **D**amoisele, fait il, fuiez !   (lettrine bleue)
    A autre oisel vos deduiez,
    Que vos n'avez droit en cestui.
820 Et qui qu'en doie avoir ennui,
    Ja ciz espreviers vostres n'iert,
    Que mieudre de vos le requiert,
    Plus bele assez et plus cortoise. »
    A l'autre chevalier en poise,
825 Mais Erec ne le prise gaire.
    Sa pucele fait avant traire :
    « Bele, fait il, avant venez !
    L'oisel a la perche prenez,
    Car bien est droiz que vos l'aiez.
830 Damoisele, avant vos traiez !
    Dou desrainier trop bien me vant,
    Se nuns s'en ose traire avant,
    Que a vos ne se prent nes une,
    Ne que au soleil fait la lune,
835 Ne de beauté ne de valor
    Ne de franchise ne d'onor. »
    Li autres ne[l] puet plus sosfrir
    Quant il l'oï si paroffrir
    De la bataille a tel vertu :
840 « Qui ? fait il, vassaux, qui es tu,

---

* **819.** a. part en c. **833.** Qu'a vos ne s'aparoille nule *(pas de rime)*.
840. Puis a dit : « V. (*C :* Cui ? fet il, v. ; *H :* Qui, v., fait il ; *P :* Fui ! fait
il, v.).

** **814.** p. i vost (*H :* p. vost). **819.** Car (+ *H*). **820.** Cui qu'an doie venir
e. (*HP :* Cui que torner doie a e.). **831.** tres bien (*H :* De d. l'oisel me v. ;
P : Del desraisne faire me v.). **833.** s'an prant (+ *H*). **837.** pot (+ *H*). **838.**
porofrir (+ *HP*).

pour prendre l'épervier sur la perche. »
La jeune fille veut tendre la main,
mais Erec court le lui interdire,
car il ne fait aucun cas de sa prétention :
« Demoiselle, fait-il, fuyez !
Egayez-vous avec un autre oiseau,
car vous n'avez nul droit sur celui-ci.
Et, s'en désolera qui voudra,
jamais cet épervier ne vous appartiendra,
puisqu'une jeune fille meilleure que vous le réclame,
bien plus belle et plus courtoise. »
L'autre chevalier en est indigné,
mais Erec n'en fait guère de cas ;
faisant avancer sa demoiselle,
il dit : « Ma belle, approchez-vous !
Prenez l'oiseau sur la perche,
car il est bien légitime que vous l'ayez.
Demoiselle, portez-vous en avant !
Je me fais fort de soutenir,
si quelqu'un ose s'avancer devant moi,
que nulle jeune fille ne peut se comparer à vous,
pas plus que la lune au soleil,
ni en beauté ni en vaillance,
ni en générosité ni en honneur. »
L'autre ne peut souffrir plus longtemps
d'entendre Erec le provoquer
au combat avec une telle audace
et dit : « Comment, vassal, qui es-tu,

Qui l'esprevier m'as contredit ? »
Erec hardïement li dit :   (101 a)
« Uns chevaliers sui d'autre terre.
Cest esprevier sui venuz querre,
845 Car bien est droiz, cui qu'il soit lait,
Que ceste damoisele l'ait.
— Fui ! fait li autres, ce n'iert ja,
Folie t'a amené ça.
Se tu vuez avoir l'esprevier,
850 Mout le t'estuet comparer chier.
— Comparer, vassax, et de quoi ?
— Combatre t'en estuet a moi,
Se tu ne le me claimmes quite.
— Or avez vos folie dite,
855 Fait Erec, qu'au mien escïant
Ce sont menaces de neant,
Que tot par mesure vos dot.
— Dont te desfi je tot de bot,
Quant ne puet estre sanz bataille.
860 — Or, fait Erec, que Dex i vaille,
C'onques plus nule rien ne vox. »
Desormais en orroiz les copx.
La place fu delivre et granz,
De totes parz furent les genz.
865 Cil plus d'un arpant s'entreloignent,
Por assembler les chevax poignent,
Es fers des lances se requierent,
Par si grant vertu s'entrefierent

---

*   **842.** E. hautement li a dit. **847.** Fuiez, fait l'a. **858.** vos d. (*corr. CH ;*
     P : Lors se desfïent tot de bout).

**   **845.** Et b. **852.** covient. **855.** F. E., au m. e. (+ *H ; P :* F. dont E., mon
     e.). **859.** Car (*H :* Qui ; *P :* Ne puet remanoir s. b.). **860.** Erec respont :
     Or D. (+ *H ; P :* Ce dist Erec : Or D.). **861.** C'o. riens nule tant ne vos.

*** H. **861-862.**

pour m'avoir contesté l'épervier ? »
Erec, plein de hardiesse, lui dit :
« Je suis un chevalier venu d'un autre pays.
C'est cet épervier que je suis venu chercher,
car il est légitime, n'en déplaise à qui que ce soit,
que cette demoiselle l'obtienne.
— Fuis ! fait l'autre, cela ne sera jamais,
c'est la folie qui t'a fait venir jusque-là.
Si tu veux obtenir l'épervier,
il te faut le payer très cher.
— Payer, vassal, et à quel prix ?
— Il te faut me combattre,
si tu refuses de me le céder.
— Vous venez là de tenir des propos insensés,
fait Erec : à mes yeux,
ce sont des menaces en l'air,
car je ne vous redoute que bien peu.
— Alors, je te défie sur-le-champ,
puisque l'affaire ne peut se dénouer sans combat.
— Maintenant, fait Erec, que Dieu en décide,
car je n'ai jamais rien souhaité davantage. »
Désormais, vous en entendrez les coups. →   *la bataille*
La place était dégagée et spacieuse,
entourée de toutes parts par la foule.
Tous deux s'éloignent de plus d'un arpent l'un de l'autre :
ils éperonnent leurs chevaux pour engager le combat
et s'attaquent du fer de leurs lances.
Ils s'entrebattent si violemment

Que li escu percent et croissent,
870 Les lances esclicent et froissent,
 Li arçon espicent darriers.
 Guerpir lor convient les estriers,
 Contre terre ambedui se ruient,
 Li cheval par le champ s'en fuient.
875 Cil resont tost en piez sailli,
 Des lances n'orent pas failli,
 Les espees des fuerres traient,   (101 b)
 Felonessement s'entressaient,
 Des tranchanz granz copx s'entredonent,
880 Li hiaume cassent et resonent.
 Fiers est li chaples des espees :
 Mout s'entredonent granz colees,
 Qui de rien nule ne se faignent.
 Tout depiecent, quanqu'il ataignent,
885 Trenchent escuz, fausent haubers ;
 Dou sanc vermoil rougist li fers.
 Li chaples dure longuement :
 Tant se fierent menuement
 Que tot se lassent et recroient.
890 Andeus les puceles ploroient :
 Chascuns voit la soe plorer,
 Vers Deu ses mains tendre et orer
 Qu'il doint l'onor de la bataille
 Celui qui por li se travaille.
895 « He, vassax ! fait li chevaliers, (lettrine rouge)
 Car nos traions un pou arriers,

---

* **873.** Andui par terre mis se sont *(tout ce passage est bien plus soigné dans P).* **874.** s'en vont. **879.** Des tranchanz brans g. c. se donent. **881.** Granz est. **889.** tuit se laissent. **890.** Adonc. **896.** vos traiez.

** **871.** Depiecent li a. d. (+ *H ; P :* Li a. dep. der.). **872.** lor estuet (+ *P ; H :* estut). **883.** Que (+ *P*). **884.** t. deronpent (+ *P*). **889.** Que molt. **892.** Les mains t. a Deu et o. (*H :* A Dieu...). **895.** Vassax, ce dit li c.

*** H. **879-880, 883-884.**

que les écus se percent et craquent,
que les lances se rompent et volent en éclats,
que les troussequins sont mis en pièces.
Il leur faut vider les étriers :
tous deux bondissent à terre,
alors que leurs chevaux s'enfuient par la place,
mais ils ont vite fait de se remettre sur leurs pieds.
Leurs lances ne leur avaient pas permis de faire la décision ;
ils tirent alors l'épée du fourreau
et se mettent cruellement à l'épreuve :
de leurs lames, ils échangent de grands coups ;
les heaumes se brisent avec fracas.
Farouche est le choc des épées :
ils se frappent brutalement sur le col,
sans chercher à épargner leur peine.
Ils mettent en pièces tout ce qu'ils atteignent,
fendent les écus, disloquent les hauberts ;
le sang vermeil rougit les fers.
Le choc dure longtemps :
ils s'assènent des coups si drus
qu'ils s'épuisent jusqu'au découragement.
Les deux jeunes filles étaient en larmes :
chacun voit la sienne pleurer,
tendre les mains vers Dieu et le supplier
de donner le prix de la bataille
à celui qui peine pour elle.
« Hé, vassal ! dit le chevalier,
prenons un instant nos distances,

Si estons un pou a repos,
Que trop ferommes foibles cops.
Moillors copx nos convient ferir,
900 Car trop est pres del asserir.
Mout est grant honte et grant laidure
Que ceste bataille tant dure.
Voi la cele gente pucele
Qui por toi plore et Deu apele ;
905 Mout doucement prie por toi,
Et la moie autresi por moi.
Bien nos devons es brans d'acier
Por noz amies enforcier. »
Erec respont : « Bien avez dit. »
910 Lors se reposent un petit.
Erec regarde vers s'amie
Qui mout doucement por lui prie.   (101 c)
Tot maintenant qu'il l'a veüe,
Li est mout grant force creüe.
915 Por s'amor et por sa beauté
A reprise mout grant fierté.
Remembre li de la roÿne,
Cui il ot dit en la gaudine
Que il la honte vengeroit
920 Ou il encor l'a[n]grigneroit.
« Ha ! mauvais, fait il, qu'aten[t] gié ?
Encor n'ai je mie vengié
Le lait que cist vassax sosfri,
Quant ses nains ou bois me feri. »

---

*   **899.** Mervoilloux copx c. f. **900.** Se l'un de nos doit tost morir. **903.**
bele p. **908.** detranchier. **912.** Qui por li si durement p. **924.** li nains.

**   **897.** S'estons un petit an r. (*H :* Si soions ; *P :* Soions un petit en r.).
898. Car (+ *HP*). **903-906** *absents de C (+ EV).* **907.** Si. **908.** resforcier.
913. ot v. **914.** Se li est sa f. c. **918.** Qu'il avoit dit an la g. (*HP :* Cui
il ot promis en plevine). **919.** sa honte (+ *H*). **920.** ancore la crestroit
(*H :* l'acresteroit ; *P :* l'engreveroit).

***   H. **899-900.**

pour nous reposer un peu,
car nous portons de trop faibles coups.
Nous devons frapper plus fort,
puisqu'on est bien près de la tombée du soir.
Quelle grande honte et quelle ignominie
que cette bataille dure tant !
Regarde devant toi cette gracieuse jeune fille
qui pleure à cause de toi et en appelle à Dieu.
Elle prie très doucement pour toi,
et la mienne fait de même pour moi.
Nous devons donc avec nos lames d'aciers
faire un dernier effort pour nos amies. »
Erec répond : « Vous avez raison. »
Alors, ils se reposent un peu.
Erec porte ses regards sur son amie
qui très doucement prie pour lui.
Dès qu'il l'a vue,
sa vigueur en est toute redoublée.
Pour son amour et pour sa beauté,
il a retrouvé une grande audace.
Il se souvient de la reine
à qui il avait dit dans la forêt
qu'il vengerait son humiliation
ou qu'il l'accroîtrait encore.
« Ha ! misérable, fait-il, qu'est-ce que j'attends ?
Je n'ai pas encore vengé
l'ignominie que ce vassal a tolérée,
le jour où son nain m'a frappé dans le bois. »

il tombe en amour de lui ?

925 Ses mautalanz li renovele,
 Le chevalier par ire apele :
 « Vassax ! fait il, tot de novel
 A la bataille vos rapel.
 Trop avons fait grant reposee,
930 Recommençons ceste meslee. »
 Et cil respont : « Ce ne m'est grief. »
 Lors s'e[nt]revienent de rechief.
 Andui sorent de l'escremie :
 A cele premiere envahie,
935 S'Erec bien coverz ne se fust,
 Li chevaliers blecié l'eüst.
 Et neporquant si l'a feru
 Lonc la temple, delez l'escu,
 Que del hiaume une piece tranche.
940 Res a res de la coife blanche,
 L'espee contre val descent,
 L'escu jusqu'a la bocle fent,
 Et dou haubert lez le costé
 Li a plus d'un espan osté.
945 Bien dut illuec estre afolez :
 Sor la hanche li est colez
 Jusqu'a la char li aciers froiz.   (101 d)
 Dex le gari a cele foiz :
 Se li cops ne tornast defors,
950 Trenchié l'eüst parmi le cors.
 Mais Erec de rien ne s'esmaie :
 Ce qu'il li doit, bien li repaie.

---

* **926.** Son compaignon mout tost a. **938.** de son escu. **944.** plus de plain
pié o. **951.** E. de r. nou remenaie [?].

** **930.** R. nostre m. (*HP* : Recommençomes la m.). **937.** Si l'a li chevaliers
f. (*H* : N. l'a il si f.). **938.** A descovert, desor l'e. (*H* : Les la t. de son e. ;
W. Foerster suggère que pour BH la temple *désigne une partie de l'écu*).
945. B. dut estre Erec a. **946-947.** Jusqu'a la char... / Sor la h. ... (+ *H*).
949. li fers. **952.** Se cil li preste, bien li paie (*H :* Mais E. ml't bien li r. ;
P : Çou qu'il li d. ml't bien li paie).

Sa rancœur lui revient,
il interpelle le chevalier d'un ton furieux :
« Vassal ! fait-il, je vous provoque
à nouveau au combat !
Nous ne nous sommes reposés que trop longtemps,
recommençons donc la mêlée ! »
Et l'autre répond : « Je n'en suis pas fâché ».
A ces mots, ils en viennent de nouveau aux mains.
Tous deux possédaient l'art de l'escrime :
à ce premier assaut,
si Erec ne s'était pas bien protégé,
le chevalier l'aurait blessé.
Et pourtant il lui a asséné un tel coup,
le long de la tempe, à côté de l'écu,
qu'il lui tranche une pièce du heaume.
L'épée rase la coiffe blanche[1],
glisse vers le bas,
fend l'écu jusqu'à la bosse
et lui a coupé plus d'un empan
de son haubert, sur le côté.
A ce coup, Erec aurait dû être mis a mal :
sur la hanche, il a senti l'acier froid
le pénétrer jusqu'à la chair.
Dieu le protégea cette fois :
si le coup n'avait pas dévié vers l'extérieur,
il aurait tranché Erec à mi-corps.
Mais celui-ci ne s'alarme nullement :
il lui rend la monnaie de sa pièce.

---

1. Calotte d'étoffe placée directement sur la tête du chevalier sous le heaume.

Mout hardïement le requiert,
Par selonc l'espaule le fiert,
955 Tel enpointe li a donee
Que li escuz n'i a duree,
Ne li hauberz rien ne li vaut,
Que jusqu'a l'os l'espee n'aut.
Tot contre val jusqu'au braier
960 Li fait le sanc vermeil raier.

M̲out sont fier andui li vassal :   (lettrine bleue)
Si se combatent par igal
Que ne puet pas plain pié de terre
Li uns desor l'autre conquerre.
965 Tant ont les hauberz desmailliez
Et les escuz si detailliez
Que n'en i a tant, sanz mantir,
Dont il se puissent garantir.
Tot se fierent a descovert,
970 Chascun[s] dou sanc grant masse pert,
Mout afoibloient ambedui.
Cil fiert Erec, et Erec lui ;
Tel cop a delivre li done
Sor l[e] hiaume que tot l'estone.
975 Fiert et refiert tot a bandon,
Trois cops li done en un randon,
Li hiaumes escartele toz,
Tranche la coife de desoz.
Jusqu'au test l'espee n'areste,
980 Un os li tranche de la teste,

---

* 963. plain poing. 969. Tant. 976. le fiert (*corr. CH ; P :* Trois fois le fiert).
979. li aciers ne reste.

** 960. A fet (+ *P ; H :* En fait). 963. pas un pié. 967. Qu'il n'ont tant
d'antier s. m. 968. recovrir (*rime pauvre*). 969. Tuit. 970. m. i pert (+ *H*).
971. afeblissent (+ *H ; P :* s'afoiblissent). 978. Et la c. tranche desoz
(+ *HP*).

Avec une grande hardiesse, il l'attaque :
il le frappe le long de l'épaule,
lui portant une telle botte
que l'écu n'a pas résisté
et que le haubert ne peut empêcher
l'épée de plonger jusqu'à l'os.
Elle lui fait ruisseler, le long de son corps,
jusqu'à la ceinture, le sang vermeil.
Quel acharnement chez les deux vassaux !
Dans ce combat, ils se montrent de force égale,
au point qu'ils sont incapables de conquérir
l'un sur l'autre, ne serait-ce qu'un pouce de terrain.
Leurs hauberts sont si démaillés
et les écus si entaillés
qu'ils n'ont plus, sans mentir,
de quoi se protéger.
Ils se frappent alors tout à découvert,
chacun perd des flots de sang
et se sent profondément faiblir.
L'autre frappe Erec et Erec lui rend la pareille.
Celui-ci lui assène sur le heaume
un coup si franc et si résolu qu'il l'étourdit complètement.
Le frappant à tour de bras sans rencontrer de résistance,
il lui donne trois coups d'affilée :
le heaume se disloque entièrement
et, en dessous, la coiffe est coupée.
L'épée ne s'arrête pas avant le crâne :
elle lui tranche un os de la tête,

Mais nou tocha en la cervele.
Cil s'embroncha toz et chancele.   (102 a)
Que qu'il chancele, Erec le boute
Et cil chiet sor le destre coute.
985 Erec par le hiaume le sache,
A force dou chief li esrache,
Et la ventaille li deslace,
Le chief li desarme et la face.
Quant il li membre de l'outrage
990 Que ses nains li fist ou bochage,
La teste li eüst copee,
Se il n'eüst merci criee :
« He ! vassax, fait il, conquis m'as.
Merci ! Ne m'ocire tu pas !
995 Des que tu m'as outrey et pris,
Ja n'en avroies los ne pris,
Se tu desormais m'ocïoies ;
Trop grant vilenie feroies.
Tien m'espee, je la te rent. »
1000 Mais Erec mie ne la prent,
Ainz dit : « Bien va que ne t'oci.
— Ha ! gentis chevaliers, merci !
Por quel forfait et por quel tort
Me doiz tu donc haïr de mort ?
1005 Ainz mais ne te vi, que je sache,
N'onques ne fui en ton damache,
Ne ne te fis honte ne lait. »
Erec respont : « Si avez fait.

---

*   **982.** Si. **990.** li n. **1006.** Ne ne te fis tort ne outrage (*corr. CH ; P :*
N'onques ne fui a vo damace).

**   **982.** Cil anbrunche (*+ HP*). **986.** li arache (*+ H*). **989.** Q. lui remanbre
(*+ HP*). **997.** *C = B, mais HP :* me toucoies. **1001.** B. va, je ne t'o. (*+ H*).

***   H. 1003-1004.

sans pourtant toucher la cervelle.
L'autre s'affaisse, tout chancelant.
Alors qu'il chancelle, Erec le pousse
et il tombe sur le coude droit.
Erec le tire par le heaume ;
par la force, il le lui arrache de la tête,
lui délace le ventail,
lui découvre la tête et le visage.
Quand il se souvient de l'outrage
que son nain lui infligea dans le bois,
il lui aurait coupé la tête,
si l'autre ne lui avait crié merci :
« Hé ! vassal, fait-il, tu m'as vaincu.
De grâce, ne me tue pas !
Maintenant que tu m'as pris et réduit à ta merci,
jamais tu ne retirerais honneur ou renom,
si à présent tu me tuais.
Tu ne commettrais qu'un acte fort méprisable.
Tiens mon épée, je te la rends. »
Cependant Erec ne la prend pas,
mais dit : « C'est bien, je ne te tue pas.
— Ha ! généreux chevalier, merci !
Pour quel forfait et pour quel crime
faut-il donc que tu me haïsses jusqu'à la mort ?
Jamais auparavant je ne t'ai vu, que je sache,
et jamais je ne t'ai nui,
ni ne t'ai infligé d'humiliation ou d'ignominie. »
Erec répond : « Si, tu m'en as infligé.

— Ha, sire, qoi? dites le donques.

1010 Ne vos vi, dont moi soveingne, onques ;
Et se [je] rien mesfait vos ai,
A vostre merci en serai. »
Lors dist Erec : « Vassax, je sui
Cil qui en la forest ier fui

1015 Avec la roÿne Guenievre,
Ou tu sosfris ton nain enrievre
Ferir la pucele ma dame.   (102 b)
Grant vilté est de ferir fame !
Et moi aprés referi il,

1020 Mout me tenoit li nains por vil.
Trop grant orguil assez feïs :
Quant tu tel outrage veïs,
Si le sosfris et se te plot
De tele faiture de bot

1025 Qui feri la pucele et moi.
Por tel forfait haïr te doi,
Que trop feïs grant mesprison.
Fïancier te convient prison,
Et sanz nul respit orendroit

1030 Iras a ma dame tot droit,
Que sanz faille la troveras
A Caradigant, se la vas.
Bien i venras encor anuit :
N'i a pas sept liues, ce cuit.

1035 Toi et ta pucele et ton nain
Li delivreras en sa main

---

*   **1010.** vi, onc moi s.

**   **1009.** s., car le dites d. (*P :* s., que nel dites d.). **1010.** Ne vos vi mes que
je saiche o. **1012.** En v. *(+ P).* **1018.** G. viltance *(+ H ; P :* Vilonie). **1020.**
M. me tenis lors anpor vil (*H :* Trop me tenistes empor vil). **1021.** g.
oltrage a. (*H :* Que ton nain ferir me sofris, *vers placé aprés v. 1022 ;*
P : Trop grant outrage voir fesis / [Et assés grant orgoel offris]). **1024.**
D'une tel fauture et d'un bot (*HP :* D'une tel faiture d'un bot). **1027.**
Car t. (+ *P ; H :* Trop par). **1028.** F. t'an estuet *(+ HP).* **1031.** Car s.
(+ HP).

*** H. 1009-1012. P. 1019-1020.

— Quoi, seigneur? dites-le donc.
Je ne vous ai jamais vu, autant qu'il m'en souvienne;
et si je vous ai en rien lésé,
je serai à votre merci. »
Erec lui répondit: « Vassal, je suis
celui qui accompagnait hier dans la forêt
la reine Guenièvre,
lorsque tu souffris que ton nain hargneux
frappât la suivante de ma dame.
Quel acte méprisable que de frapper une femme!
Et le nain me fit subir ensuite le même traitement,
si grand était son mépris à mon égard.
De quelle démesure as-tu fait preuve!
Devant un tel outrage,
tu restas impassible, tu pris plaisir
à voir ce misérable nabot
frapper la jeune fille et moi-même.
Pour ce forfait, je dois te haïr,
car tu t'es montré bien trop méprisant.
Il faut donc t'engager à devenir mon prisonnier;
aussi, immédiatement, sans délai,
tu iras directement auprès de ma dame,
car tu es sûr de la trouver,
si tu te rends à Caradigan.
Tu y arriveras encore pour cette nuit,
car il n'y a pas, je crois, sept lieux jusque là-bas.
Tu te remettras entre ses mains,
toi, ta demoiselle et ton nain,

Por faire son commandemant.
Se li diras que je li mant
Que demain a joie venrai
1040 Et une pucele en menrai
Tant bele, tant gente et tant preu,
Que sa paroille n'est nul leu;
Bien li porras dire por voir.
Et ton non revuil je savoir.»
1045 Lors li dit cil, ou vuille ou non:
«Sire, Ydier[s], li fiz Nut, ai non.
Hui matin ne cuidoie mie
Que nuns hons par chevalerie
Me peüst veincre; or ai trové
1050 Meillor de moi: bien l'ai prové,
Mout estes chevaliers vaillanz.
Tenez ma foi, je vos fïanz   (102 c)
Que orendroit, sanz plus atendre,
M'irai a la roÿne rendre.
1055 Mes dites moi, ne me celez,
Par quel non estes apelez?
Que dirai je qui m'i envoie?
Aparoilliez sui de la voie.»
Erec respont: «Jel te dirai,
1060 Ja mon non ne te celerai:
Erec ai non. Va, si li di
Que je t'ai envoié a li.
— Et je m'en vois, ce vos outroi.
Mon nain et ma pucele o moi

** 1038. Et se li di q. *(+ H)*. 1041. T. b. et tant saige et t. p. (*H*: T. b., t. s., t. p.; *P*: T. b. et t. s. et si p.). 1048. C'un seus hom *(+ HP)*. 1050. moi et esprové (*H*: L'orgoil de moi et bien prové). 1052. jel vos f. 1055 nel me c. *(+ P)*. 1057. Qui d. 1059. Et cil r. *(+ H)*. 1063. jel vos o. (*HP*: je vos o.).

pour qu'elle dispose de vous à sa volonté.
Tu lui transmettras aussi de ma part ce message :
demain, je reviendrai joyeux,
accompagné d'une jeune fille
si belle, si gracieuse et si valeureuse
qu'elle n'a sa pareille nulle part ;
voilà ce que tu pourras lui annoncer.
Et maintenant je veux savoir ton nom. »
Alors, l'autre lui répond, bon gré mal gré :
« Seigneur, je me nomme Ydier, le fils de Nut.
Ce matin, je n'imaginais pas
qu'un seul homme, par ses qualités de chevalier,
pût me vaincre ; mais à présent, j'ai trouvé
meilleur que moi : j'en ai la preuve,
vous êtes un très vaillant chevalier.
Je vous promets, vous en avez ma parole,
que maintenant, sans plus attendre,
je vais me rendre auprès de la reine.
Mais dites-moi, ne me le cachez pas,
quel est votre nom ?
Par qui dois-je dire que je suis envoyé ?
Je suis prêt à partir. »
Erec répond : « Je te le dirai,
je ne te cacherai plus longtemps mon nom :
je me nomme Erec. Va et dis à la reine
que c'est moi qui t'ai envoyé auprès d'elle.
— Je m'en vais, je vous en donne ma parole.
Mon nain et ma demoiselle, tout comme moi-même,

[annotation manuscrite : avec Arthur ?]

1065 Metrai en sa merci dou tot,
     Ja mar en seroiz en redot;
     Et si li dirai la novele
     De vos et de vostre pucele. »
     Lors en a Erec la foi prise;
1070 Tuit sont venu a la devise,
     Li cuens et les genz environ,
     Les puceles et li baron.
     De liez et de maz en i ot:
     Es uns pesa, es autres plot.
1075 Por la pucele au chainse blanc
     Qui le cuer ot gentil et franc,
     La fille au povre vavasor,
     S'esjoïssent tuit li plusor;
     Et por Ydier dolant estoient
1080 Sa pucele et cil qui l'amoient.
     Ydiers n'i pot plus arester,
     Sa foi li convient aquiter.

     Maintenant sor son cheval monte.   (lettrine rouge)
     Por quoi vos feroie lonc conte?
1085 Son nain et sa pucele en mainne,
     Le bois trespassent et la plainne.
     Tote la droite voie tindrent   (102 d)
     Tant que a Caradigant vindrent.
     Es loges de la saule fors
1090 Estoit mes sire Gauvains lors,
     Et Kex li seneschauz ensamble.
     Des barons y ot, ce me semble,

---

*   **1071.** lor gent. **1078.** S'estoient tuit lié li p. **1081.** plus demorer. (*rime moins satisfaisante*).

**   **1074.** A l'un p., a l'autre p. **1077.** Qui estoit f. au v. **1080.** Et por s'amie qui l'amoient (*leçon plus difficile*). **1081.** Y. n'i volt plus a. *(+ P).* **1082.** covint *(+ H; P:* estuet).

je les remettrai à son entière disposition,
n'ayez vraiment aucune crainte à ce sujet.
Et je lui ferai part de la nouvelle qui vous concerne,
vous et votre demoiselle. »
Alors, Erec a reçu sa parole.
Tous sont venus assister à leur accord,
le comte et les gens de son entourage,
les jeunes filles et les barons.
Il y en eut de joyeux et de tristes ;
certains eurent de la peine, d'autres du plaisir.
Pour la demoiselle à la tunique blanche
qui avait le cœur généreux et loyal,
la fille du pauvre vavasseur,
la plupart se réjouissait ;
mais pour Ydier s'affligeaient
sa demoiselle et ceux qui l'aimaient.
Ydier ne put s'y attarder plus longuement,
il lui faut s'acquitter de sa parole.
Aussitôt, il monte sur son cheval.
Pourquoi vous en ferais-je un long récit ?
Il emmène son nain et sa demoiselle,
ils traversent le bois et la plaine.
En suivant le chemin le plus direct,
ils arrivèrent enfin à Caradigan.
Aux loges extérieures de la grande salle
se trouvait alors monseigneur Gauvain,
en compagnie de Keu le sénéchal.
Les barons, me semble-t-il,

Avec aus grant masse venuz.
Ceus qui vienent ont perceüz ;
1095 Li seneschauz premiers les vit.
A mon seignor Gauvain a dit :
« Sire, fait il, mes cuers devine
Que cil vassax qui la chemine
Est cil que la roÿne dist
1100 Qui ier si grant ennui li fist.
Ce m'est avis que il sont troi ;
Le nain et la pucele voi.
— Voirs est, fait mes sire Gauvains,
C'est une pucele et uns nains,
1105 Qui avec le chevalier vienent ;
Vers nos la droite voie tienent.
Toz est armez li chevaliers,
Mais ses escuz n'est pas entiers.
Se la roÿne le veoit,
1110 Je cuit qu'ele le conoistroit.
Ha, seneschax, car l'apelez ! »
Cil i est maintenant alez ;
Trovee l'a en une chambre :
« Dame, fait il, se vos remambre
1115 Dou nain qui ier vos corroça,
Quant vostre pucele bleça ?
— Oïl, mout m'en sovient il bien,
Seneschax, savez en vos rien ?
Por quoi l'avez amenteü ?
1120 — Dame, fait il, que j'ai veü

---

* **1094.** q. vindrent o.

** **1094.** ont bien veüz. **1095.** le vit *(+ H)*. **1114.** s'il vos *(+ H)*. **1116.** Et
v. **1119.** a. ramanteü *(H :* a. vos ramentu*)*. **1120.** D., por ce que *(+ H)*.

les avaient suivis en grand nombre.
Ils ont aperçu ceux qui arrivaient
et le sénéchal fut le premier à les voir.
Aussi dit-il à monseigneur Gauvain :
« Seigneur, fait-il, je devine
que ce vassal qui chemine là-bas
est celui qui, au dire de la reine,
lui fit hier si grand outrage.
Je crois qu'ils sont trois :
je vois le nain et la jeune fille.
— Assurément, fait monseigneur Gauvain,
c'est bien une jeune fille et un nain
qui accompagnent le chevalier
et se dirigent droit vers nous.
Le chevalier est tout armé,
mais son écu n'est pas intact.
Si la reine le voyait,
je crois qu'elle le reconnaîtrait.
Ha ! sénéchal, appelez-la donc ! »
Celui-ci est aussitôt allé auprès de la reine,
il l'a trouvée dans une de ses chambres :
« Dame, fait-il, vous souvenez-vous
du nain qui provoqua hier votre courroux,
quand il blessa votre suivante ?
— Oui, je m'en souviens parfaitement,
sénéchal. En savez-vous rien ?
Pourquoi m'en avez-vous rappelé le souvenir ?
— Dame, fait-il, c'est parce que j'ai vu

Venir un chevalier errant,
Armé sor un cheval ferrant,   (103 a)
Et se li huil ne m'ont menti,
Une pucele a avec li.
1125 Ce m'est avis, avec lui vient
Li nains qui la corgie tient,
Dont Erec reçut la colee. »
Lors s'est la roÿne levee,
Et dit : « Alons tost, seneschax,
1130 Veoir se ce est li vassax.
Se ce est il, poez savoir
Que je vos en dirai le voir,
Maintenant que je le verrai. »
Kex dit : « Je le vos mostrerai.
1135 Venez en es loges a mont,
La ou vostre chevalier sont.
D'illucques venir les veïsmes,
Et mes sire Gauvains meïsmes
Vos [i] atent. Dame, alons i,
1140 Que trop avons demoré ci. »
  Lors s'est la roÿne esmeüe,   (lettrine bleue)
Es fenestres en est venue,
Lez mon seignor Gauvain s'estut ;
Le chevalier bien recognut :
1145 « Ha, seignor, fait ele, c'est il !
Mout a esté en grant peril ;
Combatuz s'est. Ce ne sai gié,
Se Erec a son duel vengié,

---

*   **1130.** Por veoir se c'est li v.

**   **1122.** destrier. **1123.** se mi oel *(+ H).* **1125.** Et si m'est vis qu'avoec ax
vient *(P :* Et si m'est vis k'avoec lui vint). **1129.** Alons i, s. **1131.** Se c'est
il, bien p. s. *(+ HP).* **1134.** Et Kex dist : Je vos i manrai. **1135.** Or venez
as l. *(P :* Venés a vos l.). **1136.** ou nostre conpaignon s. **1144.** Le c. molt
bien conut. **1145.** Haï ! fet ele, ce est il.

*** **H. 1133-1140, 1147-1150.**

venir un chevalier errant,
en armes sur un cheval gris de fer
et, si mes yeux ne m'ont pas trahi,
une jeune fille est à ses côtés.
A mon avis, il est accompagné
du nain tenant le fouet
dont Erec fut frappé au cou. »
A ces mots, la reine s'est levée,
disant : « Sénéchal, hâtons-nous
de voir s'il s'agit du vassal.
Si c'est bien lui, soyez certain
que je vous le confirmerai,
aussitôt que je le verrai. »
Keu dit : « Je vous le montrerai.
Montez aux loges
où sont assemblés vos chevaliers.
C'est de là que nous les avons vus venir
et monseigneur Gauvain lui-même
vous y attend. Dame, allons-y,
nous n'avons que trop tardé ici. »
La reine s'en est alors allée ;
elle est arrivée aux fenêtres
et s'est placée à côté de monseigneur Gauvain.
Elle reconnut sans peine le chevalier :
« Ha ! seigneurs, fait-elle, c'est lui !
Qu'il a été en grand péril !
Il a combattu. Je ne sais
si Erec a vengé son outrage,

Ou se cil a Erec veincu,
1150 Mais mout a copx en son escu;
Ses hauberz est coverz de sanc,
De rouge i a plus que de blanc.
— Voirs est, fait mes sire Gauvains;
Dame, je suis trestoz certains
1155 Que de rien nule n'en mentez:
Ses hauberz est ensanglentez,
Mout est hurtez et debatuz;   (103 b)
Bien i pert qu'il s'est combatuz.
Savoir poons, sanz nule faille,
1160 Que fiere a esté la bataille.
Ja li orrons tel chose dire
Dont nos avrons ou joie ou ire:
Ou Erec l'envoie a nos ci
En prison, en vostre merci,
1165 Ou il s'en vient trop folement
Vanter ici par hardement
Qu'il a Erec veincu ou mort.
Ne cuit qu'autre novele aport. »
Fait la roÿne : « Je le cuit.
1170 — Bien puet estre », ce dïent tuit.
A tant Ydiers entre en la porte,   (lettrine rouge)
Qui la novele lor aporte;
Des loges sont tuit avalé,
A l'encontre li sont alé.
1175 Ydiers vient au perron real;
La descendi de son cheval,

---

* **1156.** Il est trestoz e. **1162.** Dont nos porrons plorer ou rire. **1163.** Erec
l'e. a nos ici. **1164.** nostre. **1168.** autres noveles port *(leçon isolée).*
1172. les noveles.

** **1149.** cist *(+ P).* **1155.** ne mantez *(+ HP).* **1158.** B. pert que il *(H :* Mout
pert bien qu'il). **1160.** Q. forz a e. **1163.** a vos. **1165.** Ou se il s'en vient
par hardemant [+ 1] *(HP :* Ou il s'en vient par hardement). **1166.** Vanter
antre nos folemant *(+ HP).* **1175.** Y. vint au perron a val.

ou si celui-ci a vaincu Erec, toujours est-il
qu'il a de nombreuses traces de coups sur son écu
et son haubert est couvert de sang,
il y a plus de rouge que de blanc.
— C'est vrai, ma dame, fait monseigneur Gauvain,
j'en suis tout à fait convaincu,
vous ne dites que la vérité :
son haubert est ensanglanté,
il a subi bien des chocs et des coups,
il est facile de voir qu'il s'est battu.
Nous pouvons en conclure, sans aucun doute,
que la bataille a été rude.
Bientôt, nous l'entendrons prononcer des paroles
qui provoqueront ou notre joie ou notre tristesse :
soit Erec l'envoie ici auprès de nous
comme prisonnier à votre merci,
soit il est assez fou pour venir ici
oser se vanter
d'avoir vaincu ou tué Erec.
Je ne crois pas qu'il apporte d'autre nouvelle. »
Et la reine dit : « Je le crois aussi.
— C'est bien possible », répondent tous les autres.
A ce moment-là, Ydier franchit la porte
pour leur faire part de la nouvelle.
Tous sont descendus des loges
et sont allés à sa rencontre.
Ydier arrive au montoir royal
où il descend de son cheval ;

Et Gauvains la pucele prist,
Jus de son palefroi la mist ;
Li nains de l'autre part descent ;
1180 Chevaliers i ot plus de cent.
Quant descendu furent tuit troi,
Si les moinnent devant le roi.
La ou Ydier[s] vit la roÿne,
Jusque devant ses piez l'encline,
1185 Salüee l'a tot premiers,
Puis le roi et ses chevaliers,
Et dist : « Dame, en vostre prison
M'envoie ci uns gentis hon,
Uns chevaliers vaillanz et prouz,
1190 Cil cui fist ier sentir les nouz
Mes nains de la corgie ou vis ;
Outré m'a d'armes et conquis.   (103 c)
Dame, le nain vos amain ci
En prison, en vostre merci,
1195 Por faire tot quanque vos plait. »
La roÿne plus ne se tait,
D'Erec li demande noveles :
« Dites moi, fait ele, chaeles,
Savez vos quant Erec vendra ?
1200 — Dame, demain. Si amenra
Une pucele ensemble o lui
C'onques si bele ne conui. »
Quant cil ot conté son message,
La roÿne fu franche et sage,

**   1178. Et jus de son cheval la mist. 1184. p. ne fine (+ *P*; *H*: s'acline).
1185. Et si salua tot premiers [*leçon difficile*] (*H* : Salué l'a tot de p.).
1186. Le r. et toz ses c. 1192. Vaincu m'a. 1194. Et ma pucele a merci
(*P + VAE insèrent deux vers après v. 1194* : Venus est a vostre merci.
/ Moi et ma pucele et mon nain / En vostre prison vos amain / Por
f. ...). 1195. Por f. quanque il vos plest. 1198. Or me dites, sire, fet ele.
1200. d., et s'amanra (+ *HP*). 1202. Onques (+ *P*). 1204. preuz et s.

*** H. 1193-1194.

Gauvain prit la jeune fille par la main
et la fit descendre de son palefroi ;
le nain à son tour met pied à terre.
Plus de cent chevaliers étaient présents.
Quand tous les trois furent descendus,
on les conduisit devant le roi.
Lorsqu'Ydier voit la reine,
il lui fait une profonde révérence ;
il la salua en premier,
puis le roi et ses chevaliers,
et dit : « Dame, en votre prison
m'envoie ici un gentilhomme,
un chevalier vaillant et preux,
celui à qui mon nain fit hier sentir
sur le visage les nœuds de son fouet ;
il m'a réduit et vaincu par les armes.
Dame, je vous amène ici le nain
en prisonnier, à votre merci,
pour que vous agissiez selon votre bon plaisir. »
La reine ne se tait plus longtemps,
elle lui demande des nouvelles d'Erec :
« Dites-moi, fait-elle, s'il vous plaît,
savez-vous quand Erec viendra ?
— Dame, demain, et il arrivera
en compagnie d'une demoiselle,
jamais je n'en ai vu d'aussi belle. »
Quand celui-ci eut transmis son message,
la reine fut loyale et sage ;

1205 Cortoisement li dist : « Amis,
     Puis qu'en ma merci ci es mis,
     Plus en iert ta prisons legiere,
     Ne n'ai talant que mal te quiere.
     Mais ce me di, se Diex t'aït,
1210 Coment as non ? » Et cil li dit :
     « Dame, Ydiers ai non, li filz Nut. »
     La verité l'en reconut.
     Lors s'est la roÿne levee,
     Devant le roi en est alee,
1215 Et dist : « Sire, avez entendu ?
     Or avez vos bien atendu
     Erec le vaillant chevalier.
     Mout bon consoil vos donai ier,
     Quant le vos loai a atendre :
1220 Por ce fait bon consoil a prendre. »
     Respont li rois : « N'est mie fable,
     Ceste parole est bien estable :
     Qui croit consoil, n'est mie fos,
     Buer creümes ier vostre los.
1225 Mais se de nule rien m'amez,
     Cest chevalier quite clamez
     De sa prison, par tel covant   (103 d)
     Que il soit des or en avant
     De ma mesnie et de ma cort ;
1230 Que s'il nou fait, a mal li tort. »
     Li rois ot la parole dite,
     Et la roÿne claimme quite

---

* **1207.** ta merci l. **1219.** Q. je vos. **1225.** Dame, se vos de rien m'amez *(leçon isolée)*.

** **1206.** Des qu'an ma prison estes mis (*H :* Des que en ma m. t'es mis ; *P :* Puis k'en ma m. estes mis). **1207.** Molt iert vostre p. l. (*P :* Plus en iert vo p. l.). **1208.** vos q. (+ *P*). **1209.** Mes or me dit. **1215.** Sire, or avez veü *(rime faible).* **1217.** D'Erec. **1219.** Q. jel vos (*H :* Q. jo le). **1220.** Por ce fet il b. c. p. (+ *HP*). **1221.** Li rois a dit (*H :* Li rois r.). **1222.** est veritable (+ *P ; H :* delitable). **1227.** Par tel covant de la prison (*H :* Sa p. par itel c.). **1228.** Que il remaigne an ma meison (*H :* Qu'il soit desormais an avant). **1230.** Et s'il (+ *H*). **1231.** sa p. (+ *P*). **1232.** r. tantost quite.

avec courtoisie, elle lui a dit : « Ami,
puisque tu t'es placé ici en mon pouvoir,
ta captivité n'en sera que plus légère ;
je n'ai nullement le dessein de te faire du mal.
Mais dis-moi, au nom de Dieu,
comment t'appelles-tu ? ». Et l'autre lui répond :
« Dame, je me nomme Ydier, le fils de Nut. »
On reconnut qu'il disait vrai.
Alors la reine s'est levée,
est allée devant le roi
et lui a dit : « Seigneur, avez-vous entendu ?
Vous avez donc bien fait d'attendre
Erec, le vaillant chevalier.
C'était un excellent conseil que je vous donnais hier,
quand je vous proposais de l'attendre.
Voilà pourquoi il est sage d'accepter un conseil. »
Le roi répond : « Ce n'est pas un vain propos,
mais une vérité bien établie :
celui qui croit conseil, n'est pas un sot.
Aussi avons-nous été hier bien inspirés d'approuver votre
Mais, si vous éprouvez quelque amour pour moi, [proposition.
proclamez ce chevalier quitte
de sa prison, à la condition
qu'il appartienne désormais
à ma maison et à ma cour ;
et, s'il ne le fait, tant pis pour lui ! »
A peine le roi avait-il parlé,
que la reine libère

Le chevalier tot maintenant;
Mais ce fu par tel covenant
1235 Qu'a sa cort dou tot remainsist.
Cil gaires proier ne s'en fist,
La remenance a outroïe,
Puis fu de cort et de mesnie,
N'en avoit pas devant esté.
1240 Lors furent vallet apresté
Qui le corrurent desarmer.
Or redevons d'Erec parler,
Qui encor en la place estoit
Ou la bataille faite avoit.
1245 Onques, je cuit, tel joie n'ot
La ou Tristanz le fier Morhot
En l'isle saint Sanson veinqui,
Con on faisoit d'Erec enqui.
Mout fesoient de lui grant lox,
1250 Grant et petit, menu et grox.
Tuit loent sa chevalerie.
N'i a chevalier qui ne die:
« Dex, quel vassal! soz ciel n'a tel. »
Aprés lui vont a son hostel.
1255 Grant joie en font et grant parole
Et li cuens meïsmes l'acole,
Qui sor toz grant joie fesoit,
Et dist: « Sire, s'il vos plesoit,
Bien devrïez, et par raison,
1260 Vostre ostel prendre en ma meson,

---

*   **1245.** Onques encor t. **1248.** Con faisoient d'E. **1249.** f. d'Erec g.

**   **1233.** c. arëaument. **1235.** la cort (+ *P; H :* la cort del roi r.). **1239.** Iqui
      n'avoit gueres esté. **1240.** garçon a. **1245.** ce cuit. **1246.** Quant T. ocist
      le Morhot (*P :* La u Tristrans le Morlyot). **1247.** An l'isle quant Sanson
      vainqui *(leçon fautive).* **1250.** Petit et grant et gresle et gros (*HP :* grant
      et p. et graille et g.). **1251.** prisent *(+ P).* **1254.** Aprés s'an va a son
      o. **1255.** G. los en f. (*H :* G. noise f.). **1257.** j. an f. *(+ P).*

*** H. 1245-1248.

tout aussitôt le chevalier,
mais ce fut à la condition
qu'il restât attaché à sa cour.
L'autre ne se fit guère prier :
il a promis de rester.
Désormais, il fit partie de la cour et de la maison,
il n'en avait jamais été auparavant.
Alors se préparèrent des jeunes gens
qui se hâtèrent de le désarmer.

   Il nous faut maintenant reparler d'Erec
qui se trouvait encore sur la place
où il avait livré bataille.
Jamais, je crois, la joie
que suscita la victoire de Tristan
sur le terrible Morholt dans l'île Saint-Samson,
ne fut comparable à celle qui régnait là pour Erec.
Tous le comblaient d'éloges,
grands et petits, menus et gros.
Tous admirent ses qualités chevaleresques.
Pas un chevalier qui ne dise :
« Mon Dieu, quel vassal ! sous le ciel, il n'a pas son égal. »
Ils le suivent jusqu'à son logis,
lui faisant fête et l'acclamant.
Le comte lui-même, le prenant par le cou
et se réjouissant plus qu'aucun autre,
lui a dit : « Seigneur, s'il vous plaisait,
vous devriez à juste titre
vous loger dans ma maison,

Quant vos filz estes Lac le roi.
Se vos prenïez mon conroi,   (104 a)
Mout me ferïez grant honor,
Car je vos tien[g] por mon seignor. »
1265 Erec respont : « Ne vos ennuit,
Ne lairai pas mon oste ennuit,
Qui mout m'a grant honor portee,
Quant il m'a sa fille donee.
Qu'en dites vos, sire ? N'est dons
1270 Mout beax et mout riches li dons ?
— Oïl voir, sire, fait li cuens,
Mout est li dons et beax et buens.
La pucele est et bele et sage,
Et est de mout gentil lignage :
1275 Sachiez que sa mere est ma suer.
Certes mout en ai lié le cuer,
Quant vos ma niece avoir doingniez.
Encor vos pri que vos veingniez
A moi herbergier anuit mes. »
1280 Erec respont : « Laissiez m'en pes,
Nou feroie en nule meniere. »
Cil voit, n'i a mestier proiere ;
Si li dit : « Sire, vo plesir !
Or nos en poons bien taisir.
1285 Mais je et mi chevalier tuit
Serons avec vos mais anuit
Por solaz et por compaignie. »
Quant Erec l'ot, si l'en mercie.

---

*   *Après v. 1264, C (+ VAE) insère :* Biax sire, la vostre merci, / De
remenoir o moi vos pri. **1267.** enor mostree. **1269-70.** Et qu'an dites
vos, sire, dons ? / Don n'est b. et r. cist dons ? **1271.** Oïl, biax s. **1272.**
Cist dons si est et b. et b. **1273.** est molt b. **1274.** Et si est molt de haut
parage *(+ HP).* **1275-76.** *intervertis.* **1283.** Et *[HP :* Si] dist : Sire, a
vostre p. *(+ HP).* **1286.** vos ceste nuit. **1287.** Par ... par.

*** H. 1261-1264.

puisque vous êtes le fils du roi Lac.
Si vous acceptiez mon hospitalité,
vous me feriez très grand honneur,
car je vous considère comme mon seigneur. »
Erec répond : « Sans vouloir vous déplaire,
je n'abandonnerai pas mon hôte cette nuit,
car il m'a comblé d'honneurs
en m'accordant sa fille.
Qu'en dites-vous, seigneur ? N'est-il donc
pas très beau et très précieux, le don qu'il m'a fait ?
— Oui, assurément, seigneur, fait le comte,
le don est aussi beau qu'excellent.
La jeune fille est aussi belle que sage
et appartient à un noble lignage :
sachez que sa mère est ma sœur.
Vraiment, j'ai le cœur tout réjoui
de voir que vous daignez prendre ma nièce.
Et je vous en prie encore une fois : venez
vous loger chez moi pour cette nuit. »
Erec répond : « Ne vous souciez pas de moi !
Je ne le ferai, quoiqu'il advienne. »
Le comte, voyant que ses prières sont inutiles,
lui dit : « Seigneur, c'est comme vous voulez !
N'en parlons plus désormais.
Mais tous mes chevaliers et moi-même
serons à vos côtés ce soir
pour vous réjouir et vous tenir compagnie. »
Quand Erec entend ces propos, il l'en remercie.

Venuz est Erec chiés son oste,
1290 Et li cuens delez lui en coste ;
Dames et chevaliers i ot ;
Li vavasors mout s'en esjot.
Tot maintenant que Erec vint,
Corrurent vallet plus de .xx.
1295 Por lui desarmer a esploit.
Qui en cele meson estoit,
Mout pooit grant joie veoir,   (104 b)
Erec s'ala premiers seoir,
Puis s'asïent tuit par les rans
1300 Sor liz, sor coutres et sor bans ;
Lez Erec s'est li cuens assis
Et la pucele o le cler vis,
Qui de l'alete d'un plovier
Paissoit sor son poing l'esprevier
1305 Por cui la bataille ot esté.
Mout avoit le jor conquesté
Honor et joie et seignorie.
En son corage estoit mout lie
De l'oisel et de son seignor ;
1310 Ne pot avoir joie greignor,
Et bien en demostre semblant.
Ne fist pas sa joie en emblant,
Que bien le sorent tuit et virent.
Par la meson grant joie firent
1315 Tout por l'amor de la pucele.
Erec le vavasor apele,

---

*   **1292.**Li chevaliers *(faute commune à BPC ; leçon de H)*. **1299.** Puis s'a.
parmi ces rans *(corr. C ; P :* Puis s'a. parmi les r.). **1302.** Et la p. au c.
v. [-1] *(corr. H ; P :* Et la bele p. ausis ; *C :* Et la b. p. an mis). **1304.** Paist
sor son p. ce e. *(texte raturé)*.

**   **1289.** Lors an vint E. **1290.** c. avoec lui *(+ H)*. **1294.** Sergent corrurent
p. **1299.** s'asistrent. **1300.** Sor liz, sor seles et sor b. **1303-1308** *absents de
C et déplacés dans VA après v. 1437* [**1307.** *H :* j. et signor (-1 *et absence
de rime*) ; *VEA :* j. et seignorage. **1308.** *HVEA :* Mout e. liee en son corage].
1309-1310. Qui tel joie a de son s. / C'onques pucele n'ot g. **1311-1315.**
absents de C (+ VA), qui rajoute après 1316 : Parole li dist boene et bele.

*** H. 1299-1300, 1311-1312. P. 1295-1296, 1307-1308.

Erec est arrivé chez son hôte
avec, à ses côtés, le comte ;
dames et chevaliers les suivaient.
Le vavasseur en éprouve grande joie.
Dès qu'Erec est arrivé,
plus de vingt jeunes gens accoururent
pour le désarmer prestement.
Qui se trouvait dans cette maison
pouvait apercevoir très grande liesse.
Erec alla s'asseoir le premier,
puis tous les autres prennent place par rangées
sur les lits, sur les couettes et sur les bancs.
Aux côtés d'Erec se sont assis le comte
et la jeune fille au visage lumineux
qui, de l'aileron d'un pluvier,
nourrissait sur son poing l'épervier
qui avait constitué l'enjeu de la bataille.
Qu'elle avait gagné en ce jour
d'honneur, de joie et de prestige !
Son cœur était au comble de la félicité
à cause de l'oiseau et de son seigneur.
Elle ne pouvait connaître joie plus grande
et n'hésite pas à la manifester.
De sa joie, elle ne fit pas secret :
tous purent aisément s'en rendre compte.
Dans la maison, règne une grande allégresse
par amour de la jeune fille.
Erec, appelant le vavasseur,

Si li a commencié a dire :
« Beax ostes, beax amis, beax sire,
Mout m'avez grant honor portee,
1320 Mais mout vos iert guierredonee :
Demain en menrai avec moi
Vostre fille a la cort le roi ;
La la voudrai a fame prendre,
Et se vos plait un pou atendre,
1325 Par tens vos envoierai querre.
Mener vos ferai en la terre
Qui mon pere est et moie aprés.
Loing est de ci, non mie pres.
Illuec vos donrai deus chasteax
1330 Mout buens, mout riches et mout beax.
Sire seroiz de Rotelan,
Qui fu faiz dois le tens Adan,   (104 c)
Et d'un autre chastel selonc
Qui ne vaut mie moins un jonc ;
1335 Les genz l'apelent Montrevel,
Mes peres n'a meillor chastel.
Et ainz que soit tiers jors passez,
Vos avrai envoié assez
Or et argent, et vair et gris,
1340 Et dras de soie de cher pris,
Por vestir vos et vostre fame,
Qui est la moie chiere dame.
Demain par son l'aube dou jor,
En tel robe et en tel ator,

---

*   **1337.** soit midi p.

**   **1317.** Et cil li comança a d. **1319.** Vos m'a. **1320.** Mes bien vos (*H :* Bien
      vos sera ; *P :* Ml't bien vos). **1321.** an vandra avec. **1324.** Et s'il vos plest
      (*+H ; P :* Sans atargier et sans atendre). **1331.** Roadan (*H :* Rodoan ;
      P : Tonadan). **1333.** Et dui a. c. *(erreur de Guiot).* **1334.** Qui ne valent
      pas m. **1335.** La gent *(+ H).* **1337.** Einz que troi jor soient p. (*H :* Et
      ançois .IIII. jors passés). **1340.** soie et de c. **1342.** Qui est ma chiere
      dolce d. **1343.** D. droit a l'aube.

*** P. 1335-1336.

lui adresse ces propos :
« Cher hôte, cher ami, cher seigneur,
c'est un très grand honneur que vous m'avez accordé,
mais grande aussi sera votre récompense :
demain, j'emmènerai
votre fille à la cour du roi
où je souhaiterais la prendre pour épouse
et, s'il vous plaît de patienter un peu,
je vous ferai bientôt chercher
pour vous conduire dans la terre
qui est à mon père et qui sera mienne plus tard ;
elle n'est pas proche, mais elle est éloignée d'ici.
Je vous y donnerai deux châteaux
très bien assis, très riches et très beaux.
Vous serez seigneur de Rotelan
qui fut bâti dès le temps d'Adam
et d'un autre château à proximité
qui ne vaut pas un brin de moins ;
on l'appelle Montrevel,
mon père n'a pas de meilleur château.
De plus, avant trois jours,
je vous aurai envoyé en quantité
or et argent, fourrures de vair et de gris
et draps de soie précieuse
pour vous vêtir, vous et votre femme
qui est ma chère dame.
Demain, au point du jour,
c'est dans cette robe et dans cet accoutrement,

1345 En menrai vostre fille a cort.
Je vuil que ma dame l'atort
De la soe robe domainne,
De samiz et de dras en grainne. »
Une pucele estoit leanz
1350 Mout prouz, mout sage, mout vaillanz ;
Lez la pucele en chainse blanc
S'estoit assise sor un banc,
Et sa cosine estoit germainne
Et niece le conte domaine.
1355 Quant la parole ot entendue   (lettrine rouge)
Que si tres povrement vestue
En voloit mener sa cosine
Erec a la cort la roÿne,
A parole [en] a mis le conte :
1360 « Sire, fait ele, mout grant honte
Seroit a vos, plus qu'a autrui,
Se ciz sire en mainne avec lui
Vostre niece si povrement
Atornee de vestement. »
1365 Et li cuens respont : « Donez li,
Ma douce niece, je vos pri,
De voz robes que vos avez,   (104 d)
La meillor que vos i savez. »
Erec a la parole oïe
1370 Et dit : « Sire, n'en parlez mie.
Une chose sachiez vos bien,
Que je ne voudroie por rien

---

* **1350.** mout rïanz. **1355.** la pucele. **1361.** S. a vos que a a. **1367.** robes dont vos a. **1368.** Des meillors que *(corr. CH ; P = B).*

** **1348.** Qui est de soie tainte en g. **1351.** p. au chainse b. *(+ HP).* **1352.** Estoit a. *(H :* S'avoit a.). **1353.** Qui ert sa c. g. **1355-1358.** *absents.* **1361.** Sera a vos. **1365-1366.** Je vos pri *et* donez li *inversés à la rime* *(+ HP).* **1372.** Ne voldroie por nule rien *(+ HP).*

que je conduirai votre fille à la cour.
Je veux que ma dame, la reine, la pare
de sa propre robe d'apparat
en satin écarlate. »
Dans l'assistance se trouvait une demoiselle
fort généreuse, fort sage et fort valeureuse ;
elle s'était assise sur un banc
à côté de la jeune fille à la blanche tunique.
Elle était sa cousine germaine
et la nièce du comte en personne.
Quand elle eut entendu
dans quelle misérable toilette
Erec voulait conduire sa cousine
à la cour de la reine,
elle en a fait part au comte :
« Seigneur, fait-elle, quelle grande honte
ce serait pour vous plus que pour tout autre,
si ce seigneur emmenait avec lui
votre nièce dans un si misérable
accoutrement ! »
Et le comte répond : « Donnez-lui,
ma douce nièce, je vous en prie,
parmi toutes les robes que vous possédez
celle que vous jugez la meilleure. »
Ce propos n'a pas échappé à Erec,
qui dit : « Seigneur, il est inutile d'en discuter.
Soyez sûr de ceci :
je ne voudrais pour rien au monde

Que d'autre robe eüst [nes] point,
Jusque la roÿne l'en doint. »

1375   Quant la damoisele l'oï,   (lettrine bleue)
Si li respont et dit : « Ohi,
Sire, quant vos en itel guise
En blanc chainse et en sa chemise
Ma cosine en volez mener,

1380   Un autre don li vuil doner.
Quant vos ne volez entresait
Que nule de mes robes ait,
Je ai trois palefroiz mout buens,
Onques meillors n'ot rois ne cuens,

1385   Un sor, un vair et un baucent.
Sanz mentir, la ou en a cent,
N'en a pas un moillor dou vair :
Li oisel qui volent par l'air
Ne vont plus tost dou palefroi ;

1390   Et si n'est pas de grant esfroi :
Tex est con a pucele estuet,
Uns enfes chevauchier le puet,
Qu'il n'est ombrages ne restis,
Ne mort, ne fiert, ne n'est ragis.

1395   Qui moillor quiert, ne set qu'il vuet ;
Qui le chevauche, ne s'en duet,
Ainz va plus aise et plus soëf
Que s'il estoit en une nef. »
Lors dist Erec : « Ma douce amie,

1400   De cest don ne me poise il mie,

---

*   **1380.** vos vuil. **1385.** un noir et *(même corr. aux v. 1387 et 1406)*. **1388.**
par l'oir. **1390.** Et se ne vi onques plus quoi.

**   **1373.** Qu'ele eüst d'a. r. p. *(+ H)*. **1374.** Tant que la r. li doint. **1376.**
Lors li r. et dist : Haï ! *(H : Lors respondi et dist : Haï).* **1377.** Biax sire,
quant vos an tel g. *(+ H)*. **1378.** la chemise *(+ P)*. **1385.** un bai et *(faute
commune à CH).* **1390.** Einz nus hom ne vit son desroi. **1391-1392.**
intervertis. **1400.** Ice don ne refus je mie.

qu'elle ait une autre robe,
avant que la reine ne lui en donne une. »
Quand la demoiselle l'entend,
elle lui répond : « Hé bien !
seigneur, puisque c'est ainsi,
en blanche tunique et dans sa chemise,
que vous voulez emmener ma cousine,
je veux lui faire un autre présent.
Comme vous refusez fermement
qu'elle ait une de mes robes,
sachez que j'ai trois palefrois excellents,
jamais roi ou comte n'en eut de meilleurs :
un alezan, un pommelé et un tacheté.
Sans mentir, prenez cent palefrois,
vous n'en trouverez aucun qui surpasserait le pommelé :
les oiseaux, dans leur vol à travers les airs,
ne sont pas plus agiles que le palefroi ;
de plus, il n'est guère sujet à la crainte :
il convient à merveille à une jeune fille.
Un enfant peut le chevaucher,
parce qu'il n'est ni ombrageux ni rétif,
ne mord ni ne rue et ignore toute rage.
Qui en cherche un meilleur ne sait pas ce qu'il veut ;
qui le chevauche ne peut s'en plaindre,
mais avance avec plus d'aisance et de douceur
que s'il était sur un navire. »
A ces mots, Erec a répondu : « Ma chère amie,
ce don ne saurait me contrarier,

S'ele le prent, ainçois me plait ;
Je ne vuil pas qu'ele le lait. »   (105 a)
Tot maintenant la damoisele
Un suen serjant privé apele,
1405 Si li dist : « Beax amis, alez,
      Mon palefroi vair enselez ;
      Si l'amenez isnelement. »
      Cil a fait son commandement :
      Le cheval ensele et enfrene,
1410 Dou bien aparoillier se peinne,
      Puis monte ou palefroi crenu.
      Ez vos le palefroi venu.
      Quant Erec le palefroi vit,
      Ne lo loa mie petit,
1415 Car mout le vit et bel et gent.
      Puis comanda a un serjant
      Qu'en l'estable lez son destrier
      Alast le palefroi lïer.

      A tant se departirent tuit,   (lettrine rouge)
1420 Grant joie orent fait cele nuit.
      Li cuens a son hostel s'en vait,
      Erec chiés le vavasor lait,
      Et dit qu'il le convoiera
      Au matin, quant il s'en ira.
1425 Cele nuit ont tote dormie.
      Au main, quant l'aube est esclairie,
      Erec s'atorne de l'aler,
      Ses chevax commande enseler.

---

*   **1406-1407.** noir m'amenez / Si l'enselez i. (*corr. CH ; P :* vair m'amenés
      / Or alés tost i.).

**   **1402.** Ne voel mie q. *(+ HP).* **1408.** Et cil fet *(+ H).* **1410.** Del bel a.
      1426. esclarcie *(+ P).*

*** H. **1425-1426.**

si elle l'accepte ; mieux, il me plaît,
et je ne veux pas qu'elle refuse cette offre. »
Tout aussitôt la demoiselle,
appelant un de ses serviteurs,
lui a dit : « Cher ami, allez
seller mon palefroi pommelé
et amenez-le rapidement. »
Celui-ci a suivi ses ordres :
il selle et bride le cheval,
s'applique à bien le harnacher,
puis monte sur le palefroi à longs crins.
Voici le palefroi arrivé.
Quand Erec le vit,
il ne fut pas avare en éloges,
car il remarqua combien il était beau et racé.
Puis il commanda à un serviteur
d'aller à l'écurie
attacher le palefroi à côté de son destrier.
Sur ce, tous se séparèrent,
après avoir mené grande joie toute cette soirée.
Le comte retourne à son hôtel,
laissant Erec chez le vavasseur
et promettant de lui faire escorte
le lendemain matin, pour son départ.
Ils ont dormi toute la nuit.
Au matin, aux premières lueurs de l'aube,
Erec se dispose au départ
et fait seller ses chevaux.

Et sa bele amie s'esveille,
1430 Ele se lieve et aparoille ;
Li vavasors lieve, et sa fame.
N'i remest chevaliers ne dame
Qui ne s'atort por convoier
La pucele et le chevalier.
1435 Tuit sont monté, et li cuens monte.
Erec chevauche lez le conte,
Et delez lui sa douce amie,   (105 b)
Qui l'esprevier n'oblïa mie :
A son esprevier se deporte,
1440 Nule autre richece n'en porte.
Grant joie ont fait au convoier ;
Au departir vost envoier
Avec Erec une partie
Li cuens de sa chevalerie,
1445 Por ce qu'honor li feïssiant,
Se avec lui s'en alessiant.
Mais il dist que nul n'en menroit,
Ne compaignie n'i queroit
Fors la pucele soulement.
1450 Puis lor dist : « A Deu vos commant ! »
Convoié les orent grant piece ;
Li cuens baise Erec et sa niece,
Si les commande a Deu le pi.
Li pere et la mere autresi
1455 Les baisent sovent et menu ;
De plorer ne se sont tenu :

---

*   **1445.** que h. li feïssent (*corr. C, le subj. en* -ient *étant nécessaire à la
correction de la rime ; H = B ; P :* Por çou que h. li portaissent). **1446.**
Se avec lui il s'en alessent (*corr. C ; H :* lui s'en aleïssent ; *P :* Se cil a.
lui s'en alaissent). **1447.** que nus n'i iroit. **1450.** Toz ensamble a Deu
v. c.

** **1429.** Et s'amie la b. e. (*+ P*). **1430.** Cele s'atorne et a. **1432.** N'i remaint
(*+ H*). **1437.** Et delez sa bele amie [-1]. **1442-1444.** Avoec Erec volt
anvoier / Au dessevrer une partie / Li frans cuens de sa conpaignie
(*rédaction isolée*). **1449.** Fors que s'amie s. **1455.** La b. (*+ H ; P :* Le b.).

*** H. **1429-1430.**

Puis sa belle amie s'éveille,
se lève et se prépare.
Le vavasseur se lève à son tour, ainsi que sa femme.
Il n'est pas un chevalier, pas une dame
qui ne revête ses beaux habits pour faire escorte
à la jeune fille et au chevalier.
Tous sont montés, à l'instar du comte.
Erec chevauche à ses côtés,
accompagné de sa douce amie
qui n'a pas oublié l'épervier :
elle s'amuse à jouer avec ce dernier,
elle n'emporte d'autre richesse.
Ils ont fait grande fête en l'escortant ;
au moment de se séparer, le comte voulut
envoyer avec Erec
une partie de ses chevaliers,
parce qu'ils lui auraient fait honneur,
s'ils l'avaient accompagné dans son voyage.
Mais il répondit qu'il n'accepterait personne
et ne rechercherait d'autre compagnie
que celle de la jeune fille.
Puis il leur dit : « Je vous recommande à Dieu ! »
On les avait escortés un bon bout de chemin,
le comte embrasse alors Erec et sa nièce
et les recommande à Dieu le miséricordieux.
Le père et la mère, à leur tour,
leur donnent et redonnent des baisers.
Ils n'ont pu se retenir de pleurer :

Au departir plore li pere,
Plore la pucele et la mere.
Tex est amors, tex est nature,
1460 Tex est pitiez de norreture :
Plorer les fesoit la pitiez
Et la douceurs et l'amistiez
Qu'il avoient de lor enfant ;
Mais bien savoient neporquant
1465 Que lor fille en tel leu iroit
Dont granz honors lor avenroit.
D'amor et de pitié ploroient,
Quant de lor fille departoient ;
Ne ploroient por autre chose :
1470 Bien savoient qu'a la parclose
En seroient il honoré.
Mout ont au departir ploré ;   (105 c)
Plorant, a Deu s'entrecommandent ;
Or s'en vont, que plus n'i atendent.
1475 Erec de son oste se part,
Car a merveilles li est tart
Que a la cort le roi venist.
De s'aventure s'esjoïst ;
Mout estoit liez de s'aventure,
1480 Qu'amie ot bele a desmesure,
Sage, cortoise et debonaire.
De l'esgarder ne pot prou faire :
Quant plus l'esgarde, plus li plait,
Ne puet müer que ne la bait.

---

*   **1473.** Plorent. **1482.** pot po f.

**   **1457-1458.** *CH intervertissent* li pere *et* la mere *à la rime.* **1461.** f. granz
p. **1465.** l. aloit *(+ HP).* **1475.** o. depart *(+ H).* **1476.** Car [*HP :* Que]
mervoilles li estoit t. *(+ HP).* **1481.** S. et c. **1483.** e. et plus li p. (*H :* Ml't
s'i delite, ml't li p.).

*** H. **1469-1472.**

lors des adieux, pleure le père,
pleurent la jeune fille et la mère.
Ainsi est amour, ainsi est nature,
ainsi est la tendresse pour l'enfant que l'on a élevé :
ce qui les faisait pleurer, c'était la tendresse
et la douceur de l'affection
qu'ils éprouvaient pour leur enfant.
Et pourtant, ils savaient bien
que leur fille se rendrait en un lieu
d'où leur adviendrait un grand honneur.
Amour et tendresse les faisaient pleurer,
au moment de quitter leur fille ;
leurs pleurs n'avaient d'autre motif :
ils avaient la ferme conviction qu'en fin de compte
ils en seraient honorés.
Qu'ils ont versé de larmes au moment des adieux !
Tout en pleurant, ils se recommandent les uns les autres à
Maintenant ils s'en vont, sans plus attendre.   [Dieu.

      Erec prend congé de son hôte,
car il est follement impatient
d'arriver à la cour du roi.
Son aventure le réjouit
et, s'il est comblé d'aise par son aventure,
c'est qu'il a une amie d'une extraordinaire beauté,
sage, courtoise et de noble origine.
Il ne peut se rassasier de la contempler :
plus il la contemple, plus elle lui plaît.
Il ne peut se retenir de l'embrasser,

1485 Volentiers pres de li se trait,
     En li regarder se refait ;
     Mout remire son chief le blonc,
     Ses iauz rïanz et son cler fronc,
     Le nes et le vis et la bouche,
1490 Dont granz douceurs au cuer li to[u]che.
     Tot remire jusqu'a la hanche,
     Le menton et la gueule blanche,
     Flans et costez et braz et mains ;
     Mais ne regardoit mie mains
1495 La damoisele le vassal
     De bon huil et de cuer leal
     Qu'il fesoit li par contençon.
     Ne preïssent pas raançon
     Li uns de l'autre regarder :
1500 Si estoient igal et per
     De cortoisie et de beauté
     Et de grant debonaireté,
     Si estoient d'une matiere,
     D'unes mors et d'une meniere,
1505 Que nuns, qui le voir en vuet dire,
     N'en porroit le meillor eslire,
     Ne le plus bel, ne le plus sage.   (105 d)
     Mout estoient d'igal corage
     Et mout avenoient ensamble.
1510 Li uns a l'autre son cuer emble ;
     Onques deus si beles ymages
     N'asambla lois ne marïages.

---

*   **1491.** jusqu'en la h. **1499.** Li un l'autre de r. **1509.** Et si avoient mout
     e.

**   **1486.** esgarder *(+ H).* **1489.** et la face et la b. *(+ P ; H :* Son bel vis et
     sa bele b.). **1492.** et la gorge b. *(+ P ; H :* Son cler front et sa gorge b. ;
     le mot gueule *apparaît dans un contexte similaire dans* Le Conte du
     Graal, *éd. Méla, v. 6588).* **1494.** ne remire mie *(P :* ne regarde mie).
     1496. De boen voel et de c. l. **1500.** Molt e. *(+ H).* **1503-1504.** meniere
     et matiere *inversés à la rime.* **1505.** voir volsist d. *(P :* voir voelle d.).

***   H. **1493-1498, 1503-1504.**

il aime à s'approcher d'elle,

Il se complaît à la regarder ;

il contemple sans fin sa blonde tête,
ses yeux riants et son front clair,
le nez, le visage et la bouche,
spectacle dont la grande douceur lui touche le cœur.
Il contemple toute sa personne jusqu'à la hanche :
le menton et la gorge blanche,
les flancs et les côtés, les bras et les mains.
Cependant, la demoiselle
ne regardait pas le jeune homme
d'un œil moins attentif et d'un cœur moins loyal :
ils s'admiraient à l'envi.
Pour aucune rançon, ils ne se seraient privés
de se regarder l'un l'autre.
Ils étaient égaux et pairs
en courtoisie, en beauté
et en générosité.
Ils étaient d'un même naturel,
d'une même éducation et d'un même caractère,
au point que celui qui voudrait en dire la vérité
serait incapable de désigner le meilleur,
le plus beau ou le plus sage des deux.
Ils étaient parfaitement égaux par le cœur
et parfaitement accordés l'un à l'autre.
L'un prive l'autre de son cœur ;
jamais deux si belles figures
ne furent assemblées par les lois du mariage.

    Tant ont ensa[m]ble chevauchié   (lettrine rouge)
    Qu'en droit midi ont aprochié
1515 Le chastel de Caradigan,
    Ou andeus les atendoit l'an.
    Por esgarder s'il les verroient,
    As fenestres monté estoient
    Li moillor baron de la cort.
1520 La roÿne Guenievre i cort,
    Et s'i vint meïsmes li rois,
    Kex et Percevaux li Galois,
    Et mes sire Gauvains aprés,
    Et Torz, li filz le roi Arés;
1525 Lucans i fu li botoilliers;
    Mout i ot de bons chevaliers.
    Erec ont choisi qui venoit,
    Et s'amie qu'il amenoit;
    Bien l'ont trestuit reconneü
1530 De si loing con il l'ont veü.
    La roÿne grant joie moinne,
    De joie est la corz tote ploinne
    Encontre son avenement,
    Que tuit l'aimment communement.
1535 Lues que il vient devant la sale,
    Li rois encontre lui avale,
    Et la roÿne d'autre part.
    Tuit li dïent que Dex le gart,
    Lui et sa pucele conjoient,
1540 Sa grant beauté prisent et loent.

---

*   **1521.** vint mes sire li r. *(leçon isolée).*

**   **1514.** Qu'a droit midi (*P:* Droit a none sont a.). **1524.** Et Corz (*P:* Hector, li fix le roi Yrés). **1532.** tote la corz *(+ HP).* **1534.** Car t. *(+ P).* **1535.** vint *(+ HP).* **1536.** lui s'avale.

*** H. **1533-1534.**

Ils ont tant chevauché côte à côte
qu'à midi juste, ils arrivèrent
devant le château de Caradigan
où tous deux étaient attendus.
Dans l'espoir de les voir venir,
étaient montés aux fenêtres
les meilleurs barons de la cour.
La reine Guenièvre y accourt
et le roi en personne y est allé,
ainsi que Keu et Perceval le Gallois,
puis monseigneur Gauvain
et Tor, le fils du roi Arès;
Lucan le bouteiller était aussi présent,
au milieu d'un grand nombre de chevaliers valeureux.
Ils ont aperçu Erec qui s'avance
accompagné de son amie;
ils l'ont tous reconnu sans difficulté,
d'aussi loin qu'ils ont pu le voir.
La reine en est toute joyeuse
et la joie gagne toute la cour,
puisqu'il est de retour
et que tous l'aiment sans exception.
Dès qu'il est arrivé devant la grande salle,
le roi descend à sa rencontre
et la reine le suit.
Tous appellent sur lui la protection de Dieu,
ils lui font fête, à lui et à sa demoiselle:
sa grande beauté suscite admiration et louange.

Et li rois meïsmes l'a prise,
Jus de son palefroi l'a mise,   (106 a)
Mout fu li rois bien afaitiez ;
A cele hore estoit bien haitiez.
1545 La pucele a mout honoree,
Par la main l'a a mont menee
En la mestre sale perrine.
Aprés, Erec et la roÿne
Sont andui monté main a main.
1550 « Dame, fait il, je vos amain
Ici ma pucele et m'amie
De povres vestemenz garnie ;
Si con ele me fu donnee,
Einsi la vos ai amenee.
1555 D'un povre vavassor est fille :
Povretez maint prodome aville.
Ses peres est frans et cortois,
Mais que d'avoir a petit pois ;
Et mout gentil dame est sa mere,
1560 Qu'ele a un riche conte a frere.
Ne por beauté ne por lignage
Ne doi je pas le marïage
De la pucele refuser.
Povretez li a fait user
1565 Le blanc chainse tant que as coutes
En sont andeus les manches routes.
Et neporquant, se moi pleüst,
Beles robes assez eüst,

---

* 1547-1548. *intervertis dans BP.* 1554. La vos ai ici amenee *(corr. CH ;*
P = B).

** 1550. Et il li dist : Je v. a. (*H :* Ele li a dit : Jo vos ain). 1551. Dame, ma
p. (*+ H ; P :* Ceste pucele qui est m'amie). 1552. garnemanz (*+ H*). 1556.
P. mainz homes a. 1558. Mes d'avoir a molt p. p. 1560. un gentil c. 1562-
1563. Ne quier je pas le m. / De la dameisele esposer *(leçon isolée et
confuse).* 1565. Ce b. c. (*HP :* Son b. c.). 1568. Boenes r. (*+ HP*).

Et le roi lui-même l'a prise ;
de son palefroi, il l'a fait descendre,
en homme parfaitement courtois :
en ce moment, il était comblé d'aise.
A la jeune fille, il a accordé tous les honneurs :
il l'a prise par la main et l'a fait monter
dans la grande salle de pierre.
A leur suite, Erec et la reine
sont montés l'un et l'autre, main dans la main :
« Dame, fait-il, je vous amène
ici ma demoiselle et mon amie
pauvrement vêtue :
c'est telle qu'elle me fut confiée
que je vous l'ai amenée.
Elle est fille d'un pauvre vavasseur
— Pauvreté avilit bien des hommes de valeur —,
son père est un homme généreux et courtois,
même si sa fortune est de peu de poids ;
et sa mère est une très noble dame,
puisqu'un riche comte est son frère.
Pour ce qui est de la beauté ou du lignage,
je n'ai pas de raison pour refuser
le mariage avec cette jeune fille.
La pauvreté lui a fait tant user
sa blanche tunique qu'aux coudes
les deux manches sont trouées.
Et pourtant, si je l'avais souhaité,
elle aurait eu maintes belles robes,

C'une pucele, sa cosine,
1570 Li vost doner robe d'ermine
D'un drap de soie, ou vair ou grise.
Mais je ne vox en nule guise
Que d'autre robe fust vestue,
Tant que vos l'eüssiez veüe.
1575 Ma douce dame, or en pensez,
Grant mestier a, bien le veez,
D'une bele robe avenant. »   (106 b)
Et la roÿne maintenant
Li respont : « Mout avez bien fait.
1580 Droiz est que de mes robes ait,
Et je li donrai bone et bele,
Tot orendroit, fresche et novele. »
L̲a roÿne a [i]tant l'en mainne   (lettrine bleue)
En la soe chambre domainne,
1585 Et dit qu'en li aport isnel
Le fres blïaut et le mantel
De la uert porpre croisillie
Qui por le suen cors fu taillie.
Cil cui ele l'ot commandé,
1590 Li a le mantel aporté
Et le blïaut qui jusqu'as manches
Fu forrez d'erminetes blanches ;
Es poinz et a la chevicaille
Avoit sanz nule devinaille
1595 Plus de demi mar d'or batu
Et pierres de mout grant vertu,

** **1571.** De dras de soie, v. ou g. *(+ H)*. **1572.** Mes ne volsisse. **1576.** Car
m. **1583.** r. araumant *(+ H)*. **1587.** De l'autre robe croisilliee *[confus]*
(P : De la verde porpre v[e]rmillie *[+ 1]*). **1588.** Qui por son cors estoit
t. **1592.** Estoit *[P :* Fu] forrez d'ermines b. *(+ P)*. **1595.** Plus de .ii^c.
mars.

*** H. 1587-1588.

car une demoiselle, sa cousine,
voulut lui donner une robe d'hermine
et de soie, de vair ou de gris.
Mais je n'aurais accepté à aucun prix
qu'on l'habillât d'une autre robe,
avant que vous l'eussiez vue.
Ma chère dame, c'est maintenant à vous d'aviser :
elle a grand besoin, vous le voyez bien,
d'une belle robe, bien seyante. »
Et la reine s'empresse
de lui répondre : « Vous avez fort bien fait.
Il est juste qu'elle ait une de mes robes,
et je vais sans tarder lui en donner
une bien belle, fraîche et neuve. »
La reine l'emmène aussitôt
dans sa chambre d'apparat
et demande à ce qu'on lui apporte rapidement
le surcot[1] tout neuf et le manteau
en pourpre verte[2] rehaussée de motifs en croix,
qui avait été taillée pour son corps.
Celle qui en a reçu l'ordre
lui a apporté le manteau
et le surcot qui était fourré
jusqu'aux manches de fine hermine blanche ;
aux poignets et à l'encolure,
il y avait, pour ne pas faire de mystère,
plus d'un demi-marc d'or battu
et des pierres précieuses aux propriétés remarquables,

---

1. Tunique de dessus (cf. note au v. 405).
2. La pourpre désigne une étoffe de couleur variable, verte, noire ou rouge
   (cf. *Conte du Graal,* éd. Méla, v. 1757).

Yndes et verz, bloies et bises,
Qui estoient en l'or assises.
Mout estoit riches li blïaus,
1600 Mais ne revaloit pas noaus
Li manteax de rien que je sache.
Encor n'i avoit nule [a]tache,
Car toz estoit fres et noveax
Et li blïauz et li manteax.
1605 Mout fu bons li manteax et fins :
Au col avoit deus sembelins,
Es tesseax ot d'or plus d'une once,
Et d'une part ot un jagonce,
Et un rubi de l'autre part,
1610 Plus cler que chandoile qui art.
La panne fu d'un blanc hermine :
Onques plus bele ne plus fine   (106 c)
Ne fu veüe ne trovee ;
La pourpre fu mout bien ovree
1615 A croisilles totes diverses,
Yndes et vermoilles et perses,
Blanches, noires, bloies et jaunes.
Unes ataches de quatre aunes
De fil de soie a or ovrees,
1620 A la roÿne demandees ;
Les ataches li sont baillies,
Beles et bien aparoillies.
Ele les fist tot maintenant
Metre ou mantel isnelement,

---

*   **1607.** Es tentex o. *(cf. v. 6798).* **1614.** La penne f. *(corr. CH; P = B).*
    1617. Beles, blanches, b. et j. **1619.** soie bien ovrees.

** **1597.** Y. et v., persses et b. *(H :* Indes et bleus, verdes et b.*).* **1598.** Avoit
    par tot sor l'or a. *(+ H; P :* Qui e. sor l'or a.*).* **1600.** Mes por voir ne
    valoit n. *(H :* Et trestos fres et bons et biax ; *P :* Mais ne valoit mie n.*).*
    1602. mise estache *(P :* mise atace*).* **1607.** Es estaches ot d'or une o.
    1608. D'une part ot une j. *(+ P ;* jagonce *est attesté au masc.).* **1610.**
    qu'escharbocle. **1615.** A croisete *(+ HP).* **1617.** B. et verz, indes et
    giaunes *(H :* B., noires, bleues et calnes*).* **1618.** cinq a. **1619.** s. d'or o.
    (+ H). **1621.** li a b. *(P :* li ont b.*).* **1623.** fet.

*** H. **1607-1610.**

violettes et vertes, bleues et bises
et ces pierres étaient enchâssées dans l'or.
Si le surcot était très luxueux,
le manteau n'était pas d'une moindre valeur,
pour autant que je sache.
Il ne comportait encore aucune attache,
car le tout était flambant neuf,
le surcot comme le manteau.
Celui-ci était d'une finesse remarquable :
le col était garni de deux zibelines,
les ferrets contenaient plus d'une once d'or,
avec une hyacinthe, d'un côté,
et, de l'autre, un rubis
plus lumineux que la flamme d'une chandelle.
La doublure était en blanche fourrure d'hermine :
jamais on n'en a pu voir
de plus belle ni de plus fine.
Quant à la pourpre, elle était habilement rehaussée
de motifs en croix d'une infinie variété,
violets, vermeils et pers,
blancs, noirs, bleus et jaunes.
La reine a commandé
des attaches faites de quatre aunes
de fil de soie relevé d'or.
On les lui remet,
belles et bien travaillées.
Tout aussitôt, elle s'est empressée
de les faire fixer sur le manteau,

1625 Et s'en fist tel home entremetre
     Qui bien en fu mestre dou metre.
     Quant ou mantel n'ot rien que faire,
     La dame gentis debonaire
     La pucele au blanc chainse acole,
1630 Et si li dist franche parole :
     « Ma damoisele, a cest blïaut,
     Qui plus de .xx. mars d'argent vaut,
     Vos convient cest chainse changier :
     De tant vos vuil or losangier ;
1635 Et cest mantel rafublez sus ;
     Une autre foiz vos donrai plus. »
     Ele ne le refusa mie,
     La robe prent, si l'en mercie.
     En une chambre a recelee   (lettrine rouge)
1640 L'en ont deus puceles menee ;
     La a son chainse desvestu,
     Que nel prise mes un festu,
     Et s'a proié et commandé
     Qu'il soit donez por amor Dé.
1645 Puis vest le blïaut, si se ceint,
     D'un orfrois a un tor s'estreint,
     Et le mantel aprés afuble.   (106 d)
     Lors n'ot mie la chiere enuble,
     Car la robe se li avint
1650 Que plus bele assez en devint.
     Les dous puceles d'un fil d'or
     Li ont galoné son crin sor,

---

*   **1648.** char *(corr. CH; P = B).* **1651.** Dous p. a un f. d'or *(corr. CH;
     P = B).*

**   **1626.** Qui boens mestres estoit del m. **1627.** n'ot que refere (*H :* n'ot
     rien a faire). **1628.** la franche dame d. **1631.** Ma d., ce b. **1632.** .c. mars
     (+ HP). **1633.** Vos comant c. **1635.** afublez *(+ HP).* **1639.** c. recelee.
     1641. Lors a. **1642-1646.** Quant ele an la chambre fu [-1] ; / Puis vest
     son blïaut, si s'estraint, / D'un orfrois molt riche se ceint, / Et son
     chainse por amor Dé / Comande que il soit doné *(rédaction propre à
     C).* **1649.** r. tant li a.

*** H. **1625-1626.**

et elle confia cette tâche à un homme
qui était passé maître en la matière.
Quand le manteau ne laissa plus rien à désirer,
la noble dame au grand cœur,
prenant la demoiselle à la blanche tunique par le cou,
lui a adressé ces propos généreux :
« Chère demoiselle, ce surcot
qui vaut plus de vingt marcs d'argent,
vous devez le revêtir en échange de cette tunique :
voilà ce dont je veux vous gratifier aujourd'hui.
Vous agraferez ensuite ce manteau par-dessus ;
une autre fois, je vous donnerai davantage. »
Elle ne déclina pas cette offre :
elle prend la robe, remerciant la reine.
Deux jeunes filles l'ont alors conduite
dans une chambre retirée
où elle a dévêtu sa tunique
qui vaut pour elle moins qu'une broutille ;
et elle a demandé instamment
qu'on en fasse don pour l'amour de Dieu.
Puis elle revêt le surcot, l'ajuste à sa taille
qu'elle serre d'une ceinture d'orfroi à un tour ;
enfin, elle agrafe le manteau par-dessus.
Alors, elle ne faisait pas sombre figure,
car cette toilette lui allait si bien
qu'elle en devint bien plus gracieuse.
Les deux jeunes filles, d'un fil d'or,
lui ont galonné sa blonde chevelure,

Mais plus estoit luisanz ses crins
Que li ors qui estoit toz fins ;
1655 Et un cerclel ovré a flors
De maintes diverses colors
Les puceles ou chief li metent.
Mieuz qu'ele poent s'entremetent
De li en tel guise atorner
1660 Qu'en n'i pooit rien amender.
Deus fermeillez d'or neelez
En une cople enseelez,
[Li mist au col une pucele.
Or fu tant avenans et bele]
1665 Que ne cuit pas qu'en nule terre,
Tant seüst l'en cerchier ne querre,
Fust sa paroille recovree,
Tant l'avoit bien Nature ovree.
Puis est [hors] de la chambre issue,
1670 A la roÿne en est venue.
La roÿne mout la conjot :
Por ce l'ama, et se li plot,
Qu'ele estoit bele et bien aprise.
L'une a l'autre par la main prise,
1675 Se sont devant le roi venues ;
Et quant li rois les a veües,
Encontre se lieve en estant.
Des chevaliers i avoit tant,
Quant eles en la sale entrerent,
1680 Qui encontre eles se leverent,

---

*   **1658.** Au m. qu'il p. **1662.** c. en son lez. **1663-1664.** *Lacune propre à
B (texte de P).* **1670.** Et la r.

**   **1654.** Que li filz d'or qui molt est [*H :* fu] fins (+ *H*). **1655.** Un cercle
d'or o. (*H :* Uns lacelés ovrés a f.). **1659.** g. amander (*rime du même au
même*). **1660.** truisse rien qu'a. (+ *H*). **1662.** An un topace e. **1664.** Qui
fu t. (*leçon très contestable qui rattache les vers qui suivent à une suivante
de la reine*). **1672.** et molt li p. (*H :* a. molt et li p.). **1678.** De c. (+ *H*).

***   H. **1667-1668.**

mais ses cheveux étaient plus brillants
que l'or qui était pourtant d'une parfaite pureté ;
puis elles lui posent sur la tête
un petit diadème orné de fleurs
multicolores.
Du mieux qu'elles peuvent, elles s'appliquent
à la parer, de sorte
que l'on ne pouvait rien y trouver à redire.
Une jeune fille lui mit au cou
deux broches en or niellé
scellées sur une même plaque.
Elle était maintenant d'une beauté si charmante
qu'à mon avis, dans aucun pays,
même au prix d'infinies recherches,
on aurait pu trouver sa pareille,
tant Nature l'avait bien faite.
Elle a ensuite quitté la chambre
et a rejoint la reine.
Celle-ci lui fait grande fête :
elle eut pour elle de la sympathie et la prit en affection,
tant pour sa beauté que pour sa bonne éducation.
L'une a pris l'autre par la main,
et c'est ainsi qu'elles sont venues devant le roi.
Quand celui-ci les a aperçues,
il se lève pour les accueillir
et les chevaliers étaient si nombreux
à se lever devant elles
à leur arrivée dans la salle,

Que je n'en sai nommer le disme,
Le trezieme ne le quinzisme.
Mais d'aucuns des meillors barons
Vos sai je bien dire les nons,   (107 a)
1685 De ceus de la Table Reonde,
Qui li meillor furent dou monde.
Devant toz les bons chevaliers   (lettrine bleue)
Doit estre Gauvains li premiers,
Li seconz, Erec li filz Lac,
1690 Et li tierz Lanceloz dou Lac,
Gornemanz de Grohoht fu quarz,
Et li quinz fu li Beax Coharz ;
Li sistes fu li Laiz Hardiz,
Li simes Melïanz dou Liz,
1695 Li huitiemes Mauduiz li Sages,
Nuemes Dodinez li Sauvages ;
Gandeluz soit dismes contez :
En lui avoit maintes bontez.
Les autres vos dirai sanz nombre,
1700 Por ce que li nombrers m'encombre :
Esliz i fu avec Brïein,
Et Yvains li filz Urïein ;
Yvains de Loenel fu outre,
D'autre part, Yvains li Avoutre ;
1705 Lez Yvain de Cavalïot
Estoit Gorsoein d'Estrangot.
Aprés le Chevalier au Cor
Fu li Vallez au Cercle d'Or,

---

*   **1682.** quinzieme. **1686.** Tuit *(corr. CH ; P = B)*. **1697.** fu *(corr. CH ; P :* est). **1704.** lez Yvain l'Avoutre *(corr. C ; P :* les Y. le conte). **1707.** C. Licor.

** **1683.** d'auques *(H :* d'auquanz). **1691.** Gonemanz de Goort *(H :* Gornemans de Gohort ; *P :* Gornemarot de Ghot). **1696.** Li n. Dodins li S. *(+ P ; H :* N. Dodiniax li S.). **1698.** Car an lui ot m. b. *(+ H)*. **1700.** nonbres *(+ P ; H :* contes). **1701-1702.** *absents.* **1703.** Y. li preuz se seoit outre *(P :* Uriens i refu el conte). **1705-1708.** *absents.* [**1706.** *A :* Garravains, *soit, selon Loomis,* Agravain ; *P :* Gasavens. **1707.** *H :* C. del Cor].

*** H. **1703-1706.**

que je n'en sais nommer le dixième
ni le treizième ni le quinzième.
Mais je vous saurais bien dire le nom
de quelques uns des plus fameux barons,
de ceux de la Table Ronde,
qui étaient les meilleurs du monde[1].
Au tout premier rang des chevaliers valeureux,
il faut d'abord mettre Gauvain ;
le second est Erec, le fils de Lac ;
le troisième, Lancelot du Lac ;
Gornemant de Grohot était le quatrième,
et le cinquième, le Beau Couard ;
le sixième, le Laid Hardi ;
le septième, Méliant du Lis ;
le huitième, Mauduit le Sage ;
le neuvième, Dodinel le Sauvage ;
que Gandelu soit compté pour le dixième :
c'était un chevalier aux multiples qualités.
Quant aux autres, je vous les citerai sans les compter,
parce que ce dénombrement m'embarrasse :
Eslit y côtoyait Brien
ainsi qu'Yvain, le fils d'Urien ;
Yvain de Loenel était plus loin ;
d'un autre côté, Yvain le Bâtard ;
le voisin d'Yvain de Cavaliot
avait pour nom Gorsoen d'Estrangot ;
le Chevalier au Cor
précédait le Valet au Cercle d'Or ;

---

1. Cette liste de chevaliers, procédé fréquent dans la chanson de geste, varie beaucoup en longueur d'un manuscrit à l'autre : notre manuscrit en offre une « version longue » ; les manuscrits HPC l'abrègent, en omettant d'ailleurs des fragments différents, ce qui tendrait à prouver que le texte de B n'est pas interpolé (sauf peut-être les v. 1737-1744).

Et Tristanz, qui onques ne rist,
1710 Delez Bleobleheris sist;
Et par delez Brun de Piciez
Estoit ses freres Grus l'Iriez;
Li Fevres d'Armes sist aprés,
Qui mieuz amoit guerre que pes.

1715 Aprés sist Karados Briesbraz,
Uns chevaliers de grant solaz,
Et Caverrons de Rebedic,
Et li filz le roi Quenedic,
Li vallez d'Escume Carroux,   (107 b)
1720 Et Ydiers dou Mont Doloroux,
Galerïez et Keus d'Estraus,
Amaugins, et Galez li Chaus,
Grains, Gorneveins et Guerreés,
Et Torz, li filz le roi Arés,

1725 Gifflez, li filz Do, et Tau[l]as,
Qui onques d'armes ne fu las;
Et uns vallez de grant vertu,
Loholz, li filz le roi Artu,
Et Sagremors li Desreez.

1730 Cil ne doit mie estre oblïez,
Ne Bedoiers li conestables,
Qui mout sot d'eschas et de tables,
Ne Braavains, ne Loz li rois,
Ne Galerantins li Galois,

1735 Ne li filz Keu le seneschal,
Gronosis, qui mout sot de mal,

---

*   **1709.** T., que o. **1720.** Hisoons dou M. D. *(corr. C).* **1721.** G. li cuens
d'Estraus *(corr. CH).* **1725.** Due (Do *est la leçon de C, et de P au v.
2226; HP:* Doc). **1731.** Et B. *(corr. C; P = B).* **1733.** Soz li r. *(corr. C).*

**   **1711-1714.** *absents.* **1715.** A. fu C. **1717.** Roberdic *(P:* Rebedas *qui rime
avec le v. 1725).* **1719.** Et li v. de Quintareus. **1723-1724.** *absents.* **1727.**
Et uns vassax de g. v. **1735-1746.** *absents.*

*** H. **1711-1720, 1731-1734.** P. **1718-1724, 1726, 1733-1734.**

et Tristan qui jamais n'a ri
était assis auprès de Bléobléhéris.
Près de Brun de Piciez
se trouvait Gru le Colérique, son frère ;
puis venait le Fêvre d'Armes
qui préférait la guerre à la paix ;
puis Caradoc Court-Bras,
un chevalier plein de gaieté,
et Caverron de Rébédic,
et le fils du roi Quénédic ;
le valet d'Ecume Carroux,
ainsi qu'Ydier du Mont Douloureux ;
Galeriet et Keu d'Estraus,
Amaugin et Gales le Chauve,
Grain, Gornevein et Guerréet
et Tor, le fils du roi Arès,
Girflet, le fils de Do, et Taulas
qui jamais ne fut las de combattre ;
et un jeune homme de grande mérite,
Loholt, le fils du roi Arthur,
et Sagremor le Démesuré.
Celui-ci ne doit pas être passé sous silence,
non plus que Bédoier le connétable,
si habile aux échecs et au trictrac,
ni Braavain, ni Lot le roi,
ni Galérantin le Gallois,
ni le fils de Keu le sénéchal,
Gronosis, homme maléfique,

Ne Labigodés li Cortois,
Ne li cuens Cardorcanïois,
Ne Letrons de Prepelesent,
1740 En cui ot tant d'afaitement,
Ne Breons, li filz Canodan,
Ne le conte de Honolan,
Qui tant ot le chief bel et sor ;
Ce fu cil qui reçut le cor
1745 Au roi plain de male aventure,
Qui onques de verté n'ot cure.

Quant la bele pucele estrange   (lettrine rouge)
Vit toz ces chevaliers en range,
Qui l'esgardoient a estal,
1750 Son chief encline contre val ;
Vergoingne en ot, ne fu merveille,
La face l'en devint vermeille,
Mais la honte se li avint
Que plus bele asez en devint.   (107 c)
1755 Quant li rois la vit vergoignier,
Ne se vost de li esloignier ;
Par la main doucement l'a prise,
Delez lui [l'a] a destre assise.
De la senestre part s'asist
1760 La roÿne, qui au roi dist :
« Sire, si con je cuit et croi,
Bien doit venir a cort de roi
Qui par ses armes puet conquerre
Si bele fame en autre terre.

---

*   **1754.** Que plus vermeille en d. [-1] (*corr. CH ; P :* Qu'ele plus v.). **1756.**
vost mie e. *(leçon isolée).*

** **(1735-1746.** *absents*). **1751.** ne fu vermoille *(erreur du scribe).* **1758.** Et
delez lui a d. a. *(+ H).* **1764.** b. dame.

*** H. **1737-1746.** P. **1737-1744.**

ni Labigodès le Courtois,
ni le comte Cardocaniois,
ni Létron de Prépélésent,
modèle de civilité,
ni Bréon, le fils de Canodan,
ni le comte de Honolan
à la tête si belle et si blonde :
ce fut lui qui reçut le cor
de ce roi qui, à l'origine de tant de malheurs,
n'a jamais eu le souci de la vérité[1].
Quand la belle jeune fille étrangère
vit tous ces chevaliers en rang,
les yeux fixés sur elle,
elle inclina sa tête.
Elle en fut confuse, ce qui n'avait rien de surprenant,
et son visage prit la couleur vermeille ;
mais cette marque de pudeur lui allait si bien
qu'elle en devint beaucoup plus belle.
Quand le roi aperçut sa confusion,
il ne voulut pas s'éloigner d'elle,
mais l'a prise doucement par la main
et l'a assise à sa droite.
A sa gauche prit place
la reine qui dit au roi :
« Seigneur, pour vous dire toute ma pensée,
celui-là est à juste titre le bienvenu à la cour d'un roi
qui, par ses armes, peut conquérir,
en terre étrangère, une si belle femme.

---

1. Allusion obscure et confuse (le *Lai du Cor* de Robert Bicket ne mentionne pas ce personnage).

1765 Bien fesoit Erec a atendre;
     Or poez vos le baisier prendre
     De la plus bele de la cort;
     Je ne cuit que nuns vos en tort,
     Ja ne dira nuns qui ne mente,
1770 Que ceste ne soit la plus gente
     Des puceles qui ceanz sont,
     Et de celes de tot le mont. »
         Li rois respont : « N'est pas mençonge.   (lettrine rouge)
     Cesti, s'en ne le me chalonge,
1775 Dou blanc cerf li donrai l'onor. »
     Puis dist as chevaliers : « Seignor,
     Qu'en dites vos? Que vos est vis?
     Ceste est [et] de cors et de vis,
     Et de quant qu'estuet a pucele,
1780 La plus gentis et la plus bele
     Qui soit jusque la, ce me semble,
     Ou li ciel[s] et la terre assemble.
     Je di que droiz est entresait
     Que ceste l'onor dou cerf ait.
1785 Et vos, seignor, qu'en volez dire?
     Poez i vos rien contredire?
     Se nus i vuet metre desfense,
     Se die orendroit ce qu'il pense.
     Je sui rois, ne doi pas mentir,   (107 d)
1790 Ne vilenie consentir,
     Ne fauseté, ne desmesure :
     Raison doi garder et droiture.

---

*   **1765.** a entendre. **1774.** Ceste seule le me c. (*corr. H; P = B; C :* Ceste,
     se l'an nel me c.). **1780.** plus droite et [-1]. **1792.** et mesure *(corr. CH; *
     P = B).

**   **1768.** qu'a mal nus l'atort (*H :* Ja ne quier que nus vos an tort*).* **1769.**
     Ja nus ne d. que je mante (*P :* qu'il ne m.). **1775.** Donrai ge del b. c. l'enor
     (+ *H*). **1777.** Que d. v.? Que vos an sanble? **1778.** Ceste est de c., de
     vis ansanble. **1780.** Et la plus gente (*H :* La plus courtoise). **1781.** Ne qui
     soit des la. **1784.** Ceste l'enor del blanc c. ait. **1788.** S'an d. (*H :* Si d.;
     P : Die o. çou que il p.).

Il y avait tout intérêt à attendre Erec ;
maintenant, vous pouvez lui donner le baiser
de la plus belle de la cour.
Je ne crois pas que nul ne vous en empêche ;
et ce ne pourra être qu'un menteur,
celui qui dira de celle-ci qu'elle n'est pas la plus gracieuse
des jeunes filles ici présentes
et de celles qui sont de par le monde. »
Le roi répond : « Ce n'est là que la vérité.
Aussi, à moins que quelqu'un ne m'en conteste le droit,
je lui accorderai l'honneur du blanc cerf. »
Puis il a dit aux chevaliers : « Seigneurs,
qu'en dites-vous ? Quel est votre avis ?
Celle-ci est, de corps comme de visage,
comme de tout ce qui sied à une jeune fille,
la plus noble et la plus belle
qui soit, me semble-t-il, jusque-là
où le ciel et la terre se rencontrent.
J'affirme donc que celle-ci mérite sans plus attendre
d'obtenir l'honneur du blanc cerf.
Et vous, seigneurs, que voulez-vous en dire ?
Avez-vous une seule critique à faire ?
Si l'un d'entre vous veut s'y opposer,
qu'il nous fasse part dès maintenant de sa pensée.
Je suis roi, je ne dois donc pas mentir,
ni permettre la malhonnêteté,
l'iniquité ou la démesure :
il me faut garder raison et droiture.

Ce apartient a leal roi,
Que il doit maintenir la loi,
1795 Verité et foi et justise.
Je ne voudroie en nule guise
Faire deslëauté ne tort,
Ne plus au foible que au fort ;
N'est droiz que nuns de moi se plaigne.
1800 Ne je ne vuil pas que remaigne
La costume ne li usages
Que suet maintenir mes lignages.
De ce vos devroit il peser,
Se je [or] voloie eslever
1805 Autres costumes, autres lois,
Que ne tint mes peres li rois.
L'usage Pendragon, mon pere,
Qui fu droiz rois et emperere,
Doi je garder et maintenir,
1810 Que qu[e] il m'en doie avenir.
Or me dites toz vos talanz :
De voir dire ne soit nus lanz,
Se ceste n'est de ma meson
La plus bele [et] doit par raison
1815 Le baisier dou blanc cerf avoir ;
La verité en vuil savoir. »
Tuit s'escrïent a une voiz :
« Sire, por Deu et por sa croiz,
Baisier la poez bien par droit,
1820 Car c'est la plus bele qui soit ;

---

* **1812.** ne soiez l. *(corr. CH ; P = B).*

** **1793.** Qu'il a. **1800.** Et je. **1804.** Se ge vos v. alever (*H :* Se jo vos vausisse alover). **1808.** Qui r. estoit et e. **1809.** Voel je g. **1814.** Ele doit bien et par reison (*H :* Et s'ele ne doit par reison ; *P a seul ici la bonne leçon).* **1819.** Vos poez bien jugier p. d. **1820.** Que ceste la p. b. soit.

Il appartient à un roi loyal
de maintenir la loi,
la vérité, la foi et la justice.
Je ne voudrais à aucun prix
commettre tort ou déloyauté,
pas plus au faible qu'au puissant ;
et personne parmi vous ne doit avoir à se plaindre de moi.
De plus, je ne veux pas que restent lettre morte
la coutume et l'usage
que ma lignée a toujours eu à cœur de maintenir.
Vous pourriez, à juste titre, vous inquiéter
si je voulais aujourd'hui instituer
d'autres coutumes, d'autres lois
que celles du roi, mon père.
L'usage de mon père, Pendragon,
qui fut juste roi et juste empereur,
il me faut le préserver et le maintenir,
quoi qu'il puisse m'en advenir.
Maintenant, faites-moi part de tout ce que vous désirez
et que personne n'hésite à me dire en toute franchise
si cette jeune fille n'est pas la plus belle
de ma maison et ne doit pas à juste titre
recevoir le baiser du blanc cerf.
Je veux en savoir la vérité. »
Tous s'écrient d'une seule voix :
« Seigneur, au nom de Dieu et de sa Croix,
vous pouvez en toute légitimité lui donner le baiser,
car elle est la plus belle qui soit.

En cesti a plus de beauté
Que ou soloil n'a de clarté ;
Baisier la poez quitement. »
Tuit l'outroient communement.   (108 a)
1825 Quant li rois ot que a toz plaist,
Or ne laira que ne la baist ;
Vers li se trait, et si l'acole.
La pucele ne fu pas fole,
Bien vost que li rois la beisast ;
1830 Vilainne fust, s'il l'en pesast.
Baisie l'a comme cortois,
Veant toz ses barons, li rois,
Et si li dist : « Ma douce amie,
M'amor vos doing sanz vilenie,
1835 Sanz mauvestié et sanz folage :
Vos amerai de bon corage. »
Li rois por itel aventure
Rendi l'usage et la droiture
Qu'a sa cort avoit li blans cers.
1840 Ci fine li premerains vers.

  Quant li baisier[s] dou cerf fu pris   (lettrine bleue)
Lonc la costume dou païs,
Erec, comme cortois et frans,
De son oste fu en espans :
1845 De ce que promis li avoit
Covent mentir ne li voloit.
Mout li tient bien son convenant,
Qu'il li envoia maintenant

** **1821.** An ceste a asez plus b. **1824.** l'otroions *(+ H)*. **1825.** r. antant qu'a
t. p. **1826.** qu'il ne *(+ HP)*. **1827-1830.** *absents* [**1827.** *H :* Vers lui se torna,
si l'a. ; *P :* Vers li se torne, si l'a.]. **1837.** par *(+ HP)*. **1839.** devoit *(+ HP ;
pour avoit, voir v. 44)*. **1840.** Ici fenist li premiers vers. **1842.** A la c. **1844.**
Fu de son povre [*H :* bon] o. an espans *(+ H ; P :* De son o. fu en
porpans).

Il y a en elle plus de beauté
que de clarté dans le soleil.
Vous pouvez lui donner le baiser en toute sérénité. »
Et tous le lui concèdent d'un commun accord.
Quand le roi entend que sa proposition fait l'unanimité,
il ne tardera plus à lui donner le baiser.
Il s'approche d'elle et la prend par le cou ;
la jeune fille ne fut pas folle :
elle désira de bon cœur le baiser du roi.
Quelle bassesse, s'il lui avait pesé !
Le roi lui a donné un baiser en homme courtois,
en présence de tous ses barons ;
puis il lui a dit : « Ma douce amie,
je vous donne mon amour sans vilenie,
sans arrière-pensée et sans folie :
je vous aimerai de bon cœur. »
Le roi, par cette aventure,
restaura la légitime coutume
qui était attachée au blanc cerf.
Ici prend fin le *premier couplet* [1].

Quand le baiser du cerf fut donné
selon la coutume du pays,
Erec, en homme courtois et loyal,
se préoccupa de son hôte :
il ne voulait pas manquer
à la promesse qu'il lui avait faite.
Il respecte tout à fait ses engagements,
puisqu'il lui a aussitôt envoyé

---

1. Sur ce terme, voir l'introduction.

Cinq somiers sejornez et gras,
1850 Chargiez de robes et de dras,
De boqueranz et d'escarlates,
De mars d'or et d'argent en plates,
De vairs, de gris, de sebelins,
Et de porpres et d'osterins.
1855 Quant chargié furent li somier   (lettrine rouge)
De quanqu'a proudome a mestier,
.X., que chevaliers que sergens,
De sa mesnie et de ses gens
Avec les somiers envoia,   (108 b)
1860 Et si lor dist mout et prïa
Que son hoste li saluassent
Et si grant honor li portassent,
[Et] lui et la dame ausement,
Con le suen cors domeinnement.
1865 Et quant presenté lor avroient
Les somiers que il lor menoient,
L'or et l'argent et les besanz
Et toz les autres garnemanz
Qui estoient dedenz les males,
1870 En son roiaume d'Outre Gales
En menassent a grant honor
[Et] la dame et le vavasor.
Deus chasteax lor avoit promis,
Les meillors et les mieuz assis,
1875 Et ces qui moins dotassent guerre,
Qui fussent en tote sa terre :

---

*   **1852.** Mil mars *(corr. CH; P = B).* **1857.** sergent. **1858.** sa gent *(corr.
CH; P :* serjans). **1865.** li a.

**   **1857.** Dis c. et dis s. **1863.** Et lui et sa fame ansimant *(H :* Et sa feme
tot alsemant, *après v. 1864).* **1868.** riches g. **1870.** d'Estre Gales. **1872.**
Et la d. et le seignor [-1] *(H :* Et sa feme a ml't grant honor, *rime avec*
vaasor). **1874.** Les plus biax et **1875.** mains dotoient guerre *(+ HP).*

cinq chevaux de somme bien reposés et bien nourris,
chargés de robes et de draps,
de bougrans et d'étoffes écarlates,
de lingots d'or et d'argent,
de fourrures de vair, de gris et de zibeline,
d'étoffes de pourpre et de soie précieuse.
Quand on eut chargé ces chevaux
de tout ce qui peut servir à un gentilhomme,
Erec choisit dix hommes,
des chevaliers comme des valets d'armes,
parmi les gens de sa maison, pour conduire les chevaux.
Il leur demanda instamment
de saluer de sa part son hôte
et de leur rendre, à lui ainsi qu'à sa dame,
des honneurs seigneuriaux,
tout comme s'il s'agissait de sa propre personne ;
et, quand ils leur auraient amené,
puis remis les chevaux de somme,
ainsi que l'or, l'argent, les besants
et tous les vêtements
que contenaient les malles,
ils conduiraient en grande pompe
la dame et le vavasseur
dans son royaume d'Outre-Galles.
Il leur avait promis deux châteaux,
les meilleurs et les mieux situés
de toute sa terre,
et ceux qui redoutaient le moins la guerre.

Montrevel l'un apeloit l'en,
Li autre avoit non Rodelen.
Quant a son roiaume venroient,
1880 Ces deus chasteax lor livreroient,
Et les rentes et la jostise,
Si comme lor avoit promise.
Cil ont bien la chose atornee,
Si con Erec l'ot commandee.
1885 L'or et l'argent et les deniers
Et les robes et les somiers,
Dont il i ot a grant planté,
Tot ont son oste presanté
Li messagier, en es le jor,
1890 Qu'il n'avoient soing de sejor.
Ou roiaume Erec les menerent
Et d'aus servir mout se penerent.
Ou païs vienent en trois jorz ;
Des chasteax lor livrent les torz,   (108 c)
1895 Que li rois Lac nou contredist.
Grant joie et grant honor lor fist,
Por son fil Erec les ama ;
Les chasteax quites lor clama,
Et si lor fist aseürer,
1900 Chevaliers et borjois jurer,
Qu'il les tendront autresi chiers
Comme lor seignors droituriers.
Quant ce fu fait et atorné,
Li message sont retorné

---

* **1877.** Mont Revelein l'a. *(C a seul ici le bon texte face à BPH).* **1879.** Quant a mes chasteleins v. **1881.** Et la rente et la j. [-1] *(corr. E ; P :* La signorie et la j. ; *C :* Et les r. et les j. ; *H :* La r. et tote la j.). **1889.** et nes le jor. **1890.** a. point de s. *(corr. C ; P = B ; H :* Que il n'i ot plus de s.). **1892.** Et de s. **1898.** Et si grant honor lor porta *(corr. CH ; P = B).*

** **1878.** Roadan *(H :* Rodoan ; *P :* Rodouan). **1883-1884.** *absents.* **1885-1886.** deniers *et* somiers *intervertis à la rime (+ H).* **1891.** r. les an m. **1892.** Et molt grant enor lor porterent *(H :* Et de lui s. se p.). **1893.** vindrent *(+ HP).* **1895.** C'onques rois L. *(H :* Ainc li rois L.). **1901.** tanroient ausi c. *(+ H).* **1904.** Tot maintenant *(H :* Li messagier).

On appelait l'un Montrevel,
l'autre avait pour nom Rodelen.
A leur arrivée dans son royaume,
ils leur remettraient ces deux châteaux
avec les rentes et le droit de justice,
tout comme il le leur avait promis.
Les messagers ont suivi à la lettre
les ordres d'Erec:
l'or et l'argent et les deniers
et les robes et les chevaux de somme,
le tout en abondance,
voilà ce qu'ils ont remis à l'hôte d'Erec,
le jour même,
car ils n'ont pas cherché à s'attarder.
Puis ils les menèrent au royaume d'Erec
en les servant de leur mieux.
Au bout de trois jours, ils sont arrivés à destination
et leur remettent les tours des châteaux,
avec le plein consentement du roi Lac.
Celui-ci les accueillit avec grande joie et grand honneur:
il les prit en affection à cause de son fils Erec,
mit les châteaux à leur entière disposition
et leur fit confirmer
et jurer par les chevaliers et les bourgeois
qu'ils auraient pour eux de l'attachement
comme pour leur seigneur légitime.
Quand cela fut fait et arrangé,
les messagers sont revenus

1905 A lor seignor Erec arriere.
Cil les reçut a bele chiere ;
Dou vavasor et de sa fenne
Et de son pere et de son regne
Lor a demandees noveles :
1910 Cil respondent bones et beles.
Ne tarda gaires ci aprés,
Que li termes en fu mout pres,
Que ses noces faire devoit ;
Li atendres mout li grevoit :
1915 Ne vost plus tarder ne atendre.
Au roi en ala congié prendre,
Que a sa cort, ne li grevast,
Ses noces faire li lessast.

   Li rois le don li outroia,   (lettrine rouge)
1920 Et par son roiaume envoia
Toz les rois et les contes querre,
Ceus qui de lui tenoient terre,
Que nul tant hardi n'i eüst
Qu'a la Pentecoste n'i fust.
1925 N'i a nul qui remenoir ost,
Que a la cort ne veingne tost,
Des que li rois les ot mandez.
Je vos dirai, or entendez,
Qui furent li conte et li roi.   (108 d)
1930 Mout i vient a riche conroi
Li cuens Brandains de Loecestre,
Qui .c. chevax mena en destre,

---

* **1913.** Qui

** **1908.** del regne [-1] (*H :* de son renne ; *P :* de sa dame). **1910.** Il l'an dïent
b. et b. (*H :* Cil li dïent). **1912.** Que li t. vint qui fu pres (*H :* Que li
termines fu m. p. ; *P :* Et que li t. fu m. p.). **1915.** sosfrir ne a. (+ *H*).
1916. an vet le c. **1921.** Et r. et dus et c. q. *Après v. 1924, P insère deux
vers :* Sans querre terme lonc ne cort / La u li rois tenroit sa cort. **1928.**
Si vos d., or m'e. (*H :* Or oiés, se vos commandés). **1931.** Branles de
Colescestre (*H :* Brandains de Gloecestre ; *P :* Gaudins de Louecestre).

auprès de leur seigneur Erec
qui les reçut de bonne grâce.
Il leur a demandé des nouvelles
du vavasseur et de sa femme,
de son père et de son royaume :
ils lui en donnent de fort bonnes.
Quelques temps après,
approcha le terme
qui avait été fixé pour ses noces.
L'attente lui coûtait beaucoup
et il ne voulut pas la prolonger.
Il alla demander au roi la permission
de célébrer ses noces à sa cour,
si cela ne lui déplaisait point.
Le roi lui accorda cette faveur
et fit convoquer par son royaume
tous les rois et tous les comtes
qui tenaient leur terre de lui,
exigeant que personne n'ait l'audace
de ne pas être à la cour à la Pentecôte.
Aussi, aucun n'ose demeurer chez lui ;
tous s'empressent de venir à la cour
dès que le roi les a mandés.
Je vous dirai, soyez bien attentifs,
qui furent les comtes et les rois.
C'est en très riche équipage que vient
le comte Brandain de Loecestre :
il conduisit cent chevaux par la bride.

Et aprés vint Margogorlon,
Qui cuens estoit de Clivelon;
1935 Et cil de la Haute Montaigne
I vint a mout riche compaigne;
De Treverain i vint li cuens
A tot .c. chevaliers des suens.
Aprés vint li cuens Godegrains,
1940 Qui n'en amena mie mains.
Avec ces que m'oez nommer,
Vint Maheloas, uns hauz ber,
Li sires de l'Ile de Voirre.
En cele isle n'ot l'en tonoirre,
1945 Ne n'i chiet foudre ne tempeste,
Ne boz ne serpenz n'i areste,
N'i fait trop chaut, ne n'i yverne.
Graislemiers de Fine Posterne
I amena compaignons vint,
1950 Et Guilemers ses frere i vint,
De l'ile d'Avalon fu sire;
De cestui avons oï dire
Qu'il fu amis Morgain la fee,
Et ce fu veritez provee.
1955 David i vint de Tintaguel,
Qui onques n'ot ire ne duel;
Guergesins, li dux de Haut Bois,
I vint a mout riche hernois.
Assez i ot contes et dus,
1960 Mais des rois i ot assez plus;

---

* **1952.** De c. sai verité dire. **1955.** Tratajuel.

** **1933.** Menagormon. **1934.** Qui sires e. d'Eglimon. **1938.** conpaignons. **1942.** Moloas, uns riches ber (*H:* Meloax, uns ml't hals b.). **1943.** Et li s. de l'Isle Noire (*H confirme B; P:* Li s. de l'Isle de Noire). **1944.** Nus n'i oï onques t. **1948.** Et Greslemuef d'Estre-Posterne (*H:* Grailemus de F. P.). **1950.** Et Guingamars (*H:* Guingas ses freres). **1957-1958.** *absents.* **1960.** Mes ancore i ot des rois plus (+ *H*).

*** H. 1933-1934, 1955-1958. P. 1933-1934, 1937-1942, 1947-1950 (1951 = S'amena compaignons .ii. mire), 1957-1958.

Après vint Margogorlon,
le comte de Clivelon ;
puis celui de la Haute Montagne,
accompagné d'une suite somptueuse ;
le comte de Tréverain arriva à son tour
avec cent de ses chevaliers ;
puis le comte Godegrain
qui en avait autant en sa compagnie.
Avec ceux que je viens de vous nommer,
vint Maheloas, un baron de haut rang,
le seigneur de l'Ile de Verre[1].
Dans cette île, on n'entend jamais le tonnerre ;
ni foudre ni tempête ne s'y abattent ;
ni crapaud ni serpent n'y vivent ;
fortes chaleurs et hiver y sont inconnus.
Graislemier de Fine Poterne
y amena vingt compagnons ;
Guilemer, son frère, y vint également :
il était seigneur de l'île d'Avalon.
De lui, nous savons par ouï-dire
qu'il fut l'ami de la fée Morgain
et c'était vérité prouvée.
De Tintagel arriva David
qui jamais n'a connu de chagrin ni de douleur ;
Guergesin, le duc de Haut-Bois,
y vint en fastueux équipage.
Si les comtes et les ducs étaient nombreux,
combien plus l'étaient les rois !

---

1. Loomis (*Arthurian Tradition...*, p. 218-222) a identifié cette île avec le royaume de Gorre et Maheloas avec Méléagant (voir le *Chevalier de la Charrette*).

Garras de Corque, uns rois mout fiers,
I vint a .v^c. chevaliers,
Vestuz de paile et de cendaus,
Mantex et chauces et blïaus.   (109 a)
1965 Sor un cheval de Capadoce
Vint Aguisiez, uns rois d'Escoce,
Et amena ensemble o soi
Andeus ses filz, Cadrez et Coi,
Deux chevaliers mout redoutez.
1970 A ceus que je vos ai contez,
Vint li rois Bauz de Gormeret,
Et tuit furent jone valet
Cil qui ensemble o lui estoient,
Ne barbe ne grenon n'avoient.
1975 Mout amena gent envoisie,
.ii^c. en ot en sa mesnie,
Ne n'i ot nul, quelx que il fust,
Qui faucon ou terçuel n'eüst,
Esmerillon ou esprevier,
1980 Ou oistor sor ou bien manier.
Quarrons, li viauz rois d'Arïel,
N'i amena nul jovencel,
Ainz ot compaignons tex .iii^c.,
Dont li moins nés ot .vii^{xx}. anz;
1985 Les chiés orent chenuz et blans,
Car vescu avoient lonc tans;
Les barbes ont jusqu'as centurs;
Ceus tint mout cher[s] li rois Artu[r]s.

---

*   1970-1996. *Passage corrompu dans B et délibérément écarté par P. Après
      v. 1971 et 1972, B insère maladroitement deux vers:* Cent chevaliers i
      a menez, / Qui tuit f. j. v. / Et tuit portoient chapelet / Cil qui ... 1976.
      Chevaliers ploins de cortoisie *(corr. CH)*. 1984. moins jones [+1]
      (corr. CH).

**   1961. G., uns rois de Corques fiers. 1966. li rois *(+ HP)*. 1970. Avoec
      ces que vos [*H:* ci] ai nomez *(+ H)*. 1971. Bans de Ganieret (*H:* Bans
      de Gomeret). 1977. N'i ot nul d'ax, q. 1978. ou oisel. 1980. Ou riche
      o. s. ou gruier («dressé à la chasse de la grue») [*VAE ont* muier, *cf. v.
      5354*]. 1981. Orcel (*H:* Eriel). 1983. avoit c. .ii. cenz. 1984. avoit cent
      anz. 1987. Et les b. j. *(+ H)*. 1988. *Seul H écrit* Arturs.

***   H. 1977-1980. P. 1969-2002.

Garras de Cork, un roi de fière allure,
y conduisit cinq cents chevaliers,
vêtus de brocarts et de taffetas,
de manteaux, chausses et tuniques.
Sur un cheval de Cappadoce
arriva Aguisel, un roi d'Ecosse :
il amena avec lui
ses deux fils, Cadret et Coi,
deux chevaliers fort redoutés.
Avec ceux que je vous ai mentionnés,
vint le roi Baut de Gormeret :
ceux de sa suite
étaient tous de jeunes gens
sans barbe ni moustache.
Il conduisit là une très joyeuse compagnie
et, des deux cents hommes qui formaient sa troupe,
il n'y en avait pas un seul, quel qu'il fût,
qui ne tînt faucon ou tiercelet,
émerillon ou épervier,
autour non mué ou bien apprivoisé.
Quarron, le vieux roi d'Ariel,
n'y amena nul jouvenceau,
bien au contraire : de ses trois cents compagnons,
le plus jeune avait cent quarante ans ;
ils avaient les cheveux blancs et la tête chenue,
pour avoir longtemps vécu ;
leurs barbes tombent jusqu'à leurs ceintures,
ils étaient très chers au roi Arthur.

Li sires des nains vint aprés,
1990 Belins, li rois d'Antipodés.
Cil rois, donc je vos di, fu nains,
Et fu Brïen freres germains ;
De toz nains fu Belins li meindres,
Et Brïens ses freres fu greindres
1995 Ou demi pié ou plainne paume
Que nus chevaliers dou roiaume.
Por richece et por seignorie   (109 b)
Amena en sa compaignie
Belins deus rois qui nain estoient,
2000 Et de lui lor terre tenoient,
Grigoras et Glecidalan ;
Merveilles les esgarda l'an.
Quant a la cort furent venu,
Forment i furent chier tenu.
2005 A la cort furent comme roi
Honoré et servi tuit troi,
Car mout estoient gentil home.
Li rois Artus a la parsome,
Quant assemblé vit son bernage,
2010 Mout en fu liez en son corage.
Aprés, por la joie engreignier,
Comanda .c. vallez baignier,
Car il les vost chevaliers faire.
N'i ot un n'eüst robe vaire
2015 De riche paile d'Alixandre,
Chascuns tel con il la vost prendre

---

*   **1989.** I ot cent chevaliers et mes, *placé après v. 1990 (corr. CH).* **1992.**
Et Brïens fu cosins g. *(corr. C).* **1993.** Brïens. **1994.** f. li g. *(corr. E, seul*
man. satisfaisant ici ; CH = B). **1995.** Ot d. *(corr. CE ; H = B).* **1996.**
Cent c. de lor r. *(corr. CHE).* **2011.** por la cort e. *(corr. P).*

** **1990.** Bilis *(+ H).* **1991.** Cil don ge vos di si fu n. **1992.** Blïant. **1994.**
Blïanz *(H :* Brihans). **1997.** Par r. et par conpaignie. **2000.** Qui. **2001.**
Gribalo et Glodoalan *(H :* Grigoro et Gleodalen). **2002.** A m.
l'esgardoit l'an. **2013.** Que toz les vialt *(+ H ; P :* Car tos les vaut). **2014.**
N'i a nul qui n'ait r. v. *(+ P ; H :* Ne n'i a nul n'ait).

*** H. **1991-1992.** P. **(1969-2002), 2005-2006.**

Le seigneur des nains venait ensuite,
Belin, le roi d'Antipode ;
ce roi dont je vous parle était un nain
et son frère se nommait Brien ;
de tous les nains, Belin était le plus petit,
alors que Brien, son frère, était plus grand,
d'un demi-pied ou d'une paume entière,
qu'aucun chevalier du royaume.
Pour montrer sa richesse et sa puissance,
Belin s'était fait accompagner
de deux rois qui étaient également des nains
et qui tenaient de lui leur terre,
Grigoras et Glécidalan.
On les contempla avec émerveillement.
Quand ils furent venus à la cour,
on les tint en grande affection
et ils y furent tous les trois
honorés et servis comme des rois,
car ils étaient de très haute naissance.
Quand le roi Arthur vit
tous ses barons enfin assemblés,
son cœur en fut tout rempli d'aise.
Puis, pour porter l'allégresse à son comble,
il ordonna à cent jeunes gens de prendre un bain,
car il voulait les armer chevaliers.
Pas un qui n'obtînt une robe aux couleurs chatoyantes
en riche brocart d'Alexandrie,
chacun selon son désir,

A s'eslite et a sa devise.
Tuit orent armes d'une guise
Et chevax corranz et delivres,
2020 Que li pires valoit .c. livres.
Quant Erec sa fame reçut,
Par son droit non nommer l'estut,
Qu'autrement n'est fame esposee,
Se par son droit non n'est nommee.
2025 Encor ne savoit nuns son non,
Lors premierement le sot oñ:
Enide ot non en baptistere.
L'arcevesques de Cantorbere,
Qui a la cort venuz estoit,
2030 Les beneÿ, si con il doit.

   Quant la corz fu tote assemblee,   (lettrine rouge)
N'ot menestrel en la contree   (109 c)
Qui rien seüst de nul deduit,
Que a la cort ne fussent tuit.
2035 En la sale mout grant joie ot;
Chascuns servi de ce qu'il sot:
Cil saut, cil tume, cil enchante;
Li uns conte, li autres chante;
Li uns sible, li autres note;
2040 Cil sert de harpe, cil de rote,
Cil de gigue, cil de vïele,
Cil fleüte, cil chalemele;
Puceles querolent et dancent;
Trestuit de joie faire tencent.

---

*   **2017.** A s'alite *(forme dialectale?)*. **2022.** Par son non n. li estut *(corr. CH; P = B)*. **2035.** grant gent ot. **2038.** Li uns encontre l'autre c. *(corr. V; P:* Li un contre les autres c.; *C et surtout H abrègent ce passage)*.

**   **2017.** A son voloir, a sa d. *(+ H)*. **2020.** Li p. v. bien .c. l. *(P:* Tos li pires v. .c. l.). **2025.** s. l'an son n. **2026.** Mes ore primes le set l'on *(H:* Lores a primes le sot on). **2030.** La b. **2034.** Qui *(+ H)*. **2037.** tunbe. **2038.** Li uns sifle, li a. c. **2039-2040.** *absents.* **2041-2042.** *intervertis.* **2041.** Cil g., li autres v.

*** H. 2037-2050.

selon sa préférence et sa fantaisie.
Tous eurent des armures assorties
et des chevaux fougueux et alertes :
le moins bon valait bien cent livres.
Quand Erec prit femme,
il fallut la nommer par son propre nom,
car une femme ne saurait être épousée
si elle n'est pas ainsi nommée.
Jusque-là, personne ne connaissait son nom
et on l'apprit alors pour la première fois :
Enide était son nom de baptême.
L'archevêque de Cantorbéry,
qui était venu à la cour,
les bénit suivant l'usage.
Quand la cour fut tout entière assemblée,
tous les ménestrels de la contrée,
quels que fussent leurs talents,
étaient présents à la fête.
Dans la salle régnait une grande allégresse :
chacun montra ce qu'il savait faire,
l'un des sauts, l'autre des culbutes, un troisième des tours de
l'un conte, l'autre chante ;   [magie ;
l'un siffle, l'autre joue d'un instrument,
qui de la harpe, qui de la rote,
qui de la viole, qui de la vielle,
qui de la flûte, qui du chalumeau.
Les jeunes filles forment des rondes et dansent ;
tous font assaut de joie.

2045 N'est riens qui joie i puisse faire
     Ne cuer d'ome a leesce traire,
     Qui ne soit as noces le jor.
     Sonent timbre, sonent tabor,
     Muses, estives et fretel
2050 Et buisines et chalemel.
     Que diroie de l'autre chose?
     N'i ot guichet ne porte close:
     Les issües et les entrees
     Furent totes abandonees,
2055 N'en fu tornez povres ne riches.
     Li rois Artus ne fu pas chiches:
     Bien commanda es panetiers
     Et as qeus et as botoilliers
     Qu'il livrassent a grant planté
2060 A chascun a sa volenté
     Et pain et vin et venoison.
     Nuns n'i demandoit livroison
     De rien nule, quelx qu'ele fust,
     Qu'il a sa volonté n'eüst.

2065 Mout fu granz la joie ou palés,   (lettrine rouge)
     Mais tot le soreplus vos les.
     S'orroiz la joie et le delit   (109 d)
     Qui fu en la chambre et ou lit.
     La nuit, quant il assembler durent,
2070 Evesque et arcevesque i furent.
     A cele premiere assemblee,
     La ne fut pas Yseuz emblee,

---

*   2045. Nule riens qui j. set f. 2046. Et 2047. N'est qui ne soit illuec le
jor. 2063. Ne.

**   2054. F. le jor a. 2060. Chascun selonc sa v. 2062. Nus ne [*H*: Nus n'i]
demanda l. *(+ H; P*: Nus n'i demande). 2066. sorplus vos an les *(+ P).*
2069. q. a. se durent (*H*: q. il s'a. durent). 2072. Enyde.

*** H. (2037-2050), 2065-2068.

Rien de ce qui peut susciter l'allégresse
et plonger le cœur des hommes dans la liesse
n'est absent des noces ce jour-là.
Tambourins et tambours,
musettes, cornemuses et flûtes,
trompettes et chalumeaux résonnent.
Que pourrais-je encore dire ?
On n'avait fermé aucune porte, petite ou grande :
les entrées et les sorties
avaient toutes été laissées libres,
ni pauvre ni riche n'en fut écarté.
Le roi Arthur n'était pas avare :
il commanda aux panetiers,
aux cuisiniers et aux échansons
d'offrir en abondance,
à chacun selon son désir,
pain, vin et venaison.
Nul n'y demandait
quoi que ce fût,
sans en recevoir à volonté.
C'était une très grande joie qui régnait dans le palais,
mais je vous épargne tout le reste.
Ecoutez maintenant la joie et le plaisir
qu'il y eut dans la chambre et au lit.
La nuit, quand vint le moment de s'unir,
évêques et archevêques étaient présents.
Pour cette première nuit,
Yseut ne fut pas mise à l'écart

Ne Brangien an leu [de lui] mise ;
La roÿne s'est entremise
2075 De l'atorner et dou couchier,
Que l'un et l'autre avoit mout chier.
Cers chaciez qui de soif alainne
Ne desirre tant la fontainne,
N'esprevier[s] ne vient au reclain
2080 Si volentiers con il a fain,
Que plus volentiers n'i venissent,
Ainçois que il s'entretenissent.
Cele nuit ont mout restoré
De ce qu'il orent demoré.
2085 Quant vuidie lor fu la chambre,
Lor droit rendent a chascun mambre ;
Li huil d'esgarder se refont,
Cil qui d'amors la voie font
Et lor message au cuer envoient,
2090 Car mout lor plait quanque il voient.
Aprés le message des iauz
Vint la douceurs, qui mout vaut miauz,
Des baisiers qui amors atraient.
Andui cele douceur essaient
2095 Et lor cuers dedanz en aboivrent,
Si que a poinnes s'en dessoivrent.
De baisier fu li premiers jeus ;
Et l'amors qui iert entr'aux deus
Fist la pucele plus hardie :
2100 De rien ne s'est acohardie,

---

et Brangien ne lui fut pas substituée.
La reine s'est occupée
de tout préparer pour le coucher,
car elle chérissait l'un et l'autre.
Le cerf traqué, tout pantelant de soif,
ne désire pas tant la fontaine,
l'épervier affamé
n'accourt pas si volontiers au réclame
que tous deux n'étaient impatients d'arriver
au moment où ils seraient dans les bras l'un de l'autre.
Cette nuit-là, ils ont bien rattrapé
le temps qu'ils avaient perdu.
Quand la foule a quitté leur chambre,
ils rendent la liberté à leur corps tout entier,
leurs yeux se récréent à contempler,
eux qui ouvrent la voie à l'amour
et envoient leur message au cœur,
tant ils prennent plaisir à tout ce qu'ils voient.
Après le message des yeux,
vint une jouissance bien plus grande :
la douceur des baisers qui sont les appâts de l'amour.
Tous deux font l'épreuve de cette douceur
et en abreuvent leur cœur au-dedans,
au point qu'ils ont grand'peine à séparer leurs lèvres.
La baiser fut le premier jeu,
mais l'amour qui les unissait l'un à l'autre
rendit la pucelle plus hardie :
rien ne l'a effarouchée.

Tot soffri, que que li grevast.
Ainçois que ele se levast,   (110 a)
Ot perdu le non de pucele ;
Au matin fu dame novele.

2105 Cel jor furent jugleor lié,   (lettrine bleue)
Car tuit furent a gré paié ;
Tot fu rendu, quanque acrurent,
Et maint beau don doné lor furent :
Robes de vair et d'erminetes,

2110 D'escuruex et de vïoletes,
D'escarlates, de dras de soie ;
Qui vuet cheval et qui monoie,
Chascuns ot don lonc son pooir,
Si bon con il le dut avoir.

2115 Ensinc les noces et la corz
Durerent plus de .xv. jorz
A tel joie et a tel richesce.
Par seignorie et par hautesce
Et por Erec plus honorer,

2120 Fist li rois Artus demorer
Toz les barons une quinzainne.
Quant vint a la tierce semainne,
Tuit ensamble communement
Empristrent un tornoiement.

2125 Mes sire Gauvains s'avança,
Qui d'une part le fiança
Entre Eüroc et Danebroc ;
Et Meliz et Melïadoc

** 2102. Ençois qu'ele se relevast *(+ H).* 2108. Et molt bel d. 2110. De
conins *(+ HP).* 2111. D'escarlate, grise ou de soie. 2112. Qui vost c., qui
volt monoie *(+ P ; H :* I firent le jor ml't grant joie). 2113. don a son
voloir *(HP :* lonc *[H :* les] son savoir). 2116. *C = B, mais HP ont* pres
de. 2118. hautesce *et* leesce *à la rime.* 2126. De l'autre part le f. 2127-
2128. *Vers déplacés avant 2125.* 2127. Antre Erec et Tenebroc *(H :* Evroïc
et T. ; *P :* Evruyin et D. ; *C a fait de ces toponymes des noms de personnes).*

Elle souffrit tout, quoi qu'il lui en coûtât.
Avant qu'elle sortît du lit,
elle avait perdu le nom de pucelle :
au matin, elle fut nouvellement dame.
En ce jour, les jongleurs furent en liesse,
car tous furent payés à discrétion.
Ils purent rembourser tout ce qu'ils avaient pris à crédit
et on leur fit maints beaux présents :
robes de vair et d'hermine fine,
de fourrure d'écureuil et d'étoffe violette,
d'écarlate et de soie.
L'un veut un cheval, l'autre de la monnaie :
chacun reçut le meilleur don
qu'il pût souhaiter, selon ses capacités.
Ainsi, les noces et la cour plénière
durèrent plus de quinze jours
dans la même joie et dans la même pompe.
Par souci de somptuosité et de magnificence
et pour mieux honorer Erec,
le roi Arthur retint
tous les barons pendant toute une quinzaine
et, quand arriva la troisième semaine,
tous ensemble décidèrent d'un commun accord
d'organiser un tournoi.
Monseigneur Gauvain s'avança
et se porta garant pour l'un des camps
entre Eüroc et Danebroc[1] ;
et Méliz et Méliadoc

---

1. Soit entre York et Edimbourg, ce qui n'est guère précis.

         L'ont fïancié d'autre partie ;
2130 A tant la corz est departie.
         Un mois aprés la Pentecoste
         Li tornoiz assemble et ajoste
         Desoz Danebroc en la plaigne.
         La ot tante vermeille ensaigne,
2135 Et tante bloie et tante blanche,
         Et tante guimple et tante manche,
         Qui par amors furent donees.   (110 b)
         Tant i ot lances aportees
         D'argent et de synople taintes ;
2140 D'or et d'azur en i ot maintes,
         Et mainte en i ot d'autre afaire,
         Mainte bendee et mainte vaire.
         Illuec vit on le jor lacier
         Maint hiaume d'or et maint d'acier,
2145 Tant vert, tant jaune et tant vermeil
         Reluire contre le soleil ;
         Tant blazon et tant hauberc blanc,
         Tante espee au senestre flanc,
         Tant bons escuz fres et noveax
2150 D'argent et de synople beax,
         Et tant d'azur a boucles d'or ;
         Tant bon cheval bauçain[t] et sor,
         Fauves et noirs et blans et bais,
         Tuit s'entrevienent a eslais.
2155 D'armez est toz coverz li chans,
         D'ambedeus parz fremist li rans ;

*   **2140.** et d'argent *(corr. H ; CP = B).* **2145.** T. vert hiaume et t. vermeil.
     2147. et tant hiaume b. **2151.** a aigles d'or.

**   **2129.** Ensi fu fete l'anhatie *(P :* Le fïanca d'a. p.). **2135-2136.** *intervertis.*
     2139. D'azur et de s. t. **2142.** et tante v. **2144.** de fer et d'acier. **2150.**
     D'azur et de s. *(+ P).* **2151.** t. d'argent *(HP :* t. escus). **2156.** D'anbes p.
     f. toz li rans.

ont fait de même pour l'autre camp.
Alors la cour s'est séparée.

Un mois après la Pentecôte,
on s'assemble et on se réunit pour le tournoi,
dans la plaine, au pied de Danebroc.
Il y eut là maintes enseignes vermeilles,
des bleues comme des blanches,
maintes guimpes et maintes manches
données par amour[1].
On y avait apporté des lances,
beaucoup teintes d'argent et de sinople,
beaucoup d'or et d'azur
et beaucoup d'autres couleurs,
tant à bandes multicolores que tachetées.
Ici-même, on pouvait, en ce jour, voir lacer
tant de heaumes d'or et tant d'acier,
des verts, des jaunes, des vermeils
qui resplendissaient au soleil.
Et combien de boucliers et de blancs hauberts,
combien d'épées suspendues au côté droit !
Et combien de bons écus flambant neufs,
rehaussés d'argent et de sinople
et combien rehaussés d'azur, à bosse d'or !
Et combien de bons chevaux tachetés et alezans,
fauves et noirs, blancs et bais,
qui tous galopent les uns contre les autres !
Les armes recouvrent tout le champ
et, de part et d'autre, la ligne des combattants s'anime.

---

1. Dans le tournoi, les chevaliers portent volontiers la guimpe (voile de linge fin qui couvrait la tête et les épaules des dames) ou la manche (qui, légèrement cousue, pouvait être séparée du vêtement) que leur avait donnée leur dame.

En l'estor lieve li escrois,
De lances est mout granz li frois.
Lances brisent, escu estroent,
2160 Li hauberc fausent et descloent,
Seles vuident, chevalier tument ;
Li cheval süent et escument.
Sor ceus qui chïent a grant bruit
La traient les espees tuit ;
2165 Li un corent por les foiz prendre
Et li autre por le desfendre.
Erec sist sor un cheval blanc,
Touz sous s'en va au chief dou ranc
Por joster, se il trueve a cui.
2170 De l'autre part, encontre lui,
Muet li Orgoilleus de la Lande,
Et sist sor un cheval d'Illande   (110 c)
Qui l'en portoit de grant ravine.
Sor l'escu, devant la poitrine,
2175 Le fiert Erec de tel vertu
Qu'a la terre l'a abatu ;
Illuec le laisse, point avant.
Et Rinduranz li vint devant,
Filz la Vielle de Tergallo,
2180 Qui fu coverz d'un cendal blo,
Uns chevaliers de grant proesce.
Li un[s] contre l'autre s'adresce,
Si se donent de mout granz copx
Sor les escuz qu'il ont es colx.

---

*   2175. de grant v. 2177. Le champ guerpi, et vint a.

**   2159. et escuz troent (*HP :* et escu troent). 2163-2164. *intervertis.* 2166.
por l'estor randre. 2168. s'an vint *(+ H)*. 2171. Point *(+ HP)*. 2173. Qui
le porte (+ *H ; P :* Qui le portoit). 2176. Que del destrier [*H :* ceval] l'a
a. (+ *H ; P :* En mi le camp l'a a.). 2177. Le chaple let et vet avant (*H :*
El camp le laie, p. a.). 2180. Et fu c. (*H :* Et sist desor un ceval b. ; *P :*
Et fu vestus). 2181. C. ert [*P :* fu] de g. p. *(+ P)*. 2183. Si s'antredonnent
m. g. c. *(+ HP)*.

*** H. 2157-2158, 2163-2164.

Le tumulte du combat s'élève,
le fracas des lances est impressionnant.
Les lances sont brisées, les écus percés,
les hauberts disloqués et démaillés ;
les chevaliers sont désarçonnés et renversés,
les chevaux suent et écument.
Tous tirent leur épée
au-dessus de ceux qui tombent à grand bruit :
les uns accourent pour prendre les paroles de soumission,
les autres pour les en empêcher.
Erec, monté sur un cheval blanc,
s'avance tout seul en tête du rang,
cherchant contre qui jouter.
En face, l'Orgueilleux de la Lande
se porte à sa rencontre,
assis sur un cheval d'Irlande
qui l'emportait avec impétuosité.
Erec lui assène sur l'écu,
en pleine poitrine, un coup si violent
qu'il l'a abattu à terre.
Il l'abandonne là et s'avance, piquant des deux,
lorsque la route lui est barrée par Rindurant,
le fils de la Vieille de Tergallo,
vêtu d'un habit en taffetas bleu,
chevalier d'une grande bravoure.
L'un charge l'autre
et ils échangent des coups fort vigoureux
sur les écus pendus à leur cou.

2185 Erec, tant con hante li dure,
Le trebuche a la terre dure.
En son retor a encontré
Le roi de la Roge Cité,
Qui mout estoit vaillanz et prouz ;
2190 Les reinnes prenent par les nouz
Et les escus par les enarmes.
Andui orent mout bones armes
Et bons chevax, forz et isneax,
Et bons escuz, fres et noveax ;
2195 Par si grant vertu s'entrefierent
Qu'andeus lor lances peceerent.
Onques tex copx ne fu veüz :
Ensemble hurtent des escuz
Et des armes et des chevax ;
2200 Ceingles ne reinnes ne peitrax
Ne poent le roi retenir :
A la terre l'estuet venir.
Ensinc vola jus dou destrier,
Ne guerpi sele ne estrier,
2205 Et nes les reinnes de son frain
En porta totes en sa main.
Tuit cil qui cele joste virent,   (110 d)
A mervoilles s'en esbahirent,
Et dïent que mout chier li coste,
2210 Qui a si bon chevalier joste.
 Erec ne voloit pas entendre   (lettrine rouge)
A chevax ne chevaliers prendre,

---

* **2187.** En son encontre a e. **2189-2190.** *intervertis.* **2189.** Mout ert cil rois
v. **2191-2192.** Son escu prent par les e. / Il et Erec ont b. a. **2198.** les es.

** **2190.** tindrent. **2193.** Et molt b. c. et i. **2194.** Sor les e. **2197.** Einz tel
cop ne furent veü. **2198.** lor escu. **2201.** porent (+ *H; P :* pooit). **2202.**
estut (*HP :* Ne l'estuece a t. v.). **2203-2204.** *absents* [**2204.** *H :* N'i g. ;
P : Si g. la s. et l'e.]. **2205.** Endeus les r. et le f. **2206.** An porte avoec
lui en sa m. (*P :* En porta il ens en sa m.). **2209.** trop chier (+ *P ; H :*
trop par).

*** H. **2189-2194.**

Erec, de toute la force de sa lance,
le précipite à même le sol.
A peine retourné, il a rencontré
le roi de la Rouge Cité,
modèle de vaillance et de prouesse.
Ils tiennent fermement les rênes par les nœuds
et les écus par les poignées.
Tous deux avaient d'excellentes armes
et de bons chevaux, puissants et rapides,
et de bons écus, flambant neufs.
Ils se frappent si violemment
que leurs lances volèrent en éclats.
Jamais, on n'a vu tel assaut :
ils se heurtent de leurs écus,
de leurs armes et de leurs chevaux ;
sangles de la selle, courroies du poitrail, rênes,
toutes sont impuissantes à retenir le roi ;
il est contraint de toucher le sol.
Le voilà donc précipité de son destrier,
sans pour autant abandonner selle ni étriers :
même les rênes du mors,
il les emporta toutes, dans sa chute, entre ses mains.
Tous ceux qui assistèrent à cette joute
en furent émerveillés et stupéfaits,
affirmant qu'il en coûtait très cher
de se mesurer à un si vaillant chevalier.
Erec ne se piquait pas
de prendre des chevaux ou des chevaliers,

Mais en joster et en bien faire,
Por ce que sa proesce apaire ;
2215 Devant lui fait le renc fremir,
Sa proesce fait [r]esbaudir
Ceus de devant, cui il se torne ;
Chevax et chevaliers portorne
Por ceus de la plus desconfire.
2220 De mon seignor Gauvain vuil dire,
Qui mout le fait et bien et bel.
En l'estor abati Guincel
Et prist Gaudin de la Montaigne ;
Chevaliers prent, chevax gaaigne :
2225 Bien le fist mes sire Gauvains,
Gifflez, li filz Do, et Yvains
Et Sagremors li Desreez.
Ceus de la ont si conreez
Que jusque as portes les embatent ;
2230 Assez en prenent et abatent.
Devant la porte dou chastel
Ont recomencié le cembel
Cil dedenz contre ceus defors.
La fu abatuz Sagremors,
2235 Uns chevaliers de mout grant pris,
Toz estoit retenuz et pris,
Quant Erec cort a la rescouse.
Sor un des lor sa lance estrouse,
Si bien le fiert sor la mamele
2240 Que guerpir li covint la sele ;

---

* **2226.** f. Due.

** **2213.** Mes a … a … (+ *P; H:* al). **2215.** Devers| l'estor (*P:* les rens). **2217.** Cez devers cui il se tenoit (+ *H; P:* Ceus qui devers lui se tenoient). **2218.** prenoit (+ *H; P:* prenoient ; *la leçon de B supprime la contradiction avec le v. 2212; W. Foerster imagine une lacune de tous les manuscrits entre les v. 2215 et 2216, et rattache les v. 2216-2219 à Gauvain*). **2221.** feisoit b. (+ *HP*). **2229.** tresqu'es p. (*B évite parfois de marquer l'élision : cf. v. 6641*). **2239.** soz. **2240.** vuidier (+ *HP*).

mais de faire belle figure dans les joutes,
afin de manifester sa prouesse.
Devant lui, la rangée des combattants s'agite bruyamment :
sa bravoure ravive l'enthousiasme
de ceux vers qui il se tourne ;
et en renversant chevaux et chevaliers,
il accable davantage le parti adverse.
C'est de monseigneur Gauvain que je veux maintenant parler,
car il se comporte à la perfection.
Il abattit dans le combat Guincel
et prit Gaudin de la Montagne ;
il fait des prisonniers, il gagne des chevaux[1].
Monseigneur Gauvain fut donc souverain,
mais aussi Girflet, le fils de Do, et Yvain
et Sagremor le Démesuré.
Ils ont si bien arrangé ceux d'en face
qu'ils les repoussent jusqu'aux portes du bourg fortifié ;
un bon nombre d'entre eux sont pris ou mis hors de combat.
Devant la porte du bourg,
le combat a repris de plus belle
entre ceux du dedans et ceux du dehors.
C'est là que fut abattu Sagremor,
un chevalier de très grande renommée :
il allait être définitivement retenu prisonnier
lorsqu'Erec pique à la rescousse.
Il brise sa lance sur un des leurs
et lui assène un tel coup sur la poitrine
que l'autre doit vider les arçons.

---

1. Notons l'opposition entre Gauvain, le chevalier arthurien traditionnel qui prend des chevaliers et des chevaux, et Erec qui refuse ce code et cherche d'abord à briller (cf. v. 2212-2213, mais les v. 2252-2253 semblent les contredire ; tout le passage a embarrassé les éditeurs).

Puis trait l'espee, si lor passe,
Les hiaumes lor embugne et quasse ;   (111 a)
Cil s'en fuient, se li font rote
Que touz li plus hardiz le dote.
2245 Tant lor dona et copx et bous
Que Sagremor lor a rescous ;
Ou chastel les remet batant.
Les vespres remestrent a tant.
Si bien le fist Erec le jor
2250 Qu'il fu li mieudres de l'estor ;
Mais mout le fist mieuz l'endemain :
Tant prist chevaliers de sa main
Et tant i fist seles vuidier
Que nuns ne le porroit cuidier,
2255 Se cil non qui veü l'avoient.
Trestuit li chevalier disoient
Qu'il avoit le tornoi veincu
Par sa lance et par son escu.
Or fu Erec de tel renon
2260 Qu'on ne parloit se de li non,
Ne nuns ne ot si bone grace.
Il sembloit Asalon de face,
Et de la langue Salemon ;
De fierté resembloit lyon,
2265 Et de doner et de despandre
Fu pareilz le roi Alixandre.

    Au repairier de cel tornoi   (lettrine rouge)
Ala Erec parler au roi ;

---

*   **2243.** si lor f. r. **2246.** Sagremors. **2247.** meinnent b. *(corr. CH ; P = B).*
2252. Que tant c. **2255.** Ou se cil non qui le veoient *(corr. CH).* **2260.**
Pou p. l'en se de li non.

** **2242.** lor anbarre *(+ P).* **2248.** sonerent *(H :* falirent *; P :* remaient ; les
« vêpres d'un tournoi » désignent, selon le Tobler-Lommatzsch, les joutes
mineures qui ont lieu la veille d'un grand tournoi et, selon le Littré, le dernier
épisode d'un tournoi, mais aucun de ces sens n'est véritablement satisfaisant
ici, puisque le tournoi se poursuit le lendemain).* **2252.** Molt p. **2256.**
D'anbedeus parz t. d. *(+ H).* **2261.** Nus hom n'avoit. **2262.** Qu'il. **2264.**
Et de f. sanbla *[P :* sanbloit] lyon *(+ P).* **2266.** Refu il p. A.

*** H. **2261-2266.** P. **2255-2256.**

Puis il tire l'épée, les charge,
leur défonce et fracasse les heaumes :
ils prennent la fuite, lui livrant le passage,
car même le plus hardi d'entre eux le redoute.
Bref, il leur délivra tant de coups et de bottes
qu'il leur a arraché Sagremor,
avant de les refouler au bourg, tambour battant.
Ainsi prit fin la première journée.
En ce jour, Erec se montra si souverain
qu'il fut jugé le meilleur du tournoi,
mais il fit bien mieux le lendemain :
il prit tant de chevaliers de sa main,
il en désarçonna tant
que nul ne pourrait le croire,
s'il ne l'avait vu de ses yeux.
Tous les chevaliers sans exception reconnaissaient
qu'il avait remporté le tournoi
avec sa lance et son écu.
Sa renommée fut alors telle
qu'on ne parlait que de lui
et qu'il jouissait d'une faveur sans égale.
Il ressemblait à Absalon par son visage
et, par son langage, il rappelait Salomon ;
pour la fierté, il était semblable à un lion[1]
et, pour la largesse et la prodigalité,
pareil au roi Alexandre.
En revenant de ce tournoi,
Erec alla parler au roi

---

1. Cet animal semble un intrus au milieu de ces personnages bibliques ou
historiques ; curieusement, un des manuscrits de l'adaptation allemande
du roman de Chrétien par Hartmann von Aue, porte Samson : innovation
du copiste germanique ou leçon originale de Chrétien qui aurait disparu
de tous les manuscrits français ?

  Le congié li ala requerre,
2270 Qu'aler le lessast en sa terre;
  Mais mout le mercïa ainçois,
  Come sage[s] ber et cortois,
  De l'onor que faite li ot,
  Et mout mervoillox gré l'en sot.
2275 Aprés li a le congié quis,
  Qu'aler l'en lait en son païs,
  Que sa fame en voloit mener.   (111 b)
  Ce ne li pot li rois veer,
  Mais son vuel n'i alast il mie;
2280 Congié li done et se li prie
  Au plus tost qu'il porra retort,
  Car n'avoit en tote sa cort
  Meillor chevalier, ne plus prou,
  Fors Gauvain, son tres chier nevou;
2285 A celui ne se prenoit nus,
  Mais aprés lui prisoit il plus
  Erec, et plus le tenoit chier
  Que neis un autre chevalier.
  Erec ne vost plus sejorner,
2290 Sa fame commande atorner,
  Des que le congié ot dou roi,
  Et si retint a son conroi
  Sexante chevaliers de pris
  A chevax, a vair et a gris.
2295 Des que son oirre ot apresté,
  N'a gaires puis a cort esté.

---

* **2292.** Et si en meinne (*corr. H; C:* Et si reçut; *P:* Et s'en mena).

** **2270.** s'en voloit (*H:* l'en laiast; *P:* l'en laissast). **2272.** Con frans et
s. et c. (*P:* Come s. et bien c.). **2274.** Que. **2275.** A. a c. de lui pris. **2276.**
a. voloit (*P:* a. s'en veut). **2277.** Et (+ *P*). **2281.** Qu'au (+ *H*). **2282-
2283.** Car n'a. baron en sa c. / Plus vaillant, plus hardi, plus preu. **2286.**
Aprés celui.

*** H. 2271-2276.

pour lui demander congé et le prier
de le laisser retourner dans son pays.
Mais auparavant, en seigneur sage et courtois,
il le remercia vivement
de l'honneur qu'il lui avait fait
et lui en sut un gré infini.
Alors, il lui a demandé de bien vouloir
accepter qu'il regagnât son pays
où il souhaitait emmener sa femme.
A cette requête, le roi ne put qu'accéder,
même s'il eût préféré qu'il n'y allât point.
Il lui donne son congé, tout en le priant
de revenir le plus tôt possible,
car il n'avait dans toute sa cour
plus parfait et plus vaillant chevalier que lui,
à l'exception de Gauvain, son très cher neveu.
A ce dernier, personne ne pouvait se comparer,
mais, après lui, c'est Erec
que le roi estimait et chérissait
plus qu'aucun autre chevalier.
Erec ne voulut pas s'attarder plus longtemps ;
il demande à sa femme de se préparer,
aussitôt que le roi lui a donné son congé.
Il choisit, pour l'escorter,
soixante chevaliers de valeur
avec des chevaux, des fourrures de vair et de gris.
Les préparatifs du voyage achevés,
il ne prolongea guère son séjour à la cour.

La roÿne congié demande,
Les chevaliers a Deu commande.
La roïne congié li done.
2300 A cele hore que prime sone,
Se parti dou palais real;
Devant toz monte en son cheval,
Et sa fame est ou vair montee,
Qu'ele amena de sa contree;
2305 Puis monta sa mesnie tote:
Bien furent .vii^{xx}. en sa rote
Entre chevaliers et serjanz.
Tant trespassent puis et pandanz,
Forez et plaingnes et rivieres,
2310 Quatre granz jornees plenieres,
Qu'a Carrant vindrent au quint jor,
Ou li rois Lac iere a sejor

(111 c)

En un chastel de grant delit;
Onques nuns mieuz seant ne vit.
2315 De forez et de praeries,
De vignes et de gaingneries,
De rivieres et de vergiers,
De dames et de chevaliers,
Et de vallez prouz et haitiez,
2320 De gentis clers bien afaitiez
Qui bien despendoient lor rentes,
De puceles beles et gentes
Et de borjois poesteïz
Estoit li chasteax planteïz.

---

*   **2301.** païs. **2304.** Qu'il *(corr. HP; C = B).*

**   **2300.** A tele ore con p. s. **2301.** Departi *(+ H).* **2302.** Veant toz. **2303.**
aprés m. **2306.** la r. *(+ P).* **2307.** Entre s. et c. **2308.** et rochiers *(H :* Qui
ml't par furent beles gans). **2309-2310.** Et f. et plains et montaignes /
Q. j. totes plainnes. **2311.** A Carnant *(+ H)* | a un jor. **2317-2318.**
intervertis. **2319.** De v. molt p. **2322.** Et de dames b. **2323.** b. bien
posteïs [*H :* poestis]. **2324.** c. bien asis *(leçon moins heureuse).*

***   H. **2309-2310.** P. **2323-2324.**

Il demande congé à la reine
et recommande les chevaliers à Dieu :
la reine accède à sa demande.

    A l'heure où prime[1] sonne,
il quitte le palais du roi.
En présence de tous, il monte sur son cheval ;
sa femme est montée sur le palefroi pommelé
qu'elle amena de son pays ;
puis montèrent tous ses gens.
Il y avait bien cent quarante chevaliers
et valets d'armes dans sa suite.
Ils traversent tant de cols, de montagnes,
de forêts, de plaines et de rivières
durant quatre journées entières
qu'ils arrivèrent à Carrant le cinquième jour.
Le roi Lac y séjournait
dans une cité fortifiée tout à fait plaisante ;
jamais on n'en vit de mieux située.
De forêts et de prairies,
de vignes et de cultures,
de rivières et de vergers,
de dames et de chevaliers,
de jeunes gens vaillants et souriants,
de clercs généreux et bien éduqués,
habiles à dépenser leurs rentes,
de jeunes filles belles et gracieuses
et de bourgeois opulents,
voilà tout ce dont regorgeait cette cité.

---

1. Soit 6 h. du matin. Les autres heures que l'on trouve dans *Erec* sont *tierce* (9 h.) et *none* (15 h.).

2325 Ainz qu'Erec ou chastel venist,
     Deus chevaliers avant tramist
     Qui l'alerent le roi conter.
     Li rois fist maintenant monter,
     Qu'il ot oïes les noveles,
2330 Chevaliers, dames et puceles;
     Et commanda les sainz soner
     Et les rues encortiner
     De tapiz et de dras de soie
     Por son fil reçoivre a grant joie.
2335 Puis est il meïsmes montez,
     Quatre vinz clers i ot contez,
     Gentis homes et honorables,
     A manteax gris, orlez de sables;
     Chevaliers i ot bien .v^c.,
2340 Sor chevax bais, sors et baucenz;
     Borjois et dames tant i ot,
     Nuns le conte savoir n'en pot.
     Tant galoperent et corrurent
     Qu'il s'entrevirent et cognurent,
2345 Li rois son fil, et ses filz lui.
     A pié descendent ambedui,
     Si s'entrebaisent et salüent;   (111 d)
     De grant piece ne se remüent
     D'illuec ou il s'entrecontrerent;
2350 Li un les autres salüerent.
        L i rois grant joie d'Erec fait.   (lettrine bleue)
     A la foïe l'entrelait,

---

*   **2340.** Sor les chevax s. et b. *(corr. CH; P = B).*

**   **2326.** messagiers. **2330.** Clers et c. et p. *(+ H).* **2331.** les corz *(+ H).*
     2342. Que nus s. conter nes pot *(H: Que nus conte s. n'an pot).*

*** H. 2349-2350.

Avant d'y arriver,
Erec dépêcha deux chevaliers
auprès du roi pour lui annoncer sa venue.
Et, aussitôt la nouvelle apprise,
le roi fit monter
chevaliers, dames et jeunes filles ;
il ordonna de sonner les cloches
et de garnir les rues
de tapis et de draps de soie,
afin d'accueillir son fils en grande liesse ;
puis, il est monté à son tour.
On pouvait y dénombrer quatre-vingts clercs,
tous nobles et honorables,
vêtus de manteaux gris, ourlés de zibeline.
Quant aux chevaliers, ils étaient bien cinq cents,
montés sur des chevaux bais, alezans et tachetés.
Enfin, bourgeois et dames formaient une telle foule
qu'on ne pouvait les dénombrer.
Ils galopèrent et coururent tant
qu'ils s'aperçurent l'un l'autre et se reconnurent,
le roi, son fils et son fils, le roi.
Les deux descendent de leur cheval,
puis échangent baisers et saluts,
et ils restent un long moment sans bouger
de l'endroit où ils se sont retrouvés.
On se salue de part et d'autre.
Le roi fait grande fête à Erec,
puis le laisse un instant

Si se retorne vers Enide :
De toutes parz est en melide ;
2355 Ambedeus les acole et baise,
Ne set li quelx d'aux mieuz li plaise.
Ou chastel vienent lïement ;
Encontre son avenement
Sonent li saint trestuit a glai ;
2360 De jonc, de mentastre et de glai
Sont totes jonchies les rues,
Et par desore portendues
De cortines et de tapiz,
De dïapres et de samiz.
2365 La ot mout grant joie menee ;
Toute la genz est aünee
Por veoir lor novel seignor :
Ainz hons ne vit joie greignor
Que fesoient jone et chenu.
2370 Premiers sont au mostier venu ;
La furent par devotïon
Receü a processïon ;
Devant l'autel dou Crucefis
S'est Erec a genoillon mis.
2375 Devant l'autel de Nostre Dame
Menerent dui baron sa fame.
Quant ele i ot s'oroison faite,
Un petit s'est arriere traite ;
De sa destre main s'est seingnie
2380 Comme dame bien enseingnie.

** **2354.** D'anbedeus parz. **2356.** plus li p. *(+ P).* **2357.** v. maintenant.
2359. li soing. **2368.** A. nus ne *(+ HP).* **2373.** des C. **2374.** a orisons
mis *(P :* Se fu E. a genous mis). *Après v. 2374, Guiot insère 24 vers*
*décrivant l'offrande d'Erec à l'*autel dou Crucefis *et après v. 2376, 28*
*vers décrivant celle d'Enide à l'*autel de Nostre Dame *(= éd. Roques, v.*
2323-2346 et 2349-2376). **2375.** *C. = B. HP ont* l'ymage N. D. **2377.** Q.
Enyde ot s'oferande fete [+1] *(H :* Q. ele a s'o. parfaite). **2380.** fame
(+ P).

*** H. 2359-2364.

pour se diriger vers Enide :
où qu'il se tourne, il est ravi.
Il les prend tous deux par le cou et les embrasse
et il ne saurait dire à qui d'entre eux va sa préférence.
Ils arrivent à la cité tout heureux.
Pour la venue d'Erec,
les cloches sonnent toutes à la volée
et les rues sont toutes jonchées
de joncs, de menthe et de glaïeuls.
Sur les murs, on avait déployé
des tentures et des tapis
de brocart et de satin.
Là, on mena grande liesse :
tout le peuple s'est rassemblé
pour voir son nouveau seigneur.
Jamais, on ne vit jeunes et vieux
aussi joyeux.
Ils se sont d'abord rendus à l'église
où ils furent accueillis
pieusement, en procession.
Devant l'autel du Crucifix,
Erec s'est agenouillé ;
devant l'autel de Notre Dame,
deux barons conduisirent sa femme.
Quand elle y eut fait son oraison,
elle s'est un peu retirée en arrière,
avant de se signer de la main droite,
en dame bien éduquée.

A tant fors dou mostier s'en vont,
Ou palais real venu sont.   (112 a)
La comença la joie granz.
Le jor ot Erec mainz presenz
2385 De chevaliers et de borjois :
De l'un un palefroi norrois
Et de l'autre une cope d'or ;
Cil li presente un oistor sor,
Cil un brachet, cil un levrier,
2390 Et cil autres un esprevier,
Cil un corrant destrier d'Espaigne,
Cil un escu, cil une ensaigne,
Cil une espee, cil un hiaume.
Onques nuns rois en son rëaume
2395 Ne fu plus lïement veüz
N'a greignor joie receüz.
Tuit de li servir se penerent ;
Mout plus grant joie encor menerent
D'Enide que de lui ne firent,
2400 Por la grant beauté qu'en li virent
Et plus encor por la franchise.
En une chambre fu assise
Desor une coutre de paile,
Qu'aportee fu de Thesaile ;
2405 En tor ot mainte bele dame,
Mais ensinc con la clere jame
Reluit desor le bis chaillo
Et la rose sor le pavo,

---

*   **2383-2384.** joie grant / maint present **2394.** en nule terre *(absence de rime)*.

**   **2382.** Droit a l'ostel revenu s. (*H :* Al mostier roial v. s.). **2391.** Li autres un d. (*P :* Cil ramaine d.). **2398.** j. demenerent (*H :* Mes forçor joie e. m. ; *P :* Plus g. j. e. demenenrent). **2401.** sa f. (+ *P*). **2404.** Qui venue estoit de Cessaile. **2405.** Antor li avoit mainte d.

***   H. **2389-2390, 2401-2412.**

Alors ils quittent l'église
pour se rendre au palais du roi
où ce fut le début d'une grande allégresse.
En ce jour, Erec reçut maints présents
de chevaliers et de bourgeois :
de l'un, un palefroi de Norvège ;
de l'autre, une coupe d'or ;
on lui offre, qui un jeune autour,
qui un braque, qui un lévrier,
qui un épervier,
qui un destrier d'Espagne impétueux,
qui un écu, qui une enseigne,
qui une épée, qui un heaume.
Jamais encore un roi ne suscita, par sa seule vue,
une telle liesse au sein de son royaume,
ni ne reçut un accueil aussi joyeux.
Tous le servirent du mieux qu'ils purent
et ils firent à Enide
encore plus grande fête qu'à Erec,
car ils admiraient en elle sa grande beauté
et, surtout, sa noblesse de cœur.
Elle était assise dans une chambre
sur une couverture de soie
que l'on avait apportée de Thessalie.
Maintes belles dames l'entouraient ;
mais tout comme la gemme lumineuse
surpasse en splendeur le gris caillou,
comme la rose l'emporte sur le pavot,

          Ausi ert Enide plus bele
2410   Que nule dame ne pucele
          Qui fust trovee en tot le monde,
          Qui le cerchast a la reonde,
          Tant fu gentis et honorable
          Et de sage dit acointable,
2415   De bon estre et de bon atrait.
          Onques nuns ne sot tant d'agait
          Qu'en li peüst veoir folie   (112 b)
          Ne mauvestié ne vilenie.
          Tant ot d'afaitement apris
2420   Que de totes bontez ot pris
          Que nule dame puisse avoir,
          Et de largece et de savoir.
          Tuit l'amoient por sa franchise :
          Qui li pooit faire servise,
2425   Plus s'en tenoit chiers et prisoit.
          De li nuns hons ne mesdisoit,
          Car nuns n'en pooit riens mesdire.
          Ou rëaume ne en l'empire
          N'ot dame de tant bones mors.
2430   Mais tant l'ama Erec d'amors
          Que d'armes mais ne li chaloit,
          N'a tornoiement mais n'aloit.
          N'avoit mais soing de tornoier :
          A sa fame aloit dosnoier,
2435   De li fist s'amie et sa drue ;
          Tot met son cuer et s'entendue

---

*   **2409.** est. **2435.** f. sa fame et sa drue (*corr. CH; P :* s'amie a droiture).

**   **2414.** De saiges diz et a. (+ *H; P :* Et de sages diz acordable).
         2415. De b. ere. **2421.** doie a. (*P :* K'en nule d. puist a.). **2426.** Ne nus
         de li (*HP :* De li nus rien). **2429.** de si b. **2432.** Ne a t. n'a. (+ *H; P :*
         A tornoi n'a armes n'a.). **2434.** volt d. **2435.** Si an fist. **2436.** En li a
         mise s'e. (*H :* Tot mist son c. et s'e. ; *P :* Tot metoit son c. et sa cure).

***   H. **2419-2422.**

Enide était plus belle
qu'aucune dame ou jeune fille
que l'on aurait pu trouver de par le monde,
même en cherchant partout à la ronde,
tant elle était noble et honorable,
de commerce agréable et sage,
d'un naturel heureux et séduisant.
Jamais personne aux aguets, aussi attentive fût-elle,
n'aurait pu surprendre en elle folie,
méchanceté ou bassesse.
Son éducation était si parfaite
qu'elle excellait dans toutes les qualités
qu'une dame pouvait avoir,
en largesse comme en sagesse.
Tous l'aimaient pour sa noblesse de cœur :
qui pouvait lui rendre service
ne s'en estimait que davantage.
Nul ne médisait d'elle,
car nul n'avait matière à médire.
Dans le royaume et dans l'empire[1],
il n'y avait dame aussi irréprochable.
Mais Erec l'aimait d'un si grand amour
que les armes le laissaient indifférent
et qu'il ne participait plus aux tournois.
Il ne se souciait plus désormais de tournoyer :
il allait vivre en amoureux auprès de sa femme,
il en fit son amie et son amante.
Il n'avait plus en son cœur que le désir

---

1. L'empire désigne sans doute le royaume d'Arthur.

En li acoler et baisier,
Ne se queroit d'el aaisier.
 Si compaignon duel en menoient;   (lettrine rouge)
2440 Entr'ax sovent se dementoient
De ce que trop l'amoit assez.
Sovant estoit midi[s] passez
Ainçois que de lez li levast;
Lui estoit bel, cui qu'il pesast.
2445 Mout petit de li s'esloignoit,
Mais onques por ce ne donoit
De riens moins a ses chevaliers
Armes et robes et deniers.
Nul leu n'avoit tornoiement,
2450 Nes i envoiast richement
[Apareilliez et atornez.
Destriers lor donoit sejornez]
Por tornoier et por joster,
Que qu'il li deüssent coster.   (112 c)
2455 Ce disoit trestoz li bernages
Que granz duelx est et granz domages,
Quant armes porter ne voloit
Tex bers con il estre soloit.
Tant fu blasmez de totes genz,
2460 De chevaliers et de sergenz,
Que Enide oï entredire
Que recreanz estoit ses sire
D'armes et de chevalerie:
Mout avoit changie sa vie.

---

*   **2439.** Li. **2442-2443.** Sovant *et* Ainçois *inversés en début de vers dans*
    BPVA. **2443.** de son lit l. *(corr. H; P = B; C :* Einz que de lez lui se l.).
    2448. destriers *(corr. C; P = B).* **2451-2452.** *Lacune propre à B.*

**   **2437.** En a. et an b. **2438.** quierent *(P :* Ml't pensoit de lui a.).
    2439. avoient *(+ HP).* **2446.** Mes ainz por ce moins ne d. **2447.** De rien
    nule. **2450.** Nes e. molt r. *(P :* Qu'il nes i envoit r.). **2461.** Qu'E. l'oï e.
    (+ H; P : Que E. l'entroï dire). **2462.** aloit *(+ H; P :* recreüs estoit).

***   H. 2445-2452.

de l'embrasser et de la couvrir de baisers :
il ne cherchait plus d'autre plaisir.
Ses compagnons en étaient désolés
et se lamentaient fréquemment entre eux
de ce qu'il lui vouait un amour excessif.
Il était souvent midi passé
qu'il n'était pas encore levé d'auprès d'elle :
s'en chagrinait qui voulait, cette vie lui plaisait.
Il ne s'éloignait guère de sa femme,
mais ne réduisait pas pour autant
les dons qu'il faisait à ses chevaliers
en armes, en robes et en deniers.
Il n'y avait nulle part de tournoi,
sans qu'il ne les y envoyât richement
équipés et vêtus ;
il leur donnait des destriers bien reposés
pour participer aux joutes,
quoi qu'il dût lui en coûter.
Les barons affirmaient tous
que c'était un grand malheur et un grand dommage
qu'un baron tel qu'il l'avait été,
dédaignât de porter les armes.
Il fut tant blâmé par toutes sortes de gens,
chevaliers comme valets d'armes,
qu'Enide les entendit dire entre eux
que son seigneur abandonnait lâchement
armes et chevalerie[1] :
il avait profondément changé sa manière de vivre.

---

1. Apparaît ici la notion de *recreant* : le verbe *recroire*, qui ne subsiste en français moderne que dans *recru*, signifie « s'épuiser dans le combat » (v. 889), « abandonner le combat », « s'avouer vaincu » (v. 3690, 5972) et, comme ici et au v. 2551, « trahir l'idéal chevaleresque ».

2465 De ceste chose li pesa,
     Mais semblant faire n'en osa,
     Car ses sire en mal le preïst
     Assez tost, s'ele li deïst.
     Tant li fu la chose celee
2470 Qu'il avint une matinee,
     La ou il jurent en lor lit,
     Ou eü orent maint delit ;
     Bouche a bouche entre braz gisoient,
     Come cil qui mout s'entramoient.
2475 Cil dormi et cele veilla ;
     De la parole li membra
     Que disoient de son seignor
     Par la contree li plusor.
     Quant il l'en prist a sovenir,
2480 De plorer ne se pot tenir ;
     Tel duel en ot et tel pesance
     Qu'il li avint par mescheance
     Que ele dist une parole
     Dont ele se tint puis por fole,
2485 Mais ele n'i pensoit nul mal.
     Son seignor a mont et a val
     Commença tant a esgarder,
     Le cors bien fait et le vis cler,
     Et plore de si grant ravine   (112 d)
2490 Que chiesent desor la poitrine
     Son seignor les lermes de li,
     Et dit : « Lasse, con mar m'esmui

---

*   **2480.** De parler. **2492.** tant mar i vi (*leçon incompréhensible ; P est
     confirmé par HV ; C a une leçon isolée,* Lasse, fet ele, con mar fui, *qui
     offre l'intérêt de dessiner une symétrie avec le v. 2503*).

**   **2467.** Que *(+ HP)*| nel p. **2471.** un lit *(+ H).* **2472.** Qu'il o. e. **2483.** Qu'ele
     d. lors. **2488.** Le cors vit bel. **2489.** plora. **2490-2491.** Que plorant d. la
     p. / An chieent les lermes sor lui *(leçon isolée, mais rime meilleure).*

Ce discours lui fut pénible,
mais elle n'osa rien en laisser paraître,
car son seigneur l'aurait pris en mauvaise part,
dès qu'elle lui en aurait touché un mot.
Le secret fut gardé
jusqu'au jour où, un matin,
ils étaient couchés dans leur lit
après y avoir connu maints plaisirs;
ils étaient étendus, bouche à bouche,
dans les bras l'un de l'autre, en amoureux passionnés.
Il dormait, elle était éveillée.
Elle se souvint de la parole
que la plupart des gens du pays
disaient à propos de son seigneur.
Lorsque ce souvenir resurgit en elle,
elle ne put se retenir de pleurer.
Elle en éprouva telle douleur et telle affliction
qu'elle eut le malheur
de laisser échapper une parole
pour laquelle elle se considéra, par la suite, comme folle.
Et pourtant, elle ne pensait pas à mal.
Se prenant à contempler
son seigneur des pieds à la tête,
son corps bien fait et son visage lumineux,
elle pleure tant
que ses larmes coulent à grands flots
sur la poitrine de son époux
et elle dit : « Hélas ! Par quel malheur ai-je quitté

De mon païs ! Que ving ça querre ?
Bien me devroit sorbir la terre,
2495 Quant toz li mieudres chevaliers,
Li plus hardiz et li plus fiers,
Li plus beax et li plus cortois,
Qui onques fust ne cuens ne rois,
A de tout en tout relinquie
2500 Por moi tote chevalerie.
Donques l'ai je honi por voir ;
Ne[l] vousisse por nul avoir. »
Lors li a dit : « Con mar i fus ! »
A tant se tait, se ne dit plus.
2505 Erec ne dormi pas forment,
Si l'a tresoï en dormant ;
De la parole s'esveilla,
Et de ce mout se merveilla,
Que si forment plorer la vit.
2510 Se li a demandé et dit :
« Dites moi, bele amie chiere,
Por qoi plorez en tel meniere ?
De qoi avez ire ne duel ?
Certes, je le savrai, mon vuel,
2515 Dites le moi, ma douce amie,
Et gardez ne me celez mie,
Por qu'avez dit que mar i fui ?
Por moi fu dit, non por autrui ;
Bien ai la parole entendue. »
2520 Lors fu mout Enide esperdue,

---

*   **2503.** Tant mar.

** **2494.** doit essorbir (*H :* deveroit s. t. ; *P :* devroit engloutir t.). **2497-2498.**
intervertis. **2497.** lëax (*H :* frans). **2501.** Dons | tot por v. **2503.** Lors li
dist : Amis, con mar fus (*H :* Lors a dit : Haï, com mar fus ; *BP sont plus
précis : cf. v. 2517 et 2571*). **2504.** se tot | dist (+ *P*). **2505.** Et cil **2506.**
La voiz oï tot an d. (*P :* Ains l'entroï en son d.). **2511.** dolce amie. **2516.**
Gardez nel me c. vos mie.

mon pays ! Que suis-je venue chercher ici ?
La terre devrait bien m'engloutir
quand le meilleur de tous les chevaliers,
plus hardi et plus brave,
plus beau et plus courtois
que ne fut jamais comte ou roi,
a pour moi du tout au tout
abandonné sa condition de chevalier.
C'est donc bien moi qui l'ai couvert de honte
et pourtant je ne l'eusse voulu pour rien au monde. »
C'est alors qu'elle lui a dit : « Par quel malheur as-tu été
Elle en reste là et n'en dit pas plus.   [là-bas ! »
Erec ne dormait pas profondément,
il a entendu sa voix à travers son sommeil
et cette parole le réveilla ;
il fut tout surpris
de voir sa femme pleurer à si chaudes larmes.
Il lui a alors demandé :
« Dites-moi, ma très chère amie,
qu'avez-vous à pleurer de la sorte ?
Quelle est la cause de votre chagrin et de votre douleur ?
Je le saurai, soyez-en certaine, puisque je le veux.
Dites-le moi, ma douce amie,
je vous en prie, ne me le cachez pas,
pourquoi avez-vous dit que j'ai été là-bas pour mon malheur ?
Ces propos s'adressaient à moi, non à quelque autre,
j'ai bien entendu la parole. »
A ces mots, Enide fut profondément bouleversée,

Grant paor ot et grant esmai :
« Sire, fait ele, je ne sai
Neant de quanque vos me dites.
— Dame, por qoi vos escondites ?   (113 a)
2525 Li celers ne vos i vaut rien :
Ploré avez, ce voi je bien.
Por neant ne plorez vos mie ;
Et en dormant ai je oïe
la parole que vos deïstes.
2530 — He ! [biaus] sire, onques ne l'oïstes,
Mais je cuit bien que ce fu songes.
— Or me servez vos de mençonges !
Apertement vos oi mentir ;
Mais tart venroiz au repentir,
2535 Se voir ne me reconoissiez.
— Sire, quant vos si m'angoissiez,
La verité vos en dirai,
Ja plus ne le vos celerai ;
Mais je criem mout ne vos annuit.
2540 Par ceste terre dïent tuit,
Li noir et li blonc et li ros,
Que granz damages est de vos
Que vos armes entrelessiez.
Vostre pris en est abaisiez :
2545 Tuit soloient dire l'autr'an
Qu'en tot le mont ne savoit l'an
Meillor chevalier ne plus preu ;
Vostre parauz n'estoit nul leu.

---

*   **2526.** ce sai je bien *(corr. CH ; P = B).* **2528.** en plorant. *(corr. PH ;*
C = B). **2539.** je cuit bien que *(corr. H ; P = B ; C :* cr. qu'il ne vos e.).
2541. blanc *(corr. H ; P = B ; C :* Li blonc et li mor et li r.). **2543.** Qu'aviez
a.

**   **2544.** p. est molt a. *(P :* Vos p. en est ml't a.).

tout effrayée et tout alarmée :
« Seigneur, fait-elle, je ne sais
rien de tout ce que vous me dites.
— Ma dame, pourquoi vous dérober ?
Il ne vous sert à rien de garder le secret :
vous avez pleuré, je le vois bien,
et ce n'est pas sans raison.
J'ai entendu dans mon sommeil
la parole que vous avez prononcée.
— Non, cher seigneur, jamais, vous ne l'avez entendue,
vous n'avez fait que rêver, j'en suis persuadée !
— Voilà que vous me débitez des mensonges !
Je vous entends ouvertement mentir,
mais vous vous en repentirez trop tard,
si vous ne reconnaissez pas que je dis la vérité.
— Seigneur, puisque vous me harcelez tant,
je vous en dirai la vérité,
sans la dissimuler plus longuement,
mais je crains fort qu'elle ne vous afflige.
Dans ce pays, tous affirment,
les noirs, les blonds et les roux,
que c'est un grand dommage
de vous voir délaisser vos armes.
Votre renom en est diminué.
L'an dernier, tous avaient coutume de dire
qu'on ne connaissait au monde
de chevalier plus accompli ni plus vaillant
et vous n'aviez nulle part votre égal.

Or se vont tuit de vos gabant,
2550 Viel et jone, petit et grant ;
Recreant vos apelent tuit.
Cuidiez vos donc qu'il ne m'ennuit
Quant j'oi de vos dire despit ?
Mout me poise quant l'en le dit,
2555 Et por ce m'en poise encor plus
Qu'il m'en metent le blasme sus.
Blasmee en sui, ce poise moi,
Et dïent tuit raison por qoi,
Que si vos ai lacié et pris   (113 b)
2560 Que tot en perdez vostre pris,
Ne ne querez a el entendre.
Autre consoil vos convient prendre,
Que vos puissiez cest blasme esteindre
Et vostre premier los ateindre,
2565 Car tant vos ai oï blasmer,
Onques nou vos osai mostrer.
Soventes foiz, con moi sovient,
D'angoisse plorer m'en covient ;
Tel pesance orendroit [en] oi,
2570 Que garde prendre ne me soi,
Tant que je dis que mar i fustes.
— Dame, fait il, droit en eüstes,
Car cil qui me blasment ont droit.
Aparoilliez vos orendroit,
2575 Por chevauchier vos aprestez ;
Levez de ci, se vos vestez

** 2550. Juesne et chenu. 2560. Que vos en. 2562. Or vos an estuet c. p.
2565. Car trop (*H :* Que trop). 2567. quant m'an s. (*H :* quant moi s. ;
P : Sovent, quant il m'en sovenoit / [De doel p. me covenoit]). 2569.
Si grant angoisse orainz en oi. 2570. ne m'an soi (*P :* Que garder onques
ne m'en poi). 2573. Et cil qui m'an b. (*H :* Et cil qui m'ont blamé).

*** H. 2553-2554, 2569-2570.

Mais aujourd'hui, tous vous tournent en dérision,
jeunes et vieux, petits et grands.
Tous vous traitent de lâche.
Croyez-vous donc que cela ne m'afflige pas,
de vous entendre ainsi mépriser ?
Ces discours me plongent dans une grande tristesse,
et ce qui m'attriste encore davantage,
c'est qu'on en rejette le blâme sur moi.
On m'en blâme et cela me chagrine.
Et voici la raison qu'ils en donnent :
je vous ai si bien pris dans mes rets
que vous perdez toute votre valeur
et ne voulez plus vous préoccuper de rien d'autre.
Il faut donc vous résoudre à changer,
afin de pouvoir effacer ce discrédit
et retrouver votre renommée de naguère,
car tant de fois j'ai entendu qu'on vous blâmait,
sans pourtant jamais oser vous en faire part.
Souvent, la souffrance que j'éprouve à ce souvenir
me réduit à pleurer.
Aujourd'hui, j'ai eu un tel chagrin
que je n'ai su me retenir, et j'en suis venue à dire
que vous avez été là-bas pour votre malheur.
— Ma dame, fait-il, vous en aviez le droit,
car ceux qui me blâment en ont le droit.
Préparez-vous immédiatement,
apprêtez-vous pour une chevauchée,
levez-vous de ce lit, revêtez

De vostre robe la plus bele
Et faites metre vostre sele
En vostre meillor palefroi. »
2580 Or est Enide en grant esfroi ;
Mout se lieve triste et pensive ;
A li soule tence et estrive
De la folie qu'ele dist :
Tant grate chievre que mal gist.
2585 « Hé ! fait ele, fole mauvaise,
Or estoie je trop a aise,
Ne me failloit nes une chose.
Dex, et por qoi fui je tant ose
Que tel forsonage osai dire ?
2590 Et donc ne m'amoit trop mes sire ?
A foi, lasse, trop m'amoit il.
Or m'estuet aler en essil ;
Et de ce ai je duel greignor
Que je ne verrai mon seignor,   (113 c)
2595 Qui tant m'amoit de grant meniere
Que nule rien n'avoit tant chiere.
Li miaudres hons qui ainz fu nez
S'estoit si vers moi atornez
Que d'autre rien ne li chaloit.
2600 Nule chose ne me failloit ;
Mout estoie bien eüree,
Mais trop m'a orgueuz sozlevee.
En mon orguil avrai domage,
Quant je ai dit si grant outrage,

** 2579. Sor v. (+ H). 2587. Qu'il ne me f. nule c. (+ H). 2588. Ha ! lasse,
por coi fui t. o. (P : He Diex, p. q. fui jou si o.). 2590. Dex ! don ne (H :
Dex ! enne). 2591. Par foi (H : An foi). 2593. Mes de (+ HP). 2597. m.
qui onques fust n. (H : m. hon c'onques fust n.). 2598. a moi (H : e. envers
moi). 2601. boene eüree (+ HP). 2602. alevee. 2603- 2604. intervertis.

la plus belle de vos robes
et faites mettre votre selle
sur votre meilleur palefroi. »
Enide est au comble de l'effroi :
elle se lève, toute désolée et pensive ;
seule, elle s'adresse à elle-même reproches et réprimandes
pour la folle parole qu'elle a prononcée :
à force de gratter le sol, chèvre est mal couchée[1].
« Ha ! fait-elle, pauvre folle que je suis,
j'étais jusqu'à présent trop heureuse,
il ne manquait rien à mon bonheur.
Mon Dieu ! pourquoi ai-je donc eu l'audace
de proférer une parole aussi insensée ?
Mon seigneur ne m'aimait-il donc pas trop ?
Ma foi, malheureuse, il ne m'aimait que trop.
Maintenant, je suis condamnée à partir en exil
et, ce qui me désole encore davantage,
c'est que je ne verrai plus mon époux
qui m'aimait si passionnément
et plus que tout au monde.
Le meilleur homme qui ait jamais été
s'était tellement épris de moi
que tout le reste lui était indifférent.
Rien ne me manquait,
j'étais parfaitement heureuse,
mais l'orgueil m'a rendue présomptueuse.
Dans mon orgueil, je serai punie
pour avoir tenu un propos aussi outrageant,

---

1. *Proverbes français,* éd. J. Morawski, Paris, 1925, n° 2297. Ce proverbe ouvre la *Ballade des Proverbes* de François Villon.

2605 Et bien est droiz que je l'i aie :
       Ne set qu'est bien qui mal n'essaie. »
       Tant s'est la dame dementee
       Que bien et bel s'est atornee
       De la meillor robe qu'ele ot ;
2610 Mais nule chose ne li plot,
       Ainçois li dut mout ennuier.
       Puis a fait un suen escuier
       Par une pucele apeler,
       Se li commande a enseler
2615 Son riche palefroi norrois ;
       Onques meillor n'ot cuens ne rois.
       Et des qu'ele l'ot commandé,
       Cil n'en a respit demandé ;
       Le palefroi vair ensela.
2620 Et Erec un autre apela,
       Se li commande a aporter
       Ses armes por son cors armer.
       Puis s'en monta en unes loges
       Et fist un tapiz de Lymoges
2625 Devant lui a la terre estendre ;
       Et cil corrut les armes prendre
       Cui il l'ot commandé et dit,
       Et les porta sor le tapit.
       Erec s'asist de l'autre part   (113 d)
2630 Desus l'ymage d'un luepart,
       Qui ou tapiz estoit portraite.
       Por armer s'atorne et afaite :

---

*   **2606.** sest.

**   **2605.** Et molt est b. d. que je l'aie (*P :* que jou mal aie). **2617.** Des qu'ele
      li ot c. (*P :* Des que ele l'ot c.). **2628.** Ses aporta (*P :* Si les posa).
      2630. Sor une y. de l. (*P :* Desor l'y.).

*** H. **2617-2618, 2623-2636** (+ *4 vers de « raccord »*).

et je n'aurai que ce que je mérite.
Qui ne fait pas l'expérience du mal, ne sait ce qu'est le bien. »
Tout en se lamentant,
la dame s'est élégamment parée
de sa meilleure robe.
Mais rien ne lui causait du plaisir,
tout lui était devenu insupportable.
Puis, elle a fait appeler
par une suivante un de ses écuyers,
à qui elle commande de seller
son précieux palefroi de Norvège ;
jamais comte ou roi n'en eut de meilleur.
Et, aussitôt l'ordre donné,
sans réclamer le moindre délai,
l'écuyer sella le palefroi pommelé.
Erec, de son côté, appela un autre serviteur
à qui il demande de lui apporter
son équipement pour s'armer.
Puis il monta dans une galerie haute
et fit étendre devant lui,
sur le sol, un tapis de Limoges.
L'autre s'empressa de prendre les armes
comme Erec le lui avait commandé,
et les déposa sur le tapis.
Erec s'assit de l'autre côté,
sur l'image d'un léopard
figurée sur le tapis.
Il se prépare à s'équiper de ses armes.

      Premierement se fist chaucier
      D'unes chauces de blanc acier ;
2635 Aprés vest un haubert tant chier
      C'on n'en pooit maille tranchier ;
      Mout estoit riches li haubers,
      Qui en l'endroit ne en l'envers
      N'ot tant de fer con une aguille,
2640 Ne il ne pooit coillir ruille,
      Que toz estoit d'argent faitiz,
      De menues mailles traitiz ;
      Et iere ovrez tant sotilment,
      Dire vos puis certeinnement,
2645 Que nuns qui ja vestu l'eüst
      Plus las ne plus doillanz n'en fust
      Que s'il eüst sor la chemise
      Une cote de soie mise.
      Li serjant et li chevalier
2650 Se prenent tuit a mervoillier
      Por qoi armer il se fesoit,
      Mais nuns demander ne l'osoit.
      Quant dou haubert l'orent armé,
      Un hiaume a cercle d'or gemé,
2655 Plus reluisant cler c'une glace,
      Uns vallez sor le chief li lace ;
      Puis prent l'espee, si la ceint,
      Et commande c'on li ameint
      Le bai de Gascoigne enselé.
2660 Puis a un vallet apelé :

*   **2647.** Que sist e.

**   **2633.** lacier. **2634.** Unes. **2636.** puet m. detranchier (*P :* porroit m. t.).
       2638. Que (*H :* Ne ; *P :* Que ... que ...). **2640.** N'onques n'i pot (*H :* Il n'i
       pooit ; *P :* Si que ne si pot)| reoïlle (*+ H*). **2642.** trestiz (*P :* faitis, *et* traitis
       au v. 2641 ; *H* [trellis] *et E* [tresliz], « *à triple maille* », ont peut-être la
       bonne leçon — *cf. v.* 615 — *mais* traitiz, « *fin, effilé* », *est plus original*).
       2643. Si ert o. si s. (*P :* Covers fu ml't soutivement, *après v.* 2644). **2644.**
       seüremant. **2647.** Ne que s'e. **2651-2652.** P. q. il se f. a. / Mes nus ne l'ose
       d. **2655.** Qui plus cler reluisoit que g. (*H :* Plus cler luisant que ne soit
       g. ; *P :* Plus c. reluist que une g.). **2658.** Lors comanda.

***   H. (2623-2636), 2643-2648.

Il se fit d'abord lacer
une paire de chausses en acier blanc,
puis endosse un haubert d'une telle qualité
qu'on n'aurait pu en trancher une seule maille.
Il était fort précieux :
à l'endroit comme à l'envers,
il contenait moins de fer que ce qu'il en faut pour une aiguille
et il n'aurait pu rouiller,
parce qu'il était tout entier façonné en argent
et constitué de mailles fines et déliées.
Bref, il était si délicatement travaillé,
soyez-en persuadé,
que quiconque l'avait endossé,
n'en aurait pas été plus fatigué ni plus incommodé
que s'il avait mis sur sa chemise
une cotte de soie.
Les serviteurs et les chevaliers
se demandent tous avec étonnement
pourquoi il se faisait armer,
mais personne n'osait rien lui demander.
Quand on l'eut armé du haubert,
un jeune homme lui lace sur la tête
un heaume à cercle[1] d'or gemmé,
plus resplendissant que glace.
Il prend ensuite son épée, la ceint
et ordonne qu'on lui amène
tout sellé son cheval bai de Gascogne.
Enfin, il a appelé un valet :

---

1. Cf. note au v. 5774.

« Vallez, fait il, va tost, si cor
En la chambre delez la tor,
Ou ma fame est, et si li di
Que trop me fait demorer ci ;   (114 a)
2665 Trop a mis a li atorner.
Di li que viegne tost monter,
Car je l'atent. » Et cil i va ;
Aparoillie la trova,
[Son plor et son duel demenant ;
2670 Se li a dit de maintenant :]
« Dame, por qoi tardez vos tant ?
Mes sire la fors vos atant,
De totes ses armes armez.
Grant piece a ja qu'il fust montez,
2675 Se vos fussiez aparoillie. »
Mout s'est Enide merveillie
Que ses sire avoit en corage,
Mais de ce fist ele que sage
Que plus lïement se contint
2680 Qu'ele puet, quant devant lui vint.
Devant lui vint en mi la cort,
Et li rois Lac aprés li cort.
Chevalier corent qui miauz miauz :
Il ne remest jones ne viauz,
2685 N'aille savoir et demander
S'il en voudra nul d'aus mener.
Chascuns se poroffre et presente,
Mais il lor jure et [a]creante

---

*   **2665-2666.** *intervertis dans BP.* **2669-2670.** *Lacune propre à B (texte de P).* **2680.** Quant ele d. lui en vint. **2686.** nuns.

** **2661.** t. et cor *(+ HP).* **2663.** va, se li di *(+ H).* **2667.** Que *(+ P ; H :* Et cil maintenant s'en torna). **2670.** Et cil li dist tot m. *(H :* Li vallés li dit tot m.). **2671.** demorez tant *(+ H).* **2674.** a que il *(+ H ; P :* a qu'il s'en f.). **2679.** Car *(+ H).* **2687.** s'an p. *(+ HP).*

« Serviteur, fait-il, hâte-toi d'aller
à la chambre près de la tour
où se trouve ma femme, et dis-lui
qu'elle me fait trop attendre ici.
Elle n'a que trop tardé à se préparer,
dis-lui donc de venir rapidement se mettre en route,
car je l'attends. » Et le valet s'y rend.
La trouvant prête,
toute en pleurs et toute à sa douleur,
il lui a aussitôt dit :
« Dame, pourquoi tardez-vous tant ?
Mon seigneur est là dehors qui vous attend,
tout en armes.
Il y a longtemps qu'il fût monté,
si vous aviez été prête. »
Enide se demande alors, tout ébahie,
quelles sont les intentions de son époux,
mais elle eut la grande sagesse
de se donner joyeuse contenance,
du mieux qu'elle put, en arrivant devant lui.
Elle le trouve au milieu de la cour,
le roi Lac la suit à pas rapides.
Les chevaliers accourent à qui mieux mieux :
pas un jeune, pas un vieux
qui n'aille s'enquérir et demander
s'il voudra bien emmener l'un d'eux.
Chacun propose ses services,
mais il leur jure et promet

Que il n'en menra compaignon,
2690 Se sa fame soulement non;
Por voir dit qu'il en ira sous.
Mout en est li rois angoissous:
« Beax filz, fait il, que vuez tu faire?
Moi doiz tu dire ton afaire,
2695 Ne me doiz nule rien celer.
Di moi quel part tu vuez aler,
Car por rien nule qu'en te die,
Ne vuez que en ta compaignie
Escuiers ne chevaliers aille.
2700 Se tu as emprise bataille
Soul a soul vers un chevalier,   (114 b)
Por ce ne doiz tu pas lessier
Que tu ne meinz une partie,
Por solaz et por compaignie,
2705 De tes chevaliers avec toi:
Ne doit seus aler filz de roi.
Beax filz, fai chargier tes somiers,
S'en moinne de tes chevaliers
.Xxx. ou .xl. ou plus encor;
2710 Si fai porter argent et or,
Et quanqu'il estuet a proudome. »
Erec respont a la parsome
Et se li dit tot a devise
Coment il a sa voie emprise:
2715 « Sire, fait il, n'en puet el estre.
Je n'en menrai cheval en destre,

**   2689. Qu'il | ja c. 2691. Ensi dit. 2697. Que (*H:* Quant) | que te die.
2701. contre un c. (*H:* a un c.). 2704. *C = B, mais HPVAE ont* Por
richece et por signorie. 2708. Et m. (+ *P*). 2711. covient. 2713. Et li
conte tot; et d. (*P:* Et si li dist tot et d.). 2715. ne puet autre estre (+
P; H: n'en puet or estre).

*** H. **2707-2714** (+ *2 vers de* « raccord »).

qu'il n'emmènera pas de compagnon,
à l'exception de sa femme.
Il certifie qu'il partira seul.
Le roi en est tout angoissé :
« Mon cher fils, fait-il, que veux-tu faire ?
A moi, tu dois confier ton projet
et ne rien dissimuler.
Dis-moi donc où tu veux aller
pour que, malgré tout ce que l'on peut te dire,
tu refuses d'être accompagné
d'écuyers et de chevaliers.
Si tu as décidé d'engager un combat
singulier avec un chevalier,
tu ne dois pas pour autant te priver
d'emmener à tes côtés,
pour l'agrément de la compagnie,
une partie de tes chevaliers :
fils de roi ne doit se déplacer seul.
Cher fils, fais charger tes chevaux de somme
et prends avec toi une trentaine
ou une quarantaine de tes chevaliers, ou plus encore ;
fais emporter de l'argent, de l'or
et tout ce qui convient à un gentilhomme. »
Erec finit par lui répondre
et lui donner en détail
les raisons de son départ :
« Seigneur, fait-il, il ne peut en être autrement.
Je n'emmènerai pas de cheval par la bride,

N'ai que faire d'or ne d'argent,
Ne d'escuier ne de sergent ;
Ne compaignie ne demant,
2720 Fors que ma fame soulemant.
Mais je vos pri, que qu'il aviegne,
Se je muir et ele reviegne,
Que vos l'amez et tenez chiere
Par [m]'amor et par ma proiere
2725 Et la moitié de vostre terre
Quitement, sanz noise et sanz guerre,
Li outroiez tote sa vie. »
Li rois ot que ses filz li prie
Et dit : « Beax filz, et je l'outroi.
2730 Mais de ce que aler t'en voi
Sanz compaignie, ai mout grant duel ;
Ja si n'alasses a mon vuel.
— Sire, ne puet estre autremant.
Je m'en vois, a Deu vos command ;
2735 Et de mes compaignons pensez,
Chevax et armes lor donez,   (114 c)
Et quanqu'a chevalier estuet. »
De plorer tenir ne se puet
[Li rois, quant de son fil depart.
2740 Les genz replorent d'autre part,]
Dames et chevalier ploroient,
Por li mout grant duel demenoient :
N'i a un soul qui duel ne face,
Maint se pasmerent en la place.

---

*   **2718.** De compaignon (*corr. C ; P :* Ne de somier). **2719-2720.**
intervertis. **2719.** Autres compaignons. **2739-2740.** *absents de BPHVA*
(texte de C). **2741.** chevaliers.

** **2720.** Fors de. **2724.** Por ... por *(+ HP).* **2726.** Quite, sanz bataille et
s. g. **2729.** B. f., je li o. (*H :* jel vos o.). **2732.** Ja ne le feïsses, m. v.
(*H :* Ja si n'en alasses, m. v. ; *P :* Et si n'i alissiés, m. v.). **2735.** Mes
(+ HP).

*** H. **2718-2719.**

je n'ai que faire d'or ou d'argent,
d'écuyer ou de valet d'armes,
et je ne demande d'autre compagnie
que celle de ma femme seule.
Mais je vous prie, quoi qu'il arrive,
si je meurs et qu'elle revienne,
aimez-la et chérissez-la
pour l'amour de moi et au nom de ma requête;
et la moitié de votre terre,
mettez-la, pour toute sa vie,
à son entière disposition, sans querelle ni guerre. »
Le roi, entendant la prière de son fils,
lui dit : « Mon cher fils, je te l'accorde;
mais te voir partir
sans compagnie me plonge dans un grand chagrin.
Jamais, je n'aurais voulu que tu partes ainsi.
— Seigneur, il ne peut en être autrement.
Je m'en vais, je vous recommande à Dieu.
Pensez aussi à mes compagnons,
donnez-leur chevaux, armes
et tout ce qui convient à des chevaliers. »
Le roi ne peut se retenir de pleurer,
au moment où il se sépare de son fils;
et ses gens pleurent aussi.
Dames et chevaliers versaient des larmes
et, pour lui, s'abandonnaient à une profonde tristesse :
pas un qui ne s'afflige,
et nombreux sont ceux qui tombèrent pâmés sur-le-champ.

2745 Plorant le baisent et acolent,
     A pou que de duel ne s'afolent.
     Ne cuit que plus grant duel feïssent,
     Se mort ou navré le veïssent.
     Lors dist Erec por reconfort
2750 A touz : « Por qoi plorez si fort ?
     Je ne sui pris ne mahaigniez,
     En cest duel rien ne gaaingniez.
     Se je m'en vois, je revenrai
     Quant Deu plaira et je porrai.
2755 Toz et totes vos commant gié
     A Deu, si me donez congié,
     Car trop me faites demorer.
     Ice que je vos voi plorer,
     Me fait grant duel et grant ennui. »
2760 A Deu les commande, et il lui.

     Departi sont a quelque poinne.   (lettrine bleue)
     Erec s'en va, sa fame en moinne,
     Ne set quel part, en aventure.
     « Alez, fait il, grant aleüre,
2765 Et gardez ne soiez tant ose,
     Se vos veez aucune chose,
     Que vos me dïez ce ne qoi.
     Gardez ne parlez ja a moi,
     Se je ne vos aresne avant.
2770 Grant aleüre alez devant
     Et chevauchiez tot a seür.
     — Sire, fait ele, a bon eür ! »

---

*   **2757.** sejorner *(rime moins riche).*

**   **2747.** greignor duel. **2748.** Se a mort n. **2749.** Et il lor dist (*P :* Dont dist E.). **2750.** Seignor, p. q. *(+ H).* **2758.** Et ce *(+ HP).* **2759.** grant mal et *(+ H).* **2761.** a molt grant p. *(+ H).* **2763.** Ne set ou, mes en a. **2766.** Que se | nule c. (*HP :* nis une c.). **2767.** Ne me dites ne ce ne q. (*H :* Que vos m'en diés ce ne q. ; *P :* Que vos dites ne çou ne q.). **2768.** Tenez vos de parler a m. (*H :* Gardez ja n'an parlez a m. ; *P :* Gardés que n'en parlés a m.).

*** H. **2745-2748.**

Tout en pleurant, ils l'embrassent et lui donnent des baisers,
le chagrin manque de leur faire perdre le sens.
A mon avis, leur désolation n'aurait pu être plus grande,
s'ils l'avaient vu mort ou blessé.
Alors, Erec leur a dit pour les réconforter
tous : « Pourquoi pleurez-vous si fort ?
Je ne suis ni prisonnier ni estropié,
ce chagrin ne vous rapportera rien.
Si je pars, je reviendrai,
quand il plaira à Dieu et que je le pourrai.
Toutes et tous, je vous recommande
à Dieu ; donnez-moi maintenant congé,
car vous me faites trop tarder.
De vous voir pleurer
me cause bien du chagrin et bien du tourment. »
Ils se recommandent mutuellement à Dieu
et se sont quittés à grand-peine.

Erec s'en va en compagnie de sa femme,
il ne sait où, à l'aventure.
« Avancez, fait-il, à vive allure
et gardez-vous d'avoir l'audace,
au cas où vous verriez quoi que ce soit,
de me dire ceci ou cela.
Gardez-vous de jamais me parler,
si je ne vous adresse pas la parole en premier.
Allez à vive allure devant moi
et chevauchez en toute confiance.
— Seigneur, fait-elle, à la bonne heure ! »

                                                      (114 d)

     Devant s'est mise, si se tot ;
     Li uns a l'autre ne dit mot,
2775 Mais mout est Enide dolente.
     A li meïsmes se demente
     Soëf en bas, que il ne l'oie :
     « Lasse, fait ele, a con grant joie
     M'avoit Dex mise et essaucie,
2780 Or m'a en po d'ore abassie.
     Fortune, qui m'avoit atraite,
     A tost a li sa main retraite.
     De ce ne me chausist il, lasse,
     S'a mon seignor parler osasse ;
2785 Mais de ce sui morte et trahie,
     Que mes sire m'a enahie.
     Enhaÿe m'a, bien le voi,
     Quant il ne vuet parler a moi ;
     Ne je tant hardie ne sui
2790 Que je os resgarder vers lui. »
     Que qu'ele se demente si,
     Uns chevaliers dou bois issi,
     Qui de roberie vivoit ;
     Deux compaignons o lui avoit,
2795 Et s'estoient armé tuit troi.
     Mout covoitent le palefroi
     Qu'Enide venoit chevauchant.
     « Seignor, savez que je vos chant ?
     Fait il a ses deux compaignons.
2800 Se orendroit ne gaaignons,

---

*   2794. menoit *(leçon isolée et rime moins riche).*

**   2775. Mes E. fu molt d. 2776. A li seule molt se d. 2778. Hé lasse | a
     grant j. (*H :* a si g. j. ; *P :* si g. j.). 2791. d. ensi (*HP :* d. issi). 2796. coveita
     (*P :* Quant ont veü le p.). 2798. Savez, seignor, que vos atant ? *(rime
     moins riche).* 2800. Se nos ici ne.

***   H. 2785-2790.

Elle s'est placée devant lui, gardant le silence ;
ils ne se disent mot,
mais Enide est tout affligée.
Elle se lamente à part soi, doucement,
à voix basse, de peur que son époux ne l'entende :
« Malheureuse ! fait-elle, à quelle grande joie
Dieu m'avait appelée et élevée !
Voilà qu'il m'a en peu de temps abaissée.
Fortune qui m'avait tendu la main
a vite fait de la retirer.
Cela m'importerait peu, malheureuse que je suis,
si j'osais seulement parler à mon époux.
Mais ce qui me tue et me perd,
c'est de me voir haïe de mon seigneur.
Il m'a prise en haine, je le vois bien,
puisqu'il ne veut plus me parler ;
et je n'ai pas assez de hardiesse
pour oser porter mes regards vers lui. »
Tandis qu'elle se lamente ainsi,
voici que surgit du bois un chevalier
qui vivait de rapine.
Il avait deux compagnons
et tous trois étaient armés.
Ils convoitent avidement le palefroi
que chevauchait Enide :
« Seigneurs, savez-vous ce que je vous propose ?
dit-il à ses deux compagnons.
Si nous ne gagnons rien cette fois-ci,

Mauvais serons et recreant
Et a merveille mescheant.
Ci vient une dame mout bele,
Ne sai s'ele est dame ou pucele,
2805 Mais mout est richement vestue :
Li palefroiz et sa sambue
Et li peitraux et li lorains
Valent mil livres de chartrains.   (115 a)
Le palefroi vuil je avoir
2810 Et vos aiez tot l'autre avoir,
Ja plus n'en quier a ma partie.
Li chevaliers n'en menra mie
De la dame, se Dex me saut ;
Je li cuit faire tel assaut,
2815 Qu'il comperra mout durement.
Je l'ai veü premierement,
Et por ce est droiz que je aille
Faire la premiere bataille. »
Cil li outroient, et il point ;
2820 Desoz l'escu se clot et joint,
Et li dui remestrent en sus.
Adonc estoit costume et us
Que dui chevalier a un poindre
Ne devoient a un seul joindre,
2825 Que s'il l'eüssent envahi,
Vuis fust qu'il l'eüssent trahi.
Enide vit les robeors,   (lettrine rouge)
Mout l'en est prise granz paors.

***

** **2801.** Honi somes et r. (*HP* : M. somes et r.). **2806.** Ses p. (*+ H*). **2807.** ses ... ses. **2808.** V. vint mars d'argent au mains (chartrains, *soit « monnaie frappée à Chartres »*, attesté par tous les man., *n'a pas été compris par Guiot*). **2815-2816.** *intervertis.* **2815.** m. chierement (*+ P*). **2816.** Ce vos di bien certeinnemant (*P* : Se onques puis p. ; *HB ont ici seuls la bonne leçon*). **2817.** Por ce ... ge i a. (*+ H*). **2819.** et cil joint (*rime du même au même*). **2820.** Tot [*HP* : De] droit d. l'escu se j. (*+ HP ; leçon de B* = Cligès, *éd. Micha, v. 3510*). **2824.** poindre (*rime du même au même*).

***

*** H. **2825-2826.**

nous serons incapables, lâches
et étonnamment malchanceux.
Voici que s'avance une dame fort belle,
dame ou jeune fille, je ne le sais ;
toujours est-il qu'elle est très richement vêtue.
Le palefroi et sa selle,
le poitrail et le licou
valent mille livres chartrains.
C'est le palefroi que je désire avoir
et vous, partagez-vous le reste,
je n'en demande pas plus pour ma part.
Le chevalier n'emmènera
rien qui appartienne à la dame, sur le salut de mon âme.
Je lui livrerai, j'en suis sûr, tel assaut
qu'il lui en coûtera très cher.
J'ai été le premier à le voir ;
aussi, est-il juste que je sois le premier
à livrer bataille. »
Ses compagnons le lui accordent et il pique des deux.
Il se blottit et se ramasse sous son écu,
alors que les deux autres sont restés en arrière.
La coutume et l'usage d'alors voulaient
que, lors d'un assaut, deux chevaliers
ne s'en prissent à un seul :
s'ils le faisaient,
on aurait considéré qu'ils l'avaient trahi.
Enide, en voyant les brigands,
est saisie d'une très grande peur :

« Dex ! fait ele, que porrai dire ?
2830 Or iert ja morz ou pris mes sire,
Que cil sont troi et il est seus ;
N'est pas igaux partiz cist jeus
D'un chevalier encontre trois.
Cil le ferra ja par detrois,
2835 Que mes sire ne s'en prent garde.
Dex ! serai je donc si coharde
Que dire ne li oserai ?
Ja tant coharde ne serai,
Je li dirai, nou leirai pas. »
2840 Vers li s'en torne isnelepas
Et dit : « Sire, que pe[n]sez vos ?
Ci vienent poignant aprés nos
Troi chevalier, qui mout vos chacent ;   (115 b)
Paor ai que mal ne vos facent.
2845 — Quoi ? fait Erec, qu'avez vos dit ?
Or me prisiez vos trop petit.
Trop avez fait grant hardement,
Que avez mon commandement
Et ma desfense trespassee.
2850 Ceste foiz vos iert pardonee,
Mais, s'autre foiz vos avenoit,
Ja pardoné ne vos seroit. »
Lors torne l'escu et la lance,
Contre le chevalier s'eslance ;
2855 Cil le voit venir, si l'escrie.
Quant Erec l'ot, si le desfie ;

---

*   **2843-2844.** nos. **2845.** Cui *(corr. H ; CP = B)*.

**   **2831.** Car cil (*H :* Puis qu'il ; *P :* Car il). **2832.** a droit p. *(+ H)* | li j.
(+ HP). **2834.** ja demenois. **2838.** si c. *(+ H).* **2840.** en es le pas *(+ HP).*
2841. Et dist : Biau s., ou p. v. *(HP :* Et li dist : Sire, u p. v.). **2842.** vos
(+ H). **2848.** Qui (*P :* Quant). **2854.** se lance *(+ H ; P :* s'avance).

***   H. **2833-2834.**

« Mon Dieu ! fait-elle, que pourrais-je dire ?
Mon seigneur sera assurément tué ou pris,
car ils sont trois et il est seul.
A un chevalier contre trois,
la partie n'est pas égale.
Celui qui avance le frappera sûrement par-derrière,
parce que mon seigneur n'est pas sur ses gardes.
Mon Dieu ! serai-je donc lâche
au point de ne pas oser le prévenir ?
Non, je n'aurai pas cette lâcheté,
je le préviendrai, je ne laisserai pas faire. »
Se tournant vers lui tout aussitôt,
elle lui dit : « Seigneur, à quoi songez-vous ?
Voici qu'arrivent derrière nous, piquant des éperons,
trois chevaliers qui vous pourchassent.
Je crains qu'ils ne vous fassent du mal.
— Quoi ? fait Erec, qu'avez-vous dit ?
Vraiment vous faites bien peu de cas de moi.
Vous avez fait preuve de trop grande hardiesse
pour avoir enfreint
mon commandement et mon interdiction.
Pour cette fois, vous serez pardonnée,
mais, si cela devait vous arriver une seconde fois,
vous ne le seriez plus. »
A ces mots, il tourne l'écu et la lance
et pique vers le chevalier
qui, le voyant venir, le provoque de ses cris.
Quand Erec l'entend, il le défie.

Andui poignent, si s'entrevienent,
Les lances esloingnies tienent ;
Mais cil a a Erec failli,
2860 Et Erec a lui malbailli,
Qui bien le sot droit envahir.
Sor l'escu fiert par tel haïr,
Que d'un chief en l'autre le fent,
Ne li hauberz ne le desfent :
2865 En mi le piz le fause et ront,
Et de sa lance li repont
Pié et demi dedenz le cors.
Au retraire a son cop estors,
Et cil cheï ; morir l'estut,
2870 Car li glaives ou cors li but.
Li uns des autres deus s'eslaisse,
Son compaignon arriere la[i]sse,
Vers Erec point, si le menace.
Erec le fort escu embrace,
2875 Si le requiert comme hardiz ;
Cil met l'escu devant le piz,
Si se fierent sor les blazons.
La lance vole en deus tronçons   (115 c)
Au chevalier de l'autre part ;
2880 Erec de sa lance le quart
Li fist parmi le piz passer.
Cil ne le fera plus lasser :
Pasmé jus dou destrier l'enverse.
A l'autre point a la traverse,

---

* **2863.** Des l'un. **2873.** Vers E. va. **2877.** Erec fiert parmi (*corr. C ; P = B ; H :* Et fierent p.*). **2881.** Le. **2884.** Et l'a.

** **2862.** de tel. **2865.** le fraint et r. **2866.** la lance *(+ HP)*. **2874.** E. l'escu del col e. (*H :* Et E. l'escu fort e. ; *P :* E. l'escu forment e.*). **2878.** vola an t. **2881.** le cors *(P :* l'escu). **2882.** Cist nel f. hui mes l. **2884.** Puis p. a l'autre (*H :* Vers l'a. vint).

*** H. 2857-2858.

Ils se précipitent l'un à la rencontre de l'autre,
tenant les lances à l'horizontale.
Mais le brigand a manqué Erec,
alors qu'Erec l'a mis en piteux état,
car il a bien su ajuster son coup.
Il le frappe sur l'écu avec une telle violence
qu'il le fend de haut en bas.
Il n'est pas davantage protégé par son haubert
qu'Erec disloque et brise au milieu de la poitrine,
avant de lui enfoncer sa lance
d'un pied et demi dans le corps.
En retirant sa lance, il la fait pivoter
et l'autre tombe : il lui fallut mourir,
car la pointe de la lance lui but le sang du cœur.
L'un des deux autres prend son élan,
laisse son compagnon en arrière
et pique des deux vers Erec, tout en proférant des menaces.
Erec, serrant contre lui son bouclier robuste,
l'attaque avec hardiesse
et l'autre se protège la poitrine de son écu.
Ils échangent des coups sur leurs boucliers :
la lance du chevalier adverse
vole en deux tronçons,
Erec lui plongea la sienne
du quart de sa longueur à travers le torse.
Le brigand sera désormais inoffensif :
Erec le renverse de son destrier sans connaissance.
Il se précipite alors de biais vers le troisième ;

2885 Quant cil le vit vers lui venir,
Si s'en commença a foïr,
Paor ot, ne l'osa atendre ;
En la forest cort recet prendre.
Mais sa fuie rien ne li vaut,
2890 Erec l'enchauce et crie en haut :
« Vassax, vassax, ça retornez !
De desfendre vos atornez,
Que je ne vos fiere en fuiant !
Vostre fuie ne vaut neant ! »
2895 Mais cil n'a de retorner cure,
Fuiant s'en va grant aleüre.
Erec l'enchauce et si l'ataint,
Et droit le fiert sor l'escu taint ;
Si l'a[n]verse de l'autre part.
2900 De ces trois n'a il mais regart :
L'un en a mort, l'autre navré,
Et dou tierz s'est si delivré
Qu'a pié l'a jus dou destrier mis.
Toz en a les trois chevax pris,
2905 Ses lie par les frains ensemble.
Li uns l'autre dou poil ne semble :
Li premiers fu blans comme laiz,
Li seconz noirs, ne fu pas laiz,
Et li tierz fu trestoz vairiez.
2910 A son chemin est repairiez,
La ou Enide l'atendoit,
Les trois chevax li commandoit

---

* 2886. commence a (-1). 2891. revenez. 2908. Li s. ne fu mie laiz (*corr. CVAE ; P :* Li s. vairs, ce n'est nus nois, *qui rime avec* b. comme nois).

** 2889. Mes li foïrs *(+ H)*. 2891. ça vos tornez (*HP :* car retornés). 2893. Ou ge vos ferrai an f. 2897. E. lo chace, si l'a. (*HP :* E. l'e., si l'a.). 2898. A droit *(+ HP)* | paint. 2902. Si s'est del t. si d. (*HP :* Et del t. s'a si d.). 2906. de poil dessanble.

*** H. **2887-2888, 2893-2894, 2905-2910.**

quand ce dernier le vit venir vers lui,
il se mit à prendre la fuite :
saisi de peur, il n'a pas osé l'attendre
et court chercher refuge dans la forêt.
Mais sa fuite ne lui sert de rien,
Erec le talonne, en criant de toutes ses forces :
« Vassal, vassal, retournez ici !
Préparez-vous à vous défendre
ou je vous frappe dans votre retraite !
Votre fuite ne sert à rien ! »
Mais l'autre ne tient nullement à retourner
et prend la fuite à vive allure.
Erec, à force de le poursuivre, le rejoint
et lui assène un coup droit sur son écu peint,
ce qui le jette à la renverse.
De ces trois-là, il n'a désormais plus rien à craindre :
il a tué le premier, blessé le deuxième,
et s'est si bien débarrassé du troisième
qu'il l'a mis à pied, à bas de son destrier.
Il s'est emparé des trois chevaux
et les lie ensemble par les freins.
Ils sont tous différents par leur robe :
le premier était blanc comme lait,
le deuxième noir, nullement disgracieux,
le troisième, tout tacheté.
Il a regagné le chemin
où Enide l'attendait.
Il lui commanda de mener et de pousser

                                                                (115 d)

Devant li mener et chacier,
Et si la prent a menacier
2915 Qu'ele ne soit mais tant hardie
C'un sol mot de boche li die,
Se il ne l'en done congié.
Cele respont : « Non ferai gié
Ja mes, biaus sire, s'il vos plait. »
2920 Lores s'en vont, cele se tait.
N'orent pas une liue alee,
Quant devant, en une valee,
Lor vindrent cinq chevalier autre,
Chascuns sa lance sor le fautre,
2925 Les escuz as cols embraciez
Et les hiaumes bruniz laciez :
Roberie querant aloient.
A tant la dame venir voient,
Qui les trois chevax amenoit,
2930 Et Erec qui aprés venoit.
Tot maintenant que il les virent,
Par parole entr'aux departirent
Trestot lor hernois autresi
Con s'il en fussent ja saisi :
2935 Male chose a en covoitise.
Mais ne fu pas a lor devise
Que bien i fu mise desfense.
Assez remaint de ce qu'en pense,
Et tex cuide prendre qui faut :
2940 Si firent cil a cel essaut.

---

*   **2919.** Ja mes, sire, s'il ne vos p.

**   **2914.** Et molt la prist [*H :* prant] a m. *(+ H).* **2915.** plus si h. **2916.** de
la b. die (*H :* Q'un mot de sa b. li die ; *P :* Que nul seul mot de b. die).
2918. Nel f. **2920.** Lors *(+ P)* | et ele (*P :* et cele). **2934.** garni. **2938.** *C*
= *B* (*P :* Ml't r. de çou que on p.), *mais HE présentent ici une variante*
intéressante : Ml't r. de çou que fax [*E :* fous] p. *(cf. :* Proverbes, *éd.*
Morawski, *n° 1320).*

*** H. **2917-2920, 2925-2926.**

devant elle les trois chevaux.
Puis il se prend à la menacer :
que désormais elle n'ait plus l'audace
de proférer un seul mot de sa bouche,
à moins qu'il ne lui en donne la permission.
Elle répond : « Non, je ne le ferai
jamais, mon cher seigneur, si tel est votre plaisir. »
Ils reprennent alors leur route, Enide garde le silence.
Ils n'avaient pas fait une lieue
lorsque, par-devant, au détour d'une vallée,
cinq autres chevaliers vinrent sur eux,
chacun la lance en arrêt sur l'arçon,
l'écu suspendu au cou,
le heaume bruni bien lacé.
Ils allaient en quête de rapines
lorsqu'ils voient venir la dame
qui conduisait les trois chevaux,
et Erec qui la suivait.
Aussitôt qu'ils les eurent aperçus,
ils se partagèrent en parole
tout leur équipement,
comme s'ils en avaient déjà pris possession.
C'est chose mauvaise que convoitise.
Aussi, ne fut-il pas de leur goût
de rencontrer une sérieuse défense.
L'écart est grand du projet à la réalisation
et tel croit prendre qui échoue.
Ainsi en advint-il de ces chevaliers, lors de leur assaut.

Ce dit li uns que il avroit
La pucelë, ou il morroit;
Et li autres dit que suens iert
Li destriers vairs, que plus ne quiert
2945 De trestot le gaaing avoir;
Li tierz dit qu'il avroit le noir;
« Et je le blanc ! », ce dit li quarz;
Et li quinz ne fu pas coharz,   (116 a)
Qu'il dist qu'il avroit le destrier
2950 Et les armes au chevalier.
Soul a seul les voloit conquerre,
Et si l'iroit premiers requerre,
Se il le congié l'en donoient.
Et cil volentiers li outroient.
2955 Lors se part d'aus et point avant;
Cheval ot bon et bien movant.
Erec le vit et semblant fist
Qu'encor garde ne s'en preïst.
Quant Enide les a veüz,   (lettrine rouge)
2960 Toz li sans li est esmeüz;
Grant paor ot et grant esmai :
« Lasse ! fait ele, je ne sai
Que je die ne que je face,
Que mes sire mout me menace
2965 Et dit qu'il me fera ennui,
Se je de rien parol a lui.
Mais se mes sire estoit or morz,
De moi seroit nuns reconforz :

**   2942.** La dame ou il toz an m. (*H :* La p. ou il i morroit ; *sur le maintien du hiatus, voir éd. Foerster 1890, note au v. 246*). **2944.** n'an q. (*+ H ; P :* n'i q.). **2948.** Li q. ne fut mie c. (*+ HP*). **2955.** vient avant. **2959.** ot v. **2962-2963.** L., fet ele, que ferai? / Ne sai que die ne que face (*+ P*). **2967.** sires ert ci morz. **2968.** De moi ne s. nus conforz (*+ P*).

*** H. 2951-2954, 2965-2966.

L'un dit qu'il aurait
la jeune fille, ou qu'il mourrait ;
le deuxième affirme qu'il s'approprierait
le destrier pommelé, car cette part de butin
suffit à le contenter ;
le troisième s'adjuge le noir ;
« Et moi le blanc ! », rétorque le quatrième ;
quant au cinquième, il ne manqua pas d'audace,
puisqu'il se targua de prendre le destrier
et les armes du chevalier.
Il voulait les conquérir en combat singulier ;
aussi, irait-il le premier à l'attaque,
si les autres le voulaient bien ;
et ils le lui accordent volontiers.
Alors, il les quitte et pique en avant ;
il avait un bon cheval, bien alerte.
Erec l'aperçut et fit semblant,
cette fois encore, de ne pas y prendre garde.
Quand Enide les a vus,
son sang n'a fait qu'un tour
et elle est saisie d'une grande peur et d'un grand effroi :
« Malheureuse ! fait-elle, je ne sais
que dire ni que faire,
quand mon seigneur m'accable de menaces
et déclare vouloir me tourmenter,
si je lui adresse un seul mot.
Mais si mon seigneur était aujourd'hui mort,
rien ne pourrait me consoler :

Morte seroie et malbaillie.
2970 Dex! mes sire ne les voit mie;
Qu'aten[t] je donc, mauvaise fole?
Trop ai or chiere ma parole,
Quant je ne li ai dit pieç'a.
Bien sai que cil qui vienent ça,
2975 Sont de mal faire encoragié.
Et Dex, comment li dirai gié?
Il m'ocira. Assez m'ocie!
Ne lairai que je ne li die. »
Lors l'apele doucement : « Sire.
2980 — Quoi? fait il, que volez vos dire?
— Sire, merci! dire vos vuil
Que desbochié sont de cest bruil
Cinq chevalier, dont mout m'esmai.   (116 b)
Je pens et aperçeü l'ai
2985 Qu'il se vuelent a vos combatre.
Arriers en sont remés li quatre,
Li cinquiemes a vos s'esmuet
Tant con chevax porter le puet;
Je ne gart l'ore qu'il vos fiere.
2990 Li quatre en sont remés arriere,
Mais ne sont gaires de ci loing;
Tost le secorront au besoing. »
Erec respont : « Mar le pensastes,
Quant ma parole trespassastes,
2995 Car desfendu le vos avoie.
Et neporquant tres bien savoie

---

* **2980.** Cui (*corr. HP; C = B*). *Après v. 2982, B interpole deux vers :*
[f° 116 b] Cinq chevalier qui mout vos chacent. / Paor ai que mal ne
vos facent / Cil ch. , dont ... (*= v. 2843-2844*). **2984.** aperçu les ai. **2992.**
secorrent. **2993.** parlastes (*leçon isolée*).

** **2970.** ne le v. (*+ P*). **2982.** desbunchié (*HP :* desbuissié). **2983.** don je
m'e. **2984.** Bien p. | aparceü ai (*+ H*). **2986.** Arrieres sont r. (*+ HP*).
2987. Et li c. a vos muet (*+ HP*). **2989.** Ne gart l'ore que il (*+ P*).
2990. Li catre sont (*+ H*). **2992.** Tuit (*P :* Bien). **2994.** Que. **2995.** Ce
que d. vos a. (*+ H; P :* Que d. le vos a.).

*** H. **2973-2978, 2991-2992.**

je serais morte et perdue.
Dieu ! mon seigneur ne les voit pas.
Qu'est-ce que j'attends, pauvre folle ?
Je fais trop de cas de ma parole
en ne l'ayant pas averti depuis un moment.
Je sais bien que ceux qui se dirigent vers nous
sont décidés à faire du mal.
Mon Dieu ! comment le lui dirai-je ?
Il me tuera. Eh bien, qu'il me tue !
Je ne me priverai pas de le lui dire. »
Alors elle l'appelle d'une voix douce : « Seigneur.
— Quoi ? fait-il, que voulez-vous dire ?
— Seigneur, pitié ! je veux vous dire
que de ce taillis ont surgi
cinq chevaliers dont je suis en grand émoi.
Je crois, je l'ai bien vu,
qu'ils veulent vous combattre.
Quatre d'entre eux sont restés en arrière,
le cinquième se dirige vers vous
de toute la vitesse de son cheval.
Je crains à tout instant qu'il ne vous frappe.
Les quatre qui sont restés en retrait
ne sont pourtant pas loin d'ici
et ils auront vite fait de lui porter secours, s'il le faut. »
Erec répond : « Malheur à vous
qui avez enfreint ma défense,
car je vous avais bien mise en garde !
Et pourtant, je savais très bien

Que vos gaires ne me prisiez.
C'est servises mal emploiez,
Que je ne vos en sai nul gré.
3000 Bien saichiez que plus vos en hé,
Dit le vos ai et di encor.
Encor le vos pardonrai or,
Mais autre foiz vos en gardez,
Ne ja vers moi ne regardez,
3005 Que vos feriez mout que fole.
Je n'ain mie vostre parole. »
Lors point ou champ contre celui,
Si s'entrevienent ambedui.
L'un[s] l'autre envaïst et requiert,
3010 Erec si durement le fiert
Que li escuz dou col li vole,
Et si li brise la chanole.
Li estrier rompent et cil chiet,
Ne n'a pooir qu'il se reliet,
3015 Car mout fu quassez et bleciez.
Uns des autres s'est adreciez,   (116 c)
Si s'entrevienent de randon.
Erec li met tot a bandon
Desous le menton en la gorge
3020 Le fer tranchant de bone forge.
Toz tranche les os et les ners,
Devers le col en saut li fers,
Et li sans chauz vermauz en raie
D'ambedeus parz parmi la plaie ;

---

*   3019. Parmi. 3022. Devant. 3023. vermeil.

** 2997. Que g. ne me prisieiz. 3000. que ge vos. 3006. Car je n'a. pas.
3007. p. Erec c. (*P :* errant). 3014. N'a peor que il s'an r. (*H :* Jo n'ai paor
que il r.). 3015. Que molt s'est q. et b. (*H :* Car m. durement fu b. ; *P :*
Que m. fu navrés et b.). 3022. Que d'autre part (*H :* Derier le c.).
3023. Li sans v. toz c.

que vous ne m'estimiez guère.
De ce zèle mal employé
je ne vous sais aucun gré.
Soyez sûre que mon aversion pour vous n'en a que grandi,
je vous l'ai déjà dit et je vous le redis.
Je vous pardonnerai encore pour cette fois,
mais à la prochaine prenez garde
et ne tournez plus vos regards vers moi,
car ce serait folie de votre part.
Je n'apprécie pas votre parole. »
A ces mots, il pique des deux vers son adversaire,
tous deux en viennent aux mains,
chacun attaque l'autre et le provoque.
Erec le frappe avec une telle violence
qu'il lui fait voler l'écu de son cou,
lui brisant ainsi la clavicule.
Les étriers cèdent et le chevalier tombe :
il est incapable de se relever,
tant il avait reçu de coups et de blessures.
Un de ses compagnons entre en action
et se heurte à Erec de tout son élan.
Celui-ci lui plonge d'un coup,
sous le menton, dans la gorge,
son fer acéré et bien forgé.
Il lui tranche tous les os et tendons,
le fer ressort du côté de la nuque
et le sang ruisselle, chaud et vermeil,
du milieu de la plaie, devant et derrière.

3025 L'ame s'en va, li cuers li faut.
     Li tierz fors de son agait saut,
     Qui d'autre part un gué estoit ;
     Parmi l'eve s'en vient tot droit.
     Erec point, si l'a encontré
3030 Ainz qu'il par fust issuz dou gué ;
     Si bien le fiert que il l'abat,
     Et lui et le destrier, tot plat.
     Li destriers sor le cors li jut
     Tant qu'en l'aigue morir l'estut,
3035 Et li chevax tant s'esforça
     Qu'a quelque poinne se dreça.
     Ensi en a les trois conquis.
     Li autre dui ont consoil pris
     Que la place li guerpiront,
3040 Ne ja a lui ne champiront.
     Fuiant s'en vont lez la riviere.
     Erec les enchauce derriere,
     Si en fiert un desor l'eschine
     Que sor l'arçon devant l'encline.
3045 Trestote sa force i a mise,
     Sa lance sor le cors li brise,
     Et cil cheï, le col avant.
     Erec mout chierement li vant
     Sa lance, que sor lui a fraite.
3050 Dou fuerre a tost l'espee traite ;
     Cil releva, si fist que fox :   (116 d)
     Erec li dona tex trois copx

---

* 3027. une eve (*corr. CH ; P :* une aigue). **3033.** Li d. tant desor lui jut
(*corr. CH ; P :* Li d. ciet, desos lui j.). **3050.** a fors.

** 3026. Et li t. de son a. s. **3027.** p. d'un g. (*H :* p. le g.). **3028.** P. le gué
(*HP :* P. l'aigue) | s'an vint (+ *P ; H :* se met). **3031.** il abat (+ *P*). **3041.**
par la r. (+ *P ; H :* sor la r.). **3043.** derriers l'e. (*H :* devers ; *P :* parmi).
3046. sor le dos.

L'âme le quitte, le cœur s'arrête.
Le troisième bondit alors de son embuscade
qui se trouvait au-delà d'un gué,
et s'avance tout droit à travers l'eau,
mais Erec le charge et le heurte
avant qu'il ait achevé de franchir le gué.
Il lui assène un tel coup qu'il l'étend
de tout son long, ainsi que sa monture.
Le destrier s'écroula sur le corps du cavalier
qui dut mourir dans l'eau ;
quant au cheval, après beaucoup d'efforts,
il finit par se redresser.
Voilà comment il a conquis les trois premiers chevaliers.
Les deux autres ont pris le parti
de lui abandonner la place,
sans lui livrer combat.
Ils s'enfuient le long de la rivière,
mais Erec qui les talonne,
en frappe un sur l'échine si rudement
qu'il le couche sur l'arçon de devant.
Comme il a mis toute sa force dans son coup,
il brise sa lance sur le corps de son adversaire
qui s'écroule, le cou en avant.
Erec lui fait payer très cher
la lance qu'il a brisée sur lui.
Il a vite fait de tirer l'épée du fourreau ;
dans un geste de folie, l'autre se releva :
Erec, de trois terribles coups,

Q'ou sanc li fit l'espee boivre.
L'espaule dou bu li dessoivre,
3055 Si qu'a la terre jus cheï.
A l'espee l'autre envahi,
Qui mout isnelement s'en fuit
Sanz compaignie et sanz conduit.
[Quant cil voit que Erec le chace,
3060 Tel paor a, ne set que face,]
N'ose atendre, foïr ne puet ;
Le cheval guerpir li estuet,
Que n'i a mais nule fïance.
L'escu giete jus et la lance,
3065 Si se laisse cheoir a terre.
Erec ne le vost plus requerre,
Qu'a terre cheoir se laissa ;
Mais a la lance se baissa :
Celi n'i a mie lessie
3070 Por la soe qui fu brisie.
La lance prent, et si s'en vait,
Ne les chevax mie ne lait ;
Touz cinq les prent, si les en moinne.
De[l] mener fu Enide en poinne :
3075 Les cinq avec les trois li baille.
Si li commande que tost aille
Et de parler a lui se tiegne,
Que max ne ennuiz ne l'en viegne.
Mais cele mot ne li respont,
3080 Ainçois se tait ; et si s'en vont,

---

* **3059-3060.** *Lacune de BPC (texte de H).* **3069.** a il pas l.

** **3061.** a. et ganchir (*H :* a., guencir). **3068.** s'abeissa (+ *HP*). **3070.** qu'il a b. **3071.** La l. an porte (+ *H*). **3072.** Et les c. (*H :* Ni les c. ; *P :* Et le ceval). **3074.** est E. **3078.** m. ou e. (*HP :* m. et e.). **3080.** se tot.

abreuva son épée du sang de son adversaire.
Il lui sépare l'épaule du buste
et le précipite à terre.
Il attaque enfin à l'épée le dernier,
alors même qu'il s'enfuit en toute hâte
sans compagnie et sans escorte.
Quand il voit qu'Erec le pourchasse,
il est tellement affolé qu'il ne sait que faire :
il n'ose attendre Erec et ne peut prendre la fuite ;
il lui faut abandonner son cheval,
en qui il a perdu désormais toute confiance.
Il jette au sol son écu et sa lance,
avant de se laisser lui-même tomber à terre.
Erec ne chercha pas à l'attaquer davantage,
dès lors qu'il était au sol,
mais se pencha vers la lance :
il n'a vraiment pas hésité à l'échanger
contre la sienne qui s'était brisée.
Il la ramasse, puis reprend sa route
sans oublier les chevaux.
Il les prend tous les cinq et les emmène.
Pour les conduire, Enide fut à la peine,
puisqu'ils s'ajoutaient aux trois autres.
Il lui ordonne de ne pas traîner
et de se retenir de lui adresser la parole :
sinon, il lui arriverait grave malheur.
Mais Enide ne lui répond mot :
elle garde le silence et ils poursuivent leur chemin,

Les chevax en moinne[nt] toz huit.
Chevauchié ont jusqu'a la nuit
Qu'a vile n'a recet ne vindrent.
A l'anuitier lor ostel prindrent
3085 Soz un aubor en une lande.
Erec a la dame commande
Qu'ele dorme, et il veillera ;
Cele respont que non fera,   (117 a)
Car n'est droiz et faire nou vuet :
3090 Il dormira, qui plus se duet.
Erec l'outroie, et bel l'en fu.
A son chief a mis son escu,
Et la dame son mantel prent,
Sor lui de chief en chief l'estent.
3095 Cil dormi, et cele veilla ;
Onques la nuit ne someilla,
Ainz tint par les frains en sa main
Les chevax jusqu'a l'endemain ;
Et mout s'est blasmee et maudite
3100 De la parole qu'ele ot dite,
Et dit que mal a esploitié,
Ne n'a mie de la moitié
Tant de mal qu'ele a deservi.
« Lasse, fait ele, tant mar vi
3105 Mon orguil et m'outrecuidance !
Savoir pooie sanz dotance
Que tel chevalier ne meillor
Ne savoit l'en con mon seignor.

---

* **3084.** pristrent (*corr. Foerster 1909 ; P :* prinrent, *qui rime avec* vinrent ;
C : prirent ; *H :* prisent). **3089.** Que il n'est droiz, f. *(leçon isolée).*

** **3083.** Ne v. ne r. ne virent (*H :* Qu'a v. n'a castel ne gisent). **3085.** Desoz
un arbre *(+ P)*. **3088.** que nel fera (*H :* Et Enide dist non fera). **3091.** bel
li fu *(+ HP)*. **3097.** Chascun cheval tint en sa m. **3098.** Tote nuit (*H :* Tote
la nuit jusqu'al demain). **3101-3103.** Molt a, ce dit, mal e. / Que n'ai
mie de la m. / Le mal que je ai d. [*rédaction particulière*] (*HP :* Tant mal
con ele a d.). **3104.** si mar (*HP :* con mar). **3105.** ma sorcuidance *(+ H)*.
3108. de mon s. *(+ H ; P :* N'avoit nus homs veü nul jor).

emmenant les huit chevaux.
Ils ont chevauché jusqu'au soir
sans rencontrer de village ni d'abri.
A la tombée de la nuit, ils s'établirent
sous un alisier, dans une lande.
Erec commande à la dame
de dormir ; c'est lui qui veillera.
Elle répond qu'elle n'en fera rien,
car tel n'est pas son désir ce serait injuste :
c'est à lui de dormir, puisqu'il est le plus fatigué.
Erec l'accepte bien volontiers.
Il a placé son écu sous sa tête
et sa dame prend son manteau
qu'elle étend tout du long sur lui.
Il dormit et elle veilla ;
elle ne ferma pas l'œil de la nuit,
occupée qu'elle était à retenir les chevaux,
rênes dans la main, jusqu'au lendemain.
Elle n'a cessé de s'accuser et de se maudire
pour la parole qu'elle a prononcée
et reconnaît avoir bien mal agi
et ne pas avoir subi la moitié
de la peine qu'elle méritait :
« Misérable ! dit-elle, par quel malheur fallait-il
que je me montre si orgueilleuse et si outrecuidante !
Je pouvais être sûre et certaine
qu'on ne saurait trouver chevalier
égal à mon seigneur ou meilleur que lui.

Bien le savoie. Or le sai miauz,
3110 Car je ai veü a mes iauz
Que trois ne cinq armez ne doute.
Honie soit ma langue toute,
Qui l'orguil et l'outrage dist,
Dont mes cors a tel honte gist. »
3115 Si s'est tote nuit dementee
Jusqu'au matin a l'ajornee.
Erec s'esveille par matin,
Si se remetent au chemin,
Cele devant et cil darriers.
3120 Endroit midi uns escuiers
Lor vint devant en un valet.
Avec lui erent dui vallet
Qui portoient gasteax et vin   **(117 b)**
Et gras fromages de gaÿn
3125 As prez le conte Galoain
A ceus qui fenoient le fain.

L i escuiers fu de grant vide :   (lettrine rouge)
Quant il vit Erec et Enide
Qui de vers la forest venoient,
3130 Bien aperçoit que il avoient
La nuit en la forest geü ;
N'avoient maingié ne beü,
C'une jornee tot en tor
N'avoit chastel, vile ne tor,
3135 Ne meson fort ne abbaïe,
Hospital ne herbergerie.

** 3110. Car ge l'ai (+ *H*; *P*: Car bien ai). 3111. Car. 3113. et la honte.
3115. Ensi s'est la n. d. 3116. Tresque le main (*H*: Dusq'al demain).
3117. E. se lieve (+ *H*). 3118. Si se remet a son c. 3122. O lui venoient.
3123. Q. p. et pain et v. 3124. Et cinc f. 3125-3126. *Vers absents (le comte
reste ainsi un anonyme dans la copie de Guiot)* [3126. *H*: fauçoient son
f.]. 3127-3128. Li e. sot de voidie / Q. il vit E. et s'amie. 3130. aperçut
(*H*: s'aperçut). 3133. A une j. [+ 1] (*P*: D'une j.)

Je le savais bien et je le sais maintenant plus que jamais,
car j'ai vu de mes propres yeux
que trois ou cinq hommes armés ne lui inspirent aucune
Honnie soit ma langue   [crainte.
pour avoir proféré ces propos orgueilleux et outrageants,
qui m'ont plongée dans une telle honte ! »
Elle n'a cessé de se lamenter de la sorte toute la nuit
jusqu'au lever du jour.

      Erec s'éveille de bon matin,
ils reprennent la route,
elle devant, lui derrière.
Vers midi un écuyer
vint à leur rencontre au détour d'un vallon.
Il était accompagné de deux valets
qui apportaient gâteaux, vin
et gras fromages de regain[1]
à ceux qui fanaient de l'herbe
dans les prés du comte Galoain.
L'écuyer fut d'une grande perspicacité :
en voyant Erec et Enide
qui sortaient de la forêt,
il se rend bien compte
qu'ils y avaient passé la nuit,
sans manger ni boire,
car à une journée de marche tout alentour,
il n'y avait ni château, village ou donjon,
ni maison fortifiée ou abbaye,
ni hospice ou auberge.

---

1. « Fromage de regain » *(fromage de gaÿn)* : fromage fait après la fauchaison
  à partir de lait plus gras de vaches mieux nourries.

Puis s'apensa de grant franchise,
Encontre aux a sa voie emprise,
Si les salue comme frans,
3140 Et dit : « Sire, je croi et pans
Qu'anuit avez mout travaillié.
Bien sai que vos avez veillié
Et geü en ceste forest.
De cest blanc gastel vos revest,
3145 Se vos plait un po a mengier.
Nou di pas por vos losengier,
Que rien ne vos quier ne demant.
Li gastel sont de bel fromant ;
Bon vin ai et fromages gras,
3150 Blanche toaille et beax hanas.
S'il vos plait a desjeüner,
Ne vos covient aillors torner.
En ce beau pré, desoz ces charmes,
Vos desarmeroiz de voz armes,
3155 Si vos reposeroiz un po.
Descendez, que je le vos lo. »
Erec a pié a terre mis,
Si li a dit : « Beax douz amis,   (117 c)
Je meingerai, vostre merci.
3160 Ne quier aler avant de ci. »
Li sergenz fu de beau servise :
La dame a jus dou cheval mise,
Et li vallet les chevax tindrent,
Qui avecques l'escuier vindrent ;

---

* **3150.** Blanches toailles et h. *(corr. CH; P = B).* **3152.** a. aler.
3161. L'escuier.

** **3142.** Et cele dame molt v. **3145.** S'il *(+ HP).* **3147-3148.** *intervertis.*
3147. Ne rien nule ne vos d. **3148.** Li gastiax est| boen f. *(+ P; H:* blanc). **3153.** An ces onbres *(H:* En l'erbe vert ; *P:* En cele herbe). **3156.** D., car *(H:* D., sire, jo vos loi). **3158.** Si li respont *(P:* Et se li respont : B. a.). **3164.** Qui ansanble l'e. *(+ HP).*

Alors, dans un grand mouvement de générosité,
il s'est dirigé vers eux,
puis les salue en homme droit,
leur disant : « Seigneur, je crois
que vous avez passé une nuit très inconfortable.
Sans nul doute, vous avez veillé
et couché dans cette forêt.
Je vous remets ce gâteau blanc,
s'il vous plaît de manger un peu.
Je ne le dis pas pour gagner vos bonnes grâces,
car je n'ai rien à vous demander.
Les gâteaux sont de beau froment
et j'ai du bon vin et des fromages gras,
une nappe blanche et de belles coupes.
Si vous voulez déjeuner,
il est inutile d'aller ailleurs.
Dans ce beau pré, à l'ombre de ces charmes,
je vous débarrasserai de vos armes
et vous en profiterez pour prendre un peu de repos.
Descendez, je vous en prie. »
Erec, mettant pied à terre,
lui a dit : « Très cher ami,
je veux bien manger, grâce à vous,
et je ne désire pas aller plus avant. »
L'écuyer se montra plein d'obligeance :
il a aidé la dame à descendre de son cheval
et les valets qui étaient venus à sa suite
tenaient les chevaux ;

3165 Puis se vont aseoir en l'ombre.
Li escuiers Erec descombre
De son hiaume, si li deslace
La ventaille devant la face ;
Puis a devant aus estendue
3170 La toaille sor l'erbe drue ;
Le gastel et le vin lor baille,
Le fromage lor peire et taille.
   Cil maingerent, que fain avoient,   (lettrine bleue)
Et dou vin volentiers bevoient.
3175 Li escuiers devant eus sert,
Qui son servise pas ne pert.
Quant maingié orent et beü,
Erec cortois et sages fu :
« Amis, fait il, en gueredon
3180 Vos fais d'un de mes chevax don ;
Prenez celui qui mieuz vos siet.
Et se vos pri que ne vos griet :
Arriers ou chastel retornez,
Un riche ostel m'i atornez. »
3185 Et cil respont que il fera
Volentiers quanque lui plera ;
Puis vint es chevax, ses delie ;
Le vair en prent, si l'en mercie,
Que cil li semble li mieudre estre.
3190 Sus monte par l'estrier senestre,
Andeus les a enqui lessiez,
Ou chastel vient toz eslessiez,

** **3167.** et si li (*H :* pus li). **3172.** Un f. (+ *H*). **3173.** qui (+ *P*). **3178.** *PH ont peut-être la bonne leçon face à BC :* larges fu. **3182.** qu'il (+ *P ; H :* si ne). **3188.** Le noir (*H :* Et un) | a pris (+ *P*). **3189.** Car (+ *HP*). **3191.** iluec l. (+ *H*). **3192.** vint (+ *H*).

puis ils vont s'asseoir à l'ombre.
L'écuyer libère Erec
de son heaume, lui délace
le ventail de son visage ;
il a ensuite étendu la nappe
devant eux, sur l'herbe drue ;
il leur sert le gâteau et le vin,
leur prépare et coupe le fromage.
Ils mangèrent, car ils étaient affamés,
et prirent plaisir à boire du vin.
L'écuyer se tient à leur service
et il n'y perd pas son temps.
Quand ils eurent mangé et bu,
Erec, en homme courtois et sage,
dit : « Ami, en récompense
je vous fais don d'un de mes chevaux ;
prenez celui qui vous convient le mieux.
Et je vous en prie, si cela ne vous dérange pas,
retournez au bourg fortifié
pour m'y préparer un riche logis. »
Et l'écuyer de répondre qu'il fera
volontiers tout ce qui lui plaira.
Il s'approche ensuite des chevaux, les délie ;
il choisit le pommelé et en remercie Erec,
car c'est le cheval qui lui paraît le meilleur.
Il monte par l'étrier gauche,
et, les ayant laissés tous deux sur place,
se rend au bourg à bride abattue,

Hostel a pris bien atorné.   (117 d)
Ez le vos arriers retorné :
3195 « Or tost, fait il, sire, montez,
Que bon hostel et bel avez. »
Erec monte, la dame aprés.
Li chasteaux estoit auques pres :
Tost furent a l'ostel venu.
3200 A joie furent receü :
Lor hostes mout bel les reçut,
Et trestot quanque lor estut
Fist atorner a grant planté,
Liez et de bone volenté.
3205 Quant li escuiers fait lor ot   (lettrine rouge)
Tant d'honor que faire lor pot,
A son cheval vient, si remonte.
Par devant les loges le conte
Menoit a ostel son cheval.
3210 Li cuens et troi autre vassal
S'estoient venu apuier.
Quant li cuens vit son escuier
Qui sor le destrier vair seoit,
Demanda li cui il estoit,
3215 Et il respont qu'il iere suens.
Mout s'en est merveilliez li cuens :
« Coment, dist il, ou l'as tu pris ?
— Uns chevaliers, cui je mout pris,
Sire, fait il, le m'a donné.
3220 En cest chastel l'ai amené,

---

*   **3206.** Tout le bien.

**   **3201.** Li h. *(+ HP).* **3202.** Et tot q. il lor e. *(+ HP).* **3206.** Tant d'amor
[*H :* d'onor] com f. lor p. *(+ H ; P :* Itant d'h. que f. pot).* **3211.** S'i erent
(P : S'erent v. por a.).* **3213.** sor le noir d. *(H :* desor le ceval)| estoit *(P :*
venoit).* **3215.** que il est s. **3217.** fet il *(+ HP).*

où il a pris un logis bien confortable.
Le voici déjà de retour auprès d'eux :
« Hâtez-vous, seigneur, fait-il, de monter,
car vous avez un bon et beau logis. »
Erec monte, suivi de sa dame.
Le bourg étant tout proche,
ils eurent vite fait d'arriver à leur logis.
On les y reçut avec joie,
leur hôte leur fit un accueil fort chaleureux.
Et tout ce dont ils avaient besoin,
il le mit à leur disposition, sans compter,
de bon cœur et de plein gré.
Quand l'écuyer les a entourés
de toutes les prévenances possibles,
il revient à son cheval, l'enfourche
et passe devant les loges du comte
pour mener sa monture à l'écurie.
Le comte et trois autres chevaliers
étaient allés aux fenêtres.
Quand le comte vit son écuyer
venir sur le destrier pommelé,
il lui demanda à qui il était
et l'autre répondit qu'il lui appartenait.
Quelle stupéfaction pour le comte !
« Comment ! dit-il, où l'as-tu trouvé !
— Un chevalier que j'apprécie beaucoup,
seigneur, me l'a donné.
Je l'ai conduit dans le bourg,

S'est a ostel chiés un borjois.
Li chevaliers est mout cortois,
Et tant bel home onques ne vi.
Se juré l'avoie et plevi,
3225 Ne vos conteroie je mie
Sa beauté tote ne demie. »
Li cuens respont : « Je cuit et croi
Que il n'est pas plus beax de moi.   (118 a)
— Par foi, sire, fait li sergenz,
3230 Vos estes assez beax et genz ;
N'a chevalier en cest païs,
Q[ui] de la terre soit naïs,
Que plus beax ne soiez de lui.
Mais bien os dire de cestui
3235 Qu'il est plus beax de vos assez,
Se dou haubert ne fust quassez
Et camoisiez et debatuz,
Qu'en la forest s'est combatuz
Touz seus contre huit chevaliers ;
3240 S'en amene les huit destriers.
Et avec lui vient une dame
Tant bele, c'onques nule fame
La moitié de sa beauté n'ot. »
Quant li cuens ceste novele ot,
3245 Talanz li prent que veoir l'aille,
Se ce est veritez ou faille.
« Onques [mes], fait il, n'oï tel.
Moinne me tost en son ostel,

---

*   3241. lui a une d. 3242. Plus b.

**   3223. Tant b. h. o. mes ne vi (*H :* Ne ainc t. b. h. ne vi). 3225. Ne vos
reconteroie [*P :* aconteroie) mie *(+ P).* 3227. Je pans et c. *(+ H).* 3236.
lassez. 3238. An la f. *(+ HP).* 3239. ancontre *(+ H ; P :* contre .vii. c.).
3240. toz les d. *(P :* les .vii. d.). 3241. mainne une d. 3245. prist *(+ P)*
| v. aille *(+ H).* 3248. M. moi dons a son o. *(P :* Menés moi tost a son
o.).

*** H. 3247-3252.

où il loge chez un bourgeois.
Le chevalier est fort courtois
et jamais je n'ai vu si bel homme.
L'aurais-je juré et promis,
je ne saurais vous rendre compte
de sa beauté ni complètement ni à moitié. »
Le comte répond : « Je suis persuadé
qu'il n'est pas plus beau que moi.
— Sur ma parole, seigneur, répond l'écuyer,
vous êtes assurément beau et distingué
et il n'y a pas ici de chevalier
natif de la région
que vous ne surpassiez en beauté.
Mais j'ose affirmer de celui-ci
qu'il est bien plus beau que vous,
encore qu'il soit brisé de fatigue à force de porter le haubert
et contusionné par les coups qu'il a reçus.
Il a en effet livré combat dans la forêt
à lui tout seul contre huit chevaliers,
et c'est pourquoi il emmène leurs huit destriers.
Il est aussi accompagné d'une dame
d'une telle beauté que nulle
ne fut jamais à moitié aussi belle. »
Quand le comte entend cette nouvelle,
il éprouve l'envie d'aller la voir,
pour en savoir la vérité.
« Jamais de la vie, dit-il, je n'ai rien entendu de tel.
Mène moi rapidement à son logis,

Que certeinnement vuil savoir
3250 Se tu me diz mençonge ou voir. »
Cil respont : « Sire, volentiers.
Ci est la voie et li sentiers,
Et jusque la n'a pas grant voie.
— Mout me tarde que je les voie »,
3255 Fait li cuens. Lors s'en va a val,
Et cil descent de son cheval,
Si a fait le conte monter.
Devant corrut Erec conter
Que li cuens veoir le venoit.
3260 Erec mout riche ostel tenoit,
Que bien en iere acostumez.
Mout i ot cierges alumez
Et chandoiles espessement.   (118 b)
A trois compaignons seulement
3265 Vint li cuens, que il n'i ot plus.
Erec contre lui leva sus,
Qui mout estoit bien ensoingniez,
Et li dit : « Sire, bien veingniez ! »
Et li cuens resalua lui.
3270 Acotey se sont ambedui
Sor une coutre blanche et mole,
Si s'entracointent de parole.
Li cuens li poroffre et presente
Et prie li qu'il li consente
3275 Que de lui ses gages repraigne.
Mais Erec prendre ne les daigne :

---

*   3253. Que. 3258. D. cor. avant con. 3266. Erec encontre leva s.

**   3254. Et molt m'est tart que. 3255. et lors vint a v. (*P :* Dont s'en va
a v.). 3265. qu'il n'amenoit plus (*HP :* que n'en i ot plus). 3267. bien
afeitiez. 3268. Si li dist (*+ HP*). 3270. Acointié (*HP :* Acosté ; *B a ici
la meilleure leçon*). 3272. S'antre acointierent. 3274. Et p. que il li c.
3276. Mais E. baillier ne li d.

parce que je veux savoir avec certitude
si tu me dis un mensonge ou la vérité. »
L'autre répond : « Seigneur, bien volontiers.
Voici le chemin :
d'ici à là-bas, il n'y a pas un long trajet.
— Que je suis impatient de les voir ! »,
dit le comte. Celui-ci descend de la galerie haute
et l'écuyer, après avoir mis pied à terre,
a fait monter le comte sur son cheval.
Il courut prévenir Erec
de la visite du comte.
Erec était très confortablement installé,
selon son habitude,
et on avait allumé dans son logis une multitude
de cierges et de chandelles.
Trois compagnons seulement
vinrent avec le comte, et pas plus.
A son arrivée, Erec se leva,
en homme qui connaissait les bonnes manières,
et lui dit : « Seigneur, soyez le bienvenu ! »
Et le comte de lui rendre son salut.
Accoudés tous deux
sur une couette blanche et moelleuse,
ils font connaissance et lient conversation.
Le comte lui propose ses services
et le prie d'accepter
qu'il prenne lui-même en charge les frais d'hôtel.
Mais Erec refuse :

« Assez ai, dist il, a despendre,
N'ai mestier d'autrui avoir prendre. »
Mout parolent de mainte chose,
3280 Mais li cuens onques ne repose
De regarder de l'autre part :
De la dame se prist regart.
Por la beaute[z] qu'en li veoit,
Tot son pensé en li avoit.
3285 Tant l'esgarda con il plus pot,
Tant la covi et tant li plot
Que sa beauté d'amors l'esprist.
De parler a li, congié prist
A Erec, mout covertemant :
3290 « Sire, fait il, je vos demant
Congié, mais qu'il ne vos ennuit.
Par cortoisie et par deduit,
Vuil lez cele dame seoir.
Par bien vos ving andeus veoir,
3295 Ne vos n'i devez mal noter :
A la dame vuil presenter
Mon servise sor tote rien.
Tot son plesir, sachiez le bien,   (118 c)
Feroie por amor de vos. »
3300 Erec ne fu mie jalous,
Qu'il n'i pensa ne mal ne boise :
« Sire, fait il, pas ne me poise.
Seoir et parler vos i loist,
Ne cuidiez pas que il me poist,

---

*   **3281.** De l'esgarder. **3291-3292.** C., m. ne vos ennuit or / Par c. et par douçor *(leçon isolée)*. **3301.** Ne n'i.

** **3277.** Einz dit qu'as. a a d. (*H :* Et dist as. a a d. ; *P :* Ains dist k'as. a a reprendre). **3278.** N'a m. de son avoir p. *(+ HP)*. **3279.** plusor c. **3282.** s'est pris esgart. **3283.** estoit (*P :* que en li voit). **3294.** Por (*+ P ; H :* Ne m'en devés mal gré savoir). **3298.** ce s. bien (*+ P ; H :* ce sai jo bien). **3301.** Que il n'i p. nule b. **3303.** Joer et p.

« J'ai, dit-il, largement de quoi payer
et n'ai nul besoin de recourir à l'argent d'autrui. »
Ils bavardent de maintes choses,
mais le comte n'a de cesse
de regarder de l'autre côté,
vers la dame, sur laquelle il a fixé son regard.
Admirant sa beauté,
il en faisait l'unique objet de sa pensée.
La contemplant autant qu'il lui était possible,
il la désira et elle lui plut si vivement
que sa beauté l'enflamma d'amour.
Il demanda à Erec la permission de lui parler,
tout en cachant bien son jeu :
« Seigneur, fait-il, je voudrais vous adresser
cette demande, si elle ne vous déplaît pas :
par courtoisie et par agrément,
je désire m'asseoir aux côtés de cette dame.
C'est pour votre bien que je suis venu vous voir tous deux
et vous ne devez y voir nulle mauvaise intention :
je désire offrir à la dame
mes services, et rien d'autre.
Tout ce qui lui plaira, sachez le bien,
je le ferai par amour de vous. »
Erec ne fut pas jaloux,
car il n'y voyait ni mal ni fourberie :
« Seigneur, fait-il, je n'y vois nul inconvénient.
Vous avez tout loisir pour vous asseoir près d'elle et lui
soyez sûr que cela ne saurait me déranger,   [parler,

3305 Volentiers congié vos en doing. »
     La dame seoit de lui loing
     Tant con deus lances ont de lonc;
     Et li cuens s'est asis selonc
     Delez li sor un bas eschame.
3310 Devers lui se torna la dame,
     Qui mout estoit sage et cortoise.
     « Haÿ! fait li cuens, mout me poise
     Quant vos alez a tel vitance,
     Grant duel en ai et grant pesance.
3315 Mais se croire me volïez,
     Honor et prou i avrïez
     Et mout granz biens vos en venroit.
     A vostre beauté convenroit
     Granz honors et grant seignorie.
3320 Je feroie de vos m'amie,
     Se vos plesoit et bel vos iere;
     Vos serïez m'amie chiere
     Et dame de tote ma terre.
     Quant je d'amor vos doing requerre,
3325 Ne m'en devez pas escondire;
     Bien sai et voi que vostre sire
     Ne vos aimme ne ne vos prise.
     A bon seignor vos seroiz prise,
     Se avec moi vos remenez.
3330 — Sire, de neant vos penez,
     Fait Enide, ce ne puet estre.
     Je vorroie mieuz estre a nestre

---

*   **3314.** G. ennui en ai et p. *(leçon isolée).* **3332.** Mieuz ameroie, je fusse
       a nestre (+ 1).

**   **3312.** Ha! f. li c. (*HP :* Ahi! fait il)| com il me p. *(+ HP).* **3313.** an tel
       v. **3321.** et boen vos i. **3325.** Ne me d. *(+ P).* **3328.** A b. s. serïez p.
       3332. Hé! Mialz fusse je or a n.

***   H. **3327-3332** *(+ 2 vers de « raccord »).*

je vous en donne volontiers la permission. »
La dame était séparée de lui
d'une distance de deux lances ;
le comte s'est alors assis
tout près d'elle sur un escabeau bas.
La dame se tourna vers lui,
en personne sage et courtoise.
« Ah ! dit le comte, il m'est fort pénible
de vous voir aller en si vil équipage,
j'en éprouve bien du chagrin et bien du tourment.
Mais si vous vouliez me faire confiance,
vous en auriez honneur et profit
et vous jouiriez d'une parfaite prospérité.
Votre beauté serait digne
des honneurs les plus majestueux.
Je ferais de vous mon amie,
si tel était votre souhait et votre agrément :
vous seriez ma tendre amie
et la maîtresse de toute ma terre.
Quand je daigne vous proposer mon amour,
vous ne devez pas m'opposer un refus ;
je vois bien que votre époux
ne vous aime ni ne vous estime,
alors que c'est à un bon époux que vous seriez unie
si vous demeuriez avec moi.
— Seigneur, c'est peine perdue,
répond Enide, il ne peut en être ainsi.
Je préférerais n'avoir pas vu le jour

Ou en un feu d'espines arse,   (118 d)
Si que la cendre fust esparse,
3335 Que j'eüsse de riens fausé
Vers mon seignor, nes enpensé
Felonie ne trahison.
Trop avez fait grant mesprison,
Que tel chose m'avez requise :
3340 Je nou feroie en nule guise. »
    Li cuens commence a enflamer :   (lettrine rouge)
« Ne me deingneriez amer,
Dame ? fait il. Trop estes fiere.
Por losenge ne por proiere
3345 Ne feriez rien que je vuille ?
Bien est voirs que fame s'orguille,
Quant on plus la prie et losenge ;
Mais qui la honist et laidenge,
Cil la trueve meillor sovent.
3350 Certes, je vos met en covent :
Se vos ma volenté ne faites,
Ja i avra espees traites.
Ocire ferai orendroit,
Ou soit a tort ou soit a droit,
3355 Vostre seignor devant voz iauz.
    — He, sire, faire poez miauz,
Fait Enide, que vos ne dites :
Trop seriez fel et traïtes,
Se vos l'oceïez ensi.
3360 Rapaiez vos, je vos en pri,

---

*   **3358.** traïtres. **3360.** Repairiez en (*H :* Rapaiés vos, vostre merci ; *C :*
Mes, biax sire, or vos apaiez ; *P :* Trop grande mesprison feriés
[= *v. 3372*]).

**   **3334.** c. en f. e. **3336.** ne mal pansé (*H :* nai e. ; *P :* ne e.). **3339.** Qui
(+ *H ; P :* Quant). **3351.** Que se vos mon talant ne f. (+ *H*). **3356.** Sire,
f. le p. m. **3359.** Se vos ceanz l'ocïeiez (*H :* Se vos l'ociés tot ainsi ; *P :*
Se vos or ici l'ociiés).

ou être brûlée en un feu d'épines,
mes cendres dispersées au vent,
plutôt que d'avoir commis la moindre faute
à l'égard de mon seigneur, ne serait-ce qu'en songeant
à quelque infidélité ou trahison.
Vous vous êtes comporté de manière vraiment indigne
en me faisant une telle proposition :
je ne l'accepterais pour rien au monde. »
Le comte commence alors à s'enflammer :
« Ne consentiriez-vous donc pas à m'aimer,
dame ? répond le comte. Vous êtes bien fière.
Pourquoi, malgré mes compliments et mes prières,
refuser d'accéder à aucun de mes désirs ?
Il est bien vrai que la femme s'enorgueillit,
quand on multiplie prières et compliments,
alors que celui qui la honnit et la maltraite
la trouve souvent mieux disposée.
Soyez sûr, je vous le promets,
que si vous ne faites ma volonté,
il y aura des épées tirées.
Je ferai aussitôt mettre à mort,
à tort ou à raison, peu importe,
votre époux sous vos propres yeux.
— Hé ! seigneur, vous pouvez procéder mieux
que vous ne le dites, répond Enide :
quelle félonie et trahison de votre part
si vous le tuiez de la sorte !
Apaisez-vous donc, je vous en prie,

Car je ferai vostre plesir :
Por vostre me poez saisir,
Je sui vostre et estre le vuil.
Ne vos ai rien dit par orguil,
3365 Mais por savoir et esprover
Se je porroie en vos trover
Que vos m'amessiez de bon cuer.
Mais je ne voudroie a nul fuer   (119 a)
Qu'eüssiez tel traïson faite.
3370 Mes sire vers vos ne se gaite :
Se vos ensi l'oceïez,
Trop grant mesprison ferïez,
Et je en seroie blasmee.
Tuit diroient par la contree
3375 Que ce seroit fait par mon los.
Jusqu'au matin aiez repos,
Que mes sire voudra lever ;
Adonc le porroiz mieuz grever
Sanz blasme avoir et sanz reproche. »
3380 El pense cuer que ne dit boche.
« Sire, fait ele, or me creez,
Ne soiez pas si esfreez,
Mais demain envoiez ceanz
Voz chevaliers et vos serjanz.
3385 Si me faites a force prendre,
Mes sire me voudra desfendre,
Qui mout est fiers et corageus.
Ou soit a certes ou a geus,

---

*   3362. porroiz tenir.

**   3373. Et g'en res. b. (*H :* Et j'en serai forment b.). 3380. Ce p.

car je ferai ce qui vous plaît :
vous pouvez me considérer comme vôtre,
je suis à vous et aspire à l'être.
Ce que je vous ai dit, je ne l'ai pas dit par orgueil,
mais pour vous éprouver et pour savoir
si je trouverais en vous
un ami au cœur sincère.
Mais je ne voudrais à aucun prix
que vous soyez responsable d'une telle trahison.
Mon seigneur ne se défie pas de vous
et, si vous le tuiez dans ces conditions,
vous commettriez un acte vraiment indigne
et le blâme en rejaillirait sur moi.
Tous les gens du pays diraient
que l'on a agi à mon instigation.
Reposez-vous donc jusqu'au matin,
au moment où mon époux voudra se lever.
C'est alors que vous pourrez le mieux l'attaquer
sans encourir blâme ni reproche. »
Le cœur ne pense mot de ce que bouche dit.
Elle poursuit : « Seigneur, ayez confiance en moi
et gardez votre sang froid :
demain envoyez ici
vos chevaliers et vos valets d'armes,
puis faites-moi enlever de vive force ;
mon seigneur voudra prendre ma défense,
tellement il est hardi et courageux.
Que ce soit dans un vrai combat ou dans une joute,

Faites le prendre et afoler

3390 Ou de la teste decoler.

Trop ai menee ceste vie,

Je n'ain mie la compaignie

Mon seignor, je n'en quier mentir.

Je vos voudroie ja sentir

3395 En un lit certes nu a nu.

Des qu'a ce en somes venu,

De m'amor estes aseür. »

Li cuens respont : « A bon eür,

Dame, certes buer fustes nee,

3400 A grant honor seroiz gardee.

— Sire, fait ele, bien le croi,

Mais avoir en vuil vostre foi,

Que vos me tenroiz chierement ;   (119 b)

Ne vos en croiroie autrement. »

3405 Li cuens respont liez et joianz :

« Tenez ma foi, je vos fïanz,

Dame, lëaument comme cuens,

Que je vos ferai toz voz buens.

Ja de rien ne vos esmaiez :

3410 Ne voudroiz rien que vos n'aiez. »

Lors en a cele la foi prise ;

Mais pou l'en est et pou la prise,

Fors por son seignor delivrer.

Bien sot par parole enyvrer

3415 Bricon, quant ele i mist s'entente.

Mieuz est assez qu'ele li mente,

---

*   **3389.** p. ou a. **3400.** Qu'a g.

**   **3393.** ja n'en. **3396.** Desor ce (*H :* A ce en s. ja v. ; *P :* Pus que ci en s. v.). **3399.** Dame, fet il, b. (*H :* D., par foi, b.). **3408.** Que je f. trestoz voz b. **3409.** Ja de ce (*+ HP*). **3413.** Por son s. fu d. **3415.** des qu'ele i met (*+ H*) | l'ent.

***   H. 3403-3408 (*+ 2 vers de « raccord »*).

emparez-vous de lui pour le perdre
ou coupez-lui la tête.
Je suis lasse de la vie que je mène
et je n'apprécie pas la compagnie
de mon époux, sans vouloir vous mentir.
Je voudrais déjà vous sentir à mes côtés
dans un même lit où nous serions nus tous deux.
Mais avant d'en arriver là,
soyez assuré de mon amour. »
Le comte répond : « A la bonne heure !
Dame, vous êtes assurément née sous une bonne étoile
et vous serez traitée avec les plus grands égards.
— Seigneur, fait-elle, j'en suis persuadée,
mais je souhaite que vous me promettiez
de m'aimer tendrement ;
sinon, je ne saurais vous faire confiance. »
Le comte répond, satisfait et joyeux :
« Je vous donne ma parole et je vous jure,
ma dame, avec la loyauté qui sied à un comte,
que je ferai votre bonheur.
N'ayez désormais plus aucune crainte :
vous aurez tout ce que vous désirerez. »
Elle a alors reçu la parole du comte,
mais elle en fait peu de cas et ne la compte pour rien :
il s'agissait de délivrer son seigneur.
Par sa parole, elle sut bien faire tourner la tête
de ce sot, pour peu qu'elle en prît la peine.
Ne vaut-il pas mieux lui mentir

Que ses sires fust depeciez.
De lez li s'est li cuens dreciez,
Si la commande a Deu .c. foiz,
3420 Mais mout li vaudra po sa foiz
Que il fïancié li avoit.
Erec de ce rien ne savoit,
Qu'il deüssent sa mort plaidier.
Mais Dex l'en porra bien aidier,
3425 Et je cuit que si fera il.
Or est Erec en grant peril,
Et se ne cuide avoir regart.
Mout est li cuens de male part,
Que sa fame tolir li pense
3430 Et lui ocire sanz desfense.
Comme fel prent a lui congié :
« A Deu, fait il, vos commant gié. »
Erec respont : « Sire, et je vos. »
Ainsinc departent entr'ax dos.
3435 **D**e la nuit fu grant masse alee.   (lettrine rouge)
En une chambre a recelee
Furent dui lit a terre fait.
Erec en l'un couchier se vait ;   (119 c)
En l'autre est Enide couchie,
3440 Mout dolente et mout corrocie.
Onques la nuit ne prist somoil,
Por son seignor est en esvoil,
Car le conte ot bien coneü,
De tant con ele l'ot veü,

---

*   **3418.** De delez s'est. **3423.** d'amors p. [!]. **3443.** Qui.

**   **3420.** la f. *(+ H).* **3421.** Que fïanciee li a. *(+ H).* **3429.** Qui *(+ P).*
       3441. N'o. **3442.** fut *(+ H).* **3450.** De lui.

***   H. 3425-3430.

que de voir son époux mis en pièces ?
Le comte s'est alors levé,
la recommandant à Dieu cent fois,
mais il ne tirera pas grand bénéfice de la foi
qu'il lui avait jurée.
Erec était loin de se douter
qu'ils puissent comploter sa mort,
mais Dieu pourra bien lui venir en aide,
et je crois qu'il le fera.
Erec est donc en grand danger,
sans pourtant songer à se mettre sur ses gardes ;
et le comte est plein de malignité
pour vouloir lui enlever sa femme
et le tuer alors qu'il est sans défense.
Il prend congé d'Erec en homme félon :
« Je vous recommande à Dieu », dit-il.
Erec répond : « Et vous de même, seigneur ».
Voilà comment les deux hommes se séparent.
La nuit était déjà fort avancée.
Dans une chambre retirée,
on fit deux lits sur le sol.
Erec va se coucher dans l'un,
Enide dans l'autre,
tout affligée et tout agitée.
Elle ne ferma pas l'œil de la nuit,
pour son seigneur elle reste en éveil,
car elle avait suffisamment vu le comte,
pour avoir la certitude

3445 Que ploins estoit de felonie.
     Bien set que se il a baillie
     De son seignor, ne puet faillir
     Que ne le face malbaillir ;
     Seürs puet estre de la mort.
3450 De li ne set nul reconfort ;
     Toute la nuit veillier l'estuet,
     Mais ainz le jor, se ele puet
     Et ses sires la vuille croire,
     Avront aparoillié lor oirre.
3455 Erec dormi mout longuement,
     Tote la nuit, seürement,
     Tant que li jorz mout aprocha.
     Lors vit bien Enide et soucha
     Que ele pooit trop atendre.
3460 Vers son seignor ot le cuer tendre,
     Comme bone dame et loiaus :
     Ses cuers ne fu dobles ne faux.
     Ele se lieve et apareille,
     A son seignor vint, si l'esveille :
3465 « Ha ! sire, fait ele, merci !
     Levez isnelement d'ici,
     Que trahiz estes entresait
     Sanz achoison et sanz mesfait :
     Li cuens est trahitres provez.
3470 Se ci poez estre trovez,
     Ja n'eschaperoiz de la place
     Que tot desmembrer ne vos face.

---

*   **3446.** que s'il l'a en b. **3457.** T. que la mie nuiz a. [+ 1]. **3458.** pensa.

**   **3446.** s'il a la b. **3448.** Que il nel f. *(+ HP).* **3451.** Tote nuit v. li e. **3454.** A. si *[HP :* il] atorné lor o. *(+ HP). Après v. 3454, C insère :* Que por neant vanra li cuens, / Que ja n'iert soe, ne il suens. **3462.** dobliers *(+ P).* **3463.** Ele se vest et a. **3466.** de ci *(+ HP).* **3468.** s. forfait *(H :* Et si n'avés noiant forfait ; *P :* s. deshait).

qu'il était plein de félonie.
Elle sait bien que s'il parvient à mettre la main
sur son seigneur, il ne peut manquer
de lui faire un mauvais parti :
son mari ne saurait échapper à la mort.
Elle ne sait où trouver du réconfort ;
il lui faut veiller toute la nuit,
mais avant le jour, si elle le peut
et que son seigneur veuille bien la croire,
ils auront repris la route.
Erec dormit fort longtemps,
durant toute la nuit, en toute sérénité,
jusqu'aux approches du jour.
Alors Enide comprit
qu'elle prenait des risques à force d'attendre.
Pour son seigneur, elle avait la tendresse
d'une dame bienveillante et loyale,
et son cœur ignorait la duplicité comme la fausseté.
Elle se lève et se prépare,
s'approche de son seigneur, le réveille
et lui dit : « Ha ! seigneur, de grâce !
Levez-vous rapidement d'ici,
car vous êtes immanquablement trahi
sans avoir commis le moindre méfait :
le comte est de toute évidence un traître.
Si l'on peut vous trouver ici,
vous n'en échapperez pas
sans qu'il vous mette tout en pièces.

Avoir me vuet, por ce vos het.   (119 d)
Mais se Deu plait, qui toz biens set,
3475 Vos n'i seroiz ne morz ne pris.
Des er soir vos eüst ocis,
Se creanté ne li eüsse
Que s'amie et sa fame fusse.
Ja le verroiz ceanz venir :
3480 Prendre me vuet et retenir,
Et vos ocirre, s'il vos trueve. »
Or ot Erec que bien se prueve
Vers lui sa fame lealment :
« Dame, fait il, isnelement
3485 Faites noz chevax enseler,
Et correz nostre oste apeler,
Se li dites qu'il viegne ça.
Trahisons commence pieç'a. »
Ja sont li cheval enselé,
3490 Et la dame a l'oste apelé.
Erec est armez et vestuz,
A lui est ses ostes venuz :
« Sire, dist il, quel haste avez
Qui a tel hore vos levez,
3495 Ainz que jors ne solauz apaire ? »
Erec respont qu'il a a faire
Mout longue voie et grant jornee ;
Por ce a sa voie atornee
Que mout en est en grant espens,
3500 Puis dit : « Sire, de mon despens

---

*   **3480.** P. vos v. **3481.** ocira. **3485-3486.** voz / vostre. **3498.** Por qu'a si
      sa v. a. **3499.** en sui (*corr. CH ; P :* fu).

**   **3486.** Et feites n. o. lever. **3488.** commença. **3491.** E. s'est araumant
      v. (*H :* E. s'est a. et v. ; *P :* Onques n'i vaut atendre plus, *placé après*
      v. 3492). **3500.** Et dist (+ *H*).

***   H. **3473-3478** (+ *4 vers de* « raccord »), **3487-3490.**

Il me convoite, c'est pour cela qu'il vous hait.
Mais s'il plaît à Dieu, dans son immense bonté,
vous ne serez ni tué ni fait prisonnier.
C'est dès hier soir qu'il vous aurait tué,
si je ne lui avais promis
d'être son amie et sa femme.
Vous le verrez bientôt venir en ces lieux :
il veut me prendre, me garder pour lui
et vous tuer, s'il peut vous y trouver. »
Erec qui voit de quelle loyauté
sa femme fait preuve à son égard
lui répond : « Ma dame, hâtez-vous
de faire seller nos chevaux
et courez appeler notre hôte :
dites-lui de venir ici.
Le traître est déjà à l'œuvre ».
Voilà que les chevaux sont sellés :
la dame a appelé l'hôte,
Erec a revêtu ses armes,
son hôte est venu à sa rencontre
et lui a dit : « Seigneur, quelle folle hâte
de vous lever à cette heure,
avant même les premiers rayons du soleil ! »
Erec répond qu'il a devant lui
une très longue étape et une très lourde journée ;
et s'il a déjà préparé son départ
c'est que ce voyage le préoccupe beaucoup ;
il dit alors : « Seigneur, de mes frais d'hôtel

N'avons encore riens conté.
Honor m'avez fait et bonté,
Et mout i afiert grant merite.
Por sept destriers me clamez quite,
3505 Que je ai ceanz amenez.
Ne vos soit pou, ceus retenez :
De plus ne vos puis mon don croistre,
Nes de la monte d'un chevestre. »   (120 a)
De ce don fu li hostes liez,
3510 Si l'en encline jusqu'as piez,
Et graces et merciz l'en rent ;
Lors monte Erec et congié prent.

A tant se metent a la voie.   (lettrine bleue)
Mout va chastïant tote voie
3515 Enide, s'ele rien veoit
Qu'ele tant hardie ne soit
Qu'e[le] ja le mete a raison.
A tant entrent en la maison
.C. chevalier d'armes garni ;
3520 Mais de ce furent escharni
Qu'il n'i ont pas Erec trové.
Lors a bien li cuens esprové
Que la dame l'ot deceü.
Les pas des chevax ont seü,
3525 Si se sont tuit mis a la trace.
Li cuens mout forment le menace
Et dit que, s'il le puet ateindre,
Por rien nule ne puet remaindre

---

*   3501. or encor. 3519-3520. chevaliers ... garniz/... escharniz.

**   3501. N'avez ancores (*H :* N'avez vos ancor). 3505-3506. *absents* [3506.
H : c. recevez ; *P :* Por mon despens les ret.]. 3509. li borjois *(+ H)*. 3510.
anclina *(+ P)*. 3511. Granz m. et g. *(+ H)*. 3513. Si se remetent *(+ H)*.
3514. Et vet c. 3515. E., se nule voit [-1] (*H :* E. se ele rien voit). 3517.
Que ele l'an m. (*H :* Que de rien le m. ; *P :* Que ele le m.). 3520. De ce
f. tuit e. (*H :* De tant f. il e. ; *P :* Mais de tant f. e.). 3523. l'a d. 3524.
Lesclos *(+ H)* [l'esclo(s), « *traces de pas* », *selon W. Foerster, ou* les clos,
« *clous de la ferrure* », *selon M. Roques*] | veü. 3525. an la t. *(+ HP)*.
3526. Li c. Erec f. m. (*+ H ; P :* Li c. durement le m.).

nous n'avons pas encore fait le compte.
Vous m'avez reçu avec honneur et bonté,
ce qui mérite une très grande récompense.
Tenez-moi quitte pour sept destriers
que j'ai amenés ici.
Ce n'est pas rien, prenez-les :
je ne puis vous donner davantage,
pas même le montant d'un licou. »
L'hôte fut enchanté de ce cadeau ;
aussi fait-il à Erec une profonde révérence,
multipliant les remerciements ;
alors Erec monte et prend congé de lui.
C'est l'heure du départ.
Toutefois il met bien en garde
Enide : si elle voit quoi que ce soit,
qu'elle n'ait surtout pas l'audace
de lui adresser la parole.
Pendant ce temps pénètrent dans la maison
cent chevaliers armés ;
mais ils furent tout déconfits
de ne pas y trouver Erec.
Alors, seulement, le comte a compris
que la dame s'était jouée de lui.
En suivant les traces des chevaux,
ils se sont tous mis à leur poursuite.
Le comte multiplie les menaces à l'encontre d'Erec,
jurant que, s'il peut l'atteindre,
rien au monde ne saura l'empêcher

Que maintenant le chief n'en praigne :
3530 « Mar i avra nul qui s'en faigne,
Fait il, de tost esperoner !
Qui m'en porra le chief doner
Dou chevalier que je tant hé,
Mout m'avra bien servi a gré. »

3535 Lors s'eslessent tuit abrivey,   (lettrine rouge)
De mautalant sont aïrey
Vers celi qui onques nes vit,
Ne mal ne lor a fait ne dit.
Tant chacerent qu'il le choisirent,
3540 Au chief de la forest le virent,
Ainz qu'il par fust enforestez.
Lors n'en est uns sous arestez,
Par contençon s'eslessent tuit.   (120 b)
Enide ot la noise et le bruit
3545 De lor armes et des chevax,
Et voit que plains en est li vax.
Lors que ele les vit venir,
De parler ne se pot tenir :
« Ahi ! fait ele, sire, haÿ !
3550 Con vos a cist cuens enhaÿ,
Qui por vos ameinne tel ost !
Sire, car chevauchiez plus tost,
Tant qu'en cele forest soions ;
Espoir tost eschaperïons,
3555 Que cist sont encor mout arriere.
Se vos alez en tel meniere,

---

* **3530-3531.** *BP ont :* Mais [*P :* Mar] i avra un qui s'en f. / Or tost, fait il, d'e. *(corr. CH).* **3536.** De maintenant sont enuiey. **3549.** Ahi ! f. e., haÿ ! haÿ ! **3550.** envaÿ *(corr. PH ; C = B).*

** **3534.** an g. **3535.** L. le sivent. **3536.** De m. tuit aïré (*H :* De m. sont enivré ; *P :* De mal faire sont aïré). **3537.** De celui c'o. mes ne v. **3538-3539.** *absents* [**3539.** *HP :* T. chevauchent]. **3540.** Erec chevalche, cil le v. (*HP :* Au c. d'une f.). **3541.** A. qu'il se f. e. (*H :* Ançois qu'il f. e.). **3542.** Lors s'an est li uns desseverez [*leçon obscure*] (*P :* L. n'est nis uns d'aus a.). **3543.** le leissent tuit (*H :* Que tuit n'i cevalcent vers lui). **3545.** De lor a., de lor c. (+ *P*). **3546.** Et vit q. p. estoit li v. **3547.** Des que (+ *H ; P :* Tantost qu'ele). **3553.** fussiens. **3555.** Cil s. ancore (+ *H ; P :* Car cil). **3556.** Se nos alons (*P :* Se vos errés).

*** H. **3545-3546.**

de lui couper sur-le-champ la tête :
« Malheur, dit-il, à qui ne se montrera pas
déterminé à piquer des éperons !
Celui qui pourra me livrer la tête
du chevalier que je déteste
m'aura rendu un service qui me comblera d'aise. »
A ces mots, tous se précipitent au galop,
animés d'une rage malveillante
à l'égard de celui qui ne les a jamais vus
et qui ne leur a jamais rien fait ni rien dit de mal.
A force de le poursuivre, ils l'ont rejoint :
ils l'aperçurent à l'orée de la forêt,
au moment où il allait s'y enfoncer.
Alors, pas un seul d'entre eux ne s'est arrêté,
mais tous prennent leur élan en rivalisant d'impétuosité.
Enide entend le fracas et le bruit
de leurs armes et de leurs chevaux
et découvre que la vallée en est remplie.
En les voyant venir,
elle ne put se retenir de parler :
« Haï ! seigneur, haï !
Comme ce comte vous déteste,
pour avoir lancé une telle armée à votre poursuite !
Seigneur, chevauchez donc plus vite
jusqu'à ce que nous soyons à l'abri dans cette forêt.
J'espère que nous aurons vite fait de leur échapper,
car ils sont encore loin derrière nous.
Mais si vous maintenez cette allure,

Ne poez de mort eschaper,
Que n'estes mie per a per. »
Erec respont : « Pou me prisiez,
3560 Ma parole mout despisiez.
Je ne vos sai tant bel priier
Que je vos puisse chastiier.
Mais se Dex ait de moi merci
Tant qu'eschaper puisse de ci,
3565 Ceste vos iert mout chier vendue,
Se corages ne me remue. »
A tant se torne maintenant,
Et voit le seneschal venant
Sor un cheval fort et isnel.
3570 Devant toz li fait un cembel
Le trait de quatre arbalestees.
N'avoit pas ses armes prestees,
Que mout bien s'en iert acesmez.
Erec a ces de la esmez,
3575 Et voit que bien en i a .c. ;
Cestui qui si le va chaçant,
Pense qu'arester li estuet.
Li uns contre l'autre s'esmuet,   (120 c)
Et fierent parmi les escuz
3580 De lor blans fers tranchanz aguz.
Erec son roit espié d'acier
Li fait jusqu'enz ou piz glacier,
Que li escuz ne li haubers
Ne li valut un cendal pers.

---

*   3572. portees *(corr. H ; P :* oubliees ; *C :* N'ot pas les a. anpruntees).

**   3557. de ci e. **3558.** Car *(+ HP).* **3560.** Quant ma p. d. **3564.** Et e.
3567. Il se retorne *(H :* Il se destorne ; *P :* A t. retorne). **3568.** vit *(+ H).*
3570. D. aus a fet *(H :* Voiant als tos fet). **3573.** Car *(+ HP)* | se fu *(H :*
s'en est ; *P :* en fu). **3574.** E. les a bien aesmez *(P :* E. a ceus de l'ost e.).
3576. Celui *(+ H ; P :* Qui tot le vont a mort c.). **3579.** Si se f. par les
e. **3580.** Des deus f. t. esmoluz *(H :* Grans cols des f. t. molus ; *P :* Grans
cols pesans des f. a.). **3581.** son fort e. *(H :* son fer trancant). **3582.** fist
(+ HP) | dedanz le cors *(H :* parmi le cors ; *P :* dusques el cuer). **3583.**
Ne *(+ H).*

vous ne pouvez échapper à la mort,
car la partie n'est pas égale ».
Erec lui répond : « Vous m'estimez bien peu,
vous n'avez que mépris pour ma parole.
J'ai beau vous prier,
vous êtes incorrigible.
Mais si Dieu me donne la grâce
d'échapper d'ici,
vous payerez vraiment très cher votre parole,
ou alors j'aurai bien changé. »
A ces mots, il se retourne sans tarder
et voit arriver le sénéchal
sur un cheval puissant et rapide.
En avant de tous, il fait un galop de défi
à quatre portées d'arbalète d'Erec.
Il n'avait pas prêté ses armes,
mais s'en était fort bien équipé.
Erec a fait le compte de ses adversaires
et voit qu'ils sont une bonne centaine.
Celui qui s'est ainsi lancé à sa poursuite
est le premier, pense-t-il, qu'il se doit d'arrêter.
Ils s'élancent l'un contre l'autre
et échangent des coups en plein écu
de leurs lances aux fers brillants et bien effilés.
Erec lui plante sa dure pique d'acier
au fond de la poitrine :
l'écu et le haubert
ne le protégèrent pas plus qu'une étoffe de taffetas bleu.

3585   **A** tant ez vos poignant le conte.   (lettrine rouge)
        Si con l'estoire nos reconte,
        Chevaliers estoit prouz et buens ;
        Mais de ce fist que fox li cuens,
        Que n'ot que l'escu et la lance :
3590   En sa proesce ot tel fïance
        Qu'armer ne se vost autrement.
        De ce fist trop grant hardement
        Que devant trestotes ses genz
        S'eslessa plus de .xx. arpanz.
3595   Quant Erec le vit loing de rote,
        A lui guenchist ; cil nou redote ;
        Si s'entrevienent fierement.
        Li cuens le fiert premierement
        Par tel vertu devant le piz
3600   Que les estriers eüst guerpiz,
        Se bien effichiez ne se fust.
        De l'escu fait croissir le fust,
        De l'autre part en saut li fers ;
        Mais mout fu riches li haubers,
3605   Qui si de mort le garanti
        C'onques maille n'en desmanti.
        Li cuens fu forz, sa lance froisse.
        Erec le fiert par tel angoisse
        Sor l'escu, qui fu tainz en jaune,
3610   Que de sa lance plus d'une aune
        Parmi le vuit bu li embat ;
        Pasmé jus dou destrier l'abat.

---

*   **3587.** Qui estoit c. mout b.

**   **3586.** le r. (*H:* Que si que l'e. r. ; *P:* Ensi come jel truis el conte).
        3587. forz et b. *(+ H).* **3589.** Qu'il *(+ HP).* **3590.** sa vertu. **3592.** molt
        g. h. (*H:* molt fol h.). **3594.** .ix. a. *(+ H ; P:* .xv.). **3595.** Quant cil (*H:*
        Erec) | fors de la rote (*H:* fors de r.). *Après v. 3598, HE ajoutent deux*
        vers : Qui ml't venoit de grant ravine / Sor l'escu devant sa poitrine.
        3603. Que d'a. *(+ P).* **3606.** Que einz (*H:* Que unc ; *P:* Onques) |
        deronpi *(+ P ; H:* rompi ; *sur* desmanti, *bien meilleur pour la rime, voir*
        Cligès, *éd. Micha, 1894*). **3608.** de tel a. **3611.** P. le costé.

***   H. 3607-3608.

A ce moment, voici le comte qui s'avance au galop.
L'histoire nous dit
que c'était un chevalier vaillant et courageux,
mais il commit la folie
de n'avoir sur soi que l'écu et la lance :
il avait une telle confiance dans sa bravoure
qu'il ne voulut s'armer autrement.
Il fit donc preuve d'une grande témérité
en se précipitant au-delà de tous ses gens
sur plus de vingt arpents.
Quand Erec le vit hors de sa troupe,
il obliqua dans sa direction, mais l'autre ne le redoute point ;
ils se livrent alors un combat farouche.
Le comte est le premier à frapper son adversaire,
lui assénant un tel coup sur la poitrine
qu'Erec aurait vidé les étriers,
s'il n'y avait pas été bien fixé.
Le comte fait craquer le bois de l'écu
et le fer ressort de l'autre côté ;
mais le haubert était d'une telle qualité
qu'il préserva Erec de la mort :
pas une seule maille n'y fit défaut.
Le comte était robuste : sa lance ne peut que se briser.
Erec le frappe à son tour avec une telle fureur
sur son écu peint en jaune
qu'il lui enfonce sa lance
de plus d'une aune dans le bas-ventre ;
il le renverse de son destrier sans connaissance.

A tant guenchi, si s'en retorne,   (120 d)
En la place plus ne sejorne,
3615 Parmi la forest a droiture
S'en va poignant grant aleüre.
Ez vos Erec enforesté,
Et li autre sont aresté
Sor ceus qui en mi le champ jurent.
3620 Mout effichent forment et jurent
Que il le chaceront ençois
A esperon deus jors ou trois,
Qu'il ne le praignent et ocïent.
Li cuens entent ce que il dïent,
3625 Qui mout fu ou vuit bu bleciez.
Un petit s'est a mont dreciez
Et les iauz tant con il pot oevre :
Bien aperçoit que mauvaise oevre
Avoit encommencié a faire.
3630 Ses chevaliers fait arriers traire :
« Seignor, fait il, a toz vos di
Qu'il n'i ait un seul si hardi,
Fort ne feible, ne haut ne bas,
Qui ost aler avant un pas.
3635 Retornez tuit isnelement !
Esploitié ai vileinnement ;
De ma vilenie me poise.
Mout est prouz et sage et cortoise
La dame qui deceü m'a.
3640 Sa beaute[z] d'amors m'aluma :

** 3620. s'afichent (+ *H* ; *P* : aficent). 3624. Et li c. e. ce qu'il d. 3625. ert
el costé b. 3626. Contre m. s'est un po d. 3627. i. un petitet o. 3630. Les
c. (+ *HP*). 3640. La b. de li m'a.

Alors il se retourne et revient sur ses pas,
sans s'attarder plus longuement;
il se dirige droit dans la forêt,
à vive allure, éperonnant son cheval.
Voici Erec au cœur de la forêt,
alors que les autres se sont penchés
sur ceux qui gisaient à terre.
Ils affirment haut et fort et jurent
qu'ils se lanceront à la poursuite d'Erec,
à bride abattue, deux ou trois jours s'il le faut,
jusqu'à ce qu'ils le prennent et le mettent à mort.
Le comte entend leurs propros,
alors même qu'il est grièvement blessé au bas ventre.
Il s'est alors un peu redressé
et entr'ouvre les yeux autant qu'il le peut:
il a bien compris que c'était un méchant projet
qu'il avait commencé d'exécuter.
Il fait alors reculer ses chevaliers
et leur dit: « Seigneurs, je vous implore tous:
que personne parmi vous n'ait l'audace,
qu'il soit fort ou faible, grand ou petit,
de faire le moindre pas en avant.
Hâtez-vous tous de faire demi-tour !
J'ai agi avec malveillance
et ma malveillance me tourmente.
Elle est pleine de vaillance, de sagesse et de courtoisie
la dame qui s'est jouée de moi.
C'est sa beauté qui m'enflamma d'amour:

Por ce qu'avoir la desiroie,
Son seignor ocire voloie
Et li par force retenir.
Bien m'en devoit max avenir,
3645 Sor moi est revenuz li max,
Que fel fesoie et desleäu
Et trahitres et forsenez.
Onques ne fu de mere nez   (121 a)
Miaudres chevaliers de cestui;
3650 Ja par moi n'avra mais ennui
La ou jou puisse trestorner.
Toz vos comant a retorner. »
Cil s'en revont desconforté.
Le seneschal en ont porté,
3655 Mort en l'envers de son escu.
Li cuens a puis assez vescu,
Qu'il ne fu pas a mort navrez.
Ainsi s'est Erec delivrez.

Erec s'en va toz eslaissiez   (lettrine bleue)
3660 Une voie entre deus plaissiez,
Il et sa fame devant lui.
A esperon en vont andui;
Tant ont alé et chevauchié
Qu'il vindrent en un pré fauchié.
3665 Au desbochier d'un plaisseïz
Troverent un pont torneïz,
Par devant une haute tor
Qui close estoit de mur en tor

**   3641.** Por ce que ge la d. (+ *H; P:* Por çou a. le d.). **3645.** an est venuz
(+ *H*). **3646.** fos. **3651.** destorner *(+ HP).* **3652.** or vos. **3653.** Cil s'an
vont tuit [*H:* tot] d. *(+ H).* **3655.** Le conte ont mis an son e. (*H:* Tot
enverse sor son e.; *P:* Mort envers desor son e.). **3656.** Mes il a puis
a. v. **3657.** soëf n. **3661-3664.** *absents* [**3663.** *P:* erré et c.]. **3665.** *C =
B, mais HP ont:* du pl.; *mais nous considérons* plaissiez *et* plaisseïz
*comme deux lieux différents; le passage reste cependant confus dans tous
les man.*

***   H (+ CE). 3661-3664.**

parce que je la convoitais,
je voulais tuer son seigneur
et la retenir auprès de moi par la force.
Il était juste que m'advienne un malheur
et sur moi est retombé le mal
que j'ai commis en homme félon et déloyal,
en traître et fou furieux.
Jamais une mère n'a eu pour fils
de meilleur chevalier que celui-ci.
Désormais, j'éviterai de lui faire du mal,
partout où je le pourrai.
Je vous demande à tous de faire demi-tour. »
Ils s'en retournent, tout découragés,
et emportent le corps du sénéchal,
sur le revers de son écu.
Quant au comte, il a vécu encore longtemps,
car il n'était pas mortellement blessé.
Voilà comment Erec s'est tiré d'affaire.
    Erec suit à vive allure
un chemin entre deux haies qui délimitaient des enclos ;
il est précédé de sa femme.
Tous deux donnent de l'éperon ;
au bout de leur longue chevauchée,
ils arrivèrent dans un pré fauché.
Au sortir d'un bois clôturé,
ils rencontrèrent un pont tournant
qui se trouvait devant une haute tour
ceinte de murailles

Et de fossé lé et parfont.
3670 Isnelement passent le pont,
Mais mout orent alé petit,
Quant de la tor a mont les vit
Cil qui de la tor estoit sire.
De lui vos sai verité dire,
3675 Qu'il estoit de cors mout petiz,
Mais de grant cuer estoit hardiz.
Lues qu'il vit Erec trespassant,
De la tor contre val descent
Et fist sor un grant destrier sor
3680 Metre une sele a lïons d'or.
Puis comande qu'en li aport
Escu et lance roide et fort,
Espee forbie et tranchant,   (121 b)
Et son hiaume bruni luisant,
3685 Hauberc blanc et chauces tralices,
Car veü a devant ses lices
Un chevalier armé passer
A cui se vuet d'armes lasser,
Ou il a lui se lassera
3690 Tant que toz recreanz sera.
    Cil ont son commandement fait :   (lettrine rouge)
Ez vos ja le cheval fors trait ;
La sele mise et enfrené
L'a uns escuiers amené ;
3695 Uns autres les armes aporte.
Li chevaliers parmi la porte

---

*   **3689.** laissera *(cf. v. 889 et 2872).*

** **3672.** le v. **3674.** De celui savrai ge bien d. **3677.** Quant *(+ H).* **3678.** Jus
de la t. a val d. **3680.** la s. **3683.** brunie et t. **3684.** Et h. cler et reluisant
(H : Et son h. cler et l. ; *P :* Et ausi son elme l.). **3686.**Qu'il ot v. *(P :* Que
v. a).

et d'un fossé large et profond.
Ils passent rapidement le pont,
mais à peine s'y étaient-ils engagés
qu'ils furent aperçus du haut de la tour
par le seigneur du château.
De celui-ci, je puis vous dire avec certitude
que, s'il était tout petit de corps,
il avait un grand cœur plein de hardiesse.
Dès qu'il vit Erec passer le pont,
il descendit de la tour
et fit mettre sur un grand destrier alezan
une selle à lions d'or.
Puis il demande à ce qu'on lui apporte
son écu, sa lance rigide et robuste,
son épée bien fourbie et tranchante
avec son heaume bien bruni et luisant,
son haubert blanc et ses chausses à triples mailles ;
il a vu en effet passer devant ses lices
un chevalier en armes
à qui il veut se mesurer jusqu'à l'épuisement,
à moins que son adversaire lui-même ne soit recru de fatigue
et contraint de renoncer au combat.
Ses écuyers ont exécuté son commandement :
voici que le cheval est sorti de l'écurie ;
l'un d'eux l'a amené,
sellé et bridé ;
un second apporte les armes.
Le chevalier franchit la porte

S'en ist armez plus tost qu'il pot,
Touz seus, que compaignon n'i ot.
Erec s'en vait par un pendant.
3700 Ez vos le chevalier fendant
Parmi le tertre contre val,
Et sist sor un mout bon cheval
Qui si grant esfroi demenoit
Que desoz ses piez esgrumoit
3705 Les chaillox plus menuement
Que muele n'esquache froment,
Et si voloient de toz senz
Estanceles cleres ardenz,
Que des quatre piez ere avis
3710 Que tuit fussent de feu espris.
Enide ot la noise et l'effroi ;
A pou que de son palefroi
Ne cheï jus pasmee et vainne.
En tot le cors de li n'ot vainne
3715 Dont ne li remuast li sans ;
Plus li devint pales et blans
Li vis que se ele fust morte.
Mout se despoire et desconforte,   (121 c)
Quant son seignor dire ne l'ose,
3720 Qui la menace mout et chose
Et commande qu'ele se taise.
De deus parz est si a mal'aise
Qu'ele ne set le quel saisir,
Ou le parler ou le taisir.

---

*   3703. Que. 3710. empris. 3723. Que | le quel faire. 3724. ou le taire
(-1).

** 3697. S'an est issuz (+ *H*; *P*: Se mist armés). 3699. E. vet parmi
(*H*: E. s'en v. pognant devant). 3702. fier c. (*H*: fort c. ; *P*: Trestot armé
sor son c.). 3704. Que il d. | fraignoit (*H*: remuoit ; *P*: depeçoit ; *B a ici
la meilleure leçon*). 3705. delivrement. 3706. ne quasse (*H*: ne colpe ; *P*:
Q. li muelins ne fait f.). 3707. Et si li volent (*H*: Et en voloient ; *P*: Et
s'en v.). 3709. Car | est (*H*: De la clarté vos fust a.). 3716. Si li (*H*: Toz
li). 3717. con se (+ *H*). 3719. Car (*HP*: Que). 3720. Qu'il. 3722. molt
a m. (+ *H*; *P*: est ele a m.)

et sort tout en armes, le plus vite qu'il peut,
seul, sans escorte.
Alors qu'Erec s'avance le long d'une pente,
voici le chevalier qui déboule
du haut de la colline;
et il montait un cheval vigoureux,
en proie à une telle agitation
que sous ses sabots il émiettait
les cailloux plus menu
que froment broyé sous la meule;
et comme dans tous les sens volaient
des étincelles claires et luisantes,
on aurait cru que ses quatres pieds
étaient tout embrasés.
Lorsqu'Enide entendit ce vacarme retentissant,
peu s'en fallut qu'elle ne tombât
de son palefroi sans connaissance et inanimée.
Dans toutes les veines de son corps,
son sang s'est figé[1];
son visage devint plus pâle et plus blanc
que si elle était morte.
Elle est au comble du désespoir et du désarroi,
puisqu'elle n'ose avertir son seigneur
qui lui adresse bien des menaces, la blâme
et l'enjoint de se taire.
Cruelle alternative!
Elle ne sait quel parti prendre,
parler ou se taire.

---

1. L'ancien français s'exprime de manière inverse (« Il n'y a dans son corps
de veine dont le sang ne soit en agitation »).

3725 A li meïsmes se consoille;
Sovant dou dire s'aparoille,
Si que la langue s'en esmuet,
Mais la voiz pas issir n'en puet,
Car de paor estraint les danz,
3730 S'enclot la parole dedanz.
Ensi se justise et destraint :
La boche clot, les denz estraint,
Que la parole fors n'en saille.
En li a prise tel bataille,
3735 Et dit : « Seüre sui et certe
Que mout recevrai laide perte,
Se je ainsi mon seignor pert.
Dirai li donc tot en apert ?
Naie. Por qoi ? Je n'oseroie,
3740 Que mon seignor corroceroie ;
Et se mes sire se corroce,
Il me laira en ceste broce
Seule, chaitive et esgaree.
Lors serai plus male aüree.
3745 Mal aüree ? Moi que chaut ?
Duelx ne pesance ne me faut
Ja mes, tant con j[e] aie a vivre,
Se mes sire tot a delivre
En tel guise d'ici n'estort
3750 Qu'il [ne] reçoive honte et mort.
Mais se je tost ne li acoint,
Cil chevaliers qui a lui point

** 3725. s'an c. 3727. se remuet *(+ HP)*. 3731. Et si. 3733. n'en aille. 3734.
A li a p. grant b. *(+ H)*. 3736. Q. trop r. 3737. ici. 3739. Nenil *(+ H)*.
3743. S. et c. *(P :* Toute c.). 3749. de ci *(+ P)*. 3750. Qu'il ne [*H :* n'i]
soit mahaigniez a m. *(+ H ; P :* C'on ne l'ait mehaignié ne mort). 3752.
Cist *(P :* Li c.) | qui ci apoint *(+ H)*.

*** P. 3733-3734.

Elle prend conseil en elle-même ;
souvent elle est tout près de parler
et sa langue se met en mouvement,
mais la voix ne peut sortir,
car la peur lui fait serrer les dents
et tenir enclose la parole.
Voici comment elle se domine et se contraint :
elle ferme la bouche, elle serre les dents
de peur que la parole n'en échappe.
Telle est la bataille qui se livre en elle
« Je suis sûre et certaine, se dit-elle,
que je subirai une horrible perte
si je me vois ainsi privée de mon seigneur.
Dois-je donc l'avertir franchement ?
Non. Pourquoi ? Je n'oserais,
car je provoquerais la colère de mon seigneur ;
et si mon seigneur se met en colère,
il m'abandonnera dans ces broussailles
seule, misérable et désemparée.
Je serai alors encore plus malheureuse.
Malheureuse ? Que m'importe ?
Douleur et chagrin ne sauraient plus jamais me manquer
durant toute ma vie,
si mon époux ne réagit pas immédiatement,
afin de s'échapper d'ici
sans subir une mort infâme.
Surtout si je ne lui adresse pas rapidement la parole,
ce chevalier qui pique vers lui

L'avra mort ainz qu'il se regart,   (121 d)
Car mout semble de male part.
3755 Je cuit que trop ai atendu.
Si le m'a il mout desfendu,
Mais nel lerai pas por desfense.
Je voi bien que mes sire pense
Tant que soi meïsmes oblie ;
3760 Dont est bien droiz que je li die. »
Ele li dit ; cil la menace,
Mais n'a talant que mal li face,
Qu'il aperçoit et conoist bien
Qu'ele l'aimme sor tote rien,
3765 Et il li tant que plus ne puet.
Contre le chevalier s'esmuet
Qui de bataille le semont.
Assemblé sont au pié dou mont,
La s'entrevienent et desfïent
3770 Es fers des lances s'escremïent
Ambedeus de totes lor forces.
Ne lor valurent deus escorces
Li escu qui es cols lor pendent :
Li cuir rompent et les ais fendent
3775 Et des hauberz rompent les mailles.
Ambedui jusque as entrailles
Se sont des lances enferré
Et li destrier sont aterré,
Car mout ierent ambedui fort.
3780 Ne furent pas navré a mort,

---

*   3769. s'entrefierent *(leçon isolée).* 3773. escuz.

** 3753. que il se gart. 3754. Que (*H :* Dirai li donc que il s'en g.). 3755.
Lasse, t. ai or a. (*H :* Oil, t. ai jo a.). 3757. Mes ja [*H :* or ; *P :* jou] nel
l. p. d. *(+ HP).* 3759. lui m. *(+ H).* 3761. il la m. 3768. au chief del pont
(*P :* au pié du pont). *Après v. 3769, H ajoute deux vers :* Li uns l'altre de
rien n'afient / Par grant maltalant s'entrefierent. 3770. s'antre anvïent
(*H :* se requierent ; *P :* s'entrefierent, *qui rime avec* requierent). 3771.
Anbedui *(+ HP).* 3776. Si qu'a. *(+ P)*| jusqu'as (*+ P ; H :* desi es). 3777.
Sont anglaivé e. (*H :* Se s. des glaives e.). 3779-3780. *intervertis (+ A).*
3779. li blazon fort [*leçon confuse*] (*H :* li baron f.)

l'aura tué avant qu'il y ait pris garde,
tellement il me semble mal intentionné.
Je crois que je n'ai que trop attendu.
Il a eu beau me le défendre,
je ne me priverai pas pour autant de parler.
Je vois bien que mon seigneur est si absorbé
qu'il s'oublie lui-même[1];
il est donc bien légitime de lui parler. »
Elle lui parle, il la menace,
mais n'a aucune envie de lui faire du mal,
car il voit bien et comprend
qu'elle l'aime par-dessus tout
et que lui la chérit de tout son cœur.
Il se dirige vers le chevalier
qui le somme de combattre.
La rencontre a lieu au pied de la colline,
c'est là qu'ils en viennent aux mains et qu'ils se défient.
De leurs fers de lance ils se livrent
tous deux à une joute où ils jettent toutes leurs forces.
Les écus qui leur pendent au cou
ne leur valent pas plus que deux écorces:
les cuirs cèdent, les bois se fendent
et les mailles des hauberts se rompent.
Chacun a plongé le fer de sa lance
dans les entrailles de son adversaire
et les destriers eux-mêmes sont précipités à terre,
si grande était la puissance des deux combattants.
Ils ne furent pas frappés à mort,

---

1. Ce motif de l'oubli de soi-même sera repris et amplifié par Chrétien de Troyes dans le *Chevalier de la Charrette* et surtout dans le *Conte du Graal*.

Mais durement furent blecié.
Isnelement sont redrecié,
S'ont a aus lor lances retraites;
Ne furent maumises ne fraites,
3785 En mi le champ les ont getees.
Des fuerres traient les espees,
Si s'entrevienent par grant ire.
Li uns l'autre blece et empire,   (122 a)
Que de rien ne s'entresp[ar]nierent.
3790 Si granz copx sor les hiaumes fierent
Qu'estanceles ardanz en issent,
Quant les espees resortissent.
Les escuz fendent et esclicent,
Les haubers faussent et deslicent.
3795 En quatre lieus sont embatues
Les espees jusqu'as chars nues:
Forment afeblissent et lassent.
Se les espees lor durassent
Ambedeus longuement entieres,
3800 Ja ne s'en traïssent arrieres,
Ne la bataille ne fenist
Tant que l'un morir covenist.
Enide, qui les esgardoit,
A pou de duel ne forsenoit.
3805 Qui li veïst son grant duel faire,
Ses poins detordre, ses crins traire,
Et les lermes des iauz cheoir,
Loial dame poïst veoir;

---

*   3794. Et de desor les h. glicent. 3801. fausist *(corr. CH; P = B).*

**   3781-3784. *absents* (+ H). 3785. Les lances ont el c. g. 3787. Si
s'antrefierent. 3788. sache et detire. 3789. antrespargnoient. 3790. G. c.
(H: Tels c.)| donoient (H: se fierent). 3792. *absent.* 3793. Li escu (+ P).
3794. *absent* [3794. H: Lor haubers ; P: Li hauberc]. 3795. An mainz leus
lor s. e. (H: En .c. l. se s. e.). 3797. Que molt s'afebloient et l. (+ H sans
le s'). 3798. Et se les e. d. (+ H). 3799. Long. l'une et l'autre (H: Lor espees
ans .ii. e.). 3800. Ne se t. pas a. 3806. Ses p. tordre, ses chevox t.

*** H. 3781-3784.

mais sérieusement blessés.
Ils ont vite fait de se redresser
pour ressaisir leurs lances
qui n'étaient ni abîmées ni brisées
et les ont jetées au milieu du champ.
Ils tirent leur épée du fourreau
et se livrent alors un combat acharné.
Ils se blessent gravement l'un l'autre,
sans aucun ménagement.
Ils assènent sur leur heaume des coups si violents
que des étincelles de feu jaillissent
sous le choc des épées.
Ils fendent et mettent en pièces les écus,
ils déforment et disloquent les hauberts.
En quatre endroits les épées
ont pénétré à même la chair :
ils deviennent très faibles et sont épuisés.
Si leurs épées étaient restées
toutes deux bien entières,
aucun d'entre eux n'aurait lâché prise
et la bataille ne se serait terminée
que par la mort d'un des combattants.
Enide, les yeux fixés sur eux,
était presque folle de douleur.
Qui l'eût vue s'abandonner à la désolation,
tordre ses mains, arracher ses cheveux,
le visage baigné de larmes,
aurait pu découvrir une dame loyale ;

Et trop fust fel qui la veïst,
3810 S'au cuer pitie[z] ne l'en preïst.
Li un[s] a l'autre granz copx donne.
Des tierce jusqu'a pres de nonne
Dura la bataille tant fiere
Que nuns hons en nule meniere
3815 Certeinnement n'aperceüst
Qui le meillor avoir deüst.
Erec s'esforce et s'esvertue ;
S'espee li a embatue
En l'iaume jusqu'au chapeler,
3820 Si que tot le fait chanceler ;
Mais bien se tint qu'il ne cheï.
Et cil ra Erec envaï,
Si l'a si roidement feru
Sor la penne de son escu   (122 b)
3825 Qu'au retraire est li branz brisiez,
Qui mout estoit buens et prisiez.
Quant il vit brisie s'espee,
Par mautalant a jus getee
La part qui li remest ou poing,
3830 Tant con il onques pot plus loing.
Paour ot ; arriers l'estuet traire,
Que ne puet pas grant esfort faire
En bataille ne en essaut
Chevaliers cui s'espee faut.
3835 Erec l'enchauce, et cil li prie
Por Deu merci qu'il ne l'ocie :

---

* 3811. grant cop. 3822. renvaï.

** 3810. Se granz p. (*H :* Que g. p. ; *P :* Cui au c. p. n'en pr.). *Après v. 3810,
H ajoute deux vers :* Et li chevalier se combatent / Des hiaumes les pieres
abatent. 3816. Li quex le m. en eüst. 3817. et esvertue (+ HP). 3823. si
duremant (+ H). Après v. 3824, P rajoute deux vers :* Que le moitié de
s. e. / Li a tote par mi colpee / Car ml't avoit trencant espee / Au r.
3826. ert b. et bien p. 3831. l'estut (+ HP). 3836. Por D. qu'il ne l'o. mie.

et il aurait eu le cœur bien endurci
celui qui n'aurait éprouvé de pitié devant ce spectacle.
Les deux chevaliers échangent de rudes coups :
de tierce jusqu'à près de none[1],
la bataille se poursuivit avec une telle rage
que personne n'aurait pu en aucune manière
déterminer avec certitude
qui devait l'emporter.
Erec fait appel à toutes ses forces et à tout son courage :
il lui a planté son épée
dans le heaume et atteint le capuchon de maille[2],
ce qui fait vaciller son adversaire ;
mais ce dernier tint bon et évita la chute.
Et voici qu'à son tour il lance un assaut contre Erec,
lui assenant un coup si sec
sur le bord supérieur de son écu
qu'il a brisé la lame de son glaive,
arme d'excellente qualité et de grand prix.
Quand il vit son épée brisée,
de rage il a jeté
aussi loin que possible
le tronçon qui lui restait au poing.
Il prit peur, il est contraint de reculer,
car un chevalier ne saurait mettre en œuvre toute sa force
dans une bataille ou dans un assaut,
s'il est privé de son épée.
Erec le poursuit et l'autre le prie
pour l'amour de Dieu de ne pas le tuer :

---

1. Voir note au v. 2300.
2. Le capuchon de maille était placé sur la coiffe (cf. note au v. 940) et sous
le heaume.

« Merci, fait il, frans chevaliers !
Ne soiez vers moi fel ne fiers.
Des que m'espee m'est faillie,
3840 La force avez et la baillie
De moi ocire ou de vif prendre,
Que n'ai donc me puisse desfe[n]dre. »
Erec respont : « Quant tu me pries,
Outreement vuil que tu dies
3845 Se tu es outrez et conquis.
Plus ne seras par moi requis,
Se tu te mez en ma menaie. »
Et cil dou dire se delaie.
Quant Erec le vit delaier,
3850 Por li faire plus esmaier
Li ra une envaïe faite :
Sore li cort, l'espee traite.
Et cil dist, qui fu esmaiez :
« Sire, merci ! Conquis m'aiez,
3855 Des qu'autrement estre ne puet. »
Erec respont : « Plus i estuet,
Qu'a tant n'en iroiz vos pas quites.
Vostre estre et vostre non me dites,
Et je vos redirai le mien.   (122 c)
3860 — Sire, fait il, vos dites bien.
Je sui de ceste terre rois,
Mi home lige sont Irois,
N'i a nul ne soit mes rentiz.
Et j'ai non Guivrez li Petiz ;

---

* **3845.** outrey. **3846.** Puis *(Corr. HP ; C = B).*

** **3845.** Que. **3856.** Et cil r. **3860.** molt d.

« Pitié, fait-il, généreux chevalier !
Ne vous montrez envers moi ni déloyal ni cruel.
Puisque mon épée me fait défaut,
vous avez la capacité et le pouvoir
de me tuer ou de me prendre vivant ;
je n'ai plus en effet de quoi me défendre ».
Erec lui répond : « Puisque tu m'implores,
je veux que tu reconnaisses sans ambiguïté
que tu es battu et vaincu.
Je ne t'en demanderai pas plus,
si tu te mets en mon pouvoir. »
Et l'autre hésite à répondre.
Devant ces hésitations,
Erec, pour l'effrayer davantage,
se lance dans un nouvel assaut :
il fonce sur lui, l'épée levée,
et l'autre lui dit, épouvanté :
« Pitié, seigneur ! Vous m'avez réduit à votre merci,
puisqu'il ne peut en être autrement. »
Erec répond : « Cela ne suffit pas,
vous n'en serez pas quitte pour si peu.
Dites-moi qui vous êtes et quel est votre nom,
et je vous dirai le mien à mon tour.
— Seigneur, fait-il, vous avez raison.
Je suis le roi de ce pays,
les Irlandais sont mes hommes liges[1]
et tous me doivent tribut.
Je m'appelle Guivret le Petit,

---

1. Géographie fantaisie, puisqu'Erec n'a évidemment pas quitté la Grande Bretagne, où se situe son royaume.

3865 Assez sui riches et poissanz,
  Qu'en ceste terre, de toz sanz,
  N'a baron qui a moi marchisse,
  Qui de mon commandement isse
  Et mon plesir ne face tot.
3870 Je n'ai voisin qui ne me dot,
  Tant se face orgoillox ne cointes.
  Mais mout vuil estre vostre acointes
  Et vostre amis d'or en avant. »
  Erec respont : « Je me revant
3875 Que je sui assez gentis hon :
  Erec li filz roi Lac ai non.
  Rois est mes peres d'Estre Gales.
  Riches citez et beles sales
  Et fors chasteax a mout mes pere,
3880 Plus n'en a rois ne emperere,
  Fors le roi Artu soulement :
  Celi en ost je voirement,
  Car a lui nus ne s'aparoille. »
  Guyvrez de ce mout se mervoille,
3885 Et dist : « Sire, mervoilles oi,
  Onques de rien tel joie n'oi
  Con j'ai de vostre connoissance.
  Avoir poez en moi fïance,
  Car s'il vos plait a remanoir
3890 En ma terre et en mon manoir,
  Mout vos i ferai honorer.
  Ja tant n'i voudroiz demorer

---

*   **3876.** E. li f. Lac ai a non. **3889-3890.** *intervertis dans BPCV.* **3889.** Se vos i p. *(corr. E ; P = B ; H :* En moi. S'il vos p. r. ; *C :* Que ja tant n'i voldroiz manoir).

**   **3872.** Molt voldroie e. (*P :* Mais je v.). **3876.** E. f. le roi Lac *(+ H).* **3877.** *C = B. HP ont :* Outre Gales. **3884.** Quant G. l'ot, molt s'an m. (*H :* G. ml't de ce s'esm.). **3885.** Sire, grant mervoille oi (*H :* Sire, g. m. ai, *qui rime avec* n'ai ; *P :* Sire, fait il, merveilles voi). **3888.** A. p. tele f. (*HP :* bone f.). **3890.** mon avoir. **3891.** Que molt ne vos face enorer.

***   P. **3883-3884.**

je jouis d'une richesse et d'une puissance considérables.
En effet, dans cette région, en quelque direction que l'on aille,
il n'y a baron dont la terre confine à la mienne,
qui n'accepte mon autorité
et ne fasse ma volonté.
Je n'ai voisin qui ne me redoute,
si orgueilleux ou fier soit-il.
Mais je désire vivement être votre compagnon
et votre ami dorénavant. »
Erec répond : « Je me flatte à mon tour
d'être de noblesse considérable :
je me nomme Erec, le fils du roi Lac.
Mon père est roi d'Outre-Galles.
Riches cités, belles salles
et châteaux forts en grand nombre sont l'apanage de mon
roi ni empereur n'en possède davantage,   [père,
si ce n'est le seul roi Arthur.
J'excepte naturellement celui-ci,
car personne ne peut se comparer à lui. »
Guivret, tout rempli d'étonnement,
dit : « Seigneur, quelle surprise que voilà !
Jamais rien ne m'a autant réjoui
que de pouvoir faire votre connaissance.
Vous pouvez avoir toute confiance en moi,
car si vous souhaitez séjourner
dans mon pays et dans mon manoir,
je vous y comblerai d'honneurs.
Et aussi longtemps que vous voudrez bien y demeurer,

       Que desor moi ne soiez sire.
       Andui avons mestier de mire,   (122 d)
3895   Et j'ai ci pres un mien recet,
       N'i a pas huit liues ne set.
       La vos vuil avec moi mener,
       S'i ferons noz plaies sener. »
       Erec respont : « Bon gré vos sai
3900   De ce qu'oï dire vos ai.
       N'i irai pas, vostre merci,
       Mais itant seulement vos pri
       Que, se nuns besoinz m'avenoit
       Et la novele a vos venoit
3905   Que j'eüsse mestier d'ahie,
       Adonc ne m'oblïesiez mie.
       — Sire, fait il, je vos plevis
       Que ja tant con je soie vis,
       N'avroiz de mon secors mestier
3910   Que ne vos aille lues aidier
       A quanque je porrai mander.
       — Ja plus ne vos quier demander,
       Fait Erec, mout m'avez promis.
       Mes sire estes et mes amis,
3915   Se l'uevre est tex con la parole. »
       Li uns l'autre baise et acole ;
       Onques de si fiere bataille
       Ne fu si douce dessevraille,
       Que par amor et par franchise
3920   Chascuns [des pans] de sa chemise,

---

*   **3903.** besoing me croissoit (*corr. CH; P:* besoins me cr.).

** **3896.** sis liues ne set (*P:* N'i a pas, je cuit, l. .vii.). **3910.** Que tantost ne
     vos vaigne a. (*H:* Que jo ne vos i aille a.). **3917.** si dure (*+ H*).

je vous considérerai comme mon seigneur.
Mais nous avons tous deux besoin d'un médecin
et j'ai justement un abri près d'ici,
à moins de sept ou huit lieues.
C'est là que je veux vous mener avec moi
et que nous ferons soigner nos plaies. »
Erec répond : « Je vous sais gré
de ce que je vous ai entendu dire,
mais je n'irai pas. Merci.
Je me contenterai de vous adresser cette requête :
au cas où je serais en difficulté,
et si parvenait jusqu'à vous la nouvelle
que j'eusse besoin d'aide,
alors ne m'oubliez pas.
— Seigneur, fait-il, je vous le promets :
aussi longtemps que je vivrai,
si vous avez besoin de mon aide,
j'irai aussitôt vous porter secours
avec tous les hommes que je pourrai rassembler.
— Je ne vous en demande pas plus,
fait Erec, vous m'avez beaucoup promis.
Vous êtes mon seigneur et mon ami,
si les actes répondent à la parole. »
Ils se prennent par le cou et échangent des baisers ;
jamais aussi rude bataille
ne s'est achevée sur d'aussi tendres adieux,
car, par amour et par générosité,
chacun coupa dans les pans de sa chemise

Trencha bandes longues et lees,
S'ont lor plaies entrebendees.
Quant li un[s] ot l'autre bendé,
A Deu sont entrecommandé.

3925   **D**eparti sont en tel meniere.   (lettrine bleue)
Seus s'en reva Guivrez arriere;
Erec a son chemin retrait,
Qui grant mestier eüst d'entrait
Por ses plaies mediciner.   (123 a)

3930 Ainz ne fina de cheminer
Tant que il vint en une plainne,
Lez une haute forest plainne
De cers, de biches et de dains
Et de chevriaux et de ferains

3935 Et de toute autre sauvagine.
Li rois Artus et la roÿne
Et de ses barons li meillor
I estoient venu le jor.
En la forest voloit li rois

3940 Demorer quatre jors ou trois
Por lui desduire et deporter :
Si ot fait o lui aporter
Tentes et pavoillons et trez.
Ou tré le roi estoit e[n]trez

3945 Mes sire Gauvains toz lassez,
Car chevauchié avoit assez.
    Defors la tente estoit uns charmes,   (lettrine rouge)
La ot un escu de ses armes

---

*   **3932.** Lez une f. qui iert p. (*corr. CH; P:* Dalés une f. autaigne / Plaine de b.).

** **3923.** Q. il se sont antrebandé. **3924.** s'antre sont comandé (*H:* se resont c.). **3931.** qu'il vindrent. **3942.** Si ot comandé a. (+ *H; P:* Et si fist). **3946.** Qui (+ *H*). **3947.** Devant son tref.

des bandes longues et larges
et ainsi ils se sont mutuellement bandé leurs plaies.
Après s'être l'un l'autre soignés,
ils se sont recommandés à Dieu.
Voilà comment ils se sont quittés.
Guivret revient seul sur ses pas.

    Erec a repris son chemin,
alors qu'il aurait eu grand besoin d'onguent
pour guérir ses plaies.
Mais il ne cessa de faire du chemin
si bien qu'il arriva dans une plaine,
à proximité d'une haute forêt qui regorgeait
de cerfs, de biches et de daims,
de chevreuils et de toutes sortes
d'autres animaux sauvages.
Le roi Arthur et le reine,
ainsi que l'élite de ses barons,
y étaient venus dans la journée.
Le roi voulait demeurer
dans la forêt trois ou quatre jours
par agrément et par divertissement.
Aussi avait-il fait apporter
tentes, toiles et pavillons.
Monseigneur Gauvain était entré
dans le pavillon du roi, accablé de fatigue
à la suite d'une longue chevauchée.
Devant la tente se trouvait un charme
et là il avait déposé une partie de ses armes :

Laissié, et sa lance de fresne.
3950 A une branche par la resne
Ot le gringalez areinney,
La sele mise et enfreinney.
Tant estut iqui li chevax
Que Kex i vint li seneschax.
3955 Cele part vint grant aleüre ;
Ausi con por envoiseüre
Prist le cheval et monta sus,
C'onques ne li contredist nuns.
La lance et l'escu prist aprés
3960 Qui soz l'arbre erent enqui pres.
Galopant sor le gringalet
S'en aloit Kex tot un valet,
Tant que par aventure avint
Que Erec encontre lui vint.   (123 b)
3965 Il conut bien le seneschal
Et les armes et le cheval,
Mais Kex pas lui ne reconut,
Car a ses armes ne parut
Nule veraie conoissance,
3970 [Que] tant cop[s] d'espee et de lance
Avoit sor son escu eüz
Que li toinz en estoit cheüz.
Et la dame par grant voidie,
Por ce qu'ele ne voloit mie
3975 Qu'il la coneüst ne veïst,
Ausi con s'ele le feïst

---

* **3968.** Car en ses a. n'aperçut.

** **3949.** Pandu (*P :* [Ot mis son escu de ses a.] / Et laissié la l. de f.).
3951. Et le g. [*leçon difficile*] (*H :* S'ot le g.). **3953.** iluec (*+ HP*).
3958. Onques (*H :* Que il ne le c. n.). **3960.** estoit. **3964.** Qu'E. a l'e.
(*+ HP*). **3965.** Erec c. le s. (*+ P ; H :* Erec c. bien le ceval, *qui rime avec*
vassal). **3970.** T. c. d'espees et de l. (*H :* Tans c. d'espee et tans de l.).
3972. Que toz li t. an ert c. (*+ H*).

un écu et sa lance de frêne.
Il avait attaché à une branche
par les rênes le Gringalet[1],
sellé et bridé.
Le cheval se tenait là tranquille
lorsque survint le sénéchal Keu.
Il arriva à vive allure
et, par goût de la plaisanterie,
prit le cheval et l'enfourcha,
puisque personne n'était là pour s'y opposer.
Il prit ensuite la lance et l'écu
qui se trouvaient à proximité, sous l'arbre.
Galopant sur le Gringalet,
Keu suivait un vallon
et voici que, par un pur hasard,
Erec vint dans sa direction.
Il reconnut bien le sénéchal,
ainsi que les armes et le cheval,
mais Keu en revanche ne reconnut pas Erec,
car ses armes avaient perdu
leurs signes distinctifs :
en effet, tant de coups d'épée et de lance
avaient martelé son écu
que la peinture s'était écaillée.
Quant à la dame, elle fit preuve de grande astuce,
car, pour éviter
qu'on ne la vît et ne la reconnût,
elle feignit de vouloir se protéger

---

1. Nom du cheval de Gauvain. Le mot vient du gallois *Kein-Kaled :* « beau et vigoureux [cheval] » et n'a donc sans doute aucun rapport avec le français moderne *gringalet* (à partir de 1611), dont l'étymologie serait plutôt germanique (du suisse *grängelli*, « homme chétif »).

Por le halle et por la poudriere,
Mist sa guimple devant sa chiere.
Kex vint avant plus que le pas
3980 Et prist Erec eneslepas
Par la reisne sanz salüer.
Ainz qu'il le lessast remüer,
Li demanda par grant orguil :
« Chevaliers, fait il, savoir vuil
3985 Qui vos estes et donc venez.
— Fox estes quant vos me tenez,
Fait Erec. Nel savroiz anuit. »
Et cil respont : « Ne vos ennuit,
Car por vostre bien le demant :
3990 Je sai et voi certeinnemant
Que plaiez estes et navrez.
Enquenuit bon ostel avrez,
Se avec moi volez venir.
Je vos ferai mout chier tenir
3995 Et honorer et aaisier,
Car de repos avez mestier.
Li rois Artus et la roÿne
Sont ci pres en une gaudine,
De trez et de tentes logié.   (123 c)
4000 Par bone foi le vos lo gié,
Que vos en veingniez avec moi
Veoir la roÿne et le roi,
Qui de vos grant joie feront
Et grant honor vos porteront. »

---

* 3977. Por lou haller, por la p. (*corr. A ; H :* Por la h. ; *CP :* Por le chaut).

** 3977. ou por. 3981. les resnes (*H :* son r.). 3983. par son o. 3985. d'ou
v. 3991. Que bleciez (*H :* [Jo voi bleciés estes forment] / Et ens el cors
griement n.). 3992-3993. E. mon o. prenez / Se vos v. o moi v.
4000. En b. *(+ H)*. 4001. Que vos v. avoeques m.

de l'action du soleil et de la poussière
en rabattant sa guimpe sur son visage.
Keu s'avança à vive allure
et intercepta Erec,
saisissant les rênes de son cheval, sans même le saluer.
Puis, le privant de toute liberté de mouvement,
il l'interpella avec insolence :
« Chevalier, je veux savoir
qui vous êtes et d'où vous venez.
— Vous êtes fou pour me retenir ainsi,
répond Erec. Vous ne le saurez pas aujourd'hui. »
Et l'autre de répliquer : « Ne vous fâchez pas,
car je vous le demande pour votre bien :
il est évident, je le vois bien,
que vous souffrez de plaies et de blessures.
Pour cette nuit, vous serez bien logé,
si vous voulez bien m'accompagner.
Grâce à moi, vous trouverez tendre affection,
grande prévenance et bien-être,
car vous avez besoin de repos.
Le roi Arthur et la reine
sont près d'ici dans un bois
où ils logent sous des pavillons et des tentes.
En toute bonne foi, je vous invite
à venir avec moi
auprès du roi et de la reine
qui vous accueilleront avec grande joie
et vous accorderont de grands honneurs. »

4005 Erec respont : « Vos dites bien,
     Mais n'iroie por nule rien.
     Ne savez mie mon besoing,
     Encor m'estuet aler mout loing.
     Laissiez m'aler, que trop demor ;
4010 Encor i a assez dou jor. »
     Kex respont : « Grant folie dites,
     Quant dou venir vos escondites.
     Espoir vos en repentiroiz.
     Et bien vos poist, se i iroiz
4015 Andui, et vos et vostre fame,
     Si con li prestres va au sane,
     Ou volentiers ou a enviz.
     Enquenuit seroiz mal serviz,
     — Se mes consauz en est creüz —,
4020 Se bien n'i estes conneüz ;
     Venez en tost, que je vos preing. »
     De ce ot Erec grant desdoing :
     « Vassax, fait il, folie faites,
     Quant par force aprés vos me traites.
4025 Sanz desfïance m'avez pris ;
     Je di que vos avez mespris,
     Que touz seürs estre cuidoie,
     Vers vos de rien ne me gardoie. »
     Lors met a l'espee la main
4030 Et dist : « Vassax, lessiez mon frain !
     Traiez vos la ! Je vos tieng mout
     Por orgoillox et por estout.

---

*   **4006.** N'i iroie *(corr. HP ; C = B).* **4019.** conseil.

**   **4008.** plus loing *(H :* E. me covient a. l.). **4009.** car trop *(+ H).* **4012.**
     Qui. **4014.** Car je cuit que vos i vanroiz *(H :* si irois [-1] ; *P :* si i venrés).
     4019-4020. *absents.* **4021.** car je. **4024.** Qui *(+ H).* **4027.** Car *(+ P).*

*** P. **4009-4010.**

Erec répond : « C'est fort bien dit,
mais je n'irais pour rien au monde.
Vous ignorez la nécessité où je me trouve,
il me faut aller encore très loin.
Laissez-moi partir, je n'ai déjà que trop tardé.
La journée est loin d'être achevée. »
Et Keu de lui répliquer : « Vous êtes vraiment fou
pour refuser de venir.
Il pourra vous en cuire.
Il vous en coûte ? Eh bien ! vous y viendrez tout de même,
et tous les deux, vous et votre femme,
tout comme le prêtre se rend au synode
de bon gré ou à contrecœur.
Que la cour me soutienne,
et c'est une bien mauvaise nuit qui vous attend,
si vous refusez de vous y faire connaître.
Hâtez-vous donc de venir ou je vous prends de force. »
Erec répond avec le plus grand dédain :
« Vassal, vous avez perdu la tête
pour me forcer à vous suivre ;
vous m'avez pris sans même me défier.
Je vous le dis, vous avez commis une grave faute,
car je croyais être en sécurité
et je ne me méfiais nullement de vous. »
Il porte alors sa main à l'épée
et dit : « Vassal, lâchez la bride !
Déguerpissez ! Je vous tiens
pour un homme plein d'orgueil et d'arrogance.

Je vos ferrai, bien le sachiez,
Se aprés vos plus me sachiez.   (123 d)
4035 Lessiez moi tost ! » Et il le lesse.
Ou champ plus d'un erpant s'eslesse,
Puis retorna, si le desfie
Con hons ploins de grant felonie.
Li uns contre l'autre guenchist,
4040 Mais Erec de tant se franchist,
Por ce que cil desarmez iere :
De sa lance torna derriere
Le fer, et l'arestuel avant.
Tel cop li done nonporquant
4045 Sor son escu haut ou plus emple
Que hurter le fist a la tample
Et que le braz au piz li serre.
Tot estendu le porte a terre ;
Puis vint au destrier, si le prent.
4050 Enide par le frain le rent.
Mener l'en vost, et cil li prie,
Qui mout sot de losengerie,
Que par franchise li rendist.
Mout [bel] le losenge et blandist :
4055 « Vassax, fait il, se Dex me gart,
En cel cheval je n'i ai part,
Ainz est au chevalier ou monde
En cui greignor proesce habonde,
Mon seignor Gauvain le hardi.
4060 Tant de la soe part vos di,

---

* **4047.** au flanc *(leçon isolée).* **4050.** le tent.

** **4033-4034.** *intervertis.* **4035.** L. m'aler. **4037.** retorne *(+ P).* **4043.** devant *(+ HP).* **4045.** An son e. tot el plus e. **4046.** li f. *(+ HP).* **4056.** An ce destrier. **4058.** graindre *(+ HP).*

Je vous frapperai, soyez certain,
si vous persistez à me traîner.
Lâchez-moi, et rapidement ! » Keu s'empresse de le lâcher.
Le sénéchal prend du champ sur une longueur de plus d'un
fait demi-tour, puis le défie   [arpent,
en homme parfaitement déloyal.
Ils se tournèrent l'un contre l'autre,
mais Erec se comporta généreusement :
dans la mesure où l'autre n'avait pas d'armure,
il retourna sa lance, dirigeant le fer
vers l'arrière et le talon vers l'avant.
Il lui assène néanmoins un tel coup
sur le haut de l'écu, là où il est le plus large,
que celui-ci lui a heurté la tempe
et lui serre le bras contre la poitrine.
Il l'étend à terre de tout son long ;
puis il s'est approché du destrier, le saisit,
avant de le rendre à Enide par la bride.
Il voulut l'emmener, mais l'autre le supplia
— c'était un fieffé flatteur —
de se montrer généreux et de lui rendre le cheval.
Il le flatte et l'amadoue habilement :
« Vassal, fait-il, Dieu m'est témoin,
ce cheval ne m'appartient pas,
mais il est au plus vaillant chevalier
qui soit au monde,
monseigneur Gauvain le hardi.
Je ne vous demande qu'une chose de sa part :

Que son destrier li envoiez
Por ce que honor i aiez.
Mout feroiz que frans et que sages,
Et je serai vostre messages. »
4065 Erec respont : « Vassax, prenez
Le cheval, et si l'en menez !
Des qu'il est mon seignor Gauvain,
N'est mie droiz que je l'en main. »
Kex prent le destrier, si remonte ;   (124 a)
4070 Au tref le roi vint, si li conte
Le voir, que rien ne l'en cela.
Et li rois Gauvain apela :
« Beax niés Gauvains, ce dit li rois,
S'onques fustes frans ne cortois,
4075 Alez aprés isnelement.
Demandez amïablement
De son estre [et] de son afaire ;
Et se vos le poez atraire
Tant qu'avec vos l'en ameingniez,
4080 Gardez ja ne vos en feingniez. »
Gauvains monte en son gringalet,
Aprés le sivent dui vallet.
Ja ont Erec aconseü,
Mais ne l'ont mie conneü.
4085 Gauvains le salue, et il lui,
Salué se sont ambedui.
Puis li dist mes sire Gauvains,
Qui de grant franchise fu plains :

---

*   **4063-4064.** sage, / Et je ferai vostre message.

**   **4066.** Le c., si l'en remenez. **4069.** le cheval *(+ HP)*. **4070.** vient *(+ P)*.
4079. T. que a. vos l'a. *(+ P ; H : T. que vos ça l'en a.)*. **4088.** estoit.

renvoyez-lui son destrier
et ce sera tout à votre honneur.
Vous agirez ainsi en homme loyal et sage
et je serai votre messager. »
Erec répond : « Vassal, prenez
le cheval et emmenez-le !
Puisqu'il appartient à monseigneur Gauvain,
je n'ai pas le droit de l'emmener. »
Keu prend le destrier, l'enfourche de nouveau ;
arrivé au pavillon du roi, il lui fait part
de toute son aventure, sans rien lui cacher de la vérité.
Le roi appela alors Gauvain
et lui dit : « Gauvain, mon cher neveu,
si vous voulez faire preuve plus que jamais de générosité
et de courtoisie, hâtez-vous de rattraper ce chevalier.
Demandez-lui aimablement
qui il est et ce qu'il fait ;
si de plus vous pouvez le retenir
et l'amener avec vous jusqu'ici,
n'hésitez vraiment pas à le faire ».
Gauvain monte sur son Gringalet,
suivi de deux jeunes gens.
Ils ont bientôt rejoint Erec,
mais ne l'ont pas reconnu.
Gauvain le salue et Erec lui rend la pareille.
Après cet échange de salutations,
monseigneur Gauvain lui dit,
en homme de grande générosité :

« Sire, fait il, en ceste voie
4090 Li rois Artus a vos m'envoie.
Le roÿne et li rois vos mande[nt]
Saluz, et prïe[nt] et comande[nt]
Qu'avec aus vos veingniez deduire :
Aidier vos puet, et neant nuire,
4095 Et si ne sont pas loing d'ici. »
Erec respont : « Mout en merci
Le roi et la roïne ensamble,
Et vos qui estes, ce me semble,
Debonaire et bien afaitiez.
4100 Je ne sui mie bien haitiez,
Ainz sui navrez dedenz le cors,
Et neporquant ja n'istrai fors
De mon chemin por ostel prendre.
Ne vos i covient plus atendre ;   (124 b)
4105 Vostre merci, ralez vos en. »
Gauvains estoit de mout grant sen ;
Arriers se trait et si conseille
A un des vallez en l'oreille
Que tost aille dire le roi
4110 Que il praigne prochain conroi
De ses tres destendre et abatre,
Et viegne trois liues ou quatre
Devant aus, en mi le chemin,
Tendre les aucubes de lin.
4115 « Enqui l'estuet la nuit logier,
S'il vuet conoistre et herbergier

---

*   **4096.** Vostre merci (*corr. CH ; P :* La grant merci). **4102.** Et n. je. **4107.**
et se c. **4116.** Qu'il.

**   **4089-4090.** en ceste voie *et* a vos m'envoie *inversés à la rime* (+ *P*). **4093.**
venez (+ *HP*). **4094.** A. vos vuelent, non pas nuire. **4095.** Et il. **4107.**
Arrieres (+ *H*) | et c. (*H :* si c.). **4115.** Iluec (+ *HP*) | enuit (*P :* ancui).

« Seigneur, dit-il, c'est le roi Arthur
qui m'envoie ici auprès de vous.
La reine et le roi vous adressent
leurs salutations et vous prient instamment
de venir vous divertir en leur compagnie ;
cela ne peut que vous aider et ne saurait vous nuire
et, de plus, ils ne sont pas loin d'ici. »
Erec lui répond : « Je remercie beaucoup
le roi tout comme la reine,
ainsi que vous-même qui me semblez
un homme fin et de noble origine.
Mais je ne me sens pas bien :
j'ai le corps couvert de blessures,
et pourtant je ne m'écarterai jamais
de mon chemin pour prendre un logis.
Inutile donc d'attendre ici plus longtemps :
retournez, je vous en prie. »
Gauvain était un homme particulièrement habile ;
il s'écarte un peu pour parler
à l'oreille d'un des jeunes gens et lui demander
d'aller rapidement avertir le roi :
que ce dernier se dispose immédiatement
à démonter et à abattre ses tentes,
et qu'il vienne trois ou quatre lieues
devant eux, au milieu du chemin,
remonter ses pavillons de lin.
« C'est là qu'il lui faut loger cette nuit,
s'il souhaite connaître et héberger

Le meillor chevalier por voir
Que je cuidasse onques veoir,
Qu'il ne vuet por un ne por el
4120 Changier sa voie por ostel. »
Cil s'en va ; son message a dit ;
Destendre fait sanz nul respit
Li rois ses trez ; destendu sont ;
Les somiers chargent, si s'en vont.
4125 Sor l'abacu monte li rois,
Sor un blanc palefroi norrois
S'en monta la roÿne après.
Mes sire Gauvains tot adés
Ne fine d'Erec delaier
4130 Et cil li dist : « Je alai ier
Mout plus que je ne ferai hui.
Sire, vos me faites ennui ;
Laissiez m'aler : de ma jornee
M'avez grant masse destorbee. »
4135 Et mes sire Gauvains a dit :
« Encor vuil aler un petit
Ensemble o vos, ne vos ennuit,
Que grant piece a jusqu'a la nuit. »
Tant ont a parler entendu   (124 c)
4140 Que tuit li tré furent tendu
Devant aus, et Erec les voit.
Herbergiez est, bien l'aperçoit :
« Ahi ! Gauvains, fait il, ahi !
Vostre granz sens m'a esbahi ;

---

* 4123. destenduz. 4126. grant p. *(leçon isolée).* 4141. D. lui.

** 4118. C'o. veïst, au mien espoir (*H :* Que il cuidast o. v.). 4120. Guerpir.
4125. aubagu (+ *E ; H :* ambagu ; *P :* Tot maintenant ; *pour B, nous lisons*
abacu *plutôt qu'*abatu *comme W. Foerster*) | monta (+ *HP*). 4127.
Remonta (*P :* Pus m.). 4129. finoit. 4130. Plus alai i. *(+ H).* 4131. Asez
que (*H :* Assés plus que ja n'ai fait h. ; *P :* Plus assés que je ne fas h.).
4135. li dit (+ *H ; P :* Mes s. G. li a dit). 4137. Avoeques vos (*H :* [Que
encore velt un petit] / Aluir [*sic*] od lui, ne li e.). 4138. Car *(+ HP).*

le meilleur chevalier, en vérité,
que j'aie jamais vu.
Il ne veut en effet sous aucun prétexte
interrompre sa route pour se loger. »
Le jeune homme s'en va ; il a transmis son message ;
sans retard, le roi fait démonter
ses pavillons ; une fois repliés,
on les charge sur les chevaux de somme et l'on quitte les
Le roi monte sur l'Aubagu[1],   [lieux.
puis la reine
sur un blanc palefroi de Norvège.
Pendant ce temps, monseigneur Gauvain
ne cesse de retarder Erec,
qui lui dit : « J'ai fait hier
bien plus de chemin que je ne ferai aujourd'hui.
Seigneur, vous me causez de l'embarras ;
laissez-moi partir : vous m'avez fait perdre
une grande partie de ma journée. »
Et monseigneur Gauvain lui a répondu :
« Je veux encore faire un bout de chemin
en votre compagnie, si vous le permettez,
car la nuit n'est pas pour bientôt. »
Ils ont tant prolongé la conversation
que tous les pavillons furent montés
devant eux et Erec les aperçut.
Cette fois-ci, il est hébergé, il le voit bien.
« Ah ! Gauvain, dit-il, ah !
Votre grande habileté m'a trompé ;

---

1. Nom variable selon les manuscrits du cheval d'Arthur. *Erec* est le seul
roman arthurien à le mentionner. L'origine reste obscure (allusion à la
robe blanche — *alba* — du cheval ?).

4145 Par grant sens m'avez retenu.
     Des [qu']or est ensi avenu,
     Mon non vos dirai orendroit,
     Li celers riens ne me vaudroit :
     Je sui Erec, qui fu jadis
4150 Vostre acointes et vostre amis. »
     Gauvains l'ot, acoler le va ;
     L[e] iaume a mont li sozleva,
     Et la ventaille li deslace ;
     De joie l'acole et embrace,
4155 Et Erec lui de l'autre part.
     A tant Gauvains de lui se part,
     Et dist : « Sire, ceste novele
     Sera ja mon seignor mout bele.
     Lie en ert ma dame et mes sire
4160 Et je lor irai avant dire ;
     Mais ainçois m'estuet embracier
     Et conjoïr et solacier
     Ma dame Enide, vostre fame.
     De li veoir a mout ma dame
4165 La roÿne grant desirrier,
     Encor parler l'en oï ier. »
     A tant vers Enide se trait,
     Si li demande qu'ele fait,
     S'ele est bien sainne et bien haitie.
4170 Ele respont comme afaitie :
     « Sire, mal ne dolor n'eüsse,
     Se en grant dotance ne fusse

** **4148.** m'i v. *(+ H)*. **4149.** fui *(+ H)*. **4150.** V. conpainz *(+ H)*. **4152.** Son hiaume *(+ H)*. **4167.** Gauvains tantost lez li se t. *(P :* G. vers E. se t.). **4169.** Se ele *(H :* Et s'ele) | et h. *(+ H)*.

vous m'avez fort astucieusement retenu.
Puisque les choses ont pris cette tournure,
je vous dirai immédiatement mon nom,
il serait inutile de le cacher :
je suis Erec qui fus autrefois
votre compagnon et votre ami. »
En entendant ce nom, Gauvain va l'embrasser ;
il soulève le heaume d'Erec
et lui délace le ventail ;
de joie il lui jette les bras autour du cou et l'embrasse
et Erec fait de même.
Alors Gauvain le laisse,
lui disant : « Sire, cette nouvelle
sera très agréable à mon seigneur, le roi.
Ma dame et lui seront très heureux
et j'irai les prévenir ;
mais auparavant il me faut embrasser
et saluer dans la joie et la bonne humeur
ma dame Enide, votre femme.
Ma dame la reine désire la voir
très vivement,
je l'entendis hier encore nous parler d'elle. »
A ces mots, il s'approche d'Enide
et lui demande ce qu'elle devient,
si elle va bien et si sa santé est bonne.
Elle répond en dame bien élevée :
« Seigneur, je n'aurais mal ni douleur,
si je n'étais très inquiète

De mon seignor ; mais ce m'esmaie,
Qu'il n'a gaires membre sanz plaie. »   (124 d)
4175 Gauvains respont : « Moi poise mout.
Il apert mout bien a son vout
Qu'il a pale et descoloré.
J[e] en eüsse assez ploré
Quant je le vi si pale et taint ;
4180 Mais la joie le duel estaint,
Que de lui tel joie me vint
Que de nul duel ne me sovint.
Or venez petite ambleüre ;
G'irai devant grant aleüre
4185 Dire la roÿne et le roi
Que vos venez ci aprés moi ;
Bien sai qu'ambedui en avront
Grant joie, quant il le savront. »
Lors s'en part, au tref le roy vient.
4190 « Sire, fait il, or vos covient
Joie faire, vos et ma dame,
Que ci vient Erec et sa fame. »
Li rois de joie saut en piez.
« Certes, fait il, mout en sui liez ;
4195 Ne poïsse novele oïr
Que tant me feïst resjoïr. »
[La roÿne et tuit s'esjoïssent,
Et qui ainz ainz des tentes issent.]
Li rois meïsme ist de son tré ;
4200 Mout ont pres Erec encontré.

---

* **4176-4177.** Qu'il a. ja bien en son v. / Que lou vis a d. *(rédaction isolée).*
4185. Dirai. **4197-4198.** *Lacune de BPCV (texte de H).* **4199.** meïsmes
[+ 1].

** **4178.** Et g'en. **4181.** Car. **4196.** Qui (*H :* Qui tant me peüst esjoïr ; *P :*
Dont tant me peüsse esjoïr ; *cf. v. 24*). **4199.** Tantost li r. ist de son t.
(*P :* Li r. meïsmes ist del t.).

*** P. **4181-4182, 4197-4198.**

pour mon seigneur : ce qui m'alarme,
c'est qu'il n'a guère de membres sans plaies. »
Gauvain répond : « Moi aussi, j'en suis peiné.
Cela se lit clairement sur son visage
qui a perdu toutes ses couleurs.
J'ai bien failli pleurer,
lorsque je vis son teint pâle et hâve,
mais la joie éteint vite la douleur,
car Erec a suscité en moi une telle joie
que j'en ai oublié tout chagrin.
Avancez donc au petit amble
et je vous précèderai à vive allure
pour dire à la reine et au roi
que vous arrivez à ma suite.
Je sais bien que tous deux en éprouveront
une grande joie, quand ils l'apprendront. »
A ces mots, il s'en va. Arrivé au pavillon du roi,
il lui dit : « Seigneur, il vous convient maintenant
de faire fête, vous et ma dame,
parce qu'arrivent ici Erec et sa femme. »
Le roi se lève et saute de joie,
s'exclamant : « J'en suis, il faut le dire, tout aise ;
aucune nouvelle n'aurait pu
autant me réjouir. »
La reine est en joie et la liesse devient générale :
c'est à qui sortira le plus vite des tentes.
Le roi lui-même sort de son pavillon ;
ils se sont tous portés à la rencontre d'Erec.

Quant Erec voit le roi venant,
A terre descent maintenant,
Et Enide [r]est descendue.
Li rois les acole et salue,
4205 Et la roÿne doucement
Les baise et acole ausiment;
N'i a nul qui joie ne face.
Enqui meïsmes en la place
Li ont ses armes desvestues;
4210 Et quant ses plaies ont veües,
Si retorne la joie en ire.   (125 a)
Li rois mout forment en sopire
Et fait aporter un entrait
Que Morgue sa suer avoit fait.
4215 Li entraiz ert de tel vertu,
Que Morgue avoit donney Artu,
Que ja plaie qui en fust ointe,
Ou fust sor ners ou fust sor jointe,
Ne fausist qu'en une semainne
4220 Ne fust tote garie et sainne,
[Mes que le jor une foïe
Fust de l'entrait raparellie.]
L'entrait ont le roi aporté,
Qui mout a Erec conforté.
4225 Quant ses plaies orent lavees,
Essuïes et rebendees,
Li rois lui et Enide en mainne
En la soe tente domainne,

---

*   **4206.** La b. (*corr. CH; P:* Le b.). **4216.** ot donney [-1]. **4221-4222.**
Lacune de BPV (texte de H). **4228.** chambre d. (*faute commune à BC;
corr. H; P:* sale d.).

**   **4208.** Iluec (+ *HP*). **4211.** lor joie (*H:* li dels en ire). **4212.** Et le roi et
tot son enpire (*HP:* m. parfont en s.). **4213.** Puis. **4216.** Q. Morganz
ot d. **4217.** la p. | est. **4218.** soit … soit (+ *H*). **4220.** t. senee et s. **4222.**
apareilliee. **4223.** ont Erec a. **4224.** a le roi c. **4225.** bandees. **4226.**
L'antret mis sus et relavees [*4 vers très confus*] (*H:* Resuiees; *P:* Et
afaities et bendees).

*** H. **4215-4216.** P. **4221-4222.**

Quand Erec voit venir le roi,
il met aussitôt pied à terre
et Enide fait de même.
Le roi les embrasse et les salue ;
la reine, avec tendresse,
les prend par le cou et leur donne à son tour des baisers ;
tout le monde leur fait fête.
Ici-même, sans attendre,
on l'a débarrassé de ses armes
et, lorsqu'ils ont vu ses plaies,
la joie fait place à l'affliction.
Le roi soupire profondément
et fait apporter un onguent
que sa sœur Morgue[1] avait composé.
Cet onguent remis par Morgain
à Arthur avait telle vertu
qu'il n'était pas une plaie,
soit sur les tendons, soit sur les articulations,
qui, au bout d'une semaine,
ne fût pas toute refermée et guérie,
à la seule condition que l'onguent
fût appliqué une fois par jour.
On a apporté l'onguent au roi
et Erec en est bien soulagé.
Quand on eut lavé,
essuyé et bandé à nouveau ses plaies,
le roi le conduit avec Enide
dans sa tente d'apparat

---

1. Morgue ou Morgain ou Morgane, qui sera plus tard une fée maléfique hostile au chevalier (cf. le *Lancelot en prose*) est chez Chrétien de Troyes essentiellement guérisseuse (cf. *Le Chevalier au Lion*, où un onguent de la même fée guérit Yvain devenu fou).

Et dit que por la soe amor
4230 Vuet en la forest a sejor
Demorer .xv. jorz toz plains,
Tant qu'il soit toz gariz et sains.
Erec de ce le roi mercie,
Et dit : « Beau[s] sire, je n'ai mie
4235 Plaie de qoi je tant me duille,
Por qoi ma voie lessier vuille.
Retenir ne me porroit nuns ;
Demain, ja ne tardera plus,
M'en voudrai par matin aler,
4240 Des que le jor verrai lever. »
  Li rois en a crollé le chief,   (lettrine bleue)
Et dit : « Ci a mout grant meschief,
Quant vos remenoir ne volez ;
Je sai bien que mout vos dolez.
4245 Remenez, si feroiz que sages ;
Mout iert granz duelx et granz domages,
Se en ceste forest morez.
Beax douz amis, car demorez
Tant que vos soiez respassez. »   (125 b)
4250 Erec respont : « Or est assez.
Je ai [si] ceste voie emprise,
Ne la lairoie en nule guise. »
Li rois ot qu'en nule meniere
Ne remaindroit por sa proiere.
4255 Si laisse la parole ester,
Et commande tost aprester

---

*   4249. Tant c'un pou (*corr. CH ; P :* T. c'un pois s. sejornés).

**   4231. Sejorner. 4234. Et li dist : S. (*H :* Et dist : S., jo n'en ai mie). 4236.
Que ma voie l. an v. (*H :* Que jo ma voie l. v.). 4238. *C = B. HP :*
tarderai. 4240. Lors q. (*H :* Quant le solel). 4241. levé. 4246. Car il sera
trop g. dom. (*H :* Ce est g. dolors et [do]maces). 4247. Se vos (+ *HP*)
| an ces forez (+ *H ; P :* en la f.). 4248. remenez. 4251. ceste chose (*P :*
Jou ai ci esté ml't grant pose). 4252. Ne remanroie (+ *H ; P :* Nel lairoie
por nule cose, *puis deux vers suppl.* Que je ne tiegne mon cemin /
Demain quant venra au matin). 4253-4254. *absents.* 4255. Or lessiez
(*H :* Sin laie). 4256. Et si comandez a.

et lui dit que, pour l'amour d'Erec,
il souhaite demeurer dans la forêt
à ses côtés durant quinze jours pleins,
jusqu'à ce qu'il soit complètement guéri.
Erec remercie le roi de cette offre :
« Cher seigneur, dit-il, je n'ai
aucune plaie qui me fasse tant souffrir
que pour elle je doive abandonner ma route.
Personne ne pourrait me retenir
et demain, sans m'attarder davantage,
je veux m'en aller de bon matin,
dès que je verrai le jour se lever. »
Le roi, en hochant la tête,
lui dit : « Quel grand dommage
que vous ne vouliez rester ;
je sais bien que vous souffrez beaucoup.
Restez, vous vous conduirez en homme sage :
quel grand malheur et quelle grande perte,
si vous trouvez la mort dans cette forêt !
Très cher ami, restez, je vous en prie,
jusqu'à ce que vous soyez rétabli. »
Erec répond : « C'est assez.
J'ai entrepris ce voyage,
rien ne m'y fera renoncer. »
Le roi comprend alors qu'aucune prière
ne saurait le retenir.
Il en reste donc là
et fait préparer rapidement

Le soper et les tables metre ;
Li serjant s'en vont entremetre.
Ce fu un samedi de nuit,
4260 Si maingerent poisons et fruit,
Luz et perches, saumons et truites,
Et puis poires crues et cuites.
Aprés soper ne tarda gaire,
Commanderent les couches faire.

4265 Li rois avoit Erec mout chier ;   (lettrine rouge)
En un lit le fist soul couchier :
Ne vost qu'avec lui nuns couchast,
Qui a ses plaies li touchast ;
Cele nuit fu bien ostelez.

4270 En un autre leit jut delez
Enide, ensemble la roïne,
Desoz un covertor d'ermine,
Et dormirent tuit a repos,
Tant qu'au main fu li jors esclos.

4275 L'andemain lues que il ajorne,
Erec se lieve, si s'atorne ;
Son cheval commande enseler
Et fait ses armes aporter ;
Vallet corrent, qui li aportent.

4280 Encor de remenoir l'enortent
Li rois et tuit li chevalier ;
Mais proiere n'i a mestier,
Que por rien n'i vost demorer.
Lors les veïssiez toz plorer   (125 c)

---

*   **4275-4276.** qu'il ajorna, / E. lieve, si s'atorna *(leçon isolée).*

**   **4258.** Li vaslet. **4259.** anuit (*H:* al nuit ; *P:* au nuit). **4260.** Qu'il (*H:* Que). **4263.** ne tardent (*H:* n'atarga). **4264.** Comandent les napes a traire (*P:* C'on commande les lis a f.). **4267.** qu'a. lui se c. (*H:* que a. lui c. ; *P:* que pres de lui c.). **4268.** Nus qui ses p. atochast (*H:* Nus q'a ses p. li t. ; *P:* Nus qui a ses p. t.). **4270.** An une chambre par delez. **4271.** avoeques. **4272.** Sor un grant c. **4273.** S'an d. (*P:* Si d.) | a grant r. *(+ H).* **4274.** T. que li matins est e. **4276.** et si. **4277.** Ses chevax *(+ H).* **4279.** si li *(+ HP).* **4283.** ne v. *(+ P).*

le souper et dresser les tables,
et les serviteurs se mettent à la tâche.
Comme c'était un samedi soir,
ils mangèrent poissons et fruits :
brochets et perches, saumons et truites,
puis poires crues et cuites.
Après le souper, sans tarder,
ils firent disposer les lits.
Le roi, qui tenait Erec en grande affection,
l'installa dans un lit à part :
il voulut l'isoler afin que nul
ne touchât à ses plaies.
Cette nuit-là, Erec avait un bon logis.
Dans un autre lit, proche du sien, se couchèrent
ensemble Enide et la reine,
enveloppées d'une couverture d'hermine ;
et tous dormirent profondément
jusqu'au matin, au point du jour.
Le lendemain, aux premières lueurs de l'aube,
Erec se lève, se prépare,
fait seller son cheval
et apporter ses armes ;
des jeunes gens s'exécutent sans délai.
Une fois encore, le roi
et tous ses chevaliers le conjurent de rester ;
mais rien n'y fait,
sous aucun prétexte il ne voulut demeurer.
A quel spectacle auriez-vous alors assisté !

4285 Et demener un duel si fort
     Con s'il le veïssent ja mort.
     Il s'arma, Enide se lieve;
     A toz les chevaliers mout grieve,
     Que ja mes reveoir nel cuident.
4290 Tuit aprés aus les tentes vuident:
     Por aus conduire et convoier,
     A lor chevax font envoier.
     Erec respont: « Ne vos poist pas:
     Ja avec moi n'iroiz un pas.
4295 Les voz granz merciz, remenez. »
     Ses chevax li fu amenez,
     Et il monte sanz demorance;
     Son escu a pris et sa lance.
     Si les commande touz a Dé,
4300 Et il i ront lui commandé.
     Enide monte; si s'en vont.
     En une forest venu sont;
     Jusques vers prime ne finerent,
     Par la forest tant cheminerent
4305 Qu'il oïrent crïer mout loing
     Une pucele a grant besoing.
     Erec a entendu le cri;
     Bien aperçut, quant il l'oï,
     Que la voiz de dolor estoit
4310 Et de secors mestier avoit.
     Tot maintenant Enide apele:
     « Dame, fait il, une pucele

---

* 4291. deduire. 4307. E. en entendi. 4310. Qui.

** 4287. Erec s'arme, E. (*HP*: Il s'arme et E.). 4288. Au departir a toz (*HP*:
A trestos les c. g.). 4290. lor t. (+ *H*). 4291-4292. *intervertis.* 4292. Por
lor c. (*H*: Et lor c.; *P*: A lor osteus, *qui rajoute deux vers,* Por palefrois
et por destriers / Lor serjans et lor escuiers). 4293. E. lor dit [*H*: dist]
4302. antré s. (+ *H*).

Tous pleuraient et se lamentaient aussi profondément
que s'il était déjà mort devant leurs yeux.
Il prend ses armes, Enide se lève ;
pour tous les chevaliers, l'instant est poignant,
car ils ne pensent jamais le revoir.
A leur suite, ils quittent tous les tentes
et envoient une escorte auprès de leurs chevaux
pour les accompagner dans leur route.
Erec leur répond : « Je vous en prie :
vous ne ferez pas un seul pas à mes côtés.
Je vous remercie infiniment, restez ici. »
On lui amena son cheval
et il se hâte de monter,
sans oublier de prendre son écu et sa lance.
Il les recommande alors tous à Dieu
et eux font de même, à leur tour.
Enide monte et ils partent.

    Ils sont parvenus dans une forêt
qu'ils ne cessèrent de parcourir jusqu'à prime.
Dans cette forêt, au terme d'une longue chevauchée,
voici qu'ils entendirent de très loin les cris
d'une jeune fille en détresse.
Erec a perçu les cris
et, en dressant l'oreille, a bien compris
qu'il s'agissait d'une voix désespérée
qui réclamait du secours.
Aussitôt, il appelle Enide :
« Dame, fait-il, une jeune fille

Vait par le bois forment crïant ;
Ele a par le mien escïant
4315 Mestier d'aïde et de secors.
Cele part vuil aler le cors,
Si savrai quel besoing ele a.
Descendez ci, et g'irai la,
Si m'atendez endementiers.   (125 d)
4320 — Sire, fait ele, volentiers. »
Seule la lesse et seus s'en va
Tant que la pucele trova
Qui par le bois aloit braiant
Por son ami que dui jaiant
4325 Avoient pris ; si l'en menoient,
Et mout vilment le demenoient.
La pucele aloit dessirant
Ses dras, et ses crins detirant
Et sa tendre face vermeille.
4330 Erec la voit, mout s'en merveille,
Et prie li qu'ele li die
Por qoi si forment brait et crie.
La pucele plore et sopire,
En plorant li respont : « Beau[s] sire,
4335 N'est merveille se je fais duel,
Que morte seroie mon vuel.
Je n'ain ma vie ne ne pris,
Que mon ami en moinnent pris
Dui jeant felon et cruel
4340 Qui sont si enemi mortel.

---

*   **4321.** *Leçon de C. BPH ont :* Enqui [*P :* Illoec ; *H :* Sole] la l., si s'en va.

** **4313.** ce b. (*H :* cele forest c. ; *P :* cel b.). **4323.** criant. *Après 4324, H ajoute
deux vers :* [Et por son ami dol menant] / Que doi gaiant felon et fier
/ L'orent fait forment damagier. **4326.** Vilainnemant le d. **4327-4328.**
La p. s'a. tirant / Et ses d. trestoz desirant (*H :* La p. a. detirant / Ses
mains et ses crins descirant ; *P :* La p. les va fuiant / Ses d. et ses c.
desrompant). **4330.** si s'an m. (*P :* ml't s'esm. ; *H :* E. forment s'en esm.).
4332. plore et c. (+ *HP*). **4334.** An sospirant li r. : Sire (*H :* Sosp. li a dit :
B. s. ; *P :* En sosp. li dist : B. s.). **4338.** Car (+ *HP*).

crie à tue-tête au milieu de ce bois :
je pense qu'elle a
besoin d'aide et de secours.
Je veux courir dans sa direction
et je saurai alors ce qu'il lui faut.
Descendez ici de votre cheval et j'irai là-bas ;
pendant ce temps, attendez-moi.
— Seigneur, fait-elle, volontiers ».
Il la laisse seule et il s'en va seul
jusqu'au moment où il trouva la jeune fille
qui ne cessait de hurler à travers le bois
à cause de son ami que deux géants
avaient fait prisonnier ; ils le traînaient avec eux
et lui faisaient subir les pires traitements.
La jeune fille déchirait
ses vêtements, arrachait ses cheveux
et griffait son visage tendre et vermeil.
Erec, en la voyant, est tout stupéfait
et la prie de lui dire
pourquoi elle hurle et crie si violemment.
La jeune fille pleure avec des sanglots
et, tout en pleurant, lui répond : « Beau seigneur,
il n'y a rien d'étonnant si je me désole :
je voudrais être morte,
j'ai perdu le plaisir et le goût de vivre,
puisque mon ami est emmené prisonnier
par deux géants félons et cruels,
ses ennemis mortels.

Dex ! que ferai, lasse, chaitive,
Dou meillor chevalier qui vive,
Dou plus franc et dou plus gentil ?
Or est de mort en grant peril ;
4345 Encui le feront a grant tort
Morir de mout vilainne mort.
Frans chevaliers, por Deu te pri :
Car secor le mien chier ami,
Se tu onques le puez secorre.
4350 Ne t'estovra gaires loing corre,
Encor sont il d'ici mout pres.
— Damoisele, g'irai aprés,
Fait Erec, quant vos m'en proiez,
Et tote seüre en soiez,   (126 a)
4355 Que tot mon pooir en ferai :
Ou avec lui pris esterai
Ou jel vos rendrai tot delivre.
Se li jeant le laissent vivre
Tant que je le puisse trover,
4360 Bien me cuit a aus esprover.
— Frans chevaliers, dist la pucele,
Toz jors mais serai vostre ancele,
Se vos mon ami me rendez.
A Deu soiez vos commandez.
4365 Hastez vos, la vostre merci.
— Quel part s'en vont ? — Sire, par ci,
Vez ci la voie et les escloz. »
Lors s'est Erec mis es galoz,

** 4344. Or est Erec [*erreur de Guiot*] (*P :* Qui onques fust ne cuens ne rois, *rime avec* cortois). 4348. Que tu secores mon a. (*H :* Fai li socors a mon a. ; *P :* Que sekeurés tost mon a.). 4357. a delivre. 4359. les p. t. 4361. fet la p. (+ *P*). 4362. T. j. seroie v. a.

Mon Dieu! Que dois-je faire, malheureuse et misérable,
pour le meilleur chevalier qui vive,
le plus loyal et le plus généreux?
A cette heure, il est en grand danger de mort;
aujourd'hui encore, contre toute justice, ils le feront
périr de la mort la plus ignoble.
Généreux chevalier, au nom de Dieu, je t'en prie:
porte secours à mon cher ami,
si tu le peux.
Tu n'auras pas à courir très loin,
ils sont encore tout près d'ici.
— Demoiselle, j'irai à leur poursuite,
répond Erec, puisque vous m'en priez;
et soyez sûre et certaine
que je ferai tout mon possible:
ou je serai prisonnier avec lui
ou je vous le ramènerai libre.
Si les géants le laissent vivre
assez longtemps pour que je puisse le retrouver,
je n'hésiterai pas à me mesurer à eux.
— Généreux chevalier, dit la jeune fille,
je serai à tout jamais votre servante,
si vous me rendez mon ami.
Que Dieu vous sauve!
Mais ne tardez pas, par pitié!
— De quel côté s'en vont-ils? — Seigneur, par ici:
voici le chemin et les traces des pas. »
A ces mots, Erec est parti au galop,

　　Si li dist que illuec l'atende.
4370　La pucele a Deu le commande
　　Et prie Deu mout doucement
　　Que il par son commandement
　　Li doint force de desconfire
　　Ces qui vers son ami ont ire.
4375　Erec s'en va tote la trace,　　　　　　　(lettrine rouge)
　　A esperons les jeanz chace.
　　Tant les a chaciez et seüz
　　Que il les a aperceüz
　　Ainz que il fussent dou bois fors,
4380　Et vit le chevalier en cors,
　　Deschau[z] et nu sor un roncin,
　　Con s'il fust pris a larrecin,
　　Les mains lïees et les piez.
　　Li jeant n'avoient espiez,
4385　Escuz, n'espees esmolues,
　　Fors que tant seulement maçues,
　　Et corgies andui tenoient,
　　De qoi si vilment le batoient
　　Que ja li avoient dou dos　　　　　　　　(126 b)
4390　La char rompue jusqu'as os.
　　Par les costez et par les flans
　　Li corroit contre val li sans,
　　Si que li roncins estoit toz
　　En sanc jusqu'au ventre desoz.
4395　Erec s'eslesse après touz seus ;
　　Mout fu dolanz et angoisseus

---

* **4369.** qu'ele iqui. **4373.** a desconfire [-1]. **4378.** aconseüz *(corr. C ; HPVAE = B ; Erec n'atteint les géants qu'au v. 4400).* **4384.** jeanz. **4388.** De qoi le chevalier b. *(corr. H ; P = B ; C : Tant feru et batu l'avoient).*

** *Après v. 4374, H ajoute deux vers :* [4373. ... de delivrer / Son ami et icels livrer] / A dolor et a grant martire / Qui l'ont mise en dol et en ire. **4379.** A. que del b. par fussent hors *(H :* Ançois que del b. f. fors ; *P :* Que il par fust issus del b., *après v. 4380).* **4380.** Le c. vit an pur cors *(P :* Et vit le c. ançois).* **4386.** Ne lances, einz orent m. *(H :* Ne armes nules ; .ii. m. ; *P :* Fors que s. .ii. m.).* **4387.** Escorgiees *(+ P).* **4395.** Et E. vint a. *(H :* E. vint après aus ; *P :* E. s'en vient a aus).* **4396.** M. d. et m. a. *(+ P).*

en lui demandant de l'attendre là.
La jeune fille lui dit adieu
et prie Dieu d'une voix très douce
que, dans sa toute-puissance,
il donne à Erec la force de mettre en déroute
ceux qui s'acharnent contre son seigneur.
Erec suit la trace
des géants à grands coups d'éperons.
A force de les poursuivre,
il les a aperçus
au moment où ils allaient sortir du bois ;
il vit le chevalier tout nu
sur un roussin, sans chausses et sans habits,
pieds et mains liés,
comme si on l'avait pris en flagrant délit de vol.
Les géants n'avaient ni pique,
ni écu, ni épée bien affûtée ;
ils se contentaient tous deux
de massues et de fouets,
dont ils battaient le chevalier de manière si ignoble
qu'ils lui avaient déjà rompu
la chair du dos jusqu'à l'os.
Le long des côtes et des flancs
lui ruisselait le sang,
au point d'inonder complètement le roussin
jusque sous le ventre.
Erec se lance à leur poursuite tout seul,
fort affligé et effrayé

Dou chevalier que il lor vit
Demener a si grant despit.
Entre deus bois, en une lande,
4400 Les a atainz, si lor demande :
« Seignor, fait il, por quel forfait
Faites a cel home tel lait
Que comme larron le menez ?
Trop laidement le demenez :
4405 Ausi le menez par semblant
Con s'il estoit repris emblant.
Granz vilté est de chevalier
Nu desvestir et puis lïer
Et batre si vilainnemant.
4410 Rendez le moi, je le demant
Par franchise et par cortoisie ;
Par force nel vos quier je mie.
— Vassaus, font il, a vos que tient ?
De mout grant folie vos vient
4415 Que vos rien nos en demandez.
S'il vos poise, si l'amandez. »
Erec respont : « Por voir m'en poise.
Ne l'en menroiz hui mes sanz noise ;
Des qu'abandon m'en avez fait,
4420 Qui le porra avoir, si l'ait.
Traez vos la, je vos desfi :
Ne l'en menroiz avant de ci
Qu'ainçois n'i ait departiz copx.
— Vassaus, font il, mout estes fox   (126 c)

---

*   **4408.** et p. plaier. **4409.** Et mener.

**   **4397.** quant il le vit (*H :* que il en vit). **4403.** Qui (*H :* Et ; *P :* Si) | l'an
      m. **4406.** Con se il fust (*P :* Que s'il e. pris en e.). **4407.** viltance (*+ H*).
      4408. Nu despoillier. **4410.** jel vos d. (*+ P ; H :* jo vos d.). **4412.** nel
      demant je (*H :* Car por f. nel quir je mie ; *P :* vos pri, *qui ajoute deux
      vers :* S'il vos plaist, si le me rendés. / Et de coi vous entremetés). **4415.**
      Quant (*+ H*). **4419.** Quant vos bandon (*H :* Quant a. ; *P :* Pus c'a.).
      4424. vos e. f. (*P :* trop e. f.).

*** P. **4415-4416.**

de voir le chevalier subir de leur part
un traitement aussi abject.
Entre deux bois, dans une lande,
il les a rejoints ; il leur demande alors :
« Seigneurs, pour quel forfait
infligez-vous à cet homme l'infamie
d'être emmené comme un brigand ?
Avec quelle ignominie vous le maltraitez !
A le voir emporté de la sorte,
on dirait qu'il a été pris en flagrant délit de vol.
Il est parfaitement ignoble de dévêtir
un chevalier, puis de le lier,
en le battant de façon si abjecte.
Rendez-le moi, je vous le demande
par générosité et par courtoisie ;
je ne vous le réclame pas de force.
— Vassal, font-ils, de quoi vous mêlez-vous ?
Vous avez vraiment perdu la tête
pour oser rien nous demander.
Si cela vous afflige, libre à vous d'intervenir. »
Erec leur répond : « Il est vrai que cela m'afflige
et vous ne l'emmènerez pas aujourd'hui sans combat.
Puisque vous m'avez donné votre accord,
que ce chevalier soit à celui qui pourra l'avoir.
Approchez-vous, je vous défie :
vous ne partirez pas d'ici avec lui
sans que l'on ait échangé des coups.
— Vassal, font-ils, vous êtes fou

4425 Quant vos a nos volez combatre.
Se vos estïez troi ou quatre,
N'avrïez vos force vers nos
Ne c'uns aigneax contre deus lous.
— Ne sai que c'iert, Erec respont.
4430 Se li ciels chiet et terre font,
Dont sera prise mainte aloe;
Tex vaut petit, qui mout se loe.
Gardez vos, que je vos requier. »
Li jeant furent fort et fier,
4435 Et tindrent en lor mains serrees
Les maçues granz et quarrees.
Erec lor vint lance sor fautre,
Ne resoigne ne l'un ne l'autre
Por menace ne por orgoil;
4440 Et fiert le premerain en l'oil
Si parmi outre le cervel
Que d'autre part le hasterel
Li sans et la cervele en saut;
Et cil chiet morz, li cuers li faut.
4445 Quant li autres vit celui mort,
S'il l'en pesa, n'ot mie tort;
Par mautalant vengier le va.
La maçue es deus mains leva
Et cuide ferir a droiture
4450 Parmi le chief sanz coverture.
Mais Erec le cop aperçut
Et sor son escu le reçut.

** **4426.** or tel q. (*H:* Se vos i estïés vos q.; *P:* ou .v. ou q.). **4428.** antre d. l. (*H:* a .iiii. l.; *P:* vers .iiii. l.). **4429.** qu'an iert (*H:* que i.; *P:* qu'il i.). **4433.** car je (+ *H*). **4436.** *C = BP, mais H:* Lor m. grosses ferrees. **4438.** Ne redote (+ *H*). **4440.** Einz. **4448.** a d. m. (+ *HP*).

pour vouloir nous combattre.
Seriez-vous à trois ou quatre,
vous n'auriez pas envers nous plus de force
qu'un agneau face à deux loups.
— Nous verrons bien, répond Erec.
Si le ciel tombe et que la terre s'écroule,
mainte alouette sera prise[1] ;
tel vaut peu qui se vante beaucoup.
En garde ! Je vous attaque ! »
Les géants étaient puissants et brutaux
et ils tenaient serrées dans leurs mains
de grosses massues carrées.
Erec les chargea, la lance en arrêt sur l'arçon,
sans les redouter ni l'un ni l'autre,
aussi menaçants et arrogants fussent-ils.
Il frappe le premier à l'œil
d'un tel coup qu'il lui transperce le cerveau
et que le sang et la cervelle giclent
de l'autre côté, par la nuque.
Le cœur défaillant, il s'effondre raide mort.
Quand l'autre vit ce qui était arrivé à son compagnon,
il en fut consterné et il avait bien raison ;
pris de rage, il s'apprête à le venger.
Soulevant la massue à deux mains,
il croit frapper Erec droit
au milieu de sa tête que rien ne protégeait.
Mais Erec sentit le coup venir
et le reçut sur son écu.

---

1. Variante d'un proverbe bien attesté au Moyen Age : *Se les nubz cheent, les aloes sont toutes prises* (« Que les nuages tombent, et les alouettes sont toutes prises ») : cf. J. Morawski, *Proverbes français*, n° 2243.

Tel cop neporquant li dona
Li jeanz que tot l'estona,
4455 Et par pou que jus dou destrier
Nou fist a terre trebuchier.
Erec de son escu se cuevre,
Et li jeanz son cop recuevre
Et cuide ferir de rechief   (126 d)
4460 A delivre parmi le chief.
Mais Erec tint l'espee traite ;
Une envahie li a faite
Dont li jeanz fu mal serviz.
Si le fiert parmi le cerviz
4465 Que tout jusqu'as arçons le fent
Et la boële a terre espant,
Et li cors chiet toz estenduz,
Qui fu en deus moitiez fenduz.
   Li chevaliers de joie plore   (lettrine bleue)
4470 Et reclaimme Deu et aore,
Qui secors envoié li a.
A tant Erec le deslïa,
Sou fist vestir et atorner
Et sor un des chevax monter,
4475 L'autre li fist mener en destre.
Si li demande de son estre,
Et cil li dist : « Frans chevaliers,
Tu es mes sire droituriers ;
Mon seignor vuil faire de toi,
4480 Et par raison faire le doi,

---

*   **4467.** gist.

** **4464.** la c. *(+ H)*. **4465.** Que de si es a. **4466.** La b. a t. an e. (*H :* La b.
a la tere e. ; *P :* Et la cervele li e.).

Toutefois le coup que lui asséna le géant
était d'une telle force qu'Erec en fut tout étourdi
et faillit être précipité du destrier
et rouler à terre.
Alors qu'Erec se protège de son écu,
le géant retente sa chance,
espérant de nouveau le frapper
à découvert au milieu de la tête.
Mais Erec qui tenait l'épée tirée
a lancé contre lui un assaut
que le géant paya cher :
il lui administre un tel coup dans la nuque
qu'il le fend de la tête jusqu'aux arçons ;
les boyaux se répandent sur le sol
et son corps tombe tout du long,
fendu en deux.
Le chevalier pleure de joie
et invoque Dieu dans une prière
pour le secours qu'il lui a envoyé.
Erec le délivra alors de ses liens,
lui fit remettre ses habits et son équipement
et lui demanda de monter sur un des chevaux
et de mener le second par la bride.
Il l'interroge sur son identité,
et l'autre lui répond : « Généreux chevalier,
tu es mon seigneur légitime.
Si je veux faire de toi mon maître,
ce n'est que justice,

Que tu m'as sauvee la vie,
Qui ja me fust dou cors ravie
A grant torment et a martyre.
Quele aventure, beax douz sire,
4485 Por Deu, t'a ça a moi tramis,
Que des mains a mes enemis
M'as delivré par ton barnage?
Sire, je te vuil faire homage:
Toz jors mais avec toi irai,
4490 Con mon seignor te servirai. »

Erec le voit entalenté   (lettrine rouge)
De lui servir a volenté,
Se il poïst en nule guise,
Et dist: « Amis, vostre servise   (127 a)
4495 Ne vuil je pas ainsi avoir,
Mais ce devez vos bien savoir
Que je ving ça en vostre ahie
Por proiere de vostre amie
Que en cest bois trovai dolente.
4500 Por vos se complaint et demente,
Car mout en a son cuer pesant.
De vos li vuil faire present:
S'a li rasemblé vos avoie,
Puis retenroie soux ma voie,
4505 Car avec moi n'iroiz vos mie;
N'ai soing de nule compaignie,
Mais vostre non savoir desir.
— Sire, fait il, vostre plesir.

---

*   **4485.** Por Deu, sire, t'a ça t. **4486.** Qui. **4497.** vieng.

** **4482.** L'ame me f. | partie *(+ H)*. **4483.** A grief t. **4485.** ci. **4487.** M'as
osté [*H :* gité] par ton vaselage *(+ H)*. **4489-4490.** vos i. *et* vos s. *(+ P)*.
4491. vit. **4495.** de vos a. *(+ H)*. **4498.** Por la p. a v. a. (*H :* Par la p. v.
a. ; *P :* Car p. euc de v. a.). **4499.** Qu'an ce b. t. molt d. *(+ P)*. **4501.** Et
| dolant *(+ H ; rime moins intéressante)*. **4504.** P. tandroie toz s. (*H :* P.
si tanroie s. ; *P :* Si r.). **4505.** Qu'a. moi n'an i. **4506.** de vostre c. *(+ H)*.

car tu m'as sauvé la vie
au moment où elle allait m'être ravie
dans le plus cruel des supplices.
Cher seigneur, quelle aventure,
au nom de Dieu, t'a conduit ici jusqu'à moi,
me libérant ainsi des mains
de mes ennemis grâce à ta bravoure?
Sire, je veux te prêter hommage :
à tout jamais je veux aller en ta compagnie
et je te servirai comme mon seigneur. »
Quand Erec voit son impatience
à le servir de bonne grâce
si cela lui était possible,
il lui dit : « Ami, je n'ai que faire
de votre service,
mais vous devez savoir
que je suis venu ici à votre secours
sur la requête de votre amie
que j'ai rencontrée dans cette forêt, toute à sa douleur.
Pour vous elle se répand en plaintes et lamentations,
le cœur accablé d'un lourd chagrin.
Je veux vous confier à elle
et, après vous avoir réunis tous deux,
je pourrai poursuivre seul ma route,
car vous ne me suivrez pas.
Je ne souhaite en effet aucune compagnie,
mais désire simplement connaître votre nom.
— Seigneur, dit-il, à votre guise.

Quant vos mon non savoir volez,
4510 Ne vos doit pas estre celez.
Cadoc de Tabrïol ai non ;
Sachiez, ainsinc m'apele l'on.
Mais quant de vos partir m'estuet,
Savoir voudroie, s'estre puet,
4515 Qui vos estes et de quel terre,
Ou vos porrai trover ne querre
Ja mes, quant de ci partirai.
— Amis, ja ce ne vos dirai,
Fait Erec, ja plus n'en parlez.
4520 Mais se vos savoir le volez
Et moi de rien nule honorer,
Donc alez tost, sanz demorer,
A mon seignor le roi Artu,
Qui chace a force et a vertu
4525 Cers en ceste forest de ça.
Et, mien escïent, jusque la
Ne a pas huit liues petites.
Alez i tost, et si li dites
Qu'a lui vos envoie et presente   (127 b)
4530 Cil qu'il er soir dedenz sa tente
Reçut a joie et herberga,
Et gardez ne li celez ja
De quel peril je ai mis fors
Et vostre amie et vostre cors.
4535 Je sui mout a la cort amez :
Se de par moi vos reclamez,

---

*   **4533.** p. vos ai. **4534.** vostre vie *(corr. CP; H = B).* **4536.** part m.

**   **4511-4520.** *Lacune propre à C (et à E pour v. 4513-4520).* **4521.** Se me
volez rien enorer. **4524.** a mout tres grant v. **4525.** An c. f. de deça (*P:*
As cers en c. f. ça). **4527.** N'a mie cinc (*H:* N'en a pas .ii. ; *P:* N'a pas
.xv.). **4531.** Revit *dans l'éd. Roques est une mauvaise lecture pour* Reçut
(cf. éd. Carroll). **4533.** poinne.

Puisque vous souhaitez connaître mon nom,
on ne saurait vous le dissimuler.
Je me nomme Cadoc de Tabriol ;
voilà, sachez-le, comme l'on m'appelle.
Mais au moment où il me faut vous quitter,
je voudrais, s'il est possible, savoir
qui vous êtes et de quel pays,
et où je pourrai vous chercher et vous retrouver
un jour, quand j'aurai quitté ces lieux.
— Ami, je ne vous le dirai pas,
répond Erec, et n'en parlez plus.
Mais si vous voulez le savoir
et m'honorer de quelque manière,
alors allez rapidement, sans traîner,
auprès de mon seigneur, le roi Arthur,
qui consacre son énergie et sa vaillance à chasser
le cerf dans cette forêt de ce côté-ci ;
et, à mon avis, moins de huit petites lieues
nous en séparent.
Pressez-vous d'y aller et profitez-en pour lui dire
que vous venez de la part
de celui à qui il offrit hier soir dans sa tente
joyeux accueil et hospitalité.
Et gardez-vous bien de lui dissimuler
de quel péril je vous ai tirés,
vous et votre amie.
Je suis très apprécié à la cour :
si vous vous réclamez de moi,

Servise et honor me feroiz.
La, qui je sui demanderoiz,
Nou poez savoir autrement.
4540 — Sire, vostre commandement,
Fait Cadoc, vuil je faire tot.
Ja de ce n'aiez vos redot,
Que je mout volentiers n'i aille.
La verité de la bataille,
4545 Si con faite l'avez por moi,
Conterai je mout bien au roi. »
Ensinc parlant lor voie tindrent   (lettrine rouge)
Tant qu'a la pucele parvindrent,
La ou Erec lessie l'ot.
4550 La pucele mout se resjot,
Quant son ami revenir voit,
Que ja mais veoir ne cuidoit.
Erec par le poing li presente
Et dit : « Ne soiez pas dolente,
4555 Damoisele, veez vos ci
Tot lié et joiant vostre ami. »
Cele respont par grant savoir :
« Sire, bien nos devez avoir
Andeus conquis, et moi et lui ;
4560 Vostre devons estre ambedui
Por vos servir et honorer.
Mais qui porroit guierredoner
Ceste deserte neis demie ? »
Erec respont : « Ma douce amie,   (127 c)

_____

** 4542. Ja mar an seroiz an r. (*H :* Ja mar en averés r. ; *P :* nul r.). 4546.
tres bien (*H :* Aconterai jo b.). 4548. Tant que ... vindrent (+ *HP*). 4550.
s'an esjot. 4553. par la main.

_____

*** H. 4550-4551.

vous me rendrez service et me ferez honneur.
C'est là que vous demanderez qui je suis,
vous ne pouvez le savoir autrement.
— Seigneur, je suis tout
à vos ordres, répond Cadoc.
N'ayez aucune crainte à ce sujet :
j'aurai grand plaisir à m'y rendre ;
et c'est un récit fidèle de la bataille
que vous avez menée pour me sauver,
que je ferai au roi. »
Tout en devisant, ils poursuivirent leur chemin
et retrouvèrent enfin la jeune fille,
là où Erec l'avait laissée.
Elle éclata de joie
en voyant revenir son ami
qu'elle croyait ne jamais revoir.
Erec, lui présentant son ami par le poing,
lui dit : « Cessez d'être affligée,
demoiselle, voici
votre ami comblé d'aise et de joie. »
Elle lui répond avec courtoisie :
« Seigneur, il est juste que nous nous placions
l'un et l'autre sous votre autorité, moi comme lui :
nous devons rester tous les deux auprès de vous,
pour vous servir et pour vous honorer.
Mais qui pourrait récompenser
le service que vous nous avez rendu, ne serait-ce qu'à
Erec répond : « Ma douce amie,   [moitié ? »

4565 Nul guierredon ne vos demant.
     Ambedeus a Deu vos commant,
     Que trop cuit avoir demoré. »
     Lors a son cheval trestorné,
     Si s'en va au plus tost qu'il puet.
4570 Cadoc de Tabrïol s'esmuet
     D'autre part, il et sa pucele ;
     Ja a reconté la novele
     Le roi Artu et la roÿne.
     Erec toute voie ne fine
4575 De chevauchier a grant esploit
     La ou Enide l'atendoit,
     [Qui por lui avoit grant duel fait,
     Car bien cuidoit tot entresait
     Qu'il l'eüst guerpie del tot.
4580 Erec restoit en grant redot
     Qu'aucuns ne l'en eüst menee,
     Qui la l'eüst seule trovee ;
     Si se hasta mout del retor.
     Mais la chalors qu'il ot le jor
4585 Et ses armes tant le greverent
     Que ses plaies li escreverent
     Et totes ses bandes tranchierent.
     Onques ses plaies n'estanchierent
     Devant qu'il vint au leu tot droit
4590 La ou Enide l'atendoit.]
     Cele le vit, grant joie en ot ;
     Mais ele n'aperçut ne sot

---

*   **4577-4590.** *Lacune de BP (saut du même au même). Texte de E, sauf 4578
     (absence de* tot*) et 4589 (*a li *au lieu de* au lieu, *leçon de CH).* **4592.** aperçoit.

**   **4569.** va plus t. que il p. (+ *P ; H :* va que il plus ne p.). **4570.** C. de
     Cabruel (*H :* Et C. de Tabric ; *P :* C. de Cardueil). **4572.** S'a recontee
     (*H :* Ja a contee ; *P :* S'ala raconter). **4577.** Qui puis ot eü g. deshet (*H :*
     Qui ml't en av. de dol f.). **4578.** Qu'ele c. (*H :* Et c. bien). **4579.** lessiee.
     4580. Et il (*H :* Et cil). **4582.** Qui l'e. a sa loi tornee. **4583.** hastoit (*H :*
     restoit mis el retor). **4585.** les a. **4589.** Tant que (+ *H*). **4590.** *HE n'ont
     pas, comme C, la reprise du v. 4576, qui a occasionné la lacune de
     l'ancêtre de BP, mais :* Ou E. laïe [*E :* lessiee] avoit.

***   P. 4577-4590.

je ne vous demande aucune récompense.
Je vous recommande tous deux à Dieu,
car je n'ai que trop tardé. »
Et, après avoir tourné bride,
il s'en va le plus vite qu'il peut.
Cadoc de Tabriol part
de son côté, avec sa demoiselle ;
il a vite fait de rapporter la nouvelle
au roi Arthur et à la reine.

  Erec, lui, n'a de cesse
de chevaucher à vive allure
jusqu'à l'endroit où Enide l'attendait.
Celle-ci s'était beaucoup tourmentée pour lui,
car elle croyait fermement
qu'il l'avait définitivement abandonnée.
Erec n'était pas moins alarmé, redoutant
que quelqu'un ne l'eût trouvée seule à cet endroit
et ne l'eût emmenée ;
aussi se pressa-t-il de revenir.
Mais la chaleur de la journée
et le poids de l'armure l'accablèrent au point
que ses plaies se rouvrirent
et que toutes ses bandes éclatèrent.
Alors que ses plaies ne cessaient de saigner,
il arriva enfin au lieu même
où Enide l'attendait.
Elle le vit et éclata de joie,
sans nullement s'apercevoir

La dolor dont il se plaignoit,
Que toz ses cors en sanc baignoit,
4595 Et li cuers faillant li aloit.
A un tertret qu'il avaloit,
Cheï toz a un fais a val
Jusques sor le col dou cheval.
Si con il relever cuida,
4600 La sele et les estriers vuida,
Et chiet pasmez con s'il fust morz.
Lors commença li duelx si forz,
Quant Enide cheoir le vit.
Mout li poise quant ele vit,
4605 Et cort vers lui si comme cele
Que sa dolor de rien ne cele.
En haut s'escrie et tort ses poinz;
De robe ne li remest poinz
Devant son piz a dessirier;
4610 Ses crins commence a detirier,
Et sa tendre face dessire.
« Dex, que ferai ? fait ele. Sire,
Por qoi me laissiez vos tant vivre ?   (127 d)
Morz, car m'oci tot a delivre ! »
4615 A cest mot sor le cors se pasme.
Au relever mout fort se blasme :
« He ! dist ele, dolente Enide,
De mon seignor sui homicide.
Par ma parole l'ai ocis :
4620 Encor fust or mes sire vis,

---

* **4601.** mort *(z surchargé en t)*. **4602-4603.** un duel si fort / E., quant c.
le vit.

** **4596.** tertre (+ *H ; P :* Endementiers q.). **4600.** et les arçons (+ *H ; P :*
le destrier). **4603.** cheü. **4606.** Qui ... mie ne c. (+ *HP ; cf. v. 24*). **4609.**
le piz. **4610.** Ses chevox prist a arachier. **4612.** Ha ! Dex, fet ele, biax
dolz s. (+ *H*). **4613.** me laisses tu. **4614.** o., si t'an delivre (+ *H, qui
prolonge pendant 4 vers cette invocation à la mort*). **4616.** Au revenir
formant se b. (*HP :* Quant ele revint, si se b.). **4617.** fet ele (+ *H*). **4619.**
ma folie.

de quelle douleur il souffrait :
tout son corps en effet baignait dans le sang
et son cœur était près de lui faillir.
En dévalant une petite butte,
il s'écroula subitement
sur le cou de son cheval
et, quand il essaya de se relever,
il vida la selle et les étriers
et tomba à terre sans connaissance, comme mort.
Quel profond désespoir s'empara alors
d'Enide, quand elle le vit s'effondrer !
Il lui coûte beaucoup d'être encore en vie
et elle se précipite vers lui,
sans rien dissimuler de sa détresse.
Elle pousse des cris aigus et tord ses poignets,
déchire entièrement
sa robe devant sa poitrine,
se met à s'arracher les cheveux
et griffe son tendre visage.
« Mon Dieu, que dois-je faire ? fait-elle. Sire,
pourquoi m'avez-vous laissée vivre si longtemps ?
Mort, hâte-toi de me tuer, et sans hésiter. »
A ces mots, elle se pâme sur le corps de son ami.
En se relevant, elle s'accuse avec virulence :
« Ha ! dit-elle, malheureuse Enide,
je suis la meurtrière de mon seigneur.
Par ma parole je l'ai tué :
mon époux serait encore en vie à cette heure,

Se je, con outrageuse et fole,
N'eüsse dite la parole
Par qoi mes sire ça s'esmut.
Ainz taisirs a home ne nut,
4625 Mais parlers nuit mainte foïe.
Ceste chose ai bien essaïe
Et esprove[e] en mainte guise. »
Devant son seignor [s']est assise,
Et met sor ses genouz son chief ;
4630 Son duel commence de rechief :
« He ! dist ele, con mar i fus,
Sire, cui pareil[z] n'estoit nus !
En toi s'estoit Beautez miree,
Proece s'i iere esprovee,
4635 Savoirs t'avoit son cuer doné,
Largece t'avoit coroné,
Cele sanz cui nuns n'a grant pris.
He, qu'ai je dit ? Trop ai mespris,
Que la parole ai esmeüe
4640 Dont mes sire a mort receüe
La mortel parole entochie
Qui me doit estre reprochie.
Et je reconois et outroi
Que nuns n'i a corpes fors moi ;
4645 Je seule en doi estre blasmee. »
Lors rechiet a terre pasmee ;
Et quant ele releva sus,
Si se rescrie plus et plus :

(128 a)

*   4626. C. foiz. 4629. Et met en son devant *(corr. CH ; P = B).* 4643. je
conois bien.

** 4624. A. boens t. home ne nut *(H :* A. t. a feme ne nut ; *P :* Ainc nus t.
tant ne me nut). 4631. Haï ! sire, con *(H :* Haï, fait ele, con m. f.). 4632.
A toi ne s'apareilloit nus. 4633. Qu'an toi *(+ H).* 4638. Mes *(+ H).* 4639.
Qui *(+ H ; P :* Quant) | manteüe [*variante importante : la parole est alors
celle des amis d'Erec qui l'accusent de* recreantise, *et non celle d'Enide*]
(H : maintenue).

si, dans un geste de fol orgueil,
je n'avais prononcé la parole
qui a conduit mon seigneur jusque-là.
Le silence n'a jamais nui à personne,
mais la parole cause maintes fois du tort.
C'est une vérité que j'ai mise
à l'épreuve des faits, de bien des manières. »
Elle s'est assise devant son seigneur
et, la tête sur les genoux d'Erec,
elle reprend sa lamentation :
« Ha ! dit-elle, par quel malheur as-tu été là-bas,
seigneur, toi que personne n'égalait !
Tu étais le miroir de Beauté,
Prouesse te tenait pour son parfait ouvrage,
Savoir t'avait donné son cœur,
Largesse t'avait couronné,
elle sans qui il n'est pas de véritable dignité.
Hé ! qu'ai-je donc dit ? Par quel égarement
ai-je proféré la parole
qui a entraîné la mort de mon seigneur,
la parole mortellement empoisonnée
dont il faut m'accuser !
Car je le reconnais sans conteste :
il n'y a d'autre coupable que moi,
je suis la seule à devoir être blâmée. »
Elle retombe alors à terre sans connaissance
et, une fois relevée,
crie de plus belle :

« Dex ! que ferai ? por qoi vif tant ?
4650 Morz que demore et que atant,
Que ne me prent sanz nul respit ?
Mout m'a la Morz en grant despit,
Quant ele ocire ne me daigne.
Moi meïsme estuet que je praigne
4655 Le venjance de mon forfait.
Ainsi morrai, mal gré en ait
La Morz qui ne me vuet aidier.
Ne puis morir por sohaidier,
Ne riens ne me vaudroit complainte :
4660 L'espee que mes sire a ceinte
Par raison doit sa mort vengier.
Ja n'en serai mes en dangier,
N'en proiere ne en sohait. »
L'espee fors dou fuerre trait,
4665 Si la comence a regarder.
Dex la fist un pou retarder,
Qui ploins est de misericorde,
Qu'endementres qu'ele recorde
Son duel et sa mesaventure,
4670 A tant ez vos grant aleüre
Un conte a grant chevalerie,
Qui de mout loing avoit oïe
La dame a haute voiz crïer.
Dex ne la vost mie oblïer,
4675 Que maintenant se fust ocise,
Se cil ne l'eüssent sorprise,

---

* **4650.** demores et qu'atant (*corr. H ; C :* La morz que d., qu'a. ; *P :* He, mors, que vas tu atendant / Que ne me prans...). **4654.** j'en p. **4662.** Je. **4671.** chevauchie [-1].

** **4651.** Qui. **4654.** M. meïsmes e. que p. **4659.** ne m'i v. (*+ H*). *A partir de ce vers, changement de main dans le man.* P (*BN fr. 375, f° 291 a*). **4664.** atrait. **4665.** a esgarder (*+ P*). **4666.** fet | un petit tarder (*H :* un po atarder ; *P :* un poi demorer). **4668.** Endem. (*+ HP*). **4671.** o (*+ P*).

« Mon Dieu ! Que faire ? Pourquoi rester en vie ?
Qu'attend donc la Mort
pour me prendre sans plus tarder ?
La Mort n'a pour moi que le plus grand mépris,
puisqu'elle ne daigne me tuer.
il me faut alors tirer moi-même
vengeance de mon crime
et ainsi je mourrai contre le gré
de la Mort qui me refuse son concours.
Comme je ne puis mourir en dépit de tous mes vœux
et qu'il serait tout aussi vain de poursuivre mes plaintes,
c'est l'épée que mon seigneur avait ceinte
qui doit à juste titre venger sa mort.
Je n'aurai plus jamais à m'en remettre à une volonté étrangère
ni à recourir aux prières ou aux souhaits. »
Elle tire l'épée du fourreau,
puis commence à la contempler.
Mais Dieu, dans sa grande miséricorde,
la fit tarder un peu :
pendant qu'elle se remémore
sa douloureuse destinée,
voici qu'arrive à vive allure
un comte accompagné d'une suite nombreuse.
Il avait en effet entendu de très loin
les cris aigus de la dame.
C'est Dieu qui ne voulut pas l'abandonner,
car elle se serait donné la mort sur-le-champ,
si ces hommes ne l'avaient surprise :

Qui li ont tolue l'espee
Et enz ou fuerre reboutee.
Puis descendi li cuens a terre,
4680 Si li commença a enquerre
Dou chevalier, qu'ele li die
S'ele estoit sa fame ou s'amie.
« L'un et l'autre, fait ele, sire.   (128 b)
Tel duel en ai, n'en puis plus dire,
4685 Mais poise moi que ne sui morte. »
Et li cuens mout la reconforte :
« Dame, fait il, por Deu vos pri,
De vos meïsme aiez merci :
Bien est raison[s] que duel aiez ;
4690 Mais por neant vos esmaiez,
Qu'encor poez assez valoir.
Ne vos metez en nonchaloir ;
Confortez vos, ce sera sens ;
Dex vos fera lie par tens.
4695 Vostre beautez, qui tant est fine,
Bone aventure vos destine,
Car je vos recevrai a fame,
De vos ferai contesse et dame :
Ce vos doit mout reconforter.
4700 Et j'en ferai le cors porter,
S'iert mis en terre a grant honor.
Laissiez ester ceste dolor,
Que folement vos deduiez. »
Cele respont : « Sire, fuiez !

---

* **4680.** commence a e. [-1]. **4691.** avoir *(corr. CH; P = B)*.

** **4678.** Et arriers el f. *(+ HP)* | anbatue [*rime avec* l'e. tolue] *(HP:* boutee). **4684.** Tel d. ai *(+ HP)* | ne vos sai que d. *(H:* a pou ne mur d. ; *P:* ne vos puis plus d.). **4685.** quant ne sui m. *(HP:* Moi p. que je ne s. m.). **4689.** que vos l'aiez. **4691.** porroiz *(+ H)*. **4702.** vostre d.

ils lui ont arraché l'épée des mains
pour la remettre au fourreau.
Une fois descendu de son cheval, le comte
commença par s'enquérir
du chevalier et par lui demander
si elle était sa femme ou son amie.
« L'un et l'autre, fait-elle, seigneur.
Ma détresse est terrible, je ne saurai dire un mot de plus.
Que je regrette de ne pas être morte ! »
Et le comte la réconforte avec habileté :
« Dame, fait-il, je vous en prie, au nom de Dieu,
ayez pitié de vous-même :
votre douleur est bien légitime,
mais rien ne justifie vos frayeurs,
car vous pouvez encore avoir un bel avenir.
Sortez de votre abattement
et reprenez courage, la sagesse l'exige ;
et Dieu vous rendra bientôt heureuse.
Grâce à votre beauté, oh combien rare !
votre fortune est assurée :
je vous prendrai pour épouse
et je ferai de vous une comtesse et une grande dame.
Voilà qui ne peut que vous redonner courage.
Je ferai aussi emporter le corps de votre seigneur,
afin qu'il soit mis en terre avec tous les honneurs.
Mettez donc un terme à votre douleur,
car vous perdez votre temps de manière inconsidérée. »
Elle répond : « Seigneur, allez-vous en ! »

4705 Por Deu merci, lessiez m'ester ;
     Ne poez ci rien conquester.
     Rien qu'en porroit dire ne faire
     Ne me porroit a joie traire. »
     A tant se trait li cuens arriere,   (lettrine rouge)
4710 Et dist : « Façons tost une biere
     Sor quoi cest cors en porterons ;
     Et avec la dame en manrons
     Tot droit au chastel de Limors.
     La iert en terre mis li cors,
4715 Puis voudrai la dame esposer,
     Mais que bien li doie peser,
     C'onques mais tant bele ne vi,
     Ne nule mais tant ne covi :   (128 c)
     Mout sui liez quant trovee l'ai.
4720 Or faisons tost, sanz nul delai,
     Une biere chevalerece,
     Ne vos soit poinne ne perece. »
     Li plusor traient les espees ;
     Tost orent deus perches copees
4725 Et bastons lïez en travers ;
     Erec ont sus couchié envers,
     S'i ont deus chevax estelez.
     Enide chevauche delez,
     Qui de son duel faire ne fine.
4730 Sovent se pasme et chiet sovine ;
     Li chevalier pres la tenoient,
     Entre lor braz la sostenoient ;

---

* **4724.** d. branches *(leçon isolée).*

** **4707.** poïst. **4708.** atraire *(+ HP).* **4709.** se trest *(H :* se mist). **4711.** le
cors. **4714.** La sera anfoïz. **4717.** Que o. tant *(P :* O. mais si b.). **4718.**
Ne dame mes. **4720.** et sanz d. *(+ H).* **4723.** Li auquant *(+ HP).* **4726.**
E. ont mis sus tot e. **4728.** chevauchoit. **4731-4732.** Li c. qui la menoient
/ E. l. b. la retenoient *(H :* Mais li c. pres le tienent / Qui e. l. b. le
sostient ; *P :* Li c. pres le sivoient / Qu'e. l. b. le s.).

Par la grâce de Dieu, laissez-moi tranquille :
n'espérez pas faire ici la moindre conquête.
On aurait beau multiplier paroles et gestes,
rien ne saurait me rendre la joie. »
A ces mots, le comte s'écarte
pour dire à ses hommes : « Faisons rapidement une civière
sur laquelle nous emporterons ce corps ;
nous amènerons aussi la dame,
en suivant le chemin le plus court, au château de Limors[1].
Là, après avoir fait mettre en terre le corps,
je compte épouser la dame,
quelque dépit qu'elle en ait,
car jamais je n'en ai vu d'aussi belle,
ni d'aussi désirable :
quel bonheur pour moi que de l'avoir rencontrée !
Fabriquons donc au plus vite et sans tarder
une civière à chevaux.
Allez, tous au travail et ne traînez pas ! »
La plupart de ses hommes tirent alors leur épée,
ils ont vite fait de couper deux perches
et de lier des bâtons en travers,
ils y ont couché Erec sur le dos
et ont attaché les brancards à deux chevaux.
Enide chevauche à côté,
ne cessant de se lamenter.
Souvent elle perd ses esprits et tombe à la renverse,
mais les chevaliers la suivaient de près
et la retenaient entre leurs bras ;

---

1. Soit le château de « Le mort ».

Si la relievent et confortent.
Jusqu'a Limors le cors en portent
4735 Et vienent ou palais le conte.
Toz li pueples aprés aus monte,
Dames, chevalier et borjois.
En mi la saule, sor un dois,
Ont le cors mis tot estendu,
4740 Lez lui sa lance et son escu.
La sale empli, granz est la presse ;
Chascuns de demander s'engresse
Quels diax ce ert et quex merveille.
Endementres li cuens conseille
4745 A ses barons priveement :
« Seignor, faìt il, isnelement
Vuil ceste dame recevoir.
Vos poez bien apercevoir,
A ce qu'ele est et bele et sage,
4750 Qu'ele est de mout gentil lignage.
Sa beautez mostre et sa franchise
Qu'en li seroit bien l'onor[s] mise
Ou d'un roiaume ou d'un empire.   (128 d)
Je ne serai ja de li pire,
4755 Ainçois en puis mout amander.
Faites mon chapelain mander,
Et vos alez la dame querre.
La motié de tote ma terre
Li voudrai doner en doaire,
4760 S'ele vuet ma volenté faire. »

---

*   **4740.** O lui *(leçon isolée).*

** **4733.** retienent et c. **4735.** Et mainnent. **4739.** m. et e. (*P :* U metent le
c. e.). **4743.** est (+ *P ; H :* [De borjois et de gent engresse] / Tot
demandent de la m.). **4748.** Nos poons (+ *HP*). **4755.** an cuit (+ *H*).

ils peuvent ainsi la redresser et la réconforter.
Ils emportent le corps jusqu'à Limors,
où ils arrivent au palais du comte.
Tout le peuple y monte à leur suite,
dames, chevaliers et bourgeois.
Au milieu de la grande salle se trouvait une table ronde
sur laquelle ils ont placé le corps de tout son long,
avec, à ses côtés, sa lance et son écu.
La salle se remplit, la foule s'y presse.
Chacun s'affaire à demander
les raisons de ce deuil et de ce mystère.
Pendant ce temps, le comte réunit
ses barons en conseil privé
et leur dit : « Seigneurs, je veux
le plus vite possible épouser cette dame.
Il vous est facile de voir
à sa beauté et à sa sagesse
qu'elle est de très noble lignée.
Par sa grâce et sa générosité,
elle mériterait bien l'honneur d'être
à la tête d'un royaume ou d'un empire.
En l'épousant, je ne saurais déchoir,
au contraire, je ne puis que grandir en dignité.
Faites venir mon chapelain
et vous, allez chercher ma dame.
J'ai l'intention de lui donner la moitié
de toute ma terre en douaire,
si elle consent à faire ma volonté. »

Cil ont le chapelain mandé,   (lettrine bleue)
Si con li cuens l'ot commandé,
Et la dame ront amenee.
Si li ont a force donee,
4765 Car cele mout le refusa.
Mais toutes voies l'espousa
Li cuens, que si faire li plot.
Et quant il esposee l'ot,
Tot maintenant li conestables
4770 Fist ou palais metre les tables,
Et fist le maingier aprester,
Car tens estoit ja de soper.

Aprés vespres, un jor de mai,   (lettrine rouge)
Enide estoit en grant esmai.
4775 Onques ses duelx ne recessoit,
Et li cuens adés l'engressoit,
Par proiere et par menacier,
De pais faire et par solacier;
Et si l'a sor un faudestuel
4780 Faite aseoir, estre son vuel.
Vousist on non, l'i ont assise
Et devant li sa table mise.
D'autre part s'est li cuens asis,
Qui par un pou n'enrage vis,
4785 Quant reconforter ne la puet:
« Dame, fait il, il vos estuet
Cest duel lessier et oblïer:
Mout vos poez en moi fïer   (129 a)

---

*   4767. que a f. 4779. Et li desor (*P:* Et par deseur; *C:* Et si l'ont sor;
H: Si l'a fait en). 4780. Fist a. (*corr. C; P = B; H:* Fait a.).

** 4761. Lors (+ *H; P:* Dont sont li c. m.). 4776. auques l'e. (+ *H*). 4778.
et d'esleescier. 4780. outre s. v. (+ *P*). 4782. la t. (+ *HP*). 4783. D'a. p.
est (+ *P; H:* D'a. p. ert). 4786. fet il, vos [-1].

Les barons ont fait venir le chapelain,
comme le comte l'avait demandé.
Ils ont également amené la dame
qu'ils lui ont remise de vive force,
car elle lui opposa un refus catégorique.
Mais le comte l'épousa malgré tout,
parce que tel était son plaisir.
Et dès qu'il l'eut épousée,
le connétable, sans perdre de temps,
fit dresser les tables dans le palais
et préparer le repas,
car c'était déjà l'heure du souper.
Après vêpres, en ce jour de mai,
Enide était en plein désarroi
et, alors que sa douleur ne connaissait pas de répit,
le comte ne cessait de la presser,
à force de prières et de menaces,
de retrouver sa sérénité et son sourire.
C'est pourquoi il l'a faite asseoir
dans un fauteuil, contre son gré.
Qu'elle le voulût ou non, on l'a assise
et on a mis sa table devant elle.
En face d'elle a pris place le comte,
qui est sur le point de laisser éclater sa rage
devant son impuissance à la consoler :
« Dame, fait-il, il vous faut
abandonner et oublier ce chagrin.
Vous pouvez avoir pleine confiance en moi

D'onor et de richece avoir.
4790 Certeinnement poez savoir
Que morz hons par duel ne revit,
Onques nuns avenir nel vit.
Sovoingne vos de quel poverte
Vos est grans richece aoverte :
4795 Povre estïez, or estes riche.
N'est pas Fortune envers vos chiche,
Qui tel honor vos a donee
C'or seroiz contesse clamee.
Voirs est que morz est vostre sire ;
4800 Se vos en avez duel et ire,
Cuidiez vos que je m'en merveil ?
Naie. Mais je vos doing conseil,
Le meillor que doner vos sai :
Quant je espousee vos ai,
4805 Mout vos devez esleescier.
Gardez vos de moi corrocier :
Maingiez, que je vos en semon[g].
— Sire, fait ele, je n'ai son[g].
Certes ja tant con je vivrai,
4810 Ne maingerai ne ne bevrai,
Se je ne voi maingier ainçois
Mon seignor, qui gist sor ce dois.
— Dame, ce ne puet avenir.
Por fole vos faites tenir,
4815 Quant vos si grant folie dites.
Vos en avroiz males merites,

---

* **4794.** tel r. overte [-1].

** **4791.** Que por d. nul m. ne r. (*H :* Que m. h. por ce ne r.). **4792.** N'o. (*H :* Qu'o.). **4796.** vers vos. **4802.** Nenil. **4807.** quant je (*H :* Mais m., jo). **4808.** n'an ai s. (*H :* Cele respont : Sire, n'ai s.). **4809.** Sire, ja (*P :* Jamais tant con je viverai).

pour acquérir honneur et richesse
et vous pouvez être sûre et certaine
que le deuil ne rend pas la vie à un mort,
cela ne s'est jamais vu.
Souvenez-vous donc de quelle pauvreté je vous ai tirée
et quelle richesse je mets à votre disposition.
Vous étiez pauvre, maintenant vous êtes riche,
et Fortune ne se montre pas avare envers vous,
puisqu'elle vous a accordé l'honneur
d'être appelée comtesse.
Il est vrai que votre seigneur est mort.
Si vous en êtes chagrinée et affligée,
croyez-vous que j'en sois surpris ?
Nullement. Mais je vous donne un conseil,
le meilleur que je sache :
maintenant que je vous ai épousée,
vous devez laisser éclater votre joie.
Evitez de me mettre en colère
et mangez, je vous l'ordonne !
— Seigneur, fait-elle, je n'en ai pas envie.
Soyez-en sûr, aussi longtemps que je vivrai,
je ne mangerai ni ne boirai,
tant que je ne verrai pas manger
mon seigneur, qui est allongé sur cette table.
— Dame, cela ne saurait arriver.
Vous vous faites passer pour folle
en tenant des propos aussi insensés.
Attention, vous le payerez cher,

S'ui mais vos en faites semondre. »
Cele mot ne li vost respondre,
Que rien ne prise sa menace.
4820 Et li cuens la fiert en la face ;
Cele s'escrie, et li baron
Le conte blasment environ :
« Ostez, sire, font il au conte.   (129 b)
Mout devrïez avoir grant honte
4825 Que ceste dame avez ferue
Por ce que ele ne mainjue :
Mout grant vilenie avez faite.
Se ceste dame se deshaite
Por son seignor qu'ele voit mort,
4830 Nuns ne doit dire qu'el ait tort.
— Taisiez vos en tuit ! fait li cuens.
La dame est moie et je [sui] suens,
Si ferai de li mon plesir. »
Lors ne se pot cele taisir,
4835 Ainz jure que ja soie n'iert.
Et li cuens hauce, si refiert ;
Et cele s'escrïa en haut :
« Ha ! fel, fait ele, moi que chaut
Que que tu me dies ne faces ?
4840 Ne crien tes copx ne tes menaces.
Assez me bat, assez me fier :
Ja tant ne te troverai fier
Que por toi face plus ne mains,
Se tu orendroit a tes mains

** 4818. vialt (*P :* Et cele ne pot mais r.). 4819. Car (*H :* Qui) | prisoit. 4822.
An b. le c. e. 4825. Qui *(+ HP)*. 4827. Trop g. *(+ H)*. 4838. Ahi ! f. e.
| ne me c. *(+ HP)*. 4839. Que tu me dies ne ne [*P :* me] f. *(+ HP)*.

si vous vous faites aujourd'hui encore une fois rappeler à
Elle ne voulut pas lui répliquer,   [l'ordre ! »
car elle faisait peu de cas de ses menaces.
Le comte la frappe alors au visage.
Elle pousse des cris ; les barons
qui se trouvaient tout autour en blâment le comte :
« Eloignez-vous, seigneur, lui disent-ils,
Vous devriez vraiment avoir honte
de battre cette dame
parce qu'elle se refuse à manger :
quel geste ignoble de votre part !
Si cette dame se désespère
devant le corps de son seigneur,
personne ne peut le lui reprocher.
— Taisez-vous tous ! réplique le comte.
La dame est à moi et je suis à elle ;
aussi je ferai d'elle ce qui me plaira. »
A ces mots, Enide ne put garder le silence :
elle jure qu'elle ne sera jamais à lui.
Le comte lève sa main et la frappe une nouvelle fois,
et la dame de crier haut et fort :
« Ha ! félon, dit-elle, que m'importent donc
tous tes propos et tous tes gestes ?
Je ne crains ni tes gifles ni tes menaces.
Je m'inflige à moi-même bien des coups, bien des sévices ;
et tu auras beau te montrer cruel, tant et plus,
tu ne m'empêcheras pas pour autant d'agir à mon gré,
même si maintenant tu devais

4845 Me devoies les iauz sachier
    Ou [tres]toute vive escorchier. »
    Entre ces diz et ces tençons   (lettrine bleue)
    Revint Erec de paumoisons,
    Ausi con li hons qui s'esveille.
4850 S'il s'esbahi, ne fu merveille,
    Des genz qu'il vit environ lui ;
    Mais grant duel ot et grant ennui,
    Quant la voiz sa fame entendi.
    Dou dois a terre descendi,
4855 Et trait l'espee isnelement ;
    Ire li done hardement,
    Et l'amor[s] qu'a sa fame avoit.
    Cele part cort ou il la voit,   (129 c)
    Et fiert parmi [le chief] le conte
4860 Si qu'il l'escervele et afronte
    Sanz desfïance et sanz parole ;
    Li sans et la cervele en vole.
    Li chevalier saillent des tables,   (lettrine rouge)
    Tuit cuident que ce soit deables,
4865 Qui leanz soit entr'aus venuz.
    N'i remaint jones ne chenuz,
    Car mout furent esmaié tuit ;
    Li uns devant l'autre s'en fuit,
    Quanque il puet, a grant eslais.
4870 Tost orent vuidié le palais,
    Et crïent tuit, et foible et fort :
    « Fuiez ! Fuiez ! Vez ci le mort ! »

---

* **4867.** esmaiez. **4872.** la mort *(corr. CH; P = B; cf. v. 5094).*

** **4846.** Ou tote v. detranchier. **4849.** come hom. **4852.** a *(+ H).* **4857.**
qu'an sa f. *(+ H ; P :* Et l'anuis que sa f.). **4860.** esfronte. **4869.** Quanqu'il
pueent [*H :* porent]. **4871.** Et dïent. **4872.** Veez le m.

de tes mains m'arracher les yeux
ou m'écorcher vive. »
Au milieu de ce violent échange de propos,
voilà qu'Erec reprit connaissance,
comme un homme qui sort de son sommeil.
Il fut stupéfait, ce qui n'avait rien de surprenant,
de voir toute la foule qui l'entourait ;
mais quelle ne fut pas sa détresse et son désarroi,
lorsqu'il entendit la voix de sa femme !
D'un bond il saute de la table
et tire aussitôt l'épée :
rendu hardi par la colère,
ainsi que par l'amour qu'il éprouvait pour sa femme,
il se précipite du côté où il la voit
et frappe le comte en pleine tête,
lui fracassant le crâne et le visage
sans même lui lancer une parole de défi :
le sang et la cervelle en giclent.
Les chevaliers bondissent alors des tables,
tous croient que le diable en personne
s'était glissé au milieu d'eux.
Il n'y resta jeune ni vieux,
si grande était la panique.
Ils se pressent les uns derrière les autres
pour s'enfuir à toutes jambes, le plus vite possible.
Ils eurent tôt fait de vider le palais,
criant tous, les faibles comme les forts :
« Fuyez ! Fuyez ! Voici le mort ! »

Mout fu granz la presse a l'issue,
Chascuns de tost fuïr s'argüe,
4875 Que li uns l'autre empeint et bote ;
Cil qui derriers est en la rote,
Voudroit [bien] estre au premier front.
Ainsi trestuit fuiant s'en vont
Que li un[s] l'autre n'ose atendre.
4880 Erec corut son escu prendre,
Par la guinche a son col le pent,
Et Enide la lance prent ;
Si s'en vienent parmi la cort.
N'i a si hardi qui la tort,
4885 Qu'il ne cuidoient pas qu'il fust
Hom, qui si chacier les deüst,
Mais deables ou enemis,
Qui dedenz le cors se fust mis.
Tuit s'en fuient ; Erec les chace ;
4890 Et trova hors en mi la place
Un garçon qui voloit mener
Son destrier a l'eve abevrer,
Atorné de frain et de sele.   (129 d)
Ceste aventure li fu bele :
4895 Erec vers le cheval s'eslesse,
Et cil tot maintenant le lesse,
Que paor ot grant li garçons.
Erec monte entre les arçons,
Puis se prent Enide a l'estrier
4900 Et saut sor le col dou destrier,

---

* **4883.** Cil. **4884.** la cort. **4890.** truevent (*corr. H; P = B; C:* tenoit).

** **4873.** est *(+ H).* **4875.** Li uns ... debote (*H:* A l'issir li uns l'a. b.). **4876.** ert (*H:* Trestot s'en fuient a grant r. ; *P:* fu). **4877.** Volsist e. au premerain f. (*H:* Cascuns velt e. ; *P:* Vausist b. e.). **4884.** qui lor tort (*H:* qui la cort ; *P:* qui les tourt). **4885.** Car *(+ H; P:* Que). **4886.** Nus hom, qui c. (*H:* H. vivans, ne morir peüst). **4891.** Uns garçons. **4892.** cheval. **4897.** Car.

Quelle immense cohue à la sortie !
Chacun s'empresse de quitter les lieux,
sans hésiter à bousculer et à pousser son voisin ;
celui qui est à l'arrière de la foule
voudrait bien être au premier rang.
Voilà la tournure que prend cette débandade,
où il n'est pas question de s'attendre.
Erec court prendre son écu
et le pend à sou cou par la guiche,
alors qu'Enide s'empare de la lance.
Ils arrivent ainsi au milieu de la cour,
mais personne n'a l'audace d'aller dans leur direction ;
car ils ne pensaient pas avoir affaire
à un homme qui se serait mis à leur poursuite,
mais à un suppôt de l'Ennemi, un diable
qui s'était logé dans son corps.
Tous s'enfuient, pourchassés par Erec.
A l'extérieur, sur la place, il tomba sur
un valet d'armes qui voulait mener
à l'abreuvoir son propre destrier,
déjà sellé et bridé.
L'occasion était belle :
Erec se précipite vers le cheval,
que le jeune homme a vite fait de lui abandonner,
tellement il était effrayé.
Erec saute entre les arçons,
avant qu'Enide elle-même ne mette le pied à l'étrier
pour s'installer sur le cou du destrier :

Si con li commanda et dist
Erec, qui sus monter la fist.
Li chevax andeus les en porte,
Et truevent overte la porte ;
4905 Si s'en vont que nuns n'i areste.
Ou chastel avoit grant moleste
Dou conte qui estoit ocis,
Mais n'i a nul, tant soit de pris,
Qui voist aprés por le vengier.
4910 Ocis fu li cuens au maingier.
Et Erec, qui sa fame en porte,
L'acole et baise et reconforte ;
Entre ses braz contre son cuer
L'estraint et dit : « Ma douce suer,
4915 Bien vos ai dou tot essaïe.
Ne soiez de rien esmaïe,
Q'or vos ain plus que ainz ne fis,
Et je resui certains et fis
Que vos m'amez parfaitement.
4920 Tout a vostre commandement
Vuil estre des or en avant
Si con je estoie devant.
Et se vos m'avez rien mesdite,
Je le vos pardoing et claim quite
4925 Et le forfait et la parole. »
Lors la [re]baise et si l'acole.
Or n'est pas Enide a malaise,
Quant ses sire l'acole et baise,   (130 a)

---

*   **4908.** n'i a un (*corr. H; C :* n'i ot nul, tant fust ; *P :* n'i a un seul si de
       pris). **4917.** plus assez et pris.

**   **4904.** Il t. (*H :* Si li fu o.). **4905.** nes a. (*+ H*). **4916.** Or ne s. plus e. (*H :*
       N'en s. noiant e.). **4917.** qu'ainz mes ne f. (*+ H*). **4920.** *Vers placé aprés*
       v. 4922. **4921.** Or v. e. d'or. **4922.** Ausi con j'e. (*+ HP*). **4924.** p. tot
       et quit. **4925.** Del f. et de la p. (*+ H ; sur la constr. de BP, voir* Chev.
       de la Charrette, éd. Méla, v. 918). **4926.** Adons la rebeise et a. (*H :* A
       itant le b. et a. ; *P :* Adont le rembrace et a.). **4928.** l'a., la b. [+ 1].

***   H. 4928 *(couplet incomplet)*.

en tout cela, elle suivait les ordres
d'Erec et celui-ci l'aida à monter.
Le cheval les emporte tous les deux
et, trouvant la porte ouverte,
ils partent sans rencontrer aucune résistance.
Le château était plongé dans la désolation
par le meurtre du comte,
mais personne, aussi valeureux soit-il,
n'ose les poursuivre pour le venger.
Alors que le comte a été tué pendant son repas,
Erec, lui, emmène sa femme ;
il l'enlace, l'embrasse et la réconforte.
La serrant dans ses bras
tout contre son cœur, il lui dit : « Ma douce sœur,
je vous ai bien éprouvée en toutes choses.
N'ayez aucune crainte :
je vous aime maintenant plus que jamais
et je suis à nouveau sûr et certain
que vous aussi vous m'aimez parfaitement.
Désormais je veux être
tout à vous,
comme je l'étais auparavant.
Et si vous m'avez offensé en parole,
je le vous pardonne et vous tiens quitte
de cette parole malheureuse. »
A ces mots, il reprend ses baisers, les bras autour de son cou.
Enide n'est plus à plaindre,
maintenant que son seigneur l'enlace et l'embrasse

    Et de s'amor la raseüre.
4930 Par nuit s'en vont grant aleüre,
    Et ce lor fait grant soatume
    Que la lune cler lor alume.
    Mout est tost alee novele,   (lettrine bleue)
    Que rien nule n'est si isnele.
4935 Ceste novele estoit alee
    A Guivret le Petit contee,
    C'uns chevaliers d'armes navrez
    Iert morz en la forest trovez,
    O lui une dame tant bele
4940 Qu'Iseuz semblast estre s'ancele ;
    Si fesoit duel mout merveillous.
    Trovez les avoit ambedous
    Li cuens Oringles de Limors,
    S'en avoit fait porter le cors,
4945 Et la dame esposer voloit,
    Mais ele li contredisoit.
    Quant Guivrez la parole oï,
    De rien nule ne s'esjoï,
    Qu'erramment d'Erec li sovint.
4950 En cuer et en penser li vint
    Que il ira la dame querre,
    Et le cors fera metre en terre
    A grant honor, se ce est il.
    Serjanz et chevaliers ot mil
4955 Essamblez por le chastel prendre ;
    Se li cuens ne li vousist rendre

---

*   **4929.** le r. **4930.** va. **4943.** d'Alimors.

** **4932.** Que la nuit luisoit cler la lune. **4933.** T. est a. la n. **4935.** ert ja a.
4936. A G. et li fu c. **4940.** Si oel sanbloient estancele [*effacement curieux
de la mention d'Iseut, cf. déjà v. 2072*] (*H :* Qu'I. sembloit). **4941.** Et f.
un d. mer. (+ *H ; P :* Si f. d. m. angoissex). **4943.** Li c. orguilleus. **4946.**
le c. (+ *HP*). **4947.** la novele. **4951-4952.** iroit / feroit.

et la rassure sur son amour.
Ils traversent la nuit à vive allure,
et quelle douceur pour eux
de voir le clair de lune illuminer leur route !
    La nouvelle a rapidement fait son chemin,
car rien ne va plus vite que la rumeur.
Le bruit en était déjà parvenu
à Guivret le Petit : on lui avait conté
qu'un chevalier blessé dans un combat
avait été retrouvé mort dans la forêt,
auprès d'une femme si belle
qu'Iseut eût semblé sa suivante ;
elle était plongée dans une profonde détresse.
L'un et l'autre avaient été découverts
par le comte Oringles de Limors,
qui avait fait emporter le corps
et désirait épouser la dame,
mais celle-ci se refusait à lui.
En entendant ces propos, Guivret
fut bien loin de se réjouir,
car il se souvint immédiatement d'Erec.
Il se dit alors en lui-même
qu'il partira en quête de la dame
et fera enterrer le corps
en grande pompe, s'il s'agit bien d'Erec.
Il assembla donc mille écuyers et chevaliers
pour pouvoir prendre d'assaut le château :
si le comte ne voulait pas lui remettre

Volentiers le cors et la dame,
Tot meïst a feu et a flame.
A la lune, qui cler luisoit,
4960 Sa gent vers Limors conduisoit,
Hiaumes laciez, hauberz vestuz,
Et les escuz as cols penduz ;
Si s'en venoient armé tuit.   (130 b)
Et fu ja pres de mie nuit,
4965 Quant Erec les a perceüz ;
Lors cuide il estre deceüz
Ou morz ou pris sanz retenal.
Descendre fait de son cheval
Enide delez une [h]aie ;
4970 N'est pas merveille s'il s'esmaie.
« Remenez ci, dame, fait il,
Un petit delez cest sevil,
Tant que ces genz trespassé soient.
Je n'ai cure que il vos voient,
4975 Car je ne sai quex genz ce sont,
Ne quel chose querant il vont.
Espoir nos n'avons d'aux regart,
Mais je ne voi de nule part
Ou nos nos peüssons esduire,
4980 S'il nos voloient de rien nuire.
Ne sai se max m'en avenra :
Ja por paor ne remenra
Que a l'encontre ne lor aille.
Et s'il i a nul qui m'essaille,

---

*   **4965.** conneüz *(corr. CH ; P = B).* **4973.** trespassez. **4978.** ne sai. **4979-
4980.** puissons esconduire *(verbe non attesté)* / Se il de rien nos vuelent
n. **4982.** Que *(corr. CH ; P = B).*

** **4958.** an ... an *(+ P).* **4960.** Ses genz. **4963.** Et si *(HP : Ensi).* **4966.** Or
(+ H). **4968.** a fet *(P : fist).* **4972.** santil *(P : semil ; sevil [peut-être du lat.
* saepile, petite haie] attesté dans BH semble être un hapax).* **4974.** nos.
4979. Nul leu ou nos puissien reduire *(H : La ou nos eüsson refuire).*

de plein gré le corps et la dame,
il livrerait tout à la proie des flammes.
Par un beau clair de lune,
il conduisait sa troupe vers Limors :
heaumes lacés, haubers bien ajustés
et écus pendus au cou,
tel était l'armement de tous ses hommes.
Il était déjà près de minuit,
lorsqu'Erec les a aperçus.
Il croit alors être joué
et se voit mort ou captif sans retour.
Il fait descendre Enide
de son cheval à côté d'une haie :
rien d'étonnant, s'il s'inquiète !
« Ma dame, dit-il, restez
un petit moment derrière ce buisson,
en attendant que ces gens soient passés.
Je ne veux pas qu'ils vous voient,
car je ne sais qui ils sont,
ni ce qu'ils cherchent à faire.
Peut-être n'avons-nous pas à les craindre,
mais je ne vois pas de quel côté
nous pourrions nous échapper,
s'ils nous voulaient du mal.
Je ne sais s'il m'arrivera malheur ;
la peur ne saurait toutefois m'empêcher
d'aller à leur rencontre.
Et si l'un d'eux m'attaque,

4985 De joster ne li faudrai pas.
     Se sui je mout doillanz et las,
     Il n'est merveille se me duil.
     [Droit] a l'encontre aler lor vuil,
     Et vos soiez ci toute coie,
4990 Gardez que ja nuns ne vos voie,
     Tant qu'il vos aient esloingnie. »
     A tant ez vos, lance esloingnie,
     Guivret, qui l'ot de loing veü,
     Mais ne l'ot mie conneü,
4995 Qu'en l'ombre d'une nue brune
     S'estoit esconsee la lune.
     Erec fu foibles et quassez,
     Et cil fu auques respassez   (130 c)
     De ses plaies et de ses copx.
5000 Or fera Erec trop que fox,
     Se tost conoistre ne se fait.
     En sus de la haie se trait,
     Et Guivrez vers lui esperone.
     De nule rien ne l'araisone,
5005 N'Erec ne li resona mot ;
     Plus cuida faire qu'il ne pot :
     Qui plus vuet corre qu'il ne puet
     Recroire ou reposer l'estuet.
     Li un[s] contre l'autre s'ajoste ;   (lettrine rouge)
5010 Mais ne fu pas igaus la joste,
     Que cist fu foibles et cil forz.
     Guivrez le fiert par tel esforz

---

*   **4986.** doillant. **4987.** Mais. **5009.** se joste.

** **4987.** N'est m. se je me d. (*H :* N'est pas m.). **4990.** que nus d'aux (*P :*
Et g. que nus ne vos v.). **4992.** l. beissiee (*H :* aloignie ; *P :* alongie, *tout
comme au vers précédent ; cf. v. 2858*). **4994.** Ne se sont pas reconeü (*H :*
Ne se sont mie c.). **5005.** Ne E. ne li sona [*P :* sone] m. (+ *P ; H :* Et E.
ne li respont). **5007.** v. fere (+ *P*). **5009.** ancontre l'a. joste. **5011.** Que
cil (+ *P*).

je ne manquerai pas de lui donner la réplique,
bien que je sois brisé de fatigue,
ce qui n'a rien de surprenant.
Je veux m'avancer droit vers eux
pendant que vous resterez ici en silence,
en évitant que quiconque puisse vous voir,
tant qu'ils ne se seront pas éloignés de vous. »
Et voici qu'arrive, lance à l'horizontale,
Guivret : il avait vu Erec de loin,
mais ne l'avait pas reconnu,
parce qu'une sombre nuée
avait obscurci et voilé la lune.
Alors qu'Erec était tout affaibli par ses blessures,
l'autre s'était bien remis
de ses coups et de ses plaies.
Quelle folie ne commettra pas Erec
s'il ne se fait connaître au plus vite !
Il s'avance au-delà de la haie
et Guivret éperonne dans sa direction,
sans lui adresser la moindre parole.
Erec, de son côté, ne lui dit mot ;
il présumait de ses forces :
qui veut courir plus qu'il ne peut
est contraint à l'abandon ou à l'arrêt.
L'un et l'autre en viennent aux mains,
mais la joute n'est pas égale,
car l'un est faible et l'autre est fort.
Guivret le frappe si violemment

Que par la crope dou cheval
Le porte a terre contre val.
5015 Enide qui tapie estoit,
Quant son seignor a terre voit,
Morte cuide estre et malbaillie :
Fors est de la haie saillie,
Et cort por aidier son seignor.
5020 S'onques ot duel, or ot greignor.
Vers Guivret vint, si le saisist
Par la reinne, puis si li dist :
« Chevaliers, maudiz soies tu !
Un home foible et sanz vertu,
5025 Doillant et pres navré a mort,
As envahi a si grant tort
Que tu ne sez dire por qoi.
Se ci n'eüst ore que toi,
Que sous fusses et sanz ahie,
5030 Mar fust faite ceste envahie,
Mais que mes sire fust haitiez.
Or soies frans et afaitiez,
Se laisse ester par ta franchise　　　　　　　(130 d)
Ceste bataille qu'as emprise,
5035 Car ja n'en vaudroit mieuz tes pris,
Se tu avoies mort ou pris
Un chevalier qui n'a pooir
De relever, ce puez veoir,
Qu'il a tant copx d'armes soferz
5040 Que touz est de plaies coverz. »

---

* **5032.** soiez. **5035.** vaudroiz m. de pris.

** **5014.** L'an p. *(+ HP).* **5015.** qui a pié e. (*H :* em piés ; *faute commune à CH*). **5018.** Hors de la h. estoit s. **5020.** lors l'ot g. (*H :* or a g.). **5021.** vient *(+ P).* **5022.** lors si. **5024.** C'un h. seul et s. v. (*H :* Que un h. seul, s. v. ; *P :* Qui h. f.). **5028.** o. fors t. (*H :* Se ici n'e. fors que t. ; *P :* certes que t.). **5030.** Car *(leçon difficile).* **5035.** Que *(+ P).* **5039.** Car (*H :* Qui).

qu'il le culbute par-dessus la croupe de son cheval
et le précipite au sol.
Quand Enide qui était tapie derrière la haie
voit son seigneur à terre,
elle se croit morte et perdue :
elle a surgi de sa cachette
et se lance au secours de son époux.
Plus désespérée que jamais,
elle s'approcha de Guivret et, saisissant
son cheval par la bride, lui dit :
« Chevalier, maudit sois-tu !
C'est un homme faible et privé de sa force,
souffrant de blessures presque mortelles,
que tu as assailli, et de manière si injuste
que tu ne saurais en dire la raison.
Si tu t'étais trouvé ici
tout seul, privé de toute assistance,
et que mon seigneur fût en bonne santé,
combien cette attaque aurait mal tourné pour toi !
Fais donc preuve de générosité et de grandeur d'âme
et puisses-tu avoir la loyauté d'abandonner
la bataille que tu as commencée :
comment pourrais-tu gagner en mérite,
si tu avais tué ou fait prisonnier
un chevalier incapable
de se relever, comme tu peux le voir,
tellement il a dans les combats reçu de coups
qui ont couvert tout son corps de plaies ? »

Cil respont : « Dame, ne tamez !　　　　(lettrine bleue)
Bien voi que lëaument amez
Vostre seignor, si vos en lo ;
N'avez garde ne bien ne po
5045 De moi ne de ma compaignie.
Mais dame, ne me celez mie,
Comment vostre sires a non,
Que ja n'i avroiz se prou non ?
Qui que il soit, son non me dites,
5050 Puis s'en ira seürs et quites.
N'estuet douter ne vos ne lui,
Qu'a seür estes ambedui. »
Quant Enide aseürer l'ot,
Briement li a dit a un mot :
5055 « Erec a non, mentir n'en doi,
Que debonaire et franc vos voi. »
Guivrez descent, qui mout fu liez,
Et vait Erec cheoir as piez,
La ou il gisoit a la terre.
5060 « Sire, je vos aloie querre,
Fait il, vers Limors droite voie,
Que mort trover vos i cuidoie.
Por voir m'estoit dit et conté
Qu'a Limors en avoit porté
5065 Un chevalier navré a mort
Li cuens Oringles, et a tort
Une dame esposer voloit
Qu'ensemble o lui trové avoit,　　　　　　(131 a)

---

* **5068.** Mais ele li contredisoit *(leçon isolée ; cf. v. 4946).*

** *Après v. 5043, H insère deux vers :* [V. s., s'il vos leüst], / Ja a moi bataille n'eüst, / Mais un don vos otroi et veu. **5044.** N'aiez *(+ P).* **5046.** M. dites moi, nel [*H :* ne] c. mie *(+ H).* **5049.** si le me d. **5053.** s'ot *(+ H ; P :* Q. Erec a. s'ot). **5054.** li respont *(+ H).* **5056.** Car *(+ HP).* **5061.** a L. **5062.** Car *(P :* Por çou que t. vos c.). **5065.** Un c. a armes m.

L'autre répond : « Dame, ne craignez rien !
Je vois bien que vous aimez sincèrement
votre seigneur, et je ne peux que vous en louer ;
aussi n'avez-vous pas à vous méfier le moins du monde
de moi-même et de mes compagnons.
Mais, dame, ne m'en faites pas un secret,
comment s'appelle votre époux ?
Vous n'aurez rien à y perdre :
quel qu'il soit, dites-moi son nom,
puis il s'en ira en toute sûreté et en toute liberté.
Ni vous ni lui ne devez avoir d'appréhension :
vous êtes tous deux en sécurité. »
A ces paroles rassurantes, Enide
a répondu d'un mot rapide :
« Il s'appelle Erec, et je ne cherche pas à mentir,
car vous êtes, je le vois bien, un homme généreux et loyal ».
A ces mots, Guivret descend de son cheval, tout aise,
et se jette aux pieds d'Erec
qui était étendu sur le sol.
« Seigneur, je partais justement à votre recherche,
dit-il, par le chemin qui mène droit à Limors,
car je croyais vous y trouver sans vie.
On m'avait en effet assuré
qu'un chevalier mortellement blessé
y avait été porté
par le comte Oringles et que ce dernier voulait
injustement épouser une dame
qu'il avait trouvée aux côtés du chevalier,

Mais ele n'avoit de lui soing.
5070 Et je venoie a grant besoing
Por li aidier a delivrer ;
Se il ne me vousist livrer
La dame et vos sanz contredit,
Je me prisasse mout petit
5075 S'un pié de terre li lessasse.
Certes, se mout ne vos amasse,
Ja [voir] ne m'en fusse entremis.
Je sui Guivrez, li vostre amis,
Mais se je vos ai fait ennui
5080 Por ce que je ne vos connui,
Pardoner bien le me devez. »
A cest mot s'est Erec levez
En son seant, que ne pot plus,
Et dist : « Amis, relevez sus,
5085 De cest forfait quites soiez,
Que vos ne me connoissïez. »
Guivrez se lieve, Erec li conte
Coment il a ocis le conte
La ou il maingoit a sa table,
5090 Et comment devant un estable
Avoit recovré son destrier,
Coment sergent et escuier
Fuiant crioient en la place :
« Fuiez ! Fuiez ! Li morz nos chace ! »,
5095 Coment il dut estre atrapez,
Coment il s'en iere eschapez.

---

* **5069.** Que e. **5071.** l *de* li *exponctué.*

** **5071.** Por li a. et d. (*H:* Por lui garir et d. ; *P:* Por vous a. et d.). **5076.**
Sachiez (+ *H; P:* Se mix certes ne v. a.). **5077.** Que ja ne *(+ H).* **5087.**
et il li c. (*H:* E. se l., si li c.). **5089.** seoit a la t. (*P:* La ou il mangierent
a t.). **5090.** une e. *(+ HP).* **5092.** et chevalier. **5095.** antrapez (*H:* enterés ;
P: Et c. nus ne li vint pres). **5096.** Et c. il est e. (+ *H, qui, avec AE, rajoute
à la suite 4 vers:* Parmi le tertre contre val, / Commant sor le col del
ceval / En avoit sa feme aportee ; / S'aventure li a contee ; *P = v. 5097,
puis* Biax sire, jou ai un castel / Assés pres de chi bon et bel, *puis
v. 5099-5100 intervertis).*

mais qui n'avait aucun penchant pour lui.
Je venais donc en toute hâte
l'aider à se libérer du comte
et, si ce dernier avait tant soit peu hésité
à me remettre la dame et vous-même,
je ne lui aurais pas laissé un pied de terre,
ou alors je me serais considéré comme un moins que rien !
Soyez-en sûr, si je n'avais pas eu une grande affection pour vous,
je ne me serais certainement pas entremis dans cette affaire.
Je suis Guivret, votre ami,
mais si je vous ai fait du tort
pour ne vous avoir pas immédiatement reconnu,
pardonnez-moi, je vous en prie. »
A ces mots, Erec s'est dressé
sur son séant — il ne pouvait faire plus —
et lui dit : « Ami, relevez-vous,
je vous décharge de ce tort,
puisque vous ne m'avez pas reconnu. »
Guivret se lève et Erec lui raconte
comment il a tué le comte
alors que ce dernier était attablé pour manger,
comment devant une écurie
il avait récupéré son destrier,
comment les valets et les écuyers
prenaient la fuite en criant à travers la place :
« Fuyez ! Fuyez ! Le mort est à nos trousses ! »,
comment il aurait dû être pris au piège,
comment il s'était finalement échappé.

Et Guivrez li redist aprés :
« Sire, j'ai un chastel ci pres,
Qui mout siet bien et en sain leu.
5100 Por vostre aise [et] por vostre preu
Vos i voudrai demain mener ;
S'i ferons voz plaies sener.
J'ai deus serors gentes et gaies,   (131 b)
Qui mout sevent de garir plaies ;
5105 Celes vos garront bien et tost.
Anuit ferons logier nostre ost
Jusqu'au matin parmi ces chans,
Que grant bien vos fera, ce pans,
Anuit un petit de repos.
5110 Ci nos logerons par mon los. »
Erec respont : « Ice lo gié. »
Illuec sont remés et logié ;
Ne furent pas de logier coi,
Mais petit troverent de qoi,
5115 Car n'i avoit mie pou gent.
Par ces haies se vont logent,
Guivrez fist son pavoillon tendre,
Si commanda une esche esprendre
Por alumer et clarté faire ;
5120 Des escrins fait les cierges traire
Et alumer parmi la tente.
Or n'est pas Enide dolente,
Car mout bien avenu li est.
Son seignor desarme et devest,

---

*   **5098.** Sire, i a un ch. **5112.** La nuit se sont illuec logié *(leçon isolée)*.
       5120. Fait des e.

**   **5099.** an biau lieu (*P:* bon l.). **5108.** Car. **5111.** Ce relo gié (*H:* Bien
       le lo gié). **5118.** Et comande une aesche e. (*H:* Et commanda une esque
       prendre ; *P:* Et commande une eske a e.). **5120.** Des cofres (*H:* Des
       forgiers). **5121.** Si les alument par la t. (*H:* Ses alument).

*** P. **5114** et **5116** (**5115** = Car n'avoient mie gent poi).

Et Guivret lui répondit :
« Seigneur, j'ai près d'ici un château
très bien assis qui est situé dans un lieu salubre.
Pour votre commodité et pour votre profit,
je voudrais vous y conduire demain
et nous y ferons soigner vos blessures.
J'ai deux sœurs gracieuses et souriantes
qui possèdent bien l'art de guérir les plaies :
elles mèneront rapidement à bien votre guérison.
Mais pour ce soir nous installerons notre troupe
au milieu de ces champs jusqu'au matin,
car un peu de repos cette nuit
vous fera, j'en suis persuadé, le plus grand bien.
Nous logerons ici même, qu'en pensez-vous ? »
Erec répond : « Je suis de votre avis. »
Ils ont donc installé là leur campement,
ce qu'ils ne firent pas sans peine,
car ils disposaient de peu d'espace
au regard de leur nombre.
Ils campent parmi les haies
et Guivret, après avoir fait dresser son pavillon,
demande à ce que l'on embrase une mèche
pour apporter lumière et clarté,
puis fait ouvrir les coffres et sortir les cierges
pour qu'on les allume au centre de sa tente.
Maintenant Enide n'a plus de chagrin :
la chance lui a souri.
Elle désarme et déshabille son seigneur,

5125 Si li a ses plaies lavees
     Et essuïes et bendees,
     Car autrui n'i lessa tochier.
     Or ne li set que reprochier
     Erec, qui bien l'a esprovee :
5130 Vers li a grant amor trovee.
     Et Guivrez, qui mout le conjot,
     De coutes porpointes qu'il ot
     Fist un lit faire haut et lonc,
     Qu'assez troverent herbe et jonc ;
5135 S'ont Erec couchié et covert.
     Lors a Guivrez un coffre overt,
     S'en fait fors traire deus pastez :
     « Amis, fait il, or en tastez   (131 c)
     [Un petit de ces pastez froiz.
5140 Vin o eve mellé bevroiz ;
     J'en ai de bon cinq barreus plains,
     Mais li purs ne vos est pas sains,
     Car navrez estes et plaiez.
     Beax douz amis, or essaiez]
5145 A maingier, que bien vos fera ;
     Et ma dame remaingera,
     Vostre fame, qui mout a hui
     Por vos esté en grant anui ;
     Mais bien vos en estes vengiez.
5150 Eschapez estes, or maingiez,
     Et je ci maingerai ausi. »
     Assis s'est Guivrez devant li

---

* 5131. les c. 5139-5144. *Lacune de B (texte de P).*

** 5126. Ressuies et reb. (*H :* Ses plaies li a reb., *qui rime avec* armes ostees ;
P : Et netoïes et lavees, *qui rime avec* bendees). 5130. *Tous les man. ont* Vers,
alors qu'on attendrait En ; *H a peut-être la bonne leçon :* Vers lui de g. a.
tornee. 5131. Et G. m. le reconjot. 5134. Qu'a. i avoit (*H :* Que a. trovent ;
P : A. troevent). 5136. Et puis li ont (*H :* Pus li a on ; *P :* S'a on Guivret).
5137. fist (*H :* Si en fist faire ; *P :* S'en a fait t.) | trois. 5141. set (*H :* sis).
5143. bleciez (+ *H*). 5146. d. ausi mangera (*P :* d. si m.). 5151-5152. Et je
m., biax amis / Delez lui s'est Erec assis (*H :* Et jo rem. od vos / Lors s'a
assis ensamble als dols ; *P :* Et jou si m. ausi / Devant lui s'est premiers
a.). [*aucun man. n'est véritablement satisfaisant*].

lui a elle-même lavé ses plaies,
puis les a essuyées et bandées,
car elle ne voulait pas que quelqu'un d'autre y touchât.
Maintenant Erec ne peut rien lui reprocher :
il l'a bien éprouvée
et quel grand amour il a trouvé en elle !
Guivret qui l'entoure de douces prévenances
fit prendre des couvertures piquées
pour apprêter un lit haut et long,
car on trouva assez d'herbes et de joncs.
Lorsqu'on y eut couché et recouvert Erec,
Guivret a ouvert un coffre
d'où il fait tirer deux pâtés :
« Ami, fait-il, goûtez donc
un peu de ces pâtés froids
et vous boirez du vin coupé d'eau
— j'ai cinq barriques pleines de bon vin —
mais évitez le vin pur, il ne vous serait pas profitable
du fait de vos blessures et de vos plaies.
Très cher ami, essayez donc
de manger, cela vous fera du bien.
Ma dame dînera aussi,
votre femme qui a aujourd'hui souffert
de si grands tourments pour vous,
mais vous vous êtes bien vengé.
Maintenant que vous êtes tiré d'affaire, mangez
et je ferai de même. »
Guivret s'est alors assis devant lui,

Et Enide, cui mout plesoit
Trestot quanque Guivrez fesoit.
5155 Andui de maingier le semonent;
Vin et eve mellé li donent,
Que li purs est trop forz et rades.
Erec mainga comme malades
Et but petit, car il n'osa.
5160 Mais a grant aise reposa
Et dormi trestote la nuit,
Qu'en ne li fist noise ne bruit.
Au matinet sunt esveillié,
Si resont tuit apareillié
5165 De monter et de chevauchier.
Erec ot mout son cheval chier,
Que d'autre chevauchier n'ot cure.
Enide ont baillie une mure,
Car perdu ot son palefroi;
5170 Mais ne fu pas en grant esfroi,
N'onques n'i pensa par semblant.
Bele mule ot et bien amblant,
Qui a grant aise la porta,
Et ce mout la reconforta
5175 Qu'Erec ne s'esmaioit de rien,
Ainz lor disoit qu'il garroit bien.

A Penuris, un fort chastel,   (lettrine rouge)
Qui mout seoit et bien et bel,
Vindrent ainçois tierce de jor.   (131 d)
5180 La sejornerent a sejor

---

* 5168. mule, *leçon de tous les man. sauf C.* 5172. Bone m. 5174. reconforté
l'a.

** 5156. V. et e. boivre li d. (*P:* a boire lor d.). 5157. Car (+ *H*) | li estoit
trop r. 5159. que (+ *H*). 5169. Qui (*H:* Que). 5171. Onques (+ *P; H:*
Ne ainc). 5176. A. li d. (*H:* Q'Erec d. qu'il g. bien / Et qu'il ne s'e. de
rien; *P:* Ains dist qu'il garira ml't b.). 5177. Pointurie (*H:* Pencairic;
P: Penevris). 5178. Q. s. m. bien et m. bel (*P:* Q. m. estoit et fort et b.).
5180. La demorerent (*H:* sejornoient).

tout comme Enide qui approuvait sans réserve
tout ce que faisait Guivret.
L'un et l'autre l'engagent à manger,
ils lui donnent du vin coupé d'eau,
car le vin pur est trop fort et monte à la tête.
Erec mangea comme mange un malade
et n'osa pas boire beaucoup,
mais il prit un repos bien confortable
et dormit toute la nuit,
car on évita de faire le moindre bruit.
De bon matin, les voilà tous réveillés
et de nouveau prêts
à monter et à chevaucher.
Erec tenait tant à son cheval
qu'il n'aurait souhaité d'autre monture.
Quant à Enide, ils lui ont confié une mule,
car elle avait perdu son palefroi.
Mais elle n'eut pas à s'alarmer de cette perte
et ne parut même plus y songer,
puisqu'elle avait une belle mule, qui allait bien l'amble
et qui la portait avec aisance ;
et ce qui acheva de la réconforter
était de voir qu'Erec ne se plaignait de rien,
les assurant même de sa guérison prochaine.
Pénuris, un bourg fortifié,
bien assis et joliment situé,
où ils arrivèrent avant l'heure de tierce,
était la résidence habituelle

Les serors Guivret ambedeus,
Car mout estoit plesanz li leus.

En une chambre delitable,   (lettrine bleue)
Loing de la gent et essorable,
5185 En a Guivrez Erec mené.
A lui garir ont mout pené
Ses serors, cui il en prïa.
Erec en eles se fïa,
Qu'eles dou tot l'aseürerent.
5190 Premiers, la morte char osterent,
Puis mistrent sus entrait et tente ;
A lui covint mout grant entente
Et celes, qui mout en savoient,
Sovent ses plaies li lavoient
5195 Et remetoient entrait sus.
Chascun jor quatre foiz ou plus
Le fesoient maingier et boivre,
Sou gardoient d'auz et de poivre.
Mais, qui qu'alast et enz et fors,
5200 Toz jors estoit devant son cors
Enide, cui plus en tenoit.
Guivrez leanz sovent venoit
Por demander et por savoir
S'il voudroit nule rien avoir.
5205 Bien fu gardez et bien serviz,
Et n'estoit mie fait[e] enviz
Rien nule qui li fust mestiers,
Mais lïement et volentiers.

---

*   **5190.** curerent.

** **5182.** Por ce que biax e. li leus. **5184.** L. de noise et bien e. (*H:* Qui ml't ert bel et porfitable ; *P:* L. de gent et bien esconsable). **5187.** que il (*H:* que ml't em p.). **5189.** Car celes [*H:* eles] molt (+ *H; P:* Celes du tout). **5192.** A lui garir ont g. e. (*H:* [Puis i misent solonc m'entente] / A lui garir m. g. e. ; *P = B + interversion du couplet*). **5195.** l'antrait (+ *P; H:* remetent emplastre). **5198.** d'ail (+ *P*). **5199.** ne anz ne hors (+ *H; P:* Et de sausse qui fust trop fors). **5204.** voloit (+ *P*). **5206.** Car ne fu pas (*H:* Et n'e. pas ; *P:* N'e. mie) | faite a e. (+ *HP*).

des deux sœurs de Guivret,
car le cadre était tout à fait plaisant.
Dans une chambre agréable,
à l'écart du monde et bien aérée,
Guivret a conduit Erec.
Pour le guérir, quels efforts n'ont pas fait
les sœurs sur la prière de leur frère !
Erec eut pleine confiance en elles,
car elles le rassurèrent en tout.
Elle commencèrent par ôter la chair morte,
puis appliquèrent par-dessus onguent et charpie.
C'était un malade qui exigeait beaucoup de soins ;
aussi, en personnes fort expertes dans leur art,
lui lavaient-elles souvent ses plaies,
avant d'y appliquer de nouveau l'onguent
et, quatre fois ou plus par jour,
elles le faisaient manger et boire,
en lui imposant un régime sans ail et sans poivre.
Les uns et les autres avaient beau rentrer et sortir,
Enide, elle, restait constamment
à son chevet, car elle était bien la première intéressée.
Quant à Guivret, il y venait souvent
pour s'informer auprès d'Erec
s'il ne lui manquait quoi que ce fût.
Ainsi, il fut bien entouré et bien servi,
et ce n'était pas à contrecœur qu'on lui ménageait
tous les soins dont il avait besoin,
mais avec plaisir et de bonne grâce.

En lui garir mistrent tel poinne
5210 Les puceles, qu'ainçois quinzeinne
      Ne senti il mal ne dolor.
      Lors, por revenir sa color,
      Le commencerent a baignier;
      En eles n'ot que ensoignier,   (132 a)
5215 Que bien en sorent covenir.
      Quant il pot aler et venir,
      S'ot Guivrez fait deus robes faire,
      [L']une d'ermine et l'autre vaire,
      De deus draps de soie dyvers.
5220 L'une fu d'un osterin pers,
      Et l'autre d'un bofu roié
      Qu'en presant li ot envoié
      D'Escoce une soe cousine.
      Enide ot la robe [d']hermine
5225 Et l'osterin qui mout chiers fu,
      Erec le vair et le bofu,
      Qui ne valoit de neant meins.
      Or fu Erec toz fors et seins,
      Or fu gariz et respassez.
5230 Or fu Enide lie assez,
      Or ot sa joie et son deduit:
      Ensemble gisent jor et nuit.
      Or ot totes ses volentez,
      Or li revient sa granz beautez,
5235 Car mout estoit et pale et tainte,
      Si l'avoit ses granz duelx estainte.

---

*   5215. Que b. lor en sot c. *(corr. H; C = B).* 5216. a. ne v. *(corr. CH).*
     5229. Qu'il fu *(corr. CH; P: Tous fu).* 5230. est E.

**   5209. grant p. 5210. Les p.: a. q. 5217. G. ot (+ P; H: Ot G.). 5225.
     fu chiers *(H: qui rices fu).* 5226. o le b. *(P: Et E. vesti le b.).* 5227. Qui
     ne revaloit *[H: valoient]* mie m. *(+ H).* 5230. *CP = B. H:* Or ot Erec
     de joie a. *(la suite se rapporte donc curieusement à Erec).* 5231-5238.
     absents de CA [5231. *H:* Or ot s'amie. 5232. *H:* par la nuit; *P:* Or sont
     ensanle jor et n. 5236. *HP:* ataint; estainte *semble une forme*
     dialectale: cf. introduction].

*** P. 5215-5216.

A le guérir, les jeunes filles consacrèrent
tant d'efforts qu'avant la fin de la quinzaine
il ne ressentait plus de mal ni de douleur.
Alors, pour lui redonner ses couleurs,
elles se mirent à le baigner ;
elles n'avaient rien à apprendre
et savaient parfaitement y faire.
Enfin, quand il put à nouveau aller et venir,
Guivret a fait confectionner deux robes fourrées,
l'une d'hermine, l'autre de vair.
Elles étaient de deux draps de soie différents,
la première d'une étoffe d'Orient bleu foncé,
la seconde d'une étoffe précieuse à rayures,
présent que lui avait fait
une de ses cousines d'Ecosse.
Enide reçut la robe d'hermine
faite de cette étoffe d'Orient si luxueuse ;
Erec, celle de vair et de soie rayée,
qui ne valait pas moins.
A cette heure, Erec a retrouvé toute sa force et sa santé,
il est maintenant guéri et rétabli.
A cette heure, Enide est toute en liesse,
toute comblée de joie et de volupté :
ils sont couchés l'un avec l'autre jour et nuit.
A cette heure, tous ses vœux sont exaucés,
elle retrouve maintenant sa grande beauté,
car elle avait jusque-là le teint très pâle,
tellement sa douleur l'avait marquée.

Or fu acolee et baisie,
Or fu de toz biens aaisie,
Or ot sa joie et son delit.
5240 Or sont nu a nu en un lit,
Et li uns l'autre acole et baise ;
N'est rien nule qui tant lor plaise.
Tant ont eü mal et ennui,
Il por li, et ele por lui,
5245 Or ont faite lor penitance.
Li un[s] encontre l'autre tance
Coment li puisse mieuz plaisir ;
Dou soreplus me doi taisir.
Or ont lor amor refermee   (132 b)
5250 Et lor grant dolor oblïee,
Que petit mais lor en sovient.
Des or aler les en covient,
Si ont Guivret congié rové,
Cui mout orent ami trové,
5255 Car de toutes les riens qu'il pot
Honorez et serviz les ot.
Erec li dist au congié prendre :
« Sire, or ne vuil [je] plus atendre
Que je ne m'en aille en ma terre.
5260 Faites m'aparoillier et querre,
Que j'aie tot mon estovoir ;
Je voudrai par matin movoir
Demain, quant il iert ajorné.
Tant ai entor vos sejorné

---

* **5239-5240.** Or ot sa j. et son deduit / Ensemble gisent chasque nuit
(*= v. 5231-5232*). **5249.** Q'or.

** **(5231-5238.** *absents de C*). **5240.** Ansanble jurent (*H :* Que nu a nu sont).
5247. C. il li pu. pl. (*H :* C. plus lor doie p. ; *P :* C. il puissent m. p.). **5248.**
Del sorplus me d. bien t. (*P :* Car del sorplus). **5249-5250.** *intervertis.*
5249. Et lor grant a. afermee (*P :* Or... afremee). **5250.** Or ont lor d. o.
(+ *H*). **5252.** raler. **5255.** Que. **5258.** S., je ne puis plus. **5260.** Faites a.
(+ *P*). **5263.** Tantost com.

A cette heure, elle connaît les enlacements, les baisers
et tout ce qui peut la combler d'aise.
A cette heure, elle connaît la joie et la jouissance,
ils sont maintenant tous deux nus dans un même lit
et échangent embrassements et baisers,
ils ne connaissent plus grand délice.
Combien de malheurs et d'infortunes n'ont-ils pas connus,
lui pour elle, et elle pour lui ?
A cette heure, ils ont achevé leur pénitence.
L'un et l'autre rivalisent :
c'est à qui connaîtra le plus grand plaisir ;
quant au reste, je ne peux que le passer sous silence.
A cette heure, ils ont raffermi leur amour
et oublié leur douloureuse épreuve ;
celle-ci n'est plus désormais qu'un lointain souvenir.
Il leur faut maintenant partir.
Aussi ont-ils demandé congé à Guivret
en qui ils ont trouvé un grand ami :
n'avait-il pas fait tout son possible
pour les servir et les honorer ?
En prenant congé, Erec lui a dit :
« Seigneur, maintenant je veux, sans plus attendre,
retourner dans mon pays.
Faites-moi chercher et préparer
tout ce qui m'est nécessaire,
car je souhaite partir demain
matin, au point du jour.
J'ai séjourné auprès de vous assez longtemps

5265 Que tot me sent fort et delivre.
     Dex, se li plait, me lait tant vivre
     Que je encor en leu vos voie
     Ou la poissance resoit moie
     De vos servir et honorer.
5270 Je ne cuit en leu demorer,
     Se pris ne sui ou retenuz,
     Tant qu'an la cort serai venuz
     Le roi Artu, que veoir vuil
     Ou a Rohais ou a Carduil. »
5275 Guivrez respont eneslepas :
     « Sire, seus n'en iroiz vos pas,
     Car je m'en irai avec vos,
     Et se menrons ensemble o nos
     Compaignons, s'a plaisir vos vient. »
5280 Erec a cest conseil se tient
     Et dit que tot a sa devise
     Vuet que la voie soit emprise.
     La nuit font lor oirre aprester,
     Que n'i vuelent plus arester ;   (132 c)
5285 Tuit s'atornent et aparoillent.
     Au matinet, quant il s'esvoillent,
     Sont as chevax mises les seles.
     Erec en la chambre es puceles
     Vait congié prendre, ainz qu'il s'en tort,
5290 Et Enide aprés lui [re]cort,
     Qui mout estoit joianz et lie,
     Quant lor voie iert apareillie.

---

* **5277.** Car je i. ensemble o vos.

** **5265.** Que je me s. (+ *HP*). **5266.** me doint (*P :* Et D. me laist encor t.
v.). **5268.** Que (+ *H*). **5270.** nul l. d. (+ *H*). **5272.** soie v. **5274.** A Quarrois
ou a Quaraduel (*H :* Ou a Robais ou a Carduel). **5278.** Et s'en m. (*H :*
Et si manrai ; *P :* Et si amenrai avoec nous). **5283.** fet la voie. **5284.** Car
plus n'i vostrent a. (+*H ; P :* K'Erec ne vaut p. a.).

pour me sentir à nouveau fort et dispos.
Plaise à Dieu qu'il me laisse vivre assez
pour que je puisse vous revoir dans une occasion
où il me sera à mon tour possible
de vous servir et de vous honorer.
Je ne pense pas m'arrêter,
à moins que je ne sois retenu prisonnier,
avant d'être à la cour
du roi Arthur : c'est lui que je veux voir
à Rohais ou à Carduel. »
Guivret répond aussitôt :
« Seigneur, vous ne partirez pas seul :
j'irai avec vous
et nous emmènerons aussi
des compagnons, si vous le voulez bien. »
Erec se range à cet avis
et accorde à son ami toute liberté
pour organiser le voyage.
Avant la nuit, ils firent les préparatifs du départ,
car ils ne voulaient pas s'attarder plus longuement :
tous mettent en ordre leurs habits et leur équipement.
Au petit matin, au réveil,
on place les selles sur les chevaux,
Erec se rend dans la chambre des deux jeunes filles
pour prendre congé avant de s'en aller.
Enide le suit à pas rapides,
toute joyeuse et toute heureuse
devant l'imminence du départ.

As puceles ont congié pris;
Erec, qui bien estoit apris,
5295 Au congié prendre les mercie
De sa santé et de sa vie,
Et mout lor promet son servise.
Puis a l'une par la main prise,
Celi qui plus li estoit pres;
5300 Enide a prise l'autre aprés;
Si sont fors de la chambre issu,
Tuit main a main entretissu,
S'en vienent ou palais a mont.
Guivrez de monter les semont
5305 Maintenant sanz nule demore.
Ja ne cuide veoir cele ore
Enide qu'il soient monté.
Un palefroi de grant bonté,
Soëf amblant, gent et bien fait,
5310 Li a l'on fors au perron trait;
Li palefroiz fu beax et buens,
Ne valoit pas moins que li suens,
Qui estoit remés a Limors.
Cil estoit vairs et cil ert sors,
5315 Mais la teste estoit d'autre guise:
Partie estoit par tel devise
Que tote ot blanche [l']une joe
Et l'autre noire comme choe;
Entre deus avoit une ligne   (132 d)
5320 Plus vert que n'est fuelle de vigne,

---

* **5311.** et bons. **5315.** ot [-1].

** **5299.** ert de li p. *(+ P).* **5302.** antretenu *(+ H; P:* Tot maintenant entretissu; *la leçon de CH est sans doute originale, mais* entretissu *est curieusement attesté au sens figuré dès le* xiiᵉ *s., dans les* Dialoges Gregoire le Pape, *éd. Foerster,* 101, 6: mains entretissues des doiz, *à propos du geste de la prière).* **5303.** Si v. *(H:* Et v.). **5314.** Cil e. noirs et cist est sors *(H:* Car cis estoit et v. et s.).

Ils ont fait leurs adieux aux jeunes filles
et Erec, en homme courtois,
n'oublie pas de les remercier
pour lui avoir rendu la santé et la vie
et leur offre pour l'avenir tous ses services.
Puis il a pris par la main
celle qui se trouvait le plus près de lui,
Enide a fait de même avec la seconde,
et c'est ainsi qu'ils ont quitté la chambre,
tous les quatre, main dans la main,
pour monter dans la grande salle du palais.
Là Guivret les convie aussitôt
à se mettre en selle, sans perdre de temps[1].
Enide est si impatiente qu'elle désespère
de se voir un jour sur sa monture.
Un palefroi plein d'agréments,
racé et gracieux, à l'allure paisible,
est amené près du montoir et remis à Enide
et ce palefroi, par sa qualité comme par sa beauté,
ne valait pas moins que le sien,
qui était resté à Limors.
Ce dernier était pommelé, celui-ci alezan,
mais la tête était bien différente
et offrait la disposition suivante :
une joue toute blanche,
et l'autre noire comme chouette ;
et entre ces deux joues se dessinait une raie
plus verte que feuille de vigne,

---

1. La grande salle du palais est de plain-pied avec la cour, alors que la chambre des deux sœurs de Guivret se situe « en sous-sol », ce qui n'a rien d'étonnant pour un château.

Qui departoit le blanc dou noir.
Dou lorain vos sai dire voir,
Et dou peitral et de la sele,
Que l'uevre fu gentix et bele :
5325 Toz li peitrax et li lorains
Fu d'or et d'esmeraudes plains.
La sele fu d'autre meniere,
Coverte d'une porpre chiere.
Li arçon estoient d'yvoire,
5330 S'i fu entaillié l'estoire
Coment Eneas vint de Troie,
Coment a Cartage a grant joie
Dido en son lit le reçut,
Coment Eneas la deçut,
5335 Coment ele por lui s'ocist,
Coment Eneas puis conquist
Laurente et tote Lombardie
Et Lavine, qui fu s'amie.
Sutis fu l'uevre et bien taillie,
5340 Toute a fin or apareillie.
Uns brez taillierres, qui la fist,
Au taillier plus de set anz mist,
Qu'a nule autre oevre n'entendi ;
Ce ne sai je qu'il la vendi,
5345 Mais avoir en dut grant deserte.
Or ot bien Enide la perte
Dou vair palefroi restoree,
Quant de cesti fu honoree.

---

* **5331.** mut de T. *(leçon isolée).* **5332.** Et con a C. **5341.** grez *(corr. C ; HP :*
bons).

** **5324.** an fu et boene et b. (*H :* li oevre an fu riche et b. ; *P :* en est g. et
b.). **5326.** Estoient d'e. p. **5333.** son leu *(leçon pudique).* **5338.** Dom il
fu rois tote sa vie (+ *HP ; la leçon de B est intéressante, même si elle est
particulière).* **5344.** *C = B. HP :* je s'il. **5346.** Molt. **5347.** De son p.
(+ *H*).

*** P. 5335-5336.

qui séparait le blanc du noir.
Je peux vous le certifier : le licou,
tout comme le poitrail et la selle,
étaient d'une façon superbe et magnifique :
le poitrail et le licou étaient
entièrement garnis d'or et d'émeraudes,
alors que la selle était
couverte d'une luxueuse étoffe pourpre.
Sur les arçons tout en ivoire,
avait été gravée l'histoire d'Enée :
comment il partit de Troie,
comment il arriva à Carthage où Didon
lui fit fête et le reçut dans son lit,
comment Enée la trahit,
comment elle se tua par amour pour lui,
comment il fit ensuite la conquête
de Laurente et de toute la Lombardie,
ainsi que de Lavine, son amie[1].
L'œuvre était très finement ciselée
et entièrement rehaussée d'or fin.
C'était un sculpteur breton qui l'avait réalisée
et, pour la tailler, il mit plus de sept années
qu'il lui consacra exclusivement.
Je ne saurais dire s'il la vendit,
toujours est-il qu'il dut en tirer grand prix.
Enide était maintenant bien dédommagée
de la perte du palefroi pommelé,
quand on lui fit l'honneur d'une telle monture.

---

1. Allusions au roman d'*Eneas*, libre adaptation de l'*Enéide*, élaborée quelques années avant *Erec et Enide*.

Li palefroiz li fu bailliez
5350 Si richement apareilliez,
Et cele monte lïement;
Puis montent tuit isnelement
Li seignor et li escuier.
Maint riche oistor sor et muier,   (133 a)
5355 Maint terçuel et maint espervier
Et maint brachet et maint levrier
Fist Guivrez avec aus porter
Por aus deduire et deporter.

Chevauchié ont, des le matin   (lettrine rouge)
5360 Jusqu'au vespre, le droit chemin,
Plus de .xxx. liues galesches,
Et vienent devant les bretesches
D'un chastel fort et riche et bel,
Tout clos en tor de mur novel;
5365 Et par desoz a la roonde
Corroit une eve mout parfonde,
Lee et bruiant comme tempeste.
Erec en l'esgarder s'areste
Por demander et por savoir
5370 Se nuns l'en porroit dire voir
Qui de cel chastel estoit sire:
« Amis, savrïez me vos dire,
Fait il a son bon compaignon,
Coment cist chasteax ci a non
5375 Et cui il est? Dites le moi,
S'il est [ou] a conte ou a roi.

** 5351. Et ele i m. (*H:* Et ele m. isnelement; *P:* Enide i m.). 5352. Puis
monterent i. (*H:* P. monterent comunement; *P:* P. m. tost i.). 5354-5355.
intervertis. 5354. Et m. o. sor et gruier [*cf. v. 1980*] (*H:* Oisiax, ostoirs
s. et m.). 5355. M. faucon (*H:* M. terceres, m. e.). 5362. Tant qu'il sont
(*H:* Et vinrent; *P:* Virent d. aus). 5366. si p. 5367. Roide (*H:* Fors).
5370. li p. (*HP:* li saroit). 5372. A., savroiz le me vos d.

On lui remet le palefroi
si luxueusement harnaché
et elle est tout heureuse d'y monter ;
à sa suite, s'empressent de monter
les seigneurs et les écuyers.
Combien de riches autours jeunes ou mués,
combien de tiercelets ou d'éperviers
et combien de braques et de lévriers
Guivret n'a-t-il pas fait emporter avec eux
pour leur plaisir et leur divertissement !
     Après avoir chevauché du matin
au soir, sans faire de détour,
sur une distance de plus de trente lieues galloises,
ils arrivent devant les bretèches
d'une cité fortifiée, aussi prospère que belle,
close et entourée de murailles neuves,
que baignait sur tout son pourtour
une eau courante, fort profonde
et large, faisant un bruit de tempête.
Devant ce spectacle, Erec s'arrête
pour chercher à savoir
si quelqu'un pourrait le renseigner
sur l'identité du seigneur de cette cité :
« Ami, sauriez-vous me dire,
fait-il à son cher compagnon,
quel est le nom de cette cité
et qui en est le maître ? Dites-le moi :
Est-ce un comte ou un roi ?

Puis que ci amené m'avez,
Dites le moi, se vos savez.
— Sire, fait il, mout bien le sai,
5380 La verité vos en dirai :
Brandiganz a non li chasteax,
Qui tant par est et forz et beax
Que roi n'empereor ne dote.
Se France et Lombardie tote
5385 Et tuit cil qui sont jusqu'au Liege
Estoient environ a siege,
Nou prendroient il en lor vies,
Car plus dure de quatre liues
L'isle ou li chasteax est asis.   (133 b)
5390 Et tout croist dedenz le porpris,
Quanqu'a riche chastel covient ;
Et fruiz et bles et vins i vient,
Ne bois ne riviere n'i faut.
De nule part ne crient asaut,
5395 Ne riens nou porroit afamer.
Li rois Evrains le fist fermer,
Qui l'a tenu en quiteé
Trestouz les jors de son aé,
Et tendra trestote sa vie ;
5400 Mais fermer ne le fist il mie
Por ce qu'il dotast nules genz,
Mais li chasteax en est plus genz,
Car s'il n'i avoit mur ne tor
Fors seul l'eve qui cort en tor,

---

*   5377. Jusques ici mené. 5386. siegle. 5403. a. nul ator.

**   5377. Des que *(+ H)*. 5382. Qui t. est boens et t. est b. 5384. et la rëautez
t. *(H :* et Angleterre t. ; *P :* et Loheraine t.). 5388. quinze. 5390. Car. 5403.
Que. 5404. Mes que *(H:* Fors de ; *P:* Plus que).

Puisque vous m'avez amené jusqu'ici,
dites-le moi, si vous le savez.
— Seigneur, fait-il, je le sais parfaitement
et je vous dirai la vérité :
Brandigan est le nom de cette cité
si extraordinairement puissante et belle
qu'elle ne redoute roi ni empereur.
Si toute la France, toute la Lombardie
et tous les hommes d'ici jusqu'à Liège
s'unissaient pour l'assiéger,
ils ne pourraient la prendre de toute leur vie,
car c'est sur plus de quatre lieues que s'étend
l'île sur laquelle la cité est bâtie.
Aussi, dans son enceinte croît
tout ce que doit avoir une cité prospère :
on y trouve fruits, blés et vins,
et ni bois ni rivière n'y font défaut.
D'aucun côté elle ne redoute assaut :
impossible de l'affamer !
Le roi Evrain la fit fortifier,
lui qui l'a maintenue en paix
tous les jours de sa vie jusqu'à aujourd'hui
et continuera ainsi aussi longtemps qu'il vivra.
Mais s'il la fit fortifier,
ce n'était pas par crainte de qui que ce fût,
mais simplement pour embellir la cité,
car serait-elle privée de murs et de tours
et n'y aurait-il que l'eau pour courir sur son pourtour,

5405 Tant forz et tant seürs seroit
     Que nule rien ne douteroit.
     — Dex ! dist Erec, con grant richece !
     Alons veoir la forterece,
     Et si ferons nostre ostel prendre
5410 El chastel, que g'i vuil descendre.
     — Sire, fait cil cui mout grevoit,
     Se anuier ne vos devoit,
     Nos n'i descendrïommes pas :
     Ou chastel a un mal trespas.
5415 — Mal ? fait Erec, savez le vos ?
     Que que ce soit, dites le nos,
     Que mout volentiers le savroie.
     — Sire, fait cil, paor avroie
     Que vos n'i eüssiez domage.
5420 Je sai tant en vostre corage
     De hardement et de bonté,
     Que se vos avoie conté
     Ce que je sai de l'aventure,
     Qui tant est perillouse et dure,   (133 c)
5425 Que vos i voudrïez aler.
     J'en ai oï sovent parler,
     Et passé a set anz ou plus
     Que dou chastel ne revint nus
     Qui l'aventure i alest querre.
5430 S'i sont venu de mainte terre
     Chevalier fier et corageus.
     Sire, nel tenez mie a jeus,

---

* **5405.** nules genz *(cf. v. 5401).*

** **5406.** nul home (*H :* tot le mont). **5407.** fet E. **5409.** feisons *(+ P).* **5410.** car g'i *(+ P).* **5411.** *Début du fragment d'Annonay (N), dont nous indiquons le comportement en cas de divergence entre B et C.* **5414.** a molt mal t. **5417.** Car *(+ N).* **5422.** Se ge vos a. c. *(+ HN ; P :* Que se je a. c. ; *la redondance de* que *dans BP n'a rien d'exceptionnel : cf.* Aucassin *et* Nicolette, *VIII, l. 33...*). **5423.** g'en sai (*H :* La verité). **5424.** Qui molt. **5427.** Que p. (*P :* Si a p.).

elle serait si puissante et si inexpugnable
qu'elle n'aurait vraiment rien à redouter.
— Mon Dieu ! répond Erec, quelle richesse extraordinaire !
Allons voir cette forteresse
et nous prendrons un logis
dans cette cité, car je souhaite y descendre.
— Seigneur, répond l'autre, tout inquiet,
si cela ne vous dérangeait pas,
nous éviterions d'y descendre :
il y a dans cette cité un passage maléfique.
— Maléfique ? reprend Erec, le connaissez-vous donc ?
Quel qu'il soit, dites-le moi,
car j'ai hâte de le savoir !
— Seigneur, fait-il, je craindrais
que vous n'y subissiez grave préjudice.
En effet, votre cœur, j'en suis certain, est animé
d'une telle hardiesse et d'une telle générosité
que si je vous faisais part
de ce que je sais de cette aventure
si périlleuse et si difficile,
vous n'hésiteriez pas à y aller.
J'en ai souvent entendu parler
et cela fait maintenant sept ans ou plus
qu'on n'a jamais vu revenir de la cité
aucun de ceux qui y ont tenté l'aventure.
Et pourtant de maintes terres y sont venus
des chevalier hardis et courageux.
Seigneur, ne croyez pas que je plaisante :

Que ja par moi ne le savroiz
De ci que creanté m'avroiz,
5435 Par l'amor que m'avez promise,
Que par vos ne sera requise
L'aventure dont nuns n'estort
Qu'il n'i reçoive ou honte ou mort. »
Or ot Erec ce que lui siet.
5440 Guivret prie que ne li griet,
Et dist : « Ahi ! beax douz amis,
Soffrez que nostre ostex soit pris
Ou chastel, mais ne vos ennuit :
Tens est de herberger enuit.
5445 Et por ce vuil que ne vos poist
Que se nule honors nos i croist,
Ce vos devroit estre mout bel.
De l'aventure vos apel
Que soulement le non me dites,
5450 Dou soreplus soiez toz quites.
    — Sire, fait il, ne puis taisir
Que ne die vostre plesir.
Li nons est mout beax a nommer,
Mais mout est griés a asommer,
5455 Que nuns n'en puet eschaper vis.
L'aventure, ce vos plevis,
La Joie de la Cort a non.
    — Dex ! en joie n'a se bien non,
Fait Erec ; ce vois je querant.   (133 d)
5460 Ja ne m'alez desesperant,

---

*   **5441.** Oïl, b. **5442.** ostel **5446.** Et se nos h. (*C* : Que se il nule h. m'i c. ;
H : Que se nule mors vos i c. ; *P* : Et se la nostre h. i c. ; *N* : Car se aucune
h. me c.). **5454.** grief a escouter.

**   **5438.** Qui | r. h. et m. (+ *P* ; *HN* : r. h. ou m.). **5440.** qu'il (+ *H*). **5443.**
si ne vos e. (+ *N* ; *H* : que ne vos e. ; *P* : En cest c., ne vos e.). **5444.** T.
est d'osteler mes e. **5445.** qu'il (+ *H*). **5450.** Et del sorplus (+ *HPN*).
5455. Car (+ *N*). **5460.** Ne m'a. ci d. (*P* : Ne m'a. ja desconfortant).

*** P. **5435.** *(couplet incomplet).*

jamais par moi vous n'en saurez rien
avant de m'avoir donné la garantie,
au nom de l'amitié que vous m'avez promise,
de ne pas tenter
l'aventure d'où personne ne peut sortir
sans subir mort ou abjection. »
Erec entend là ce qui lui agrée
et prie Guivret de ne pas s'en affliger :
« Ah ! très cher ami, dit-il,
souffrez que nous prenions un hôtel
dans cette cité, si cela ne vous déplaît pas :
il est grand temps de se loger pour cette nuit.
Je ne veux surtout pas que cela vous chagrine,
car si nous y gagnons quelque honneur,
vous ne pourrez qu'en être satisfait.
A propos de cette aventure, je ne vous adjure
que d'une chose : dites-moi son nom ;
de tout le reste, je vous tiens quitte.
— Seigneur, fait-il, je ne puis taire
la parole qu'il vous plaît d'entendre.
Le nom de l'aventure est très beau à prononcer,
mais elle est très difficile à accomplir,
car personne ne peut en réchapper.
L'aventure, je vous le promets,
s'appelle la *Joie de la Cour.*
— Mon Dieu ! Dans la joie il n'y a rien que de bon,
fait Erec, et c'est d'elle que je suis en quête.
Evitez désormais de me désespérer,

Beax douz amis, de ce ne d'el,
Mais alons prendre nostre ostel,
Que granz biens nos en puet venir.
Riens ne me porroit retenir
5465 Que je n'aille querre la Joie.
— Sire, fait il, Dex vos en oie,
Que vos puissiez joie trover
Et sanz encombrier retorner ;
Bien voi qu'aler vos i estuet.
5470 Deis qu'autrement estre ne puet,
Alons i ; nostre ostex est pris,
Que nuns chevaliers de haut pris,
C[e] ai oï dire et conter,
Ne puet en cest chastel entrer,
5475 Por ce que herbergier i vuille,
Que li rois Evrains ne recuille.
Tant est gentis et frans li rois
Qu'il a fait banc a ses borjois,
Si chier con chascuns a son cors,
5480 Que proudons qui viegne defors
En lor maisons ostel ne truisse,
Por ce que il meïsmes puisse
Touz les proudomes honorer
Qui leanz voudront demorer ».
5485 Ensinc vers le chastel s'en vont,   (lettrine bleue)
Les lices passent et le pont ;
Et quant les lices ont passees,
Les genz qui furent amassees

* 5462. M. faites. 5464. Nuns ne me p. detenir *(leçon isolée).* 5471. Alons,
que n. *(corr. H ; C :* A., n. o. i est p. ; *P :* A. ent, n. ; *N :* A., car n.). 5484.
Que. 5488. Les g. se furent.

** 5461. B. a., ne de ce ne d'el (*P :* ne d'un ne d'el). 5462. feisons (*+ HN*).
5463. Q. g. b. an puet avenir. 5467. joie i p. t. (*P :* nos puissons j.). 5472.
Car (*+ N*). 5478. *La graphie* banc *se retrouve curieusement dans la copie
de Guiot (cf. aussi Chev. au Lion, éd. Roques, v. 2205).* 5487. Tant que
(*+ N ; H :* Q. les l. orent p. ; *P :* Tant que totes les ont p.). 5488. Et les
g. | sont a. (*P :* erent assanlees ; *N :* erent am.).

*** P. 5479-5480.

très cher ami, pour ceci ou pour cela.
Allons donc prendre notre logis,
car nous pouvons en retirer un grand profit.
Rien ne pourrait me retenir
d'aller en quête de la Joie.
— Seigneur, fait-il, que Dieu vous entende,
et puissiez-vous ainsi y trouver la joie
et revenir sans encombre,
puisque je vois bien qu'il vous faut vous y rendre.
Dès lors qu'il ne peut en être autrement,
allons-y ; notre hôtel est tout trouvé,
car nul chevalier de haut renom,
à ce que j'ai entendu dire et raconter,
ne peut entrer dans la cité
en quête de logis
sans être reçu par le roi Evrain.
Ce roi est si bienveillant et si généreux
qu'il a défendu par un ban à ses bourgeois,
s'ils tiennent à leur vie,
de recevoir un gentilhomme étranger
pour l'héberger dans leur maison,
cela dans le but de pouvoir lui-même
honorer tous les hommes de valeur
qui voudront séjourner là. »
A ces mots, ils se dirigent vers la cité fortifiée,
passent les lices et le pont.
Quant ils ont traversé les lices,
les habitants qui s'étaient amassés

Par les rues a granz tropeax,
5490 Voient Erec, qui mout est beax,
Et par semblant cuident et croient
Que [tres]tuit li autre a lui soient.
A merveilles l'esgardent tuit,
La vile [en] fremist tote et bruit,   (134 a)
5495 Tuit en consoillent et parolent;
Nes les puceles qui querolent
Lor chant en laissent et retardent,
Toutes ensemble le regardent
Et de sa grant beauté se saignent
5500 Et a grant merveille le plaignent.
En bas dit l'une a l'autre : « Lasse !
Cist chevaliers qui par ci passe
Va a la Joie de la Cort.
Dolanz en iert ainz qu'il s'en tort,
5505 C'onques ne vint nus d'autre terre
La Joie de la Cort requerre,
Qu'il n'i eüst honte et domage,
Ne n'i lessast la teste en gage. »
Aprés, por ce que il l'entende,
5510 Dïent en haut : « Dex te desfende,
Chevaliers, de mesaventure,
Que mout es beax a desmesure ;
Et mout fait ta beautez a plaindre,
Que demain la verrons estaindre.
5515 A demain est ta morz venue,
Demain morras sanz atendue,

---

*   **5500.** Trestotes ensemble le p. *(corr. H; C:* A g. m. le depl.; *P:* Et trestot ensanle; *N:* Et a m. le depl.).

**   **5489.** Par la rue a g. tropeiax *(HP:* Parmi les rues a [*P:* par] t.; *N:* Par les rues a tropeiax). **5490.** tant est b. **5491.** Que *(P:* Par s. cuident bien; *N:* Car). **5495.** Tant an c. *(P:* Tot en p. et c., *qui rime avec* s'esmervellent; *N: illisible).* **5501.** Ha ! Dex ! dit. **5503.** Vient *(+ P).* **5505.** Onques *(+ H; N illisible).* **5508.** Et *(H:* Qui + *couplet interverti; P:* U; *N illisible).* **5512.** Car *(+ HN)* | tu ies b. *(+ N).* **5514.** Car *(+ H).* **5516.** s. retenue *(+ N).*

***   P. 5515-5516.

dans les rues en formant des attroupements
voient Erec, qui est si beau,
et, se fiant aux apparences, sont persuadés
que tous ceux qui l'entourent sont ses hommes.
Avec émerveillement tous le contemplent,
toute la ville en frémit bruyamment,
il est l'objet de toutes les conversations et de tous les
Même les jeunes filles qui font des rondes   [discours.
cessent leur chant et le remettent à plus tard :
toutes ensemble, elles le regardent
et, devant sa grande beauté, se signent
et se répandent en plaintes inouïes.
A voix basse, l'une dit à l'autre : « Hélas !
ce chevalier qui passe devant nous
se rend à la Joie de la Cour.
Il en souffrira avant qu'il en revienne,
car jamais personne ne vint d'une autre terre
demander la Joie de la Cour
sans y subir honte et préjudice
et y laisser sa tête en gage. »
Puis, pour qu'Erec puisse l'entendre,
elles disent à haute voix : « Que Dieu te garde
de mésaventure, chevalier,
car tu es d'une beauté extraordinaire !
Qu'elle est à plaindre ta beauté,
car demain nous la verrons se flétrir !
A demain ta mort est fixée,
demain tu mourras sans appel,

Se Dex ne te garde et desfent. »
Erec ot bien et si entent
Qu'en dit de lui parmi la vile,
5520 Que plus le plaingnent de deus mile,
Mais riens ne l'en puet esmaier.
Outre s'en va sanz delaier,
Saluant debonairement
Touz et toutes communement.
5525 Et tuit et toutes le salüent,
Et li plusor d'angoisse süent
Qui plus dotent que il ne fait
Et de sa honte et de son lait.
Sou[l] de veoir sa contenance,   (134 b)
5530 Sa grant beauté et sa semblance,
A si les cuers de toz a lui
Que tuit redoutent son anui,
Chevalier, dames et puceles.
Li rois Evrains ot les noveles,
5535 Que tex genz a sa cort venoient
Qui grant compaignie amenoient,
Et bien resembloit as hernois
Que li sire estoit cuens ou rois.
Li rois Evrains en mi la rue
5540 Vint encontre [aus], si les salue :
[« Bien veingne, fet il, ceste rote,
Et li sires et la genz tote !]
Bien veingniez, seignor ! Descendez ! »
Descendu sont ; il fu assez

---

* 5541-5542. *Lacune propre à BP.* 5544. Descenduz.

** 5520. Il le p. plus de .vii. m. (*HN :* Plus le pleignoient de d. m. ; *P :* Plus
le p. de .iiii. m.). 5521. le puet (+ *P*). 5526. Li p. d'a. tressüent (*P :* Et
li p. en tressuoient). 5528. Ou de sa mort ou de son l. (+ *N ; P :* U de
sa h. ou de son l.). 5536. menoient (+ *H ; PN :* menoit, *qui rime avec*
tex hom a sa c. venoit). 5538. lor sires fust (+ *N*). 5543. B. v., fet il,
d. (*P :* B. v., vos or d.).

*** P. 5541-5542.

si Dieu ne te protège et ne te défend. »
Erec entend et comprend
ce qu'on dit de lui à travers la ville,
car ils sont plus de deux mille à le plaindre,
mais rien ne saurait l'inquiéter.
Il poursuit sa route sans traîner,
saluant courtoisement
tous et toutes à la fois.
Et tous et toutes lui rendent son salut.
La plupart d'entre eux suent d'angoisse,
redoutant plus qu'il ne le fait
l'ignoble outrage qui l'attendait.
Par le seul spectacle de sa contenance,
de sa grande beauté et de son apparence,
il a pris possession de tous les cœurs,
au point que tous redoutent sa perte,
chevaliers, dames et demoiselles.
Le roi Evrain apprend
que se rendaient à sa cour des personnes
menant grand train
et que leur seigneur, à en juger par son équipement,
semblait bien être comte ou roi.
Le roi s'avance alors au milieu de la rue
pour aller à leur rencontre ; il les salue :
« Bienvenue, fait-il, à cette troupe,
à son seigneur et à tous ses gens !
Bienvenue, seigneurs ! Descendez ! »
Ils sont descendus et il ne manquait pas de monde

5545 Qui lor chevax reçut et prist.
Li rois Evrains pas ne mesprist
Quant il vit Enide venant.
Si la salue maintenant,
Et li cort aidier a descendre.
5550 Par la main, qu'ele ot blanche et tendre,
L'en mainne en son palais a mont,
Si con franchise l'en semont.
Si l'onora de quanqu'il pot,
Car bien et bel faire le sot,
5555 Sanz folie et sanz mal penser.
Une chambre fist encenser
D'encens, de myrre [et] d'aloé.
A l'entrer enz ont tuit loé
Le bel semblant le roi Evrain.
5560 En la chambre entrent main a main,
Si con li rois les i mena,
Qui d'aus grant joie demena.
Mais por qoi vos deviseroie
Les pointures, les draps de soie,
5565 Dont la chambre estoit embelie?   (134 c)
Le tens gasteroie en folie ;
Mais je ne le vuil pas gaster,
Ainçois me vuil un po haster,
Car qui tost vait la droite voie
5570 Passe celui qui se desvoie ;
Por ce ne m'i vuil arester.
Li rois commande [a] aprester

---

* 5545. les c. 5558. A l'entrer ont tuit mout loé. 5564. p. de d. (*corr. HPN* ;
C : La p. des d.).

** 5546. n'antreprist *(+ HN)*. 5549. Et corrut *(P :* Si le cort). 5550. bele et
t. 5551. La m. *(+ P)*. 5552. le s. (+ *HN ; P :* Et li autre aprés li en vont).
5556. Ot feite une c. *(+ N)*. 5559. au roi *(+ HP)*. 5567. Et (*H :* Ne)| nel
vuel mie haster [*rime du même au même*] (*P :* ne voel mon tans g.). 5569.
Que qui | par d.v. *(PN :* et d. v.). 5572. commanda ap. *(+ H)*.

pour recevoir et prendre leurs chevaux.
Le roi Evrain ne commit pas de méprise
quand il vit arriver Enide :
il la salue aussitôt
et s'empresse de l'aider à descendre.
Il la prend par la main qu'elle avait blanche et tendre
et la fait monter dans son palais,
comme la courtoisie l'y invite.
Il l'honora alors de son mieux
car il savait bien y faire,
sans folle arrière-pensée ni malveillance.
Il fit parfumer une chambre
d'encens, de myrrhe et d'aloès ;
aussi, au moment d'y entrer, tous ont loué
le plaisant accueil du roi Evrain.
Les hôtes pénètrent dans la chambre main dans la main,
conduits par le roi,
qui leur fit grande fête.
Mais pourquoi devrais-je détailler
les peintures, les draps de soie
qui embellissaient la chambre ?
Je gâcherais mon temps en futilités,
et cela je ne le veux pas ;
au contraire, je désire avancer plus rapidement,
car qui se hâte de progresser en droite ligne
dépasse celui qui s'écarte du chemin ;
voilà pourquoi je ne souhaite pas m'y arrêter.
Le roi ordonne d'apprêter

la première fois !!

Le soper, quant tens fu et hore.
Ci ne vuil pas faire demore,
5575 Se trover puis voie plus droite ;
Quanque cuers desirre et covoite,
Orent plenierement la nuit,
Oiseax et venoison et fruit
Et vins de diverse meniere.
5580 Mais tot passe la bele chiere,
Car de toz mes est li plus douz
La bele chiere et li clers vouz.
Mout furent servi liement,
Tant qu'Erec estroseement
5585 Laissa le maingier et le boivre.
Si commença a rementoivre
Ce donc au cuer plus li tenoit :
De la Joie li sovenoit,
S'en a la parole esmeüe ;
5590 Li rois Evrains l'a maintenue.
« Sire, fait il, des or est tens
Que je die quanque je pens
Et por qoi je sui ça venuz.
Trop me sui dou dire tenuz,
5595 Or nou puis celer en avant.
La Joie de la Cort demant,
Que nule rien tant ne covoit.
Donez la moi, que que ce soit,
Se vos en estes poe[s]tis.
5600 — Certes, fait li rois, beax amis,

---

*   **5574.** Ne n'i *(corr. N)*.

**   **5574.** Ici (*H :* Por ce ; *P :* Ne je)| ne v. f. d. *(+ HP)*. **5576.** Q. cu. et boche
co. (+ *N ; H :* De q. cu. velt et co.). **5580.** passa. **5581.** Que. **5582.** biax
v. (+ *PN ; H :* liez v.). **5583.** *CN = B. HP :* richemant. **5586.** Et c. (+
N ; H : Lors). **5587.** Ce que (+ *N ; H :* Ce qui). **5591.** or est bien t. (+
P ; H : il est bien t. ; *N :* hui mais est t.). **5593.** ci v. **5597.** Car (+ *N ; H :*
Rien t. ne desir ne c.). *Après v. 5598 H ajoute deux vers :* Donés la moi
vostre merci / Quant jo la vos demant et pri. **5599.** posteïs.

*** P. **5579-5580, 5593-5594.**

le souper, quand le moment en est venu.
Je ne veux pas plus m'y attarder,
si je puis trouver une voie plus directe ;
tout ce que l'on pouvait désirer et souhaiter,
ils l'eurent à foison en cette soirée :
oiseaux, venaison et fruits,
sans oublier des vins de toutes sortes.
Mais rien ne vaut le plaisant accueil :
de tous les mets, le plus exquis n'est-il pas
le plaisant accueil et le visage radieux ?
Ils furent servis en grande liesse,
lorsque subitement Erec
s'arrêta de manger et de boire.
Il se prit à se rappeler
ce qui lui tenait le plus à cœur :
la Joie lui revenait à la mémoire.
Aussi a-t-il engagé la conversation sur ce sujet,
sans que le roi Evrain y fasse opposition :
« Seigneur, fait-il, à présent il est temps
que je dise toute ma pensée
et pourquoi je suis venu ici.
Je ne me suis que trop retenu d'en parler,
je ne puis plus le cacher davantage.
Je demande la Joie de la Cour,
car il n'est rien que je convoite autant.
Donnez-la moi, quelle qu'elle soit,
si cela est en votre pouvoir.
— Assurément, cher ami, dit le roi,

Parler vos oi de grant oiseuse.   (134 d)
Ceste chose est mout perilleuse
Et dolant a fait maint proudome :
Vos meïsmes a la parsome
5605 En serez morz et afolez,
Se consoil croire ne volez.
Mais se vos me volïez croire,
Je vos loeroie a recroire
De demander chose si grief,
5610 Dont ja ne venrïez a chief.
N'en parlez plus, taisiez vos en !
Ne vos venroit pas de grant sen,
Se vos ne creez mon conseil.
De rien nule ne m'en merveil,
5615 Se vos querez honor ou pris ;
Mais se je vos voi entrepris
Ou de vostre cors empirié,
Mout en avrai le cuer irié.
Et sachiez bien que j'ai veü
5620 Maint proudome estre recreü,
Qui ceste Joie demanderent.
Onques de rien n'i amenderent,
Ainz i sont tuit mort et peri.
Ainz que demain soit aseri,
5625 Poez autel loier atendre.
S'a la Joie volez entendre,
Vos l'avroiz, mais que bien vos poist.
C'est une chose qui vos loist

---

* **5611.** N'en p. pas. **5626.** Se la J.

** **5602.** dolereuse. **5603.** Car (+ *N; HP :* Qui). **5615.** h. et p. *(+ HPN).* **5616.** veoie pris (*P :* Se je vous veoie e.). **5619.** veüz. **5620.** Mainz prodomes et receüz (*H :* e. deceü ; *N :* M. p. tot deceü). **5625.** ausi de vos a. (*H :* a tel macoie [?] ; *P :* autre l. ; *N :* autel martire). **5626.** Se la J. v. anprandre [*N :* aprendre]. **5627.** Que vos (*N :* Et vos) | mes bien v. p. (+ *N; HP :* mes que b. me p.).

je vous entends parler bien légèrement.
Cette chose est fort périlleuse
et a plongé dans la détresse maints vaillants chevaliers :
vous-même, en fin de compte,
y serez malmené jusqu'à en mourir,
si vous refusez de suivre mon conseil.
Mais si vous vouliez me croire,
je vous prierais de renoncer
à cette entreprise si difficile
et dont vous ne viendrez jamais à bout.
N'en parlez plus, taisez-vous là-dessus !
Vous feriez preuve de bien peu de sagesse,
si vous ne croyez pas ce que je vous conseille.
Je ne suis certes nullement surpris
de ce que vous recherchiez honneur ou renom,
mais si je vous vois pris dans une situation critique
ou mis à mal dans votre corps,
quelle ne sera pas mon affliction ?
Et soyez sûr que j'ai vu
bien des vaillants chevaliers acculés à la défaite,
alors qu'ils avaient demandé cette Joie.
Ils n'y ont jamais rien gagné,
mais tous y ont trouvé la mort et leur perte.
Demain, avant que le soir ne tombe,
vous pouvez vous attendre à même récompense.
Si vous voulez tenter la Joie,
vous l'aurez, mis à part qu'il vous en cuira.
C'est une décision qu'il vous est encore loisible

A repantir et a retraire,
5630 Se vos volez vostre prou faire.
Por ce le di que traïson
Vers vos feroie et mesprison,
Se tot le voir ne vos disoie. »
Erec entent bien et outroie
5635 Que li rois a droit le conseille.
Mais con plus granz est la merveille   (135 a)
Et l'aventure plus grevainne,
Plus la covoite et plus se painne ;
Et dit : « Sire, dire vos puis
5640 Que proudome et leal vos truis,
Ne blasme ne vos en puis metre
De ce dont me vuil entremetre,
Coment que desormais m'en chie.
Ci en est la broche tranchie,
5645 Car ja de rien que j'aie emprise,
Ne ferai tel recreandise
Que je tot mon pooir n'en face
Ainçois que g'isse de la place.
— Bien le savoie, dist li rois,
5650 Vos errez encontre mon pois.
La Joie avroiz, que vos querez,
Mais toz en sui desesperez,
Car mout dot vostre mescheance.
Desormais estes en fïance
5655 D'avoir ce que vos covoitiez.
Se vos a joie en esploitiez,

---

*   **5636.** Mais que.

**   **5631.** vos di *(+ H).* **5634.** E. l'e.| et bien l'o. *(+ H).* **5638.** s'an p. *(HPN :* i p.). **5641.** Nul b. ne vos i p. m. *(H :* N'en b. ; *P :* Le b. sor vos ne p. m.). **5644.** an soit *(H :* En l'aventure me met gié). **5645.** Que *(+ HPN).* **5648.** que fuie. **5650.** Vos l'avroiz *(H :* Vos i entrés contre ; *P :* Mais vos ouvrés contre).* **5651.** La J. que vos requerez. **5652.** Mes molt en *(H :* Mais de ce).* **5653.** Et *(H :* Que ; *N :* Mes). **5654.** Mes des or *(H :* Mais or mais)*| *HPN ont peut-être la bonne leçon* soiez. **5655.** quanque vos *(+ H).*

***   P (+ N). 5651-5652.

de reconsidérer et de remettre en cause,
si vous voulez prendre en compte votre intérêt.
Si je dis tout cela, c'est que je commettrais
envers vous une trahison et une faute,
en ne vous révélant pas toute la vérité. »
Erec comprend et reconnaît
que le roi lui donne un sage conseil.
Mais plus la merveille est grande
et l'aventure périlleuse,
plus il la désire et plus il s'en met en peine !
Il dit : « Seigneur, je puis vous dire
que je vous trouve honnête et loyal
et je ne saurais vous blâmer
à propos de ce que je veux entreprendre,
quel que soit désormais le sort qui m'attend.
Quand le vin est tiré, il faut le boire[1] :
jamais dans une aventure que j'aurai entreprise
je ne serai lâche au point
de ne pas faire tout mon possible
avant d'abandonner la partie.
— Je le savais bien, dit le roi,
vous agissez contre ma volonté.
Vous aurez la Joie que vous recherchez,
mais j'en suis tout désespéré,
car je redoute fort votre infortune.
Désormais vous êtes assuré
d'avoir ce que vous convoitez.
Si vous vous en sortez avec joie,

---

1. Littéralement, « On en a retiré le bondon ».

Conquis avroiz si grant honor
C'onques hom ne conquist greignor,
Et Dex, si con je le desir,
5660 Vos en doint a joie partir. »
    De ce tote la nuit parlerent   (lettrine bleue)
Jusqu'a tant que couchier alerent,
Que li lit furent atorné.
Au main quant il fu ajorné,
5665 Erec, qui fu en son esveil,
Vit l'aube clere et le soleil ;
Si se lieve tost et atorne.
Enide a mout grant ennui torne,
Et mout en est triste et irie.
5670 Mout en est la nuit empirie
De sopeçon et de paor   (135 b)
Que ele avoit de son seignor,
Qui se vuet metre en tel peril.
Mais toute voie s'atorne il,
5675 Que riens ne l'en puet destorner.
Li rois, por son cors atorner,
A son lever li envoia
Armes que mout bien emploia.
Erec nes a pas refusees,
5680 Car les soes ierent usees
Et empiries et maumises.
Les armes a volentiers prises,
Si s'en fait armer en la sale.
Quant armez fu, si s'en avale

---

*   **5660.** a j. venir *(cf. v. 5726).* **5673.** Qui s'en va en mout grant p. *(leçon isolée).*

** **5658.** Onques. **5664.** Au matin, q. f. a. *(+ N).* **5665-5666.** est / voit. *Après v. 5672, N (+ E) rajoute deux vers :* Que del perdre molt redotoit / A ce que chascuns [raco]ntoit / De l'aventure [et del p]eril. **5675.** Que nus *(+ HP ; N :* Ne riens). **5680.** furent.

vous aurez conquis un tel honneur
que jamais personne n'en a conquis de plus grand.
Aussi, puissiez-vous grâce à Dieu,
tel est mon souhait, vous en tirer avec joie. »
Ils consacrèrent toute la nuit à en parler,
puis allèrent se coucher,
quand on eut préparé les lits.
Au matin, lorsqu'il fit jour,
Erec, à son réveil,
vit la clarté de l'aube et le soleil ;
il se hâte de se lever et de se préparer.
Enide en conçoit de grandes inquiétudes
et en est toute triste et affligée.
Elle est vivement tourmentée, la nuit durant,
par la crainte et par la peur,
à l'idée que son seigneur
voulait s'exposer à un tel péril.
Mais, malgré cela, Erec se prépare,
car rien ne saurait l'en détourner.
Afin de l'équiper, le roi
lui envoya, dès qu'il fut levé,
des armes dont il fit très bon usage.
Erec ne les a pas refusées,
car les siennes avaient beaucoup servi,
et étaient abîmées et endommagées.
Il les a prises volontiers,
et se fait armer dans la grande salle.
Quand il est armé, il descend

5685 Trestouz les degrez contre val,
Et trueve enselé son cheval
Et le roi qui montez estoit.
Chascuns de monter s'asprestoit
Et a la cort et as ostés.
5690 En tot le chastel n'a remés
Home ne fame, droit ne tort,
Grant ne petit, foible ne fort,
Qui aler puisse, qu'il n'i voise.
A l'esmovoir a mout grant noise
5695 Et grant bruit par totes les rues,
Car les granz genz et les menues
Disoient tuit : « Ahi ! ahi !
Chevaliers, Joie t'a trahi,
Cele que tu cuides conquerre ;
5700 Mais ton duel et ta mort vas querre. »
Lors n'i a un seul qui ne die :
« Ceste Joie, Dex la maudie,
Que tant proudome i sont ocis.
Hui en cest jor fera le pis
5705 Que onques mais feïst sanz doute. »
Erec ot bien et si escoute   (135 c)
Qu'en dist de lui et sus et jus :
« Ahi ! ahi ! con mar i fus,
Beax chevaliers, genz et adroiz !
5710 Certes ne seroit mie droiz
Que ta vie si tost fenist,
Ne que nus anuiz t'avenist,

---

* **5689.** ostex (*corr. CH ; N = B ; P :* osteus, *qui rime avec* Estoit tos li c. esmus). **5694.** Ou chastel avoit (*corr. CHN ; P :* El ch. demaine g. n.). **5705.** Qu'il o. **5711.** fausist.

** **5691-5692.** *absents.* **5693.** qui n'i v. *(+ HPN).* **5699.** Ceste (*P :* Por coi venis en ceste tere). **5701.** Ne (*HN :* Et). **5707.** Que les genz disoient li plus. **5708.** Car tuit disoient : Mar i f. (*PN :* Ahi ! ahi ! tant m. ; *H :* Ahi ! font il, tant m. ; *B a le mérite de reprendre la formule initiale* [*v. 2503*] *et centrale* [*v. 4631*]).

l'escalier du haut jusqu'en bas
et trouve son cheval sellé
et le roi qui était déjà sur sa monture.
Chacun était prêt à monter à cheval
à la cour comme dans les maisons.
Dans toute la cité, il n'est personne
homme ou femme, droit ou bossu,
grand ou petit, faible ou fort,
qui ne s'y rende, s'il le peut.
Au moment du départ, quel grand tumulte
et quel grand bruit dans toutes les rues !
En effet, les gens d'importance comme le menu peuple
disaient tous : « Aïe ! Aïe !
Chevalier, la Joie t'a trahi,
celle que tu penses conquérir,
mais c'est ta désolation et ta mort que tu vas chercher. »
Alors, il n'en est pas un seul qui ne dise :
« Cette Joie, que Dieu la maudisse :
tant de vaillants chevaliers y ont été tués.
Aujourd'hui elle fera pis
que jamais, sans aucun doute. »
Erec entend bien et écoute
ce qu'on dit de lui à droite et à gauche :
« Aïe ! Aïe ! Par quel malheur tu y as été,
beau chevalier, noble et élégant !
Assurément, il ne serait pas juste
que ta vie finisse si tôt
et qu'il t'arrive un revers

Dont bleciez fusses et laidiz. »
Bien ot la parole et les diz,
5715 Mais toute voie outre s'en passe,
Ne tient mie la chiere basse,
Ne ne fist semblant de cohart.
Qui que parolt, mout li est tart
Qu[e] il saiche et voie et conoisse
5720 Dont il sont tuit en tel angoisse,
En tel ennuit et en tel poinne.
Li rois fors dou chastel le moinne
En un vergier qui estoit pres ;
Et totes les genz vont aprés,
5725 Proiant que de cele besoigne
Dex a joie partir l'en doigne.
Mais ne fait mie a trespasser
Por lai[n]gue debatre et lasser,
Que dou vergier ne vos retraie,
5730 Lonc l'estoire, chose veraie.

    Ou vergier n'avoit environ   (lettrine rouge)
Mur ne paliz se de l'air non ;
Mais de l'air ert de totes parz
Par nigromance clos li jarz,
5735 Si que riens entrer n'i pooit,
Se par desore n'i voloit,
Ne que s'il fust toz clos a fer.
Et tot esté et tot yver
I avoit flors et fruit maür ;
5740 Et li fruiz avoit tel aür

---

* **5732.** Ne m. ne p. se l'air non *(leçon isolée)*. **5738.** Ne tot.

** **5713.** ne l. *(+ PN)*. **5716.** tint *(+ HPN)* | la teste b. *(+ H)*. **5717.** Ne f. pas s. **5718.** Qui qu'an p. *(+ N; P:* Coi c'on die). *Fin du man. d'Anonnay.* **5721.** An tel esfroi. **5724.** tote la gent *(+ H)*. **5725.** ceste b. *(+ P; H:* cesti). **5736.** Se par un seul leu n'i antroit. **5737.** de fer *(+ HP)*.

qui te blesserait et te malmènerait. »
Il n'a pas de mal à entendre ces paroles et ces discours,
mais, malgré tout, il va son chemin,
sans baisser la tête,
sans se montrer effrayé.
On a beau parler, Erec est fort impatient
de savoir, de voir et de connaître
ce pour quoi ils éprouvent tous une telle angoisse,
une telle affliction et une telle désolation.
Le roi les conduit hors de la cité fortifiée
dans un verger proche ;
et la foule le suit,
priant pour que Dieu accorde à Erec
de sortir de cette épreuve avec joie.
Mais je ne dois pas omettre,
sous le prétexte que cela fatiguerait et épuiserait ma langue,
de vous donner du verger une description
véridique, conforme à l'histoire.
Autour du verger, il n'y avait
ni mur ni palissade, mais de l'air seulement.
C'était de l'air qui de toutes parts
formait par magie la clôture du jardin,
si bien qu'on ne pouvait y pénétrer,
sinon en volant par-dessus,
comme s'il fût tout clos de fer.
Et tout l'été comme tout l'hiver,
il y avait là fleurs et fruits mûrs
et ces fruits, par quelque sortilège,

Que leanz se lessoit maingier ;   (135 d)
Au porter fors fesoit dangier,
Car qui point porter en vousist,
Ja mes a l'uis ne revenist,
5745 Ne ja mes dou vergier n'isist,
Tant qu'en son leu le fruit meïst.
Ne soz ciel n'a oisel volant
Qui plaise a home par son chant
Por lui desduire et resjoïr,
5750 Que l'en ne i poïst oïr
Plusor[s] de chascune nature.
Ne terre, tant con ele dure,
Ne porte espice ne racine
Qui vaille a nule medicine,
5755 Qu'en n'i trovast a grant planté,
Qu'assez en i avoit planté.
Laianz par une estroite entree
Est la torbe de genz entree,
Li rois Evrains et tuit li autre.
5760 Erec aloit, lance sor fautre,
Parmi le vergier chevauchant,
Qui mout se delitoit ou chant
Des oiseax qui leanz chantoient ;
Sa joie li representoient,
5765 La chose a qoi il plus baoit.
Mais une merveille veoit,
Qui poïst faire grant paor
Au plus hardi combateor

---

* **5742.** Au p. en. **5747.** chantant (*corr. CH ; P :* qui cant). **5748.** tant ne
quant. **5755.** Qu'en n'en n'i t. a p. **5758.** de genz la torbe [-1].

** **5742.** Mes au p. hors fet d. (*H :* A l'aporter fe. d. ; *P :* D'aporter fo. fe.
d.). **5743-5745.** an v. porter / Ne s'an seüst ja mes raler / Car a l'issue
ne venist (*rédaction isolée pour éviter la succession des mêmes rimes ?*).
5746. le remeïst (*P :* T. que le f. sor lui m.). **5748.** h. an chantant [-1] (*H :*
qui n'i cant). **5749.** A lui. **5750.** Qu'iluec ne p. l'an o. (*P :* C'on ne peüst
laiens o.). **5752.** Et t. *(+ H).* **5753.** ne mecine. **5755.** Que iluec n'i eüst
p. (*H :* Que l'en n'eüst laians p.). **5756.** S'an i avoit a grant p. (*H :* Si n'i
a. a g. p. ; *P :* Car illoec estoient p.). **5759.** Li r. avant. **5764.** Qui la j.
li presantoient *(+ P).* **5766.** une grant m. voit. **5768.** riche c.

se laissaient manger sur place :
interdiction était faite de les porter au dehors,
car qui aurait voulu en emporter un seul,
jamais n'aurait pu ni revenir à l'entrée
ni sortir du verger,
s'il n'avait pas remis le fruit cueilli à sa place.
Et sous le ciel, il n'y a oiseau qui vole
et dont le chant plaise à l'homme
pour le divertir et le réjouir,
que l'on ne pût y entendre,
et il s'y trouvait beaucoup de chaque espèce.
Et la terre, dans toute son étendue,
ne produit épice ou racine
aux vertus curatives
qu'on ne puisse trouver à foison dans ce verger,
tellement on en avait planté.
Par une étroite entrée,
la masse des gens y a pénétré,
le roi Evrain comme tous les autres.
Erec chevauchait, la lance en arrêt,
à travers le verger,
écoutant avec délice le ramage
des oiseaux qui y chantaient ;
ils lui figuraient sa joie,
ce à quoi il aspirait le plus.
Mais voici qu'il aperçut une chose étonnante
qui aurait pu effrayer
le plus hardi des combattants,

De toz ices que nos savons,
5770 Se fust Thiebauz li Esclavons
Ou Opiniax ou Fernaguz,
Car devant aus, sor pelx aguz,
Avoit hiaumes luisanz et clers,
Et s'avoit desoz les cerclers
5775 Teste d'ome desoz chascun.
Mais au chief des pex avoit un   (136 a)
Ou il n'avoit neant encor,
Fors que tant seulement un cor.
Il ne set que ce senefie,
5780 Ne de neant ne se detrie,
Ainz demande que ce puet estre.
Li rois, qui lez lui est a destre,
Li dit trestot et se li conte :
« Amis, fait il, savez que monte
5785 Ceste chose que ci veez?
Mout en devez estre esfreez,
Se vos point amez vostre cors,
Car cil seus pex qui est defors,
Ou vos veez ce cor pendu,
5790 A mout longuement atendu,
Mais nos ne savons pas bien cui,
Se il atent vos ou autrui.
Garde, ta teste n'i soit mise,
Car li pex siet en la devise.
5795 Bien vos en avoie garni
Ainçois que vos venissiez ci.

---

* **5774.** desor. **5775.** desor *(corr. CH ; P = B)*. **5790.** Et tant bien l'avons
conneü *(corr. CH ; P :* Atent, bien l'avés entendu*)*. **5792.** nos.

** **5769-5770.** *intervertis.* **5769.** Ne nus de ces que or s. (*H :* De trestos cels
que nos s. ; *P :* De tous cex que nos or s.). **5770.** Ce fu (*H :* Si fust ; *P :*
Ne fust). **5771.** Ne O. ne F. **5774.** Et voit de d. **5775.** Paroir teste. **5776.**
an voit un (*P :* en a un). **5780.** ne s'an esfrie. **5781.** demanda. **5782.** Au
roi (*H :* Le roi)| ert (+ *P ; H :* va). **5783.** Li rois li dit [*H :* dist] et (+ *H*).
5784. A., s. vos que ce m. **5786.** en seroiez. **5787.** Se vos ameiez (*H :* Se
vos a. nïent vo cors ; *P :* Se vos rien a.). **5791.** Un chevalier ; ne s. cui
(*H :* M. nos ne s. mie cui). **5794.** a la d. (*P :* en tel d.).

parmi tous ceux que nous connaissons,
fût-il Thiébaut l'Esclavon,
Opinel ou Fernagu[1],
car devant eux, sur des pieux aigus,
étaient plantés des heaumes luisants et clairs
et sous la bordure inférieure[2] de chaque heaume
apparaissait une tête d'homme.
Mais la rangée se terminait par un pieu
où il n'y avait encore rien,
si ce n'est un cor.
Erec ne sait ce que cela signifie
et ne se laisse nullement arrêter,
mais demande ce que cela peut être.
Le roi qui est à ses côtés sur sa droite
lui en donne l'explication :
« Ami, dit-il, savez-vous ce que représente
ce que vous voyez devant vous ?
Vous devez en être fort effrayé,
si vous tenez de quelque manière à votre vie,
car cet unique pieu qui se dresse à l'écart
et où vous voyez pendre ce cor
a attendu très longtemps,
mais nous ne savons pas vraiment qui :
est-ce vous ou quelque autre ?
Prends garde à ce que ta tête n'y soit mise,
car le pieu se dresse dans ce dessein.
Ne vous en avais-je pas averti,
avant que vous veniez ici ?

---

1. Héros de chansons de geste.
2. Cette « bordure » *(cercler)* est une bande de métal bordant extérieurement
   la base du heaume, destinée à le renforcer et à l'orner (cf. v. 2654).

Ne cuit que ja mes en issiez,
Ne soiez morz et detranchiez,
Car nos en savons ja bien tant
5800 Que li pex vostre teste atant.
Se ce avient qu'ele i soit mise,
Si con chose li est promise
Des lors que il i fu fichiez,
Uns autre pex sera dreciez
5805 Aprés celui, qui atendra
Tant que ne sai qui revendra.
Dou cor ne vos dirai je plus,
Mais onques sonner nou pot nus ;
Mais cil qui soner le porroit,
5810 Ses pris et ses honors croistroit
Devant toz ces de la contree.   (136 b)
S'avroit tel honor encontree
Que tuit honorer le vendroient
Et a[u] moillor d'aus le tendroient.
5815 Or n'i a plus de cest afaire :
Faites voz genz arriere traire,
Que la Joie venra par tens,
Qui vos fera dolant, ce pens. »
A tant li rois Evrains le lesse,
5820 Et cil vers Enide se baisse,
Qui delez lui grant duel fesoit.
Neporquant ele se taisoit,
Car duelx que l'en face de boche,
Ne grieve rien, s'au cuer ne toche.

---

* 5799. Car or s. nos bien a tant. 5803. il sera f. 5812. Mout iroit loing
la renommee, / Car tuit *(rédaction partic. à BPVA)*. 5813. voudroient.
5823. li duelx... fait.

** 5798. Si *(+ H)*. 5799. Des ore an savez vos itant *(H :* Car nos en savomes
ja t.)*. 5801. Et se c'a. *(H :* Et s'il a. ; *P :* Et si convient)*. 5803. Des qu'il
i fu mis et dreciez *(H :* Des que tes chiés i ert f. ; *P :* Tres dont que il i
fu f.)*. 5804. fichiez. 5808. Fors c'o. *(H :* Car ainc ne le pot s. n.)*. 5809.
porra *(+ H)*. 5810. Et son p. et s'enor fera *(H :* Tos ses p. et s'onor colra ;
P : Son pris, s'onor en croisteroit)*. 5811. ma c. 5812-5814. avra /
vandront / tandront *(+ H)*. 5817. Car *(+ HP)*. 5822. N. s'ele *(+ H)*. 5824.
Ne vaut neant *(H :* Ne monte rien ; *P :* Ne g. le c. ne atouce)*.

Je ne pense pas que vous en sortiez jamais,
sinon mort et déchiqueté,
car à cette heure nous sommes sûrs au moins de ceci :
le pieu attend votre tête.
S'il arrive qu'elle y soit mise,
ainsi que la chose est prévue
depuis le moment où il fut planté,
un autre pieu sera dressé
à la suite, pieu qui attendra
qu'un autre chevalier, je ne sais lequel, vienne à son tour.
Du cor, je ne vous dirai rien de plus,
sinon que jamais personne ne put en sonner ;
mais celui qui en serait capable
verrait croître son renom et son honneur,
surpassant ainsi tous les chevaliers de la contrée.
Il serait parvenu à une telle renommée
que tous viendraient lui rendre hommage
et le considéreraient comme le plus valeureux des leurs.
Maintenant, il est temps de couper court :
faites reculer vos gens,
car la Joie ne tardera pas à venir,
celle qui vous plongera dans la douleur, j'en suis persuadé. »
A ces mots, le roi Evrain le quitte
et Erec se penche vers Enide
qui se tenait à ses côtés, toute désespérée.
Elle gardait pourtant le silence,
car la douleur que l'on exprime par la bouche
est sans gravité, si elle n'atteint pas le cœur.

5825 Et cil qui bien conut son cuer
     Li a dit : « Bele douce suer,
     Gentix dame loiax et sage,
     Bien conois tot vostre corage.
     Paour avez grant, bien le voi,
5830 Si ne savez encor por qoi.
     Mais por neant vos esmaiez,
     Jusqu'a tant que veü aiez
     Que mes escuz iert depeciez
     Et je dedenz le cors bleciez,
5835 Et vos verroiz covrir de sanc
     Les mailles de mon haubert blanc,
     Et mon hiaume frait et quassé,
     Et moi recreant et lassé,
     Que mes ne me porrai desfendre,
5840 Qu'il m'estovra merci atendre
     Et deprïer, estre mon vuel.
     Lors porroiz faire vostre duel,
     Que trop tost commencié l'avez.
     Douce dame, encor ne savez
5845 Que ce sera, ne je ne[l] sai ;
     De neant estes en esmai.
     Mais sachiez bien certainnement :
     S'en moi n'avoit de hardement
     Que tant con vostre amors me baille,
5850 Ne doteroie je sanz faille
     Cors a cors nule rien vivant.
     Se fais que fox que je me vant,

                                              (136 c)

---

*   **5834.** plaiez. **5835.** covert *(corr. CH ; P = B)*. **5838.** Et m. de mes
    membres l. *(corr. CH ; P : si tresforment navré)*.

** **5825.** conuist *(P : conoist)*. **5832.** itant que vos voiez. **5835-5836.** Et ve.
   de mon hauberc blanc / Les m. c. de mon sanc. **5839.** Que plus *(+ H)*.
   5840. Ainz *(P : Et)*. **5841.** outre m. v. *(+ H)*. **5847.** Car *(P : Et)* | seürement
   (HP : veraiement). **5849.** Fors t. *(+ HP)* | m'an b. *(+ P)*. **5850.** Ne
   crienbroie je an bataille. **5851.** nul home *(+ HP)*. **5852.** Si fais folie qui
   m'an *[H : me]* v. *(+ H ; P : Si sui je faus qui si me v.)*.

Mais Erec qui connaissait bien son cœur
lui a dit : « Ma belle et douce sœur,
ma dame noble, loyale et sage,
je connais bien votre cœur.
Vous êtes tout alarmée, je le vois bien,
et pourtant vous ne savez pas encore pour quel motif.
En fait, rien ne justifie vos frayeurs :
attendez le moment où vous aurez vu
mon écu mis en pièces
et moi-même blessé dans mon corps ;
où vous apercevrez les mailles
de mon blanc haubert inondées de sang,
mon heaume brisé et fracassé
et moi-même épuisé et acculé à la défaite,
incapable de me défendre davantage
et réduit malgré moi à attendre
qu'on me fasse grâce à force de supplications.
Ce n'est qu'alors que vous pourriez mener votre deuil,
vous l'avez commencé trop tôt.
Douce dame, vous ne savez pas encore
ce qu'il en sera, pas plus que moi :
il n'est rien qui justifie vos frayeurs.
Mais soyez-en persuadée :
si je n'avais d'audace
que celle qui me vient de votre amour,
il n'est personne au monde, à coup sûr,
que je redouterais d'affronter corps à corps.
J'ai sans doute perdu le sens pour me vanter ainsi,

Mais je nou di por nul orguil,
Fors tant que conforter vos vuil.
5855 Confortez vos, laissiez ester !
Je ne puis mais ci arester,
Ne vos n'iroiz plus avec moi,
Car avant mener ne vos doi,
Si con li rois l'a comandé. »
5860 Lors la baise et commande a Dé,
Et ele i recommande lui,
Mais mout li vint a grant anui
Quant ele nel siut et convoie,
Tant qu'ele sache bien et voie
5865 Quex aventure ce sera,
Et coment il esploitera.
Mais puis que remenoir l'estuet,
Que avant sivre ne le puet,
Si remaint irie et dolente.
5870 Et cil s'en va par une sente,
Sous, sanz compaignie de gent,
Tant qu'il trova un lit d'argent,
Covert d'un drap bordé a or,
Desoz l'ombre d'un sagremor.
5875 Et sor le lit une pucele
Gente de cors et de vis bele
De totes beautez a devise.
La s'estoit tote seule asise.
De li ne vuil plus deviser,
5880 Mais qui bien seüst raviser

---

*   **5853.** pas por o. **5879.** ne sai *(corr. CH; P = B).*

** **5856.** plus ci *(+ HP).* **5862.** li torne *(P:* li vient). **5864.** s. et qu'ele v.
(+ H; P: T. seulement que ele v.). **5867.** Mes a r. li e. *(H:* Mes des que).
5868. Car *(H:* Et). **5869.** Ele r. triste et d. **5870.** tote une s. *(+ H).* **5873.**
brodé *(+ H; P:* d. de sicamor[!]). **5874.** siquamor *(+ H; P:* Dedens l'o.
ouvré a or).

mais je ne parle pas par orgueil,
je ne cherche qu'à vous rassurer.
Rassurez-vous, laissez faire !
Je ne puis m'attarder davantage ici
et vous cesserez de me suivre
car je ne dois vous conduire plus avant,
le roi en a décidé ainsi. »
A ces mots, il l'embrasse et la recommande à Dieu
et elle fait de même.
Mais grand est son désarroi,
maintenant qu'elle ne peut le suivre et l'accompagner,
jusqu'à ce qu'elle sache et voie
ce que sera l'aventure
et comment Erec s'en tirera.
Mais puisqu'il lui faut rester
et qu'elle ne saurait le suivre plus avant,
elle reste, affligée et désolée.
Et lui s'en va le long d'un sentier,
seul, sans aucune compagnie,
jusqu'au moment où il découvrit un lit en argent,
couvert d'un drap à liseré d'or,
à l'ombre d'un sycomore
et, sur le lit, une demoiselle
au corps délicat et au visage empreint
de toutes les grâces imaginables.
Elle s'était assise là, toute seule.
Je ne souhaite pas en parler plus longuement,
mais celui qui aurait su porter des regards attentifs

    Tot son ator et sa beauté,   (136 d)
    Dire peüst par verité
    C'onques Lavine de La[u]rente
    Qui tant par fu et bele et gente,
5885 N'ot mie de beauté le quart.
    Erec s'aproche cele part,
    Car de plus pres la vot veoir.
    Et les genz se vont aseoir
    Soz les arbres par le vergier.
5890 A tant ez vos un chevalier
    Armé d'unes armes vermeilles,
    Qui mout par ert granz a merveilles ;
    Et s'il ne fust granz a ennui,
    Soz ciel n'eüst plus bel de lui.
5895 Mais il estoit un pié plus granz,
    A tesmoing de totes les genz,
    Que chevaliers que l'en seüst.
    Ainçois qu'Erec veü l'eüst,
    Li escrïa : « Vasax ! Vasax !
5900 Fox estes, se je soie sax,
    Quant vers ma damoisele alez.
    Mien escïant tant ne valez
    Que vers li doiez aprochier.
    Vos comperroiz encui mout chier
5905 Vostre folie, par ma teste.
    Estez arriers ! » Et cil s'areste,
    Si le regarde ; et cil s'estut.
    Li uns vers l'autre ne se mut,

---

*   **5884.** prouz et g. *(leçon isolée).* **5895-5896.** grant / A t. de tote la gent.

**   **5881.** Et. **5885.** N'ot de nule b. (*H :* N'en ot de sa b.). **5887.** Qui | vialt
    (*P :* valt). **5888.** Lez li s'ala Erec seoir. **5889-5890.** *intervertis.* **5892.** Qui
    estoit g. a merevoilles (*H :* Qui ml't estoit g. ; *P :* Et si estoit g.). **5899.**
    Si s'e. (*H :* Forment crie ; *P :* Li crïa li vassax : Vassal). **5901.** Qui *(+ H).*

sur toute sa parure et sa beauté
aurait pu dire, sans mentir,
que jamais Lavinie de Laurente,
pourtant un modèle de grâce et de délicatesse,
n'eut le quart de toutes ses beautés[1].
Erec s'en approche,
car il voulut la voir de plus près.
Pendant ce temps, les gens vont s'asseoir
sous les arbres dans le verger[2].
Mais voici qu'arrive un chevalier
revêtu d'une armure vermeille,
un chevalier merveilleusement grand,
et s'il n'avait pas été d'une taille si inquiétante,
il n'y aurait eu sous le ciel plus bel homme que lui,
mais il était plus grand d'un pied,
au dire de tout le monde,
que nul autre chevalier connu.
Avant même qu'Erec l'eût vu,
il l'apostropha : « Vassal ! Vassal !
Vous êtes fou, sur le salut de mon âme,
d'avancer vers ma demoiselle.
Votre valeur, que je sache,
ne vous permet pas d'approcher d'elle.
Vous payerez très cher, et aujourd'hui encore,
votre folle audace, je vous le jure sur ma tête.
Arrière ! » Et Erec s'arrête,
il lève alors les yeux vers lui ; mais l'autre resta immobile.
Aucun d'eux ne fit le moindre mouvement vers l'autre

---

1. Autre allusion à l'*Eneas* (cf. v. 5331 sq.).
2. La foule n'est évidemment pas spectatrice du combat qui va suivre, mais
   assiste de loin à l'aventure, à l'intérieur pourtant du verger (cf. v. 6175).
   Guiot a, semble-t-il, substitué à ce vers qui prêtait à confusion une
   rédaction particulière : « Erec alla s'asseoir aux côtés de la jeune fille ».

Tant qu'Erec respondu li ot
5910 Trestot quanque dire li vot :
     « Amis, fait il, dire puet l'en   (lettrine rouge)
     Folie aussi tost comme sen.
     Menaciez tant con vos plaira,
     Et je sui cil qui se taira,
5915 Qu'en menacier n'a nul savoir.
     Savez por qoi ? Tex cuide avoir   (137 a)
     Le jeu joé, qui puis le pert.
     Por ce est fox tot en apert
     Qui trop cuide [et] qui trop menace.
5920 S'est qui fuie, assez est qui chace ;
     Mais je ne vos dot mie tant
     Que je m'en fuie ; encor a tant
     Aparoilliez sui de desfendre,
     S'est qui estor me vuille rendre,
5925 Que a force faire l'estuisse,
     Q'autrement eschaper n'en puisse. »
     Cil li respont : « Se Dex me saut,
     Sachiez, bataille ne vos faut,
     Car je vos requier et desfi. »
5930 Et ce sachiez vos bien de fi,
     Que puis n'i ot reinnes tenues.
     N'orent mie lances menues,
     Ainz furent grosses et quarrees,
     Et ne furent mie planees,
5935 S'en furent plus roides et forz.
     Sor les escuz par tex esforz

---

* **5920.** S'il est qui fuit, il est qui c. **5922.** a itant *avec i gratté.* **5925-5926.** *intervertis dans BP.* **5925.** Ou a f. **5926.** aler ne m'en p. *(corr. HC ; P :* Et c'a. aler n'en p.).

** **5910.** li plot (+ *P ; H :* li pot). **5918.** Et por c'est *(+ H).* **5922.** ainçois, a t. *(P :* Que m'en f. encore por t.). **5923.** A. de moi d. *(P :* K'a. sui de d.). **5925.** Que par f. *(H :* Quant a f. ; *P :* C'a f. f. le m'e.). **5926.** N'a. **5927.** Nenil, fet il *(+ H).* **5929.** Que *(+ H).* **5930.** Ice ... tot de fi *(P :* Lors s'entrevienent a estri). **5931.** Einz puis *(H :* Que plus). **5933.** et plenees. **5934.** Et si estoient bien fenees *(HP :* Si n'estoient mis p.).

jusqu'à ce qu'Erec lui eut répondu
tout ce qu'il avait sur le cœur :
« Ami, dit-il, une sottise
est aussi vite dite qu'une parole sensée.
Proférez autant de menaces qu'il vous plaira,
je serai toujours homme à me taire,
car menacer n'est pas d'un homme sage.
Savez-vous pourquoi ? Tel pense avoir
gagné la partie, qui finit par la perdre.
C'est pourquoi il est fou, de toute évidence,
celui qui trop se croit et trop menace.
S'il en est qui fuient, il en est assez qui poursuivent.
Pour ma part, je ne vous redoute pas
au point de prendre la fuite : en cet instant,
je suis toujours disposé à me défendre,
s'il est quelqu'un pour me livrer bataille
et qu'il me faudrait avoir recours à la force
pour pouvoir m'échapper d'ici. »
L'autre lui répond : « Sur le salut de mon âme,
vous aurez, n'en doutez pas, à vous battre :
je vous provoque et vous défie. »
Et vous pouvez être sûr et certain
qu'après cela les brides ne furent plus retenues.
Les deux combattants ne possédaient pas de lances menues,
elles étaient au contraire fortes et avaient les arêtes vives,
nullement polies,
ce qui les rendait rigides et résistantes[1].
Sur les écus ils échangent

---

1. Les lances ont gardé la section carrée du bois qui a servi à les faire et les arêtes n'ont pas été arrondies.

S'entrefierent des fers tranchanz
Que parmi les escuz luisanz
Passe de chascune une toise.
5940 Mais li uns l'autre en char n'adoise,
Ne lance brisie n'i ot :
Chascuns au plus tost que il pot
A sa lance retraite a lui.
Si s'entrevienent ambedui
5945 Et revienent a joste droite,
Li uns vers l'autre, lance droite.
Si se fierent par tel angoisse
Que l'une et l'autre lance froisse
Et li cheval desoz aus chïent.
5950 Et cil qui sor ces chevax sïent
Ne se sentent de rien grevé :   (137 b)
Isnelement sont relevé,
Car fort estoient et legier.
A pié sont en mi le vergier,
5955 Si s'entrevienent demanois :
As verz brans d'acier vïenois
Se fierent granz cops et nuisanz
Sor les hiaumes clers et luisanz,
Si que trestoz les escartelent
5960 Et que li huil lor estancelent.
Ne plus ne se püent pener
D'aus empirier ne d'aus grever,
Que il se poinnent et travaillent.
Andui fierement s'entressaillent

---

* **5940.** en pan. **5959-5960.** Si que li huil lor estancelent / A pou li vassal ne chancelent *(rédaction isolée)*. **5962.** et de g. **5963.** Que mout s'en p.

** **5939.** Passa | de chascun *(+ P)*. **5943.** sachiee a lui. **5945-5946.** a d. j. / Li uns ancontre l'autre joste *(P :* a j. droit / Li uns vers l'a. trestost droit)*. **5950.** sor les seles *(+ P ; H :* sor les c.)*. **5951.** Ne se tienent a r. g. *(H :* Ne se furent noiant g. ; *P :* Ne se s. de nient g.)*. **5953.** Car preu. **5956.** As boens b. *(P :* As nus b.)*. **5957.** Et f. *(+ H)*. **5958.** Sor les escuz. **5961.** Ne ne se pu. mialz pe. *(H :* Et plus ne se p. p.)*

*** H. **5945-5946.**

de leurs fers tranchants des coups si violents
que les lances passent au travers des boucliers luisants
sur la profondeur d'une toise.
Mais aucun d'eux n'atteint le corps de l'autre
et il n'y eut pas de lance brisée :
chacun a le plus rapidement possible
ramené la sienne à lui.
Tous deux reviennent alors à la charge,
s'élançant selon les règles
l'un contre l'autre, la lance droite ;
et ils se donnent avec la force du désespoir de tels coups
que l'une et l'autre lances volent en éclats
et que les chevaux s'écroulent sous eux.
Mais ceux qui les montent,
loin d'en éprouver quelque gêne,
ont vite fait de se relever,
car ils étaient aussi robustes qu'agiles.
Les voilà à pied au milieu du verger,
ils reprennent alors le combat :
de leurs vertes épées en acier viennois[1]
ils assènent des coups si puissants et si destructeurs
sur les heaumes clairs et luisants,
qu'ils les mettent tout en pièces
et que devant leurs yeux jaillissent des étincelles.
Ils ne sauraient se donner plus de peine
à se maltraiter et à se rudoyer
qu'ils ne le font dans cette épreuve.
Tous deux se livrent des assauts féroces

---

1. Vienne en Isère (cf. *Chanson de Roland*, v. 997).

5965 As ponz dorez et as tranchanz.
     Tant se sont martelé les danz
     Et les joes et les nassez
     Et poins et braz et plus assez,
     Tamples et hatereaux et cols,
5970 Que tuit lor en dolent li os.
     Mout sont doillant et mout sont las.
     Neporquant ne recroient pas,
     Ainçois s'esforcent miauz et miauz.
     La suors lor troble les iauz,
5975 Et li sans qui avec degoute,
     Si que par pou ne voient goute;
     Et bien sovent lor cops perdoient
     Si comme cil qui pas ne voient
     Lor espees sor aus conduire.
5980 Ne se püent mais gaires nuire
     Li uns vers l'autre; neporquant
     Ne recroient ne tant ne quant,
     Que trestoz lor pooirs ne facent.
     Por ce que li huil lor esfacent
5985 Si que tot perdent lor veoir,
     Laissent jus lor escuz cheoir,   (137 c)
     Si s'entraerdent par grant ire.
     Li uns l'autre sache et detire,
     Si que sor les genoz s'abatent.
5990 Ensi longuement se debatent
     Tant que l'ore de nonne passe,
     Et li granz chevaliers se lasse,

---

*   **5966.** T. sont martelees dedanz (*corr. C; H:* m. es dans; *P:* T. ont m.
     a lor brans). **5974.** Mais la s. lor tolt les i. (*corr. C; P = B; H:* La dolor
     lor torble les i.). **5987.** s'entrehordent (*corr. C; H:* s'entrefierent). **5988.**
     boute et tire [-1] (*corr. CH*).

**   **5965.** As plaz des branz (*H:* As pons et aprés as t.). **5978.** Come cil
     (+*H; P:* Si con cil)| veoient (+*HP*). **5980.** Ne ne pooit (*H:* Ne ne pueent;
     P: Mais ne pooit). **5981.** Li uns a l'a. (+ *HP*). **5982.** Ne dotez ja. **5983.**
     tote lor force (*HP:* trestot lor pooir). **5985.** le v. **5986.** Et l. lor e. c. **5990.**
     se conbatent (+ *HP*).

*** P. 5983-5988.

de leurs pommeaux dorés et de leurs tranchants.
Ils se sont tant martelé les dents,
les joues et le nez,
les poings et les bras et bien plus encore
les tempes, la nuque et le cou,
que tous leurs os en sont endoloris.
Qu'ils souffrent et qu'ils sont épuisés !
Et pourtant ils ne sont pas près d'abandonner,
mais ne font que multiplier leurs efforts.
Leurs yeux sont brouillés par la sueur
mêlée de sang qui coule goutte à goutte,
si bien qu'ils n'y voient plus guère.
Aussi leurs coups se perdaient souvent,
comme ceux de combattants qui ne voient pas
la direction que prennent leurs épées.
Désormais, ils ne peuvent plus guère se nuire
l'un à l'autre et cependant
ils sont loin de renoncer tant soit peu
à faire tout leur possible.
Comme ils sont aveuglés
au point de ne plus rien voir,
ils laissent tomber au sol leur écu,
avant de s'empoigner avec folle rage.
Ils se tirent si violemment l'un l'autre
qu'ils tombent sur leurs genoux.
Dans cette position ils luttent longtemps,
jusqu'au-delà de l'heure de none,
et le grand chevalier est si épuisé

Si que toute li faut l'alainne.
Erec a son talant le mainne
5995 Et sache et tire, si que toz
Les laz de son hiaume a deroz
Et jusques vers les piez l'encline.
Cil chiet a danz sor la poitrine,
Ne n'a pooir de relever.
6000 Que que il li doie grever,
Li convient dire et outroier :
« Conquis m'avez, nel quier noier ;
Mais mout me vient a grant contraire.
Et neporquant de tel afaire
6005 Poez estre et de tel [re]non,
Qu'il ne m'en sera se bel non.
Et mout voudroie par proiere,
S'estre puet en nule meniere,
Que je vostre droit non seüsse,
6010 Por ce que confort en eüsse.
Se mieudres de moi m'a conquis,
Liez en serai, jel vos plevis ;
Mais se il m'est si encontré
Que pires de moi m'ait outré,
6015 De ce doi je grant duel avoir.
— Amis, vuez tu mon non savoir ?
Fait Erec. Et jel te dirai,
Ja ainz d'ici ne partirai,
Mais ce iert par tel convenant,
6020 Que tu me diras maintenant

---

*   **5995.** chace. **5997-5998.** *intervertis.* **5997.** Que j. **5998.** adonc desor
    l'eschine (*corr. C ; H :* envers desor l'eskine ; *P :* envers sor la p.).
    5999 *et* **6007.** Mais (*corr. CH ; P = B*). **6015.** mon d.

**   **5997.** Et si que devers lui l'e. (*H :* Et dusque vers son pié s'acline).
    6001. covint. **6002.** puis n. *(+ P).* **6003.** me torne. **6012.** ce vos p. (*H :*
    jo vos p.). **6020.** dies.

qu'il est tout hors d'haleine.
Erec le mène à sa guise,
le traîne et le tire, au point qu'il
lui a rompu tous les lacets de son heaume
et le courbe à ses pieds.
L'autre tombe face en avant, la poitrine contre terre,
et n'a plus la force de se relever.
Quoi qu'il lui en coûte,
il lui faut dire et reconnaître :
« Vous m'avez vaincu, comment le nier ?
Mais pour moi que ce revers est inattendu !
Et pourtant votre rang
et votre renom sont peut-être tels
que ma défaite en deviendra honorable.
Aussi, je vous en supplie, je souhaiterais vivement,
si cela est possible en quelque manière,
connaître votre nom,
afin d'en éprouver du réconfort.
Si meilleur que moi m'a vaincu,
j'en serai heureux, je vous le promets ;
mais s'il m'est arrivé
d'être battu par moins bon que moi,
je ne peux qu'en être fort affligé.
— Ami, tu veux connaître mon nom ?
dit Erec. Eh bien ! je te le dirai,
et je ne partirai pas d'ici avant de te le dire,
mais je pose cette condition :
dis-moi tout de suite

Por qoi tu es en cest jardin.　　　　　　　(137 d)
Savoir en vuil tote la fin,
Quex est tes nons et quel la Joie,
Car mout me tarde que j'en oie
6025 La verité de tot en tot.
　　— Sire, fait il, sanz nul redot,
Vos dirai tot quanque vos plait. »
Erec son non plus ne li tait :
« Oïs onques parler, fait il,
6030 Dou roy Lac et d'Erec son fil ?
　　— Oïl, sire, bien le connui,
Car a la cort son pere fui
Maint jor, ainz que chevalier[s] fusse,
Ne ja, son vuel, ne m'en meüsse
6035 D'ensamble o lui por nule rien.
　　— Dont me doiz tu conoistre bien,
Se tu fus onques avec moi
A la cort mon pere le roi.
　　— Par foi ! dont m'est bien avenu !
6040 Or orroiz que m'a retenu
En cest vergier tant longuement ;
De tout vostre commandement
Dirai le voir, que qu'il me griet.
Cele pucele qui la siet,
6045 M'ama d'enfancë, et je li.
A l'un et a l'autre abeli
Et l'amors crut et amanda,
Tant que ele me demanda

---

*　　6024. que je l'oie *(corr. H ; CP = B).*

**　6023. Que ton non dies et la J. (*P :* quel ta joie). 6024. Que *(+ P).* 6032.
cort le roi Lac. 6040. Or oez| qui *(+ HP).* 6041. si l. *(+ HP).* 6042. Trestot
v. c. (*P :* Tot a v. c.). 6043. Voel je dire. 6045. des enf. (+ *H ; P :* D'enf.
m'a.).

pourquoi tu es dans ce jardin.
Je veux savoir tout ce qu'il en est,
quel est ton nom et quelle est la Joie,
tellement je suis impatient d'en entendre
la vérité tout entière.
— Seigneur, dit-il, n'ayez aucune crainte,
je vous dirai tout ce qu'il vous plaît de savoir. »
Erec, sans taire plus longtemps son nom,
lui dit : « As-tu jamais entendu parler
du roi Lac et d'Erec, son fils ?
— Oui, seigneur, je l'ai bien connu
pour avoir été longtemps
à la cour de son père, avant de devenir chevalier,
et, si la décision n'avait dépendu que de lui, je n'aurais
pour rien au monde quitté son entourage.   [jamais
— Tu dois donc bien me connaître,
s'il est vrai que nous avons été jadis ensemble
à la cour de mon père le roi.
— Sur ma parole ! Quelle chance que voilà !
Vous entendrez maintenant ce qui m'a retenu
si longtemps dans ce verger.
Sur tout ce que vous m'avez demandé
je vous dirai la vérité, quoi qu'il m'en coûte.
Cette demoiselle assise là
m'aima dès l'enfance, et je l'aimai en retour.
L'un et l'autre y trouvions notre plaisir
et l'amour crût et gagna en perfection
jusqu'au jour où elle me demanda

Un don, mais ne le nomma mie.
6050 Qui vaeroit rien a s'amie ?
N'est pas amis qui entresait
Tot le bien s'amie ne fait,
Sanz riens laissier et sanz faintise,
S'il onques puet en nule guise.
6055 Creanta[i] li sa volenté.
Quant je li oi acreanté,   (138 a)
Si vost encor que li plevisse.
Se plus vousist, plus en feïsse,
Mais ele me crut par ma foi.
6060 Fïançai li, si ne soi qoi.
Tant avint que chevaliers fui :
Li rois Evrains, cui niés je sui,
M'adoba, voiant maint prodomes,
Dedenz cest vergier ou nos somes.
6065 Ma damoisele, qui siet la,
Tantost de ma foi m'apela
Et dist que plevi li avoie
Que ja mes de ceanz n'istroie
Tant que chevaliers i venist
6070 Qui par armes me conqueïst.
Raisons fu que je remainsisse,
Ainz que ma fïance mentisse,
Ja ne l'eüsse je plevi.
Des que je soi le bien en li,
6075 En la rien que je ai plus chiere,
N'en dui faire semblant ne chiere

---

*   **6051-6052.** a. tot e. / Qui touz boens s'a. *(corr. CH ; P = B).* **6073.** li
e. [+ 1] *(corr. CH ; P :* Je ne li e. p.). **6075.** Et que rien n'avoie si c. *(corr.
H ; P = B ; C :* A la r. que ge oi p. c.).

**   **6050.** neant s'a. **6056.** Et q. li *(P :* Et q. je li oi creanté). **6060.** Fïancié
li *(H :* Creantai lui). **6061.** Tant qu'a. **6074.** b. et vi *(H :* jo le b.
en li vi).

***   P. 6049-6050.

un don, mais sans le nommer.
Qui pourrait rien refuser à son amie?
N'est pas ami celui qui ne fait pas
sur-le-champ toutes les volontés de son amie,
sans rien négliger et sans se ménager,
dès lors qu'il en a la possibilité.
Je l'assurai donc de faire sa volonté
et, quand je lui eus donné cette assurance,
elle voulut en plus que je la lui confirme par un serment.
Aurait-elle voulu encore plus, j'aurais fait plus,
mais elle me crut sur ma parole.
Je lui promis, mais quoi? Je ne le sus[1].
Puis voilà qu'arriva le jour où je devins chevalier:
le roi Evrain, dont je suis le neveu,
m'adouba en présence de nombreux gentilshommes
dans ce verger où nous nous trouvons maintenant.
Ma demoiselle qui est assise là
me rappela aussitôt ma parole,
me disant que je lui avais promis
de ne jamais quitter ce verger,
avant que n'y arrivât un chevalier
qui pût me vaincre par les armes.
La raison voulait donc que j'y restasse,
plutôt que de manquer à ma parole,
quand bien même je n'aurais jamais fait une telle promesse.
Dès l'instant que je sus ce qu'était son bonheur,
celui de la créature qui m'est le plus chère,
je m'efforçai de me donner une contenance

---

1. Première apparition du motif si souvent repris dans le roman arthurien du « don contraignant ».

Que nule rien me despleüst,
Que, s'ele s'en aperceüst,
Tost retraisist a li son cuer;
6080 [Et] je nou vousisse a nul fuer
Por rien que deüst avenir.
Ainsi me cuida retenir
Ma damoisele a lonc sejor.
Ne cuidoit pas que a nul jor
6085 Deüst en cest vergier entrer
Vasaux qui me deüst outrer.
Por ce me cuida a delivre
Toz les jors que j'eüsse a vivre
Avec li tenir en prison.
6090 Et je feïsse mesprison,
Se de rien nule me fainsisse,   (138 b)
Que trestouz ceus ne conqueïsse
Envers cui j'eüsse puissance:
Vilainne fust la delivrance.
6095 Et je vos os bien afichier
Que je n'ai nul ami tant chier
Vers cui je me fainsisse pas.
Onques mais d'armes ne fui las,
Ne de combatre recreüz.
6100 Bien avez les hiaumes veüz
De ceus que j'ai conquis et morz,
Mais miens n'en est mie li torz,
Qui raison i vuet esgarder.
De ce ne me poi je garder,

---

*   **6084.** cuida. **6092.** Se. **6104.** Ne m'en poïsse delivrer *(corr. CH; P =
B).*

**   **6078.** Car (+ *P; H:* Et)| se ele l'a. (*H:* s'ele ce savoir peüst). **6079.** El
r. *(+ H).* **6081.** qui poïst a. (*H:* qui d. a.; *P:* ki peüst a.). **6091.** n.
mespreïsse. **6094.** tex d. **6095.** Bien vos puis dire et acointier. **6096.** si
c. (+ *H; P:* Ainc mais ne trovai chevalier). **6097.** m'an f. (*P:* Ne
conquesisse haut ne bas). **6101.** vaincuz et m. *(+ H).* **6103.** Qui r.
voldroit e.

*** P. 6085-6088.

pour éviter de laisser paraître le moindre mécontentement,
car, si elle s'en était aperçue,
elle eût vite fait de me retirer son cœur,
ce que je n'aurais voulu à aucun prix,
quoi qu'il me dût advenir.
Ainsi, ma demoiselle pensa
me retenir pour un long séjour,
car elle n'imaginait pas qu'un jour viendrait
où devait pénétrer dans ce verger
un chevalier capable de me vaincre ;
c'est pourquoi elle crut pouvoir sans difficulté
me retenir prisonnier à ses côtés
aussi longtemps que j'aurais à vivre.
Pour ma part, ma conduite aurait été déloyale,
si je n'avais pas fait tout mon possible
pour vaincre tous les chevaliers
qui étaient à ma portée :
combien déshonorante eût été alors ma délivrance !
Et je me permets de vous en donner ma parole :
il n'est pas d'ami, aussi cher soit-il,
contre lequel je n'aurais pas mis tout en œuvre.
Jamais je ne fus las de manier les armes
ni excédé de combattre.
Vous avez bien vu les heaumes
de ceux que j'ai vaincus et tués,
mais ce n'est pas à moi qu'en incombe la faute
pour qui veut bien juger avec rectitude.
Je ne pouvais m'en garder,

6105 Se je ne vousisse estre faus
Et foi mentie et desloiaus.

   Or vos ai la verité dite,   (lettrine bleue)
Et sachiez bien, n'est pas petite
L'onors que vos avez conquise.
6110 Mout avez en grant joie mise
La cort mon oncle et mes amis,
Qu'or serai fors de ceanz mis ;
Et por ce que joie en avront
Tuit cil qui a la cort seront,
6115 Joie de la Cort l'apeloient
Tuit cil qui la joie atendoient.
Tant longuement l'ont atendue,
Qu'or primes lor sera rendue
Por vos qui l'avez deresnie.
6120 Bien avez matee et fe[s]nie
Mon pris et ma chevalerie.
Or est bien droiz que je vos die
Mon non, quant savoir le volez.
Mabonagrains sui apelez,
6125 Mais je ne sui pas conneüz
En terre ou j'aie esté veüz,   (138 c)
Par remanbrance de cest non,
S'en cest païs seulement non ;
Car onques, tant con vallez fui,
6130 Ne dis mon non ne ne connui.

   Sire, la verité savez   (lettrine rouge)
De quanque vos requis m'avez.

---

* **6110.** en g. poinne. **6127.** Par conoissance *(corr. CH; P = B).*

** **6107.** La v. vos en ai d. **6113-6114.** feront / vanront. **6116.** Cil qui la
j. an a. (*H:* [Joie est de la cort apelee] / Ne vos doit pas estre celee). **6118.** Que premiers (*H:* Que ore). **6119.** Par vos *(+ HP).* **6120.** Molt. **6122.** Et bien est d. (*H:* Or est il d.). **6125.** Mes ne sui nes point c. **6126.** An leu ou.

sous peine d'être félon,
parjure et déloyal.
A présent, je vous ai dit la vérité
et, sachez-le bien, ce n'est pas un piètre
honneur que vous venez de conquérir.
En quelle grande joie vous avez mis
la cour de mon oncle et mes amis,
parce qu'est arrivée l'heure de me libérer de ce verger !
Et comme cet événement provoquera la joie
de tous ceux qui seront à la cour,
il fut appelé *Joie de la Cour*
par tous ceux qui en attendaient la joie.
Ils l'ont attendue si longtemps
qu'en ce jour elle leur sera donnée pour la première fois
par vous qui l'avez conquise.
Vous avez bel et bien maté par quelque enchantement
ma valeur de chevalier.
C'est le moment de vous dire
mon nom, puisque vous voulez le savoir :
on m'appelle Mabonagrain ;
cependant on ne me connaît pas
sous ce nom
dans les régions où l'on m'a vu,
sinon en ce pays seulement,
car jamais, avant d'être chevalier,
je n'ai dit mon nom ni ne l'ai fait connaître.
Seigneur, vous connaissez maintenant la vérité
à propos de tout ce que vous m'avez demandé.

Mais a dire vos ai encor
Qu'en mist en cest vergier un cor,
6135 Que bien avez veü, ce croi.
Fors de ceanz issir ne doi
Tant que le cor avroiz soné ;
Mais lors m'avroiz desprisoné
Et lors commencera la Joie.
6140 Qui que l'entende et qui [que] l'oie,
Ja essoinnes ne[l] retendra,
Quant la voiz dou cor entendra,
Qu'a la cort ne viegne tantost.
Levez d'ici, sire ! Alez tost
6145 Le cor au pel lïement prendre,
Car vos n'i avez que atendre,
S'en faites ce que vos devez. »
Maintenant s'est Erec levez
Et cil se lieve ensamble o lui,
6150 Au cor s'en vienent ambedui.
Erec le prent, et si le sone,
Tote sa force i abandone
Si que mout loing en va l'oïe.
Mout s'en est Enide esjoïe,
6155 Quant ele la voiz entendi,
Et Guivrez mout s'en esjoï.
Liez est li rois et sa genz lie :
N'i a un soul cui mout ne sie
Et mout ne plaise ceste chose.
6160 Nuns ne cesse ne ne repose

---

*   **6157.** gent.

** **6134.** Il a an c. v. (*H:* Qu'il a). **6137.** aiez s. *(+ HP).* **6138.** Et lors (*P:* Dont serons tot d.). **6141.** ne le tandra *(+ P).* **6143.** Que a la cort (*P:* Que a cort) | tost. **6145.** Por le cor isnelemant p. (*H:* Alez le cor l. p. ; *P:* Le cor au pel maintenant p.). **6146.** Que n'i avez plus que a. (*P:* Que vos ...). **6155-6156.** *absents.* **6160.** Nus n'i c. (+ *H*).

Mais j'ai encore une chose à vous dire :
on a mis dans ce verger un cor
que vous avez vu, je pense.
Je ne dois pas sortir d'ici
avant que vous ayez sonné du cor :
alors seulement vous m'aurez délivré
et alors commencera la Joie.
Quiconque l'entendra,
rien ne pourra l'empêcher,
dès qu'il percevra le son du cor,
de se précipiter à la cour.
Levez-vous d'ici, seigneur ! Hâtez-vous
de prendre joyeusement le cor pendu à ce pieu,
car vous n'avez plus rien à attendre.
Faites donc ce que vous devez faire ! »
Erec s'est aussitôt levé
et l'autre se lève en même temps que lui.
Tous deux se dirigent vers le cor,
Erec le prend et le fait sonner,
en y mettant toute sa force,
si bien que le son porte très loin.
Quelle ne fut pas la joie d'Enide
lorsqu'elle entendit le son du cor !
Et quelle ne fut pas celle de Guivret !
Heureux est le roi, heureux tous ses gens :
pas un seul que ne comble d'aise
et de plaisir cet événement.
Tous, sans trêve ni repos,

De joie faire et de chanter.   (138 d)
Ce jor se pot Erec venter
C'onques tel joie ne fu faite.
Ne porroit pas estre retraite
6165 Ne contee par boche d'ome,
Mais je vos en dirai la some
Briement, sanz trop longue parole.
Novele par le païs vole
Qu'ainsinc est la chose avenue.
6170 Puis n'i ot nule retenue
Que tuit ne venissent a cort.
Trestoz li pueples i acort,
Qu'a pié que a cheval batant,
Que li uns l'autre n'i atant.
6175 Et cil qui ou vergier estoient
D'Erec desarmer s'aprestoient
Et chantoient par contençon
Tuit de la Joie une chançon.
Et les dames un lai troverent
6180 Que le Lai de Joie apelerent,
Mais n'est gaires li laiz seüz.
Bien fu de joie Erec peüz
Et bien serviz a son creante.
Mais celi mie n'atalante
6185 Qui sor le lit d'argent seoit,
Que la joie que la veoit
Ne li venoit mie a plaisir;
Mais maintes genz convient taisir

---

*   **6171.** Que lues. **6173.** Qu'a cheval, qui a pié batant *(leçon isolée).*
    6179-6180. lait [!]. **6180.** Qui.

** **6172.** De toz sanz li p. i cort. **6182.** Bien est. **6186.** La j. que ele v.
    (+ *H; P:* Et la j. k'ele v.). **6188.** mainte gent (+ *H; P:* mainte fois) |
    sofrir.

s'adonnent à la joie et aux chants.
En ce jour Erec put se vanter
que jamais on n'avait vu telle joie.
Aussi ne saurait-elle être retracée
ni contée par bouche d'homme
et je me contenterai de vous en dire l'essentiel
en peu de temps, sans parler trop longuement.
La nouvelle de l'heureux dénouement
vole à travers le pays
et rien n'empêcha alors
qui que ce soit de venir à la cour.
Le peuple tout entier y accourt,
qui à pied, qui à cheval, à vive allure,
sans que l'on pense à s'attendre.
Quant à ceux qui se trouvaient dans le verger,
ils se préparaient à désarmer Erec
et rivalisaient d'ardeur en chantant
en chœur une chanson sur la Joie ;
et les dames firent un lai
qu'elles appelèrent le *Lai de la Joie*,
mais ce lai n'est guère connu.
De joie, Erec était pleinement rassasié
et il en était servi autant qu'il pouvait le désirer.
Seule n'a pas le cœur à la fête la demoiselle
qui était assise sur le lit d'argent,
car la joie qu'elle voyait autour d'elle
n'était pas faite pour lui plaire ;
mais bien souvent il convient de regarder

Et regarder ce que lor poise.
6190 Mout fist Enide que cortoise :
Por ce que pensive la vit
Et soule seoir sor un lit,
Si se pense que ele iroit
A li parler ; si li diroit
6195 De son afaire et de son estre
Et enquerroit, s'il pooit estre,   (139 a)
Qu'ele dou suen li redeïst,
Mais que trop ne li desseïst.
Seule i cuida Enide aler,
6200 Que nului n'i cuida mener.
Mais des dames et des puceles
Des mieuz vaillanz et des plus beles
La suïrent une partie
Par amor et par compaignie,
6205 Et por faire celi confort
A cui la Joie anuie fort,
Por ce qu'il li estoit avis
Qu'or ne seroit mes ses amis
Avec li tant con il soloit,
6210 Quant dou vergier issir voloit.
Mais que que li desabelisse,
Ne puet müer qu'il ne s'en isse,
Car venue est l'ore et li termes.
Por ce li corroient les lermes
6215 Des iauz tot contreval le vis.
Mout plus que je ne vos devis,

---

* **6192-6193.** seoit en un lit / Qu'ele se p. qu'ele i. **6200.** nuslui.

** **6189.** esgarder *(+ HP)* | qui (+ *H ; P :* tout çou qui p.). **6192.** le lit
(+H). **6193.** Li prist talanz *(+ H).* **6194.** A li, si li demanderoit. **6203.** La
suioient. **6206.** enuioit. **6210.** Q. il del v. issir doit. **6211.** A cui qu'il
onques abelisse (*H :* A cui que il d. ; *P :* Mais que il bien li despleüst).
6213. Que.

en silence ce qui vous pèse.
Enide agit en dame tout à fait courtoise :
en voyant la demoiselle pensive
et assise seule sur un lit,
elle se décide à aller
lui parler ; elle lui dirait ainsi
ce qu'elle fait et qui elle est,
puis demanderait à la demoiselle, si cela était possible,
de lui faire part à son tour de son histoire,
dans la mesure où cela ne la dérangerait pas trop.
Enide pensa y aller seule
sans emmener personne,
mais une partie des dames et des demoiselles,
parmi les plus estimées et les plus belles,
la suivirent
afin de tenir compagnie à Enide qu'elles aimaient
et de réconforter celle
que la Joie désolait tellement ;
en effet, la demoiselle était convaincue
que désormais son ami ne serait plus
avec elle autant que par le passé,
puisqu'il voulait sortir du verger.
Mais quelque déplaisir qu'elle éprouve,
le chevalier ne peut faire autrement que d'en sortir,
car l'heure est venue du terme de sa captivité.
C'est pourquoi les larmes coulaient
des yeux de la demoiselle et inondaient son visage.
Sa douleur et sa désolation

Estoit dolente et corrocie,
Et neporquant si s'est drecie
Contre les dames en estant;
6220 Mais de nule ne li est tant
Que ele en lest son duel a faire.
Enide comme debonaire
La salue; cele ne pot
D'une grant piece soner mot,
6225 Car sopir et sanglot li tolent,
Qui la confondent et afolent.
Grant piece aprés li a rendu
Le damoisele son salu,
Et quant ele l'a esgardee
6230 Une grant piece et [r]avisee,
Si li sembla que l'ot veüe   (139 b)
Autre foÿe et conneüe;
Mais n'en fu mie bien certeinne,
Ne d'enquerre ne li fu peinne
6235 Dont ele ert, ne de quel païs,
Et dont ses sire estoit naïs:
D'andeus demande qui il sont.
Enide briement li respont
Et la verité l'en reconte:
6240 « Niece, fait ele, sui le conte
Qui tient Lalut en son demainne,
Fille de sa seror germainne.
A Lalut fu[i] nee et norrie. »
Ne puet müer que ne s'en rie,

---

* **6221.** Qu'ele pas l.

** **6219.** De ces qui la vont confortant, *placé après v. 6220* (+ *H*). **6224.** De g. p. (*H :* En g. p.)| respondre mot (+ *H ; P :* dire mot). **6226.** Qui molt l'anpirent et a. (+ *H ; P :* Qui ml't le grievent et a.). **6229.** ot e. (+ *HP*). **6231.** Sanbla li qu'ele l'ot v. **6233.** pas tres bien c. (+ *H*). **6235.** D. ele estoit, de q. p. (+ *H*). **6237.** D'aus deus (+ *HP*). **6238.** E. tantost li r. **6239.** li r. (+ *HP*). **6244.** que lors ne rie (*P :* k'ele ne rie).

dépassaient tout ce que je peux vous en dire.
Et pourtant elle s'est redressée
devant les dames qui venaient à sa rencontre,
mais aucune d'elles ne réussit
à lui faire abandonner son chagrin.
Enide, en dame au grand cœur,
la salue; l'autre demeura
longtemps sans pouvoir dire un mot,
car elle en est empêchée par les gémissements et les sanglots
qui la plongent dans le désarroi et dans l'égarement.
Ce n'est qu'après un long moment
que la demoiselle lui a rendu son salut
et, après l'avoir longuement
observée et dévisagée,
elle eut l'impression de l'avoir déjà vue
et rencontrée une fois,
mais elle n'en était pas certaine.
Aussi, demanda-t-elle à Enide, sans hésiter,
d'où elle était, de quel pays,
et d'où était natif son seigneur:
de l'un et de l'autre elle s'enquiert qui il sont.
Enide lui répond brièvement,
sans lui cacher la vérité:
« Je suis, dit-elle, la nièce du comte
qui est le seigneur de Laluth,
je suis la fille de sa sœur.
C'est à Laluth que je suis née et que j'ai été élevée. »
L'autre ne peut s'empêcher d'en rire

6245 Ainz que plus dire li oïst
     Cele qui tant s'en esjoïst,
     Que de son duel mais ne li chaut.
     De lïece li cuers li faut,
     Car ne puet sa joie celer.

6250 Baisier la cort et acoler,
     Et dit : « Je sui vostre cousine,
     Sachiez que c'est veritez fine,
     Et vos estes niece mon pere,
     Car il et li vostre sont frere.

6255 Mais je cuit que vos ne savez,
     Ne oï dire ne l'avez,
     Coment je ving en ceste terre.
     Li cuens vostre oncles avoit guerre,
     Si vindrent a lui a soudees

6260 Chevalier de maintes contrees,
     Bele cousine, et si avint
     Qu'avec aux uns soudoiers vint,
     Li niés le roi de Brandigan ;
     Chiés mon pere fu pres d'un an,

6265 Bien a .xii. anz, ce cuit, passez.
     Encor estoie enfes assez,   (139 c)
     Il ert mout beax et avenanz ;
     La feïsmes noz covenanz
     Entre nos deus, tex con nos sist.

6270 Ainz ne vox rien qu'il ne vousist,
     Tant qu'a amer me commença ;
     Si me plevi et fïança

---

*   **6252-6253.** S., ce est v. f. / Que. **6268.** Nos f.

**   **6245-6246.** *intervertis.* **6248.** li saut (*et non pas* li faut *comme l'a cru* M. Roques). **6249.** Ne ne p. (*H :* Sa j. ne p. mes c. ; *P :* Ensi fu demie loee). **6250.** la vet (*P :* Puis l'a baisie et acolee). **6259.** an s. (*+ HP*). **6261.** Ensi, b. c., a. (*+ H*). **6262.** Que avoec un soudoier v. (*H :* Q'uns chevaliers a la cort v.) **6265.** ce croi (*H :* Bien a .xxii. ans passés ; *P :* ce dist). **6267.** Et il ert b. (*H :* Mais ml't est et ert a.).

*** P. **6261-6262.**

avant même d'avoir entendu la suite du propos
et elle s'en réjouit tant
que son chagrin cesse de la préoccuper.
D'allégresse son cœur trésaille
et, incapable de dissimuler sa joie,
elle se jette au cou d'Enide pour lui donner des baisers,
disant : « Je suis votre cousine,
sachez que c'est la pure vérité,
et vous êtes la nièce de mon père,
car lui et le vôtre sont frères.
Mais vous ne savez sans doute pas
ni n'avez entendu dire
ce qui m'a conduit dans cette terre.
Comme le comte, votre oncle, était en guerre,
des chevaliers vinrent de bien des contrées
pour se mettre à sa solde,
chère cousine, et voici
que parmi ces chevaliers arriva
le neveu du roi de Brandigan :
il fut chez mon père près d'un an ;
bien douze ans ont passé depuis, je crois.
J'étais encore presque une enfant
et il était fort beau et charmant :
c'est là-bas que nous nous fiançâmes
tous deux, à notre convenance.
Jamais je ne voulus rien qu'il ne voulût aussi,
jusqu'au jour où il se prit à m'aimer.
Alors il m'assura par une promesse

Que toz jors mes amis seroit
Et que il ça m'en amenroit;
6275 A moi plot et lui d'autre part.
Lui demora et moi fu tart
Que je m'en venisse avec lui.
Se nos en venimes andui,
[Qu']onques nus ne le sot que nos.
6280 A cel jor entre moi et vos
Estïens jones et petites.
Voir vos ai dit; or me redites,
Ensi con je vos ai conté,
De vostre ami la verité,
6285 Par quel aventure il vos a.
    — Bele cousine, il m'esposa
Si que mes pere bien le sot
Et ma mere grant joie en ot.
Tuit le sorent et lié en furent
6290 Nostre parent, si con il durent.
Liez en fu mes oncles li cuens,
Car il est chevaliers si buens
Que l'en ne puet meillor trover.
Se n'est or pas a esprover
6295 Ne d'onor ne de vasselage;
Et s'est mout de gentil lignage:
Ne cuit que soit ses parauz nuns.
Il m'aimme mout, et je lui plus,
Que l'amors ne puet estre graindre.
6300 Onques encor ne me soi faindre

---

* **6274.** Et avec li m'en a. (*corr CH*; *P:* Et que avoec lui m'en menroit). **6276.** Moi d. et lui fu t. **6300.** fraindre (*corr. C*; *H:* plaindre).

** **6275.** Moi p. et a lui (*H:* Moi p. et lui de l'a. p.). **6277.** Que ça (*H:* Que il m'en menast). **6278.** Si nos v. a. [-1] (*P:* Chi nos...). **6279.** Que nus ne le sot mes que nos (*H:* Que nus ne le seüst fors nos). **6283.** Ausi (+ *H*; *P:* Tout si). **6288.** qui j. en ot (+ *P*). **6291.** meïsmes li c. (+ *H*; *P:* me sire li c.). **6293.** Qu'an ne porroit [*P:* pooit]. **6294.** Ne n'est (*H:* Il n'est). **6295.** De bonté ne de v. (*H:* De doner et de v.). **6296.** Ne set l'an tel de son aage (*P:* Et si est de g. l.). **6299.** Tant qu'a.

*** P. **6299-6300.**

qu'il serait à tout jamais mon ami
et qu'il me conduirait jusqu'à Brandigan :
j'en fus tout aise et lui aussi.
Lui vécut alors dans l'attente, tout comme moi,
du jour où je viendrais en sa compagnie jusqu'ici.
Enfin nous y arrivâmes tous deux,
sans que jamais personne d'autre que nous ne le sut.
A ce moment, vous et moi
étions jeunes et petites.
Voilà la vérité. Dites-moi maintenant à votre tour,
tout comme je vous l'ai racontée,
l'histoire de votre ami
et par quelle aventure il vous a connue.
— Chère cousine, il m'épousa
avec le consentement de mon père
et à la satisfaction joyeuse de ma mère.
Tous nos parents le surent et en furent
tout aises, comme il fallait s'y attendre.
Heureux également mon oncle, le comte,
car Erec est un chevalier si valeureux
qu'on ne peut en trouver de meilleur.
Il n'a plus désormais à faire les preuves
de sa grandeur et de sa prouesse
et, en outre, il est issu de très haute noblesse :
je suis persuadée qu'il n'a pas son égal.
Il m'aime beaucoup et je l'aime encore plus,
d'un amour qu'on ne saurait imaginer plus grand.
Jamais encore, je n'ai su modérer le moins du monde

De lui amer, ne je ne doi.   (139 d)
Dont n'est mes sires filz de roi?
Dont ne me prist il povre et nue?
Par lui m'est tex honors venue
6305 Qu'ainz a nule desconsoillie
Ne fu si granz aparoillie.
Et s'il vos plait, je vos dirai,
Si que de rien ne mentirai,
Coment je ving a tel hautece ;
6310 Ja dou dire ne m'iert parece. »
Lors li conta et reconut
Coment Erec vint a Lalut,
Car ele n'ot de celer cure.
Bien li reconte l'aventure,
6315 Tot mot a mot, sanz nul relais ;
Mais a reconter le vos lais,
Por ce que d'ennui croist son conte
Qui deus foiz une chose conte.

Que qu'eles parloient ensemble,   (lettrine rouge)
6320 Une des puceles s'en emble,
Qui l'ala as barons conter
Por la Joie croistre et monter.
De ceste chose s'esjoïrent
Tuit ensemble cil qui l'oïrent,
6325 Et quant Mabonagrains le sot,
Por s'amie grant joie en ot
Por ce qu'ele s'en conforta.
Et cele qui lor aporta

* 6309. vieng. 6314. Toute r. 6317. son honte [!]. 6319. Qui qu'eles. 6324.
quant il l'o.

** 6302. Voir, mes s. est f. de r. (*P:* Si est mes s. f. de r.). 6303. Et si me
prist et [*P:* il] p. et n. *(+ P).* 6304. creüe. 6307. jel *(+ P).* 6308. n'an
m. *(+ P).* 6313. del celer (*P:* du c.). 6314. reconta (*H:* raconta ; *P:*
reconnut). 6315. sanz antrelais *(+ H).* 6316. vos an lais (*HP:* Mais al
[*P:* a] conter jo [*P:* le] vos relés). 6319. parolent. 6320. Une dame seule
(*+ H; P:* Une dame d'iloec). 6321. le vet. 6323. De ceste joie. 6326-
6328. Sor toz les autres j. en ot. / Ce que s'amie se conforte / Et la
dame qui li aporte *(rédaction isolée).*

*** H. 6326 *(couplet incomplet).*

mon amour pour lui, et je ne dois pas le faire.
Mon seigneur n'est-il donc pas fils de roi?
Ne m'a-t-il donc pas prise pauvre et nue?
Par lui m'est échu tel honneur
que jamais à nulle déshéritée
n'en fut accordé un si grand.
Et si cela vous plaît, je vous dirai,
sans mentir en rien,
comment je fus élevée à une telle grandeur.
Jamais je ne me priverai par paresse de vous le dire. »
Elle lui conta alors et lui révéla
comment Erec vint à Laluth,
car elle ne voulut rien lui dissimuler.
A son tour, elle lui raconte son aventure
dans les moindres détails, sans rien omettre,
mais je m'abstiens de vous la répéter,
parce qu'on accroît son conte jusqu'à le rendre ennuyeux,
si l'on raconte deux fois la même chose.
Pendant qu'elles devisaient ainsi,
une des demoiselles s'écarte discrètement
pour faire part de la nouvelle aux barons,
afin d'accroître et de redoubler la Joie.
De cette nouvelle se réjouirent
ensemble tous ceux qui l'entendirent
et quand Mabonagrain le sut,
il éprouva une grande joie pour son amie,
car elle en tira réconfort.
Ainsi celle qui s'empressa

La novele hastivement,
6330 Les fist mout liés soudeinnement.

Liez en fu meïsmes li rois,

Qui grant joie menoit ainçois,

Mais or fait il encor greignor ;

Erec porte mout grant honor.
6335 Enide sa cosine en mainne,

Plus bele que ne fu Helainne,   (140 a)

Et plus gente et plus avenant.

Contre eles corrent maintenant

Entre Erec et Mabonagrain
6340 Et Guivret et le roi Evrain ;

Et trestuit li autre i acorent,

Si les salüent et honorent,

Que nuns ne s'en faint ne retrait.

Mabonagrain[s] grant joie fait
6345 D'Enide, et ele ausi de lui.

Erec et Guivrez ambedui

Refont joie de la pucele.

Grant joie font et cil et cele,

Si s'entrebaisent et acolent.
6350 De raler ou chastel parolent,

Car ou vergier ont trop esté.

De l'issir hors sont apresté,

Si s'en issent, joie faisant,

Et li uns l'autre entrebaisant.
6355 Aprés le roi trestuit s'en issent,

Mais ainz que ou chastel venissent,

---

*   6329. soudeinnement (*corr. C; P = B; H:* si faitement). 6330. Lor fait
    savoir isnelement (*corr. H; P = B; C:* L'a fet molt lié s.). 6340. Guivrez.
    6350. De l'aler. 6354. Et li plusor (*corr. CH; P = B*).

** 6332. feisoit (+ *H; P:* dolor m.). 6333. M. or la fet asez g. (*H:* M. or
    la fist il ml't forçor ; *P:* Mais ore a il joie g.). 6334-6335. Enyde vient
    a son seignor / Et sa c. o lui amainne. 6352. De l'i. sont tuit a.

de transmettre la nouvelle
les combla aussitôt d'aise.
Le roi lui-même en fut réjoui,
lui qui, déjà fort joyeux auparavant,
manifeste maintenant une joie plus vive encore ;
aussi traite-t-il Erec avec le plus grand respect.
Enide emmène sa cousine,
qui est plus belle que ne fut Hélène,
plus gracieuse et plus ravissante.
A leur rencontre s'élancent aussitôt
Erec et Mabonagrain,
Guivret et le roi Evrain,
et tous les autres de les imiter.
Ils les saluent et les honorent
sans nulle retenue ou réticence.
Mabonagrain accueille Enide
avec grande joie et elle lui réserve semblable accueil.
Puis c'est au tour d'Erec et de Guivret d'accueillir
tous deux joyeusement la demoiselle :
quelle joie pour celle-ci et pour ceux-là !
Ils se prennent par le cou et échangent des baisers.
Puis ils parlent de retourner dans la cité,
car ils sont suffisamment restés dans le verger.
Après s'être préparés à partir,
ils en sortent, manifestant leur joie,
échangeant des baisers.
A la suite du roi, tous quittent le verger,
mais avant même qu'ils soient arrivés à la cité,

Furent assemblé li baron
De la terre tot environ,
Et tuit cil qui la Joie sorent
6360 I vindrent, qui venir i porent.
Granz fu l'assemblee et la presse,
Chascuns d'Erec veoir s'engresse,
Et haut et bas, et povre et riche;
Li uns devant l'autre se fiche;
6365 Si le salüent et enclinent,
Et dïent tuit, c'onques ne finent:
« Dex saut celui par cui resort
Joie et leesce en ceste cort!
Dex saut le plus bien eüré
6370 Que Dex a faire ait enduré! »
    Ensinc jusqu'a la cort le moinnent, (lettrine bleue, 140 b)
Et de joie faire se poinnent,
Si con li cuer les en semonent.
Rotes, vïeles, harpes sonent,
6375 Gigues, sautier et sifonies
Et trestotes les armonies
Qu'en poïst dire ne nommer.
Mais je vos vuil tot asomer
Briement, sanz trop longue demore.
6380 Li rois a son pooir l'onore,
Et tuit li autre sanz faintise.
N'i a nul qui de son servise
Ne s'aparaut mout volentiers.
Trois jors dura la Joie entiers

---

*   **6358.** De la contree e. [-1]. **6373.** cuers. **6383.** s'apareil.

**   **6358.** De tot le païs *(+ H)*. **6368.** an nostre cort *(+ H)*. **6371.** l'an m.
(+ HP). **6374.** H., vïeles i resonent. **6377.** porroit *(HP : puisse)*. **6378.**
Mes je le vos vuel a. *(+ HP)*.

*** P. 6373-6374.

s'y étaient rassemblés les barons
de toute la terre environnante
et tous ceux qui apprirent la Joie
y vinrent, du moins s'ils le pouvaient.
Quelle immense assemblée s'y presse !
Chacun s'empresse de voir Erec,
puissants et petits, pauvres et riches.
Ils se plantent les uns devant les autres
pour le saluer et lui faire la révérence.
Tous disent, sans jamais finir :
« Que Dieu sauve celui par qui joie et liesse
jaillissent de nouveau dans cette cour !
Que Dieu sauve le plus fortuné des hommes
qu'Il ait jamais créé ! »
Ils le reconduisent ainsi jusqu'à la cour,
lui faisant fête de leur mieux,
selon les inclinations de leur cœur.
Rotes, vielles et harpes résonnent,
ainsi que violes, psaltérions et symphonies[1]
et tous les instruments à cordes
que l'on pourrait dire ou nommer ;
mais je me contente de vous les énumérer
en peu de mots, sans m'attarder trop longuement.
Le roi honore Erec autant qu'il le peut,
et tous les autres l'imitent sans réserve :
pas un seul qui ne se consacre
avec grand plaisir à son service.
La Joie dura trois jours entiers

---

1. Terme qui recouvre différents instruments capables de polyphonie : vielles, orgues portatifs...

6385 Ainz qu'Erec s'en poïst torner.
     Au quart ne vost plus sejorner
     Por rien qu'en li seüst proier.
     Grant gent ot a lui convoier,
     Et mout grant presse as congiez prendre.
6390 Ne poïst pas les saluz rendre
     En demi jor par un a un,
     S'il vousist respondre a chascun.
     Les barons salue et acole,
     Les autres a une parole
6395 Comande a Deu toz et salue.
     Enide ne rest mie mue
     Au congié prendre des barons :
     Toz les salue par lor nons,
     Et il li tot communement.
6400 Au departir mout doucement
     Baise et acole sa cosine.
     Departi sont, la Joie fine.
     Cil s'en vont, et cil s'en retornent.
     Erec ne Guivrez ne sejornent,
6405 Mais a joie lor voie tindrent
     Tant qu'an sept jors a Roais vindrent,   (140 c)
     Ou li rois lor fu ensoigniez.
     Le jor devant s'estoit seingniez
     En ses chambres priveement ;
6410 Ensamble o lui ot seulement
     .Vᶜ. barons de sa maison.
     Onques mais en nule saison

---

*   **6389.** Et granz presses. **6406.** Que l'uisme jor (*corr. H ; C :* Tant que au
    chastel tot droit v. ; *P :* Tant c'a .ix. j. a R. v.). **6410.** tant s. (*conjecture
    de W. Foerster 1896 ; CPEV = B ; H :* n'ot s.).

** **6388.** G. joie. **6389.** au congié (*+ HP*). **6390.** pooit (*P :* peüst). **6391.** par
    un et un (*+ H*). **6396.** Et E. | pas. **6399.** tuit. **6404.** E. et G. (*+ H ; P :*
    E. et G. s'en retornent, *rime inversée*). **6408.** d. estoit (*+ P*). **6409-6410.**
    En ses c. *et* Ansanble o lui *inversés en début de vers.*

avant qu'Erec pût s'en retourner.
Au quatrième jour, on avait beau le prier,
il ne voulut pas rester davantage.
Il y eut une foule nombreuse pour l'escorter
et une immense cohue pour lui dire adieu.
Une demi-journée ne lui aurait pas suffi
pour rendre les saluts un à un,
s'il avait voulu répondre à tout le monde.
Les barons, il les salue et les embrasse ;
pour les autres, il se contente
d'une parole d'adieu et d'un salut communs à tous.
Enide ne reste pas muette
au moment de prendre congé des barons :
elle les salue tous par leurs noms
et ils lui rendent son salut tous en chœur.
A l'heure du départ, avec une grande douceur,
elle prend sa cousine par le cou et l'embrasse.
Ils sont partis, la Joie s'achève.
Les uns s'en vont, les autres s'en retournent.
Erec ni Guivret ne s'attardent,
mais poursuivent, joyeux, leur route.
Au bout de sept jours, ils arrivèrent enfin à Roais,
où, leur avait-on dit, séjournait le roi Arthur.
Le jour précédent, on l'avait saigné
dans ses appartements privés
et il n'avait avec lui que
cinq cents barons de sa maison.
Jamais en aucune saison

Ne fu trovez li rois si seus,
Et s'en estoit mout angoisseus
6415 Que plus n'avoit gent a sa cort.
A tant uns messages acort,
Que il orent fait avancier
Por lor venue au roi nuncier.
Cil s'en vint tot devant la rote,
6420 Le roi trova et sa gent tote,
Si le salue comme sages :
« Sire, fait il, je sui messages
Erec et Guivret le Petit. »
Et puis li a conté et dit
6425 Qu'a sa cort veoir le venoient.
Li rois respont : « Bien veignant soient
Come baron vaillant et preu !
Meillor d'aus deus ne sai nul leu,
D'aus iert mout ma corz amandee. »
6430 Lors a la roÿne mandee,
Si li a dites les noveles.
Li autre font metre lor seles
Por aler contre les barons ;
Ainz n'i chaucierent esperons,
6435 Tant se hasterent dou monter.
Briement vos puis dire et conter
Que ja estoit ou borc venue
La rote de la gent menue,
Garçon et queu et botoiller,
6440 Por les ostex aparoillier.

---

* **6418.** sa venue (*corr. CH; P:* Por le novele avant n.).

** **6414.** Si an e. (*+ HP*). **6419.** Si | tost d. (*P:* par d.). **6422.** Et dist : S. (*+ H*). **6424.** Aprés. **6428.** Meillors (*+ H; P:* Nul millor d'aus ne s. nul l.). **6434.** A. ne c. **6435.** de m. (*+ HP*). **6436.** voel (*+ H; P:* sai). **6437.** el bois v. (*erreur de Guiot*).

le roi ne s'était trouvé si seul
et il s'inquiétait vivement
de n'avoir pas plus de monde à sa cour.
C'est à ce moment qu'accourt un messager
qu'Erec et Guivret avaient dépêché
pour annoncer leur venue au roi.
Cet homme prit une large avance sur la troupe,
trouva le roi et tous ses gens.
Il le salue en homme bien éduqué
et lui dit : « Seigneur, je suis le messager
d'Erec et de Guivret le Petit. »
Puis il lui a rapporté
qu'ils venaient le voir à sa cour.
Le roi répond : « Qu'ils soient les bienvenus,
car ce sont des barons vaillants et preux !
De meilleur qu'eux, je ne saurais où en trouver ;
par leur présence, l'éclat de ma cour sera rehaussé. »
Il fait alors venir la reine
et lui fait part de la nouvelle.
Les autres font seller leurs chevaux
pour aller à la rencontre des barons,
mais ils ne chaussèrent pas d'éperons,
tellement ils avaient hâte de monter.
En quelques mots, je puis vous dire et vous conter
qu'était déjà arrivée au bourg
la troupe du menu peuple,
valets d'armes, cuisiniers et échansons,
qui devaient préparer les hôtels.

La grant rote venoit aprés, (140 d)
S'estoit ja venue si pres
Qu'en la vile estoient entré.
Maintenant sont entrecontré,
6445 Si s'entresalüent et baisent.
As ostex vienent, si s'aaisent,
Si se deshuesent et atornent;
De lor beles robes s'aornent.

Quant bien et bel atorné furent, (lettrine rouge)
6450 Por aler a la cort s'esmurent.
A cort vienent, li rois les voit
Et la roïne, qui desvoit
D'Erec et d'Enide veoir.
Li rois les fait lez lui seoir,
6455 Si baise Erec et puis Guivret,
Enide au col ses deus braz met,
Si la [re]baise et fait grant joie.
La roïne ne rest pas coie
D'Erec et d'Enide acoler.
6460 De li poïst l'en oiseler,
Tant estoit de grant joie plainne.
Chascuns dou conjoïr se painne;
Et li rois pes faire commande,
Puis enquiert Erec et demande
6465 Noveles de ses aventures.
Quant apaisiez fu li murmures,
Erec encommence son conte.
Ses aventures lor reconte,

---

* **6448.** atornent (*corr. EV; CHP = B; H a* aornent *au v. 6447*).

** **6444.** se sont ancontré. **6447.** Si se desvestent. **6449-6450.** Et q. il f. atorné / A la c. s'an sont retorné. **6453-6458.** *Lacune (saut du même au même?)* [**6457.** *H évite l'hiatus par* rebeise, *P par* ml't g. j.]. **6462.** d'ax c. (*HP: de* c.). **6468.** li r. (*+ HP; le v. 6485 donne raison à B*).

Le gros de la troupe les suivait
et s'était déjà tellement rapproché
qu'il avait fait son entrée dans la ville.
Alors, sans tarder, on se retrouve
pour échanger saluts et baisers.
Ils se rendent à leurs hôtels où ils se mettent à leur aise :
ils déchaussent leurs bottes et arrangent leur tenue,
revêtent leurs robes d'apparat.
Quand ils se furent bien préparés,
ils se rendirent à la cour.
A leur arrivée, le roi est là pour les voir,
ainsi que la reine, qui était prise d'une folle envie
de revoir Erec et Enide.
Le roi, après les avoir fait asseoir à ses côtés,
embrasse Erec, puis Guivret ;
il jette les bras au cou d'Enide,
lui donne des baisers et lui manifeste grande joie.
La reine à son tour ne se prive pas
d'embrasser Erec et Enide :
avec elle, on aurait pu s'adonner à la chasse à l'oiseau[1],
tellement son cœur était rempli de joie.
Chacun leur fait fête de son mieux.
Enfin le roi, après avoir exigé le silence,
s'adresse à Erec pour lui demander
des nouvelles de ses aventures.
Quand la rumeur se fut apaisée,
Erec commence son récit.
Il leur raconte ses aventures

---

1. Expression obscure. On a aussi compris : « Devant la reine, on aurait pu exulter de joie comme un oiseau », « On aurait pu se servir de la reine comme d'un oiseau de chasse », « La gaieté l'avait rendue vive comme un oiseau de chasse »...

Que nule n'en i entroblie.
6470 Cuidiez vos or que je vos die
Quex acoisons le fist movoir?
Naie; que bien savez le voir
Et de ce et de l'autre chose,
Si con je la vos ai esclose.
6475 Li reconters me seroit griés,
Car li contes n'est mie briés,
Qui le voudroit recommencier   (141 a)
Et les paroles renuncier,
Si con il le conta et dist
6480 Des trois chevaliers qu'il conquist,
Et puis des cinq, et puis dou conte
Qui li vost faire si grant honte,
Et puis des deus jeanz aprés.
Totes en ordre, pres a pres,
6485 Ses aventures lor conta
Jusque la ou il afronta
Le conte Oringle de Limors.
« De mainz periz estes estors,
Ce dit li rois, beax douz amis!
6490 Or remenez en cest païs,
A ma cort, si con vos solez.
— Sire, puis que vos le volez,
Je remaindrai mout volentiers
Quatre anz ou cinq trestoz entiers,
6495 Mais priez Guivret autresi
De remenoir, et je l'en pri. »

---

* 6476. ne est pas.

** 6470. Mes c. vos que. 6473. Et de ice, et d'a. c. 6476. Que. 6478. ragencier
(*H*: aderchier; *P*: anoncier). 6479. il lor c. (+ *P*; *H*: Si vos jo l'ai conté
et dit). 6483. Et p. des j. dist a. 6484. Trestot *(+ H)*. 6486. esfronta
(+ HP). 6487. Le c. qui sist au mangier. 6488. Et con recovra son destrier
(*H*: De maint peril estoit estors; *P*: De grans estors estoit estors [!]; *B
a ici la meilleure leçon*). 6489. Erec, dist li r., b. a. (*H*: Ce dist li r., mes
d. a.; *P*: Dont dist li r., b. d. a.). 6492. des que *(+ H)*. 6494. Deus ans
ou trois (*HP*: Trois ans ou quatre tous a.). 6495. tot ausi. 6496. et gel
li pri.

sans en oublier aucune.
Croyez-vous que je vous dise maintenant
quelle fut l'occasion de son départ ?
Evidemment non, car vous en connaissez la vraie raison,
et de ceci et du reste,
comme je vous l'ai exposé plus haut.
Le conter à nouveau m'ennuyerait,
car le conte est loin d'être court
pour qui voudrait le reprendre à ses débuts
et rappeler les propos
tels qu'Erec les adressa à la cour :
des trois chevaliers qu'il avait vaincus,
puis des cinq autres, puis du comte
qui voulut lui infliger un tel déshonneur,
et ensuite des deux géants.
Il leur rapporta toutes ses aventures,
dans l'ordre, sans s'interrompre,
jusqu'au moment où il brisa le front
au comte Oringle de Limors.
« De combien de périls n'avez-vous pas réchappé,
lui dit le roi, très cher ami !
Restez désormais dans ce pays,
à ma cour, comme vous en avez coutume.
— Seigneur, puisque vous le voulez,
je resterai très volontiers
quatre ou cinq années tout entières,
mais pourriez-vous prier Guivret
d'en faire autant ? Pour ma part, je l'en prie. »

Li rois de remenoir le proie,
Et cil la remenance outroie.
   Ensi remestrent ambedui :   (lettrine bleue)
6500 Li rois les retint avec lui,
Ses tint mout chier[s] et honora.
Erec a cort tant demora,
Guivrez et Enide entr'ax trois,
Que morz fu ses peres li rois,
6505 Qui viauz iert et de grant aage.
Maintenant murent li message :
Li baron, qui l'alerent querre,
Li plus haut home de sa terre,
Tant le quistrent et demanderent
6510 Que a Tintajeul le troverent
Vint jorz devant Nativité.
Si li distrent la verité,   (141 b)
Coment il estoit avenu
De son pere le viel chenu,
6515 Qui morz estoit et trespassez.
Erec en pesa plus assez
Qu'il n'en mostra semblant as genz ;
Mais duelx de roi n'est mie genz,
N'a roi n'avient qu'il face duel.
6520 La ou il iert a Tintajuel,
Fist chanter vigiles et messes,
Promist et rendi ses promesses,
Si con il les avoit promises,
As maisons Deu et es yglises.

---

*   **6503.** Guivret, E. [-1]. **6507-6508.** Dix b. / Des plus hauz homes (*corr.* C ; P = B ; H : Si home / Li plus h. baron). **6520.** il vient.

**   **6499.** remainnent (+ HP). **6500.** retient. **6511.** Uit j. **6512.** Cil. **6522.** les p. (H : Et pramist et r. p.).

Le roi le prie de rester
et Guivret accède à sa demande.
Voilà comment tous deux y restèrent.
Le roi les retint à sa cour,
les entourant d'affection et d'honneurs.
Erec y demeura
en compagnie de Guivret et d'Enide jusqu'au jour
où survint la mort du roi son père,
qui était vieux et avait beaucoup vécu.
Aussitôt partirent des messagers :
les barons qui allèrent en quête d'Erec,
les hommes les plus puissants de sa terre,
à force de recherches et d'enquêtes,
le trouvèrent à Tintagel
vingt jours avant la Nativité.
Ils lui dirent, sans cacher la vérité,
comment il était advenu
à son père, le vieillard aux cheveux blancs,
de mourir et de trépasser.
Erec en fut affligé bien plus
qu'il ne le laissa paraître aux autres.
Mais deuil de roi n'est pas décent
et il ne convient pas qu'un roi montre sa douleur.
A Tintagel où il se trouvait,
il fit chanter vigiles et messes,
il fit des vœux et remplit ses promesses,
comme il s'y était engagé,
envers les hôtels-Dieu et les églises.

6525 Mout fist bien quanqu'il faire dut :
     Povres et mesaisiez eslut
     Plus de .c. et .xl. et .ix.,
     Si les revesti tot de nuef ;
     A[s] povres clerz et as prevoires
6530 Dona, que droiz fu, chapes noires
     Et chaudes pelices desoz.
     Mout fist por Deu grant bien a toz :
     A ceus qui en orent mestier
     Deniers dona plus d'un sestier.
6535 Quant departi ot son avoir,
     Aprés fist un mout grant savoir,
     Que dou roi sa terre reprist,
     Et puis si li proia et dist
     Qu'il le coronast a sa cort.
6540 Li rois li dist que tost s'atort,
     Que coroné seront andui,
     Il et sa fame ensamble o lui,
     A la Nativité qui vient,
     Et dist : « Aler vos en convient
6545 De ci qu'a Nantes en Bretaigne.
     La porteroiz real ensaigne,
     Corone ou chief et ceptre ou poing.   (141 c)
     Cest don et ceste honor vos doing. »
     Erec le roi en mercïa,
6550 Et dist que mout bel don i a.
     A la Nativité assemble   (lettrine rouge)
     Li rois toz ses barons ensemble ;

** 6525. ce que f. d. (*HP* : quanque f. d.). 6526. P. mesaeisiez (+ *HP*). 6527.
.c. et .lx.ix. (+ *HP*). 6533. qu'an avoient. 6538. Aprés (+ *HP*). 6540. Li
r. dist que t. s'an a. 6542. avoec lui [-1] (*H* : e. lui ; *P* : avoecques lui).
6544. nos (+ *H*). 6545. De si (*P* : De si a N.). 6546. porteront. 6547. C.
d'or et *(leçon moins heureuse)*. 6550. molt doné li a (*H* : ml't b. d. ci a).
6551. A la N. ansanble (+ *P* ; *H* : A Nantes ensi con moi samble). 6552.
asanble (+ *HP*).

Il fit très bien tout ce qu'il devait faire :
il choisit plus de cent quarante-neuf
pauvres et déshérités
et les revêtit tout de neuf ;
aux clercs démunis et aux prêtres
il donna, et ce n'était que justice, chapes noires
et chaudes pelisses de dessous.
Pour l'amour de Dieu, il fit à tous beaucoup de bien :
à ceux qui en avaient besoin
il accorda plus d'un setier de deniers.
Quand il eut achevé de distribuer ses richesses,
il eut la très grande sagesse
de reprendre sa terre des mains du roi Arthur.
Puis il le pria
de bien vouloir le couronner à sa cour.
Le roi lui répondit de se préparer sans retard,
car ils seront couronnés tous deux,
lui et sa femme en même temps que lui,
à la Nativité toute proche.
Il lui a dit : « Il vous faut partir
d'ici pour aller à Nantes en Bretagne.
C'est là que vous porterez les insignes royaux :
couronne sur la tête et sceptre au poing.
Voilà le don et l'honneur que je vous accorde. »
Erec en remercia le roi,
lui disant que c'était là un bien grand don.

   A la Nativité, le roi
rassemble tous ses barons.

Trestouz par un a un les mande,
A Nantes venir les commande,
6555 Toz les manda, nuns n'en remaint.
Erec des suens remanda maint,
Maint venir en i comanda,
Plus en i vint qu'il n'en manda
Por lui servir et honor faire.
6560 Ne vos sai dire ne retraire
Qui chascuns fu et con ot non,
Mais qui que venist ne qui non,
Ne fu pas oblïez li pere
Ma dame Enide ne sa mere.
6565 Cil fu mandez premierement,
Et si i vint mout richement
Come hauz bers et chastelains.
N'ot pas rote de chapelains,
Ne de gent fole [n]'esbahie,
6570 Mais de bone chevalerie
Et de gent mout bien atornee.
Chascun jor firent grant jornee,
Tant chevauchierent chascun jor
[Qu']a grant joie et a riche ator,
6575 La veille de Nativité,
Vindrent a Nantes la cité.
Onques en nul leu n'aresterent
Tant qu'en la haute saule entrerent,
Ou li rois et ses genz estoient.
6580 Erec et Enide les voient :

** **6553.** Trestot par un et un (+ *P; H:* Et .Gu. les siens homes m.). **6554.** Et les dames v. c. **6555.** n'i r. *(+ HP).* **6556.** Et E. an commanda m. **6557.** remanda (*P:* Et m. ... commande). **6558.** qu'il ne cuida (*H:* qu'il ne manda ; *P:* que il ne mande). **6561.** ne de lor non (*H:* ne con ot non). **6563.** Erec n'oblïa pas le p. (*HP:* N'i fu). **6566.** Et [*H:* Il] vint a cort (+ *H; P:* Et il i vint). **6567.** Con riches b. (*H:* A chevaliers, a chast.). **6572.** font molt g. j. **6574.** et a grant enor (*H:* et a g. baldor). **6577.** O. nul l. ne s'a. (+ *HP*). **6578.** Jusqu'an. **6579-6580.** *intervertis.* **6579.** Ancontre vont, plus ne deloient.

Tous, un à un, il les mande
et les invite à venir à Nantes :
il les manda tous et pas un ne fit défaut.
Erec, de son côté, manda nombre de ses barons :
nombre d'entre eux y sont invités
et il en vint plus qu'il n'en manda
pour le servir et lui faire honneur.
Je suis incapable de vous dire et de vous rapporter
qui fut chacun d'entre eux ni quels étaient leurs noms.
Mais qu'un tel y soit venu ou non, peu importe ;
toujours est-il qu'on n'oublia pas le père de
madame Enide ni sa mère.
Ce dernier fut mandé avant tous les autres ;
aussi y vint-il en très riche équipage,
comme il sied à un baron et à un châtelain éminent.
Il n'avait pas amené une troupe de chapelains
ou de gens insensés et ahuris,
mais de vaillants chevaliers,
parfaitement équipés.
Chaque jour, ils firent de longues étapes
et chevauchèrent tant, jour après jour,
qu'ils arrivèrent, tout joyeux et richement équipés,
la veille de la Nativité,
à la cité de Nantes.
Ils ne firent aucun arrêt
avant d'être entrés dans la haute salle du palais,
où se trouvaient le roi et ses gens.
Lorsqu'Erec et Enide les voient,

Savoir poez que joie en orent.
Encontre vont plus tost qu'il porent,   (141 d)
Si les salüent et acolent,
Mout doucement les aparolent,
6585 Et font joie si con il durent.
Quant entreconjoï se furent,
Tuit quatre main a main se tienent,
Jusque devant le roi s'en vienent.
Si le salüent maintenant,
6590 Et la roïnë ausiment,
Qui joste lui seoit en coste.
Erec tint par la main son oste,
Si dist au roi : « Sire, vez ci
Mon bon oste, mon bon ami,
6595 Qui me porta si grant honor
Qu'en son hostel me fist seignor ;
Ainz que me coneüst de rien,
Me herberga et bel et bien,
Quanque il ot m'abandona,
6600 Et nes sa fille me dona,
Sanz los et sanz conseil d'autrui.
— Et ceste dame ensamble o lui,
Amis, fait li rois, qui est ele ? »
Erec nule rien ne l'en cele :
6605 « Sire, fait il, de ceste dame
Vos di qu'ele est mere ma fame.
— Sa mere est ele ? — Voire, sire.
— Certes dont vos sai je bien dire

---

* **6586.** Et quant entrejoï.

** **6581-6582.** *absents.* **6587-6588.** tindrent / vindrent *(+ H).* **6590.**
ansemant *(+ HP). BC maintiennent l'hiatus ; HP le réduisent par* Et puis.
6591. delez lui *(+ H).* **6593.** Et dist : Sire, veez vos ci *(H :* Et d. S., veés
ici). **6594.** et mon. **6596.** an sa meison *(+ H).* **6600.** Neïs sa f. *(H :* Et puis
sa f. ; *P :* Sa bele f.). **6604.** ne li c. *(+ HP).* **6608.** C. d. puis je tres b. d.
(H : vos puis jo b. d.).

vous pouvez être sûr de leur joie.
Ils se précipitent à leur rencontre au plus vite,
puis les saluent et les embrassent,
leur adressent de bien tendres paroles
et leur font une fête digne d'eux.
Quand ils eurent partagé leur joie,
tous les quatre se tiennent main dans la main
et se dirigent devant le roi.
Ils le saluent aussitôt,
puis en font autant avec la reine
qui était assise à ses côtés.
Erec, tenant son hôte par la main,
a dit au roi : « Seigneur, voici
mon cher hôte, mon cher ami,
celui qui me tint en si grande estime
qu'il me fit seigneur de sa maison.
Avant même de me connaître en rien,
il m'hébergea gracieusement
et me céda tout ce qu'il avait :
même sa fille, il me la donna,
sans la recommandation ou le conseil d'autrui.
— Et cette dame qui l'accompagne,
cher ami, dit le roi, qui est-elle ? »
Erec, sans rien lui dissimuler,
dit : « Seigneur, cette dame,
je vous l'affirme, est la mère de ma femme.
— Sa mère ? — Oui, seigneur.
— Sans aucun doute, je puis alors vous assurer

Que mout doit estre bele et gente
6610 La flors qui naist de si bele ente,
Et li fruiz mieudres qu'en i quiaut,
Car qui de bon ist, soëf iaut.
Bele est Enide, et bele doit
Estre par raison et par droit,
6615 Que bele dame est mout sa mere.
Bel chevalier a en son pere.
De nule rien ne les forligne,   (142 a)
Car mout retrait bien et religne
A ambedeus de mainte chose. »
6620 Ci se taist li rois et repose,
Si lor comande que il sieent.
Cil son commandement ne v[i]eent,
Asis se sont tot maintenant.
Or a Enide joie grant,
6625 Quant son pere et sa mere voit,
Que mout lonc tens passé avoit
Qu'ele nes avoit pas veüz.
Mout l'en est granz joies creüz,
Mout l'en fu bel et mout li plot;
6630 Semblant en fist tant con el pot,
Mais n'en pot pas tel semblant faire
Qu'encor ne fust la joie maire.
Ne je n'e[n] vuil ore plus dire,
Que vers la cort li cuers me tire,
6635 Qui ja estoit tote essemblee.
De mainte diverse contree

---

* **6610.** en si b. **6626.** Qui *(corr. CH; P = B)*. **6628.** grant joie *(corr C.;
un des rares ex. du subst. masc.* li joies; *HP:* grans joie). **6634.** li huil.

** **6610.** qui ist *(+ P)*. **6617.** angigne *(+ HP)*. **6621.** qu'il s'asieent *(H:* que
s'asieent; *P:* a asseoir / [Et cil en ont fait son voloir]). **6627.** Que ele
nes a. v. *(H:* Que les nes a. mais v.; *P:* K'ele ne les a. v.). **6630.** S'an
fist joie quanqu'ele p. *(H:* S. en f. quanqu'ele p.; *P:* S. f. que grant joie
en ot). **6631.** tel joie. **6632.** n'an f. *(+ H)*. **6634.** Car vers la gent. **6635.**
Qui la *(+ P)*.

*** P. 6631-6632.

qu'elle doit être bien belle et bien noble
la fleur qui naît de si belle ente
et meilleur encore le fruit qu'on y cueille,
car ce qui sort d'une bonne souche répand un parfum suave.
Enide est belle et elle doit
l'être en toute légitimité,
car c'est une très belle dame que sa mère
et un beau chevalier que son père.
En rien elle ne trahit leur lignage,
si nombreux sont les traits par lesquels
elle ressemble et s'apparente à l'un comme à l'autre. »
Le roi en reste là et se tait,
puis il les prie de prendre place.
Ils ne s'y opposent point
et se sont immédiatement assis.
Maintenant Enide est comblée de joie,
puisqu'elle retrouve son père et sa mère
que depuis bien longtemps
elle n'avait pas revus.
Qu'en cette occasion son allégresse redouble !
Et quel n'est pas alors son contentement et son plaisir !
Elle manifesta sa joie autant qu'elle le put,
mais, malgré elle, l'expression de cette joie
resta en deçà de ce qu'elle éprouvait.
A présent je ne désire pas m'y attarder davantage,
car c'est la cour qui attire ma curiosité :
elle était déjà toute assemblée.
De nombreuses et diverses contrées,

I ot contes et dus et rois,
Normanz, Bretons, Escoz, Irois ;
D'Engleterre et de Cornuaille
6640 I ot mout riche baronaille ;
Et des Gales jusqu'en Anjou,
Ne ou Mainne ne en Poitou
N'ot chevalier de grant afaire
Ne riche dame debonaire,
6645 Que les meillors et les plus gentes
Ne fussent a la cort a Nantes,
Si con li rois les ot mandez.
Or oez, se vos commandez,
La grant joie et la [grant] leesce,
6650 La seignorie et la hautesce,
Qui fu a la cort demenee.
Ainçois que nonne fust sonnee,   (142 b)
Ot adobé li rois Artus
Quatre cenz chevaliers et plus,
6655 Toz filz de contes et de rois.
Chevax dona a chascun trois,
Et robes a chascun deus paire,
Por ce que sa corz miaudre apaire.

Mout fu li rois poissanz et larges :   (lettrine bleue)
6660 Ne dona pas manteax de sarges,
Ne de coniz, ne de brunetes,
Mais de samiz et d'erminetes,
De vair entiers et de dÿapres,
Listés d'orfrois roides et aspres.

---

*   **6641.** Gaules jusque *(leçon isolée).* **6642.** jusqu'en P.

**   **6637.** Asez i ot c. et r. **6638.** Einglois *à la rime* (+ *P*). **6641.** Car (*H :*
Que ; *P :* Ne en G. ne en A.). **6642.** N'an Alemaigne n'an p. **6644.** Ne
gentil (+ *H* ; *P :* Ne bele). **6645.** Don (*P :* Qui fust vallans et honeree
/ [Qui ne fust a cele assanlee]). **6647.** Que li r. les ot toz m. **6649-6650.**
absents [**6649.** *H :* La g. j. et la g. haltece ; *P :* Le grande j. et le l. **6650.**
P = B ; H : La s., la riquece]. **6651.** Quant la corz fu tote asanblee. **6652.**
tierce (*P :* prime). **6657.** trois p. **6658.** mialz a.

*** P. 6657-6658, 6661-6664.

étaient venus comtes, ducs et rois :
Normandie, Bretagne, Ecosse, Irlande.
D'Angleterre et de Cornouailles
étaient venus de fort riches barons ;
et des Galles jusqu'en Anjou,
dans le Maine comme dans le Poitou,
il n'y avait chevaliers de haut rang
ou riches dames de grande naissance
dont les plus vaillants et les plus gracieuses
ne fussent présents à la cour de Nantes,
comme le roi l'avait mandé.
Ecoutez maintenant, si vous le voulez bien,
quelle grande joie et quelle grande liesse,
quelle magnificence et quelle splendeur
régnèrent à la cour.
Avant que none fût sonnée,
le roi Arthur avait adoubé
quatre cents chevaliers et plus,
tous fils de comtes et de rois.
A chacun, il fit don de trois chevaux
et de deux paires de robes,
afin de rehausser l'éclat de sa cour.
Le roi étala sa puissance et sa largesse :
il ne donna pas des manteaux de serge,
de fourrure de lapin ou de fine laine,
mais de satin et d'hermine fine,
tout de vair et de brocart,
bordés d'orfrois rigides et en relief.

6665 Alixandres, qui tant conquist
Que soz lui tot le monde mist
Et tant fu larges et tant riches,
Vers cestui fu povres et chiches.
Cesar, l'empereres de Rome,
6670 Ne tuit li roi que l'en vos nomme
En diz et en chançons de geste,
Ne dona tant a une feste
Comme li rois Artus dona
Le jor que Erec corona ;
6675 Ne tant n'osassent pas despendre
Entre Cesar et Alixandre
Con a la cort ot despendu.
Li mantel furent estendu
A bandon par totes les sales,
6680 Et tuit furent fors trait des males ;
S'en prist qui vost, sanz contredit.
En mi la cort sor un tapit
Ot .xxx. muis d'esterlins blans,
Car lors avoient a cel tens
6685 Correü des le tens Merlin
Par toute Bretaigne esterlin.
Illuec pristrent livroison tuit,   (142 c)
Chascuns en porte cele nuit
Tant con il vost a son ostel.
6690 A tierce dou jor de Noël
Resont tuit a cort essemblé.
Tot a Erec son cuer emblé

---

* **6673.** li rois argent.

** **6668.** Fu anvers lui (*H :* Qu'anvers lui fu). **6670.** Et (+ *H*). **6680.** Tuit furent gitié fors des m. (+ *H ; P :* Qui tot f.). **6688.** porta (+ *HP*). **6690.** le jor (+ *HP*). **6691.** Sont ilueques tuit asanblé (*P :* Resont a le cort a.). **6692.** ot | le cuer.

*** P. 6667-6668.

Alexandre, qui conquit tant
qu'il soumit le monde entier,
qui fut si large et si riche,
était en comparaison pauvre et parcimonieux.
Ni César, l'empereur de Rome,
ni aucun des rois que l'on vous nomme
dans les contes et dans les chansons de geste,
ne fit, lors d'une fête, autant de dons
que le roi Arthur,
le jour où il couronna Erec.
Et César ni Alexandre
n'eussent osé dépenser
tout ce qui le fut à cette cour.
Les manteaux furent étendus
et laissés à libre disposition dans toutes les salles
et on les avaient tous retirés des malles :
qui en voulut, se servit sans qu'on le restreigne.
Au milieu de la cour, sur un tapis,
se trouvaient trente muids d'esterlins blancs,
car en ce temps, et ce depuis l'époque de Merlin,
l'esterlin avait cours
par toute la Bretagne.
Là, tous en firent provision ;
au cours de cette soirée, chacun en emporte
chez lui à volonté.
A tierce, le jour de Noël,
la cour s'est à nouveau rassemblée.
Erec a le cœur tout ravi

La grant joie qui li aproche.
Or ne porroit langue de boche
6695 De nul home, tant sache d'art,
Deviser le tierz ne le quart
Ne le quint de l'atornement
Qui fu a son coronement.
Dont vuil je grant folie enprendre
6700 Qui a[u] descrire vuil entendre;
Mais, puis qu'a faire le m'estuet,
Or aviegne qu'avenir puet,
Ne laisserai que je ne die
Selonc mon sens une partie.
6705 Li rois avoit deus faudestués   (lettrine rouge)
D'ivoire blanc, bien faiz et nués,
D'une meniere et d'une taille.
Cil qui les fist, sanz nule faille,
Fu mout sotis et engigneus,
6710 Car si les fist semblanz andeus
D'un haut, d'un lé et d'un ator,
Ja tant n'esgardessiez en tor
Por l'un de l'autre deviser
Que ja i peüssiez viser
6715 En l'un que en l'autre ne fust.
N'i avoit nule rien de fust,
Se d'or non et d'ivoire fin,
Bien fu[rent] taillié de grant fin,
Que li dui membre d'une part
6720 Orent semblance de luepart,
Li autre dui de cocadrilles.

---

*   **6697.** dou tornoiement. **6710.** Qui.

**   **6694.** l. ne b. (+ *H; P:* Que ne le p. dire b.). **6695.** seüst *(+ H).* **6701.** des que f. (*H:* puis que f.). **6702.** Et c'est chose qu'an feire p. **6703.** n'an die **6704.** mon san. **6705.** En la sale ot. **6706.** D'i., blans et biax et n. (*P:* D'i. fais et blans et n.). **6711.** d'un lonc et. **6713.** dessevrer (*P:* raviser). **6714.** trover *(+ HP).* **6715.** qui an *(+ H).* **6718.** Antaillié f. (*P:* Si f.). **6719.** Car (+ *H*).

***   P. 6695-6696, 6699-6702.

par la grande joie qui s'annonce à lui.
Aucune langue humaine ne pourrait
à présent, aussi ingénieuse fût-elle,
décrire le tiers, le quart
ou le cinquième de la pompe
qu'il y eut à son couronnement.
C'est donc une entreprise bien folle que je tente,
en voulant m'appliquer à la décrire ;
mais, puisqu'il me faut le faire,
advienne que pourra,
je ne me priverai pas d'en dire
une partie selon mon talent.
Le roi possédait deux fauteuils
d'ivoire blanc, bien faits et tout neufs,
de même style et de même taille.
Celui qui les fabriqua fut, sans nul doute,
fort astucieux et ingénieux,
car il les fit l'un et l'autre très ressemblants
par la hauteur, la largeur et l'ornementation :
aussi, les eussiez-vous examinés sur toutes les faces
avec la plus grande attention afin de les différencier,
vous n'auriez jamais pu découvrir
dans l'un un détail qui ne fut pas dans l'autre.
Ils ne contenaient aucune parcelle de bois,
mais étaient tout en or et ivoire fin.
Ils avaient été très finement taillés,
car les deux pieds de devant
figuraient des léopards,
les deux autres des crocodiles.

Uns chevaliers, Brïanz des Illes,   (142 d)
En avoit fait don et saisine
Le roi Artu et la roïne.
6725 Li rois Artu[s] sor l'un s'asist
[Et] sor l'autre Erec seoir fist,
Qui fu vestuz d'un drap de moire.
Lisant trovomes en l'estoire
La descriptïon de la robe,
6730 Si en trai a garant Macrobe
Qui ou descrire mist s'entente,
Que l'en ne die que je mente.
Macrobe m'enseigne a descrivre,
Si con je l'ai trové el livre,
6735 L'ovre dou drap et le portrait.
Quatre fees l'avoient fait
Par grant sens et par grant maistrie.
L'une i portrai[s]t Gyometrie,
Si con ele esgarde [et] mesure,
6740 Con li ciel[s] et la terre dure,
Si que rien nule ne i faut,
Et puis le bas et puis le haut,
Et puis le lé et puis le lonc ;
Et puis regarde par selonc,
6745 Con la mers est lee et parfonde ;
Ensi mesure tot le monde.
Tel ovre [i] mist la primerainne,
Et la seconde mist sa painne

---

*   **6723.** don a savine [?]. **6725.** en l'un. **6727-6728.** d. de Mulce / Lisant
trovons en Quiqueculce (*corr. CH ;* Mulce = *Murcie et* Quiqueculce =
Quinte-Curce). **6730.** trait (*corr. CH ; pour B, Quinte-Curce, historien latin
du Ier s. et auteur d'une* Histoire d'Alexandre, *invoque l'autorité de*
Macrobe *!*)

**   **6722.** Bruianz (+ *HP*). **6723.** f. de l'un s. *(erreur).* **6726.** Sor l'a. (*H :* Desor
l'a.) | aseoir. **6731.** Qui an l'estoire. **6732.** Qui l'antendié, que je ne m.
(leçon difficile). **6737.** *CH = B. P :* Par droit compas et par mesure, *rime
avec le v.* 6740. **6738-6739.** An fu l'ovraigne establie / Si com il e. *(leçon
erronée).* **6741.** de rien nule n'i f. (+ *HP*). **6744.** esgarde (+ *H ; P :* en après).
6746. Et si (+ *H*). **6747.** Ceste o. i m. (*H :* Tel o. fait).

*** P. **6727-6734** (+ *4 vers de « raccord »*), **6738-6739**, **6747-6750**.

Un chevalier, Briant des Iles,
en avait fait don et hommage
au roi Arthur et à la reine.
Le roi prit place dans l'un
et dans l'autre, il fit asseoir Erec
qui était vêtu d'une robe de moire.
En lisant l'histoire, nous y trouvons
la description de la robe ;
aussi j'en prends à témoin Macrobe
qui s'appliqua à décrire,
afin qu'on ne dise pas que je mente.
C'est Macrobe qui m'apprend à décrire
la façon et le dessin de cette étoffe,
tout comme je l'ai trouvé dans le livre[1].
Quatre fées l'avaient faite
avec une grande habileté et une parfaite maîtrise.
L'une y représenta Géométrie
qui examine et mesure
les dimensions du ciel et de la terre,
sans que rien lui échappe :
en profondeur, puis en hauteur,
en largeur, puis en longueur ;
plus loin, elle regarde tout du long
combien la mer est large et profonde ;
ainsi, elle mesure le monde dans sa totalité.
Voilà l'ouvrage que réalisa la première ;
quant à la seconde, elle s'appliqua

---

1. Auteur latin du ve siècle, auteur du *Commentaire sur le Songe de Scipion*,
œuvre très lue et étudiée durant le Moyen Age. Macrobe semble ici
transmettre à Chrétien l'art de décrire plutôt que le contenu même de cette
description qui, elle, se trouve dans la mystérieuse *estoire*.

En Arimatique portraire.
6750 Si se poinna mout dou bien faire,
Si con ele nombre par sens
Les jors et les hores dou tens,
Et l'eve de mer gote a gote,
Et puis aprés l'arainne tote
6755 Et les estoiles tire a tire
Et — bien en set verité dire —
Quantes fueilles en un bois a,   (143 a)
Q'onques [n]ombres ne l'en boisa
Ne ja n'en mentira de rien,
6760 Puis qu'ele i vuet entendre bien.
Tex est li sens d'Arimatique.
La tierce ovre fu de Musique,
A cui toz li deduiz s'acorde,
Chanz et deschanz, et son de corde,
6765 D'arpe et de rote et de vïele.
Ceste ovre fu et bone et bele,
Car devant li seoient tuit
Li estrument et li desduit.
La quarte, qui aprés ovra,
6770 A mout bone ovre recovra,
Car la moillor des arz i mist :
D'Astronomie s'entremist,
Cele qui fait tante merveille,
Qui as estoiles se conseille
6775 Et a la lune et au soloil.
En autre leu ne prent consoil

*   **6750.** poinne *(corr. CH)*. **6752.** des t. **6759-6760.** *intervertis dans B.*
6759. Que ja *(corr. CH)*. **6764.** sanz dacorde *(corr. H ; C :* sanz
descorde ; *P abrège)*.

**   **6750.** de molt bien f. *(H :* m. de bien f.). **6754.** Et p. la gravele trestote
(H : Et p. aprés la lune t. ; *P :* [Et de la mer totes les goutes] / Et du
ciel les estoiles toutes). **6756.** Bien en s. *(H :* B. sauroit)| la v. d. *(+ H)*.
6757. Et q. f. an b. a. **6758.** Onques n. *(H :* O. foille). **6760.** Car *(H :*
Quant). **6761.** ert l'uevre. **6762.** Et la t.| ert *(H :* s'est). **6763-6764.** *P :*
La tierce musike i assist / Un art ki accordance fist. **6766.** estoit *(H :*
est ml't). **6767.** gisoient *(+ H)*. **6771.** Que *(+ P ; H :* Et). **6774.** Et.

*** P. (6747-6750), 6755-6762.

à représenter Arithmétique.
Elle mit le plus grand soin à figurer
comment celle-ci dénombre ingénieusement
le temps en ses jours et en ses heures,
l'eau de la mer, goutte à goutte,
et ensuite le sable en tous ses grains,
les étoiles une à une
et — elle sait aisément en dire la vérité —
combien il y a de feuilles dans un bois ;
jamais, en effet, aucun nombre ne l'abusa
et jamais elle ne mentira en rien,
puisqu'elle veut s'y montrer exacte ;
voilà ce que représentait Arithmétique.
Le troisième ouvrage figurait Musique,
avec qui s'accorde tout plaisir,
chant et déchant, sons de cordes,
de harpe, de rote et de vielle.
Cette œuvre était d'une grande beauté,
car devant Musique étaient assis tous
les instruments et tous les plaisirs.
La quatrième fée qui travailla ensuite
s'appliqua à une œuvre magnifique,
car elle y fit figurer le meilleur des arts :
c'est d'Astronomie qu'elle se préoccupa,
celle qui fait tant de merveilles,
qui consulte les étoiles,
la lune et le soleil.
Elle ne prend conseil nulle part ailleurs

De rien qui a faire li soit.
Cil la consoillent bien a droit
De tot ce qu'ele lor enquiert,
6780 Et quanque fu, et quanque iert,
Li font certeinnement savoir
Sanz mentir et sanz decevoir.
Ceste ovre fu ou drap portraite
De quoi la robe Erec fu faite,
6785 A fil d'or ovree et tissue.
La pene qui i fu cosue,
Fu d'unes contrefaites bestes
Qui toutes ont blanches les testes
Et les cols noirs con une more,
6790 Les dos ont toz vermaz desore,
Les ventres vairs, et la queue ynde.
Cestes bestes naissent en Ynde,   (143 b)
S'ont barbïoletes a non,
Ne mainjüent s'espices non,
6795 Cannele et girofle novel.
Que diroie je dou mantel?
Mout fu riches et bons et beax:
Quatre pierres ot as tesseax,
De l'une part deus amatistes,
6800 Et de l'autre deus crissolites,
Qui furent asises en or.
Enide n'estoit pas encor
Ou palais venue a cele hore.
Quant li rois voit qu'ele demore,

* 6796. Que d. plus.

** 6778. consoille. 6779. De quanque cele li [*H:* les] requiert *(+ H).* 6781.
L'estuet. 6782. *P:* De ce dont consel veut avoir, *placé av. v. 6781.* 6784.
Don la r. E. estoit f. 6788. Qui ont totes blondes [*H:* blanches] les t.
(+ H). 6789. les cors. 6790. Et les dos ont [*P:* toz] v. d. *(+ P).* 6791.
Les v. noirs (*H:* Les v. vers; *P:* Et les v. et la q. i.). 6792. Itex (+ *P;*
H: Ices). 6793. Si ont b. non *(+ H).* 6794. se poissons non (*H:* Ne il
n'en vient s'e. non; *P:* Si ne m. fors poisson; *B a ici la meilleure leçon*).
6796. Que vos d. del m. (*H:* Que d. de cel m.). 6799. D'une p. ot
(+ H). 6799-6800. amat. *et* criss. *inversés à la rime (+ H).*

*** P. 6779-6780, 6799-6800.

sur tout ce qu'elle doit faire.
Ceux-là la conseillent avec rectitude
à propos de tout ce qu'elle leur demande ;
et tout ce qui fut et tout ce qui sera,
ils le lui font savoir avec certitude
sans lui mentir et sans la tromper.
Cette œuvre fut représentée sur l'étoffe
dont était faite la robe d'Erec,
ouvragée et tissée de fils d'or.
La doublure qui y fut cousue
était en fourrure de bêtes difformes
qui ont la tête toute blanche
et le cou noir comme mûre,
le dos tout vermeil par-dessus,
le ventre tacheté et la queue indigo.
Ces bêtes naissent en Inde
et se nomment *barbiolettes* ;
elles ne se nourrissent que d'épices,
de cannelle et de girofle fraîche.
Que vous dirai-je du manteau ?
Il était fort riche et d'une parfaite beauté :
quatre pierres ornaient les ferrets,
deux améthystes d'un côté
et de l'autre deux chrysolites,
enchâssées dans l'or.
A cette heure, Enide
n'était pas encore venue au palais
et quand le roi voit qu'elle tarde,

6805 Gauvain comande tost aler
Li et la roïne amener.
Gauvains i cort, ne fu pas lenz,
O lui li rois Cadovalenz
Et li larges rois de Galvoie.
6810 Guivrez li Petiz les convoie,
Et aprés Ydiers, li filz Nut.
Des autres barons i corrut
Tant por les deus dames conduire,
Bien poïssent un ost destruire,
6815 Que pres en i ot d'un millier.
Quanque pot, d'Enide atillier
S'en est la roïne penee.
Ou palais l'en ont amenee
D'une part Gauvains li cortois
6820 Et d'autre part li larges rois
De Galvoie, qui l'avoit chiere
Tout por Erec, qui ses niés iere.

Quant eles vindrent ou palais,   (lettrine bleue)
Contre eles cort a grant eslais
6825 Li rois Artus, et par franchise
A lez Erec Enide assise,
Car mout li vost grant honor faire.

Maintenant commande fors traire (lettrine rouge, 143 c)
Deus corones de son tresor,
6830 Toutes massises de fin or.
Des qu'il l'ot commandé et dit,
Les corones sanz nul respit

---

* **6809.** li r. l. **6819.** Guivrez. **6824.** corrent a e. *(corr. C; P = B; H:* vint
a g. e.). **6827-6828.** *intervertis.* **6827.** lor vost. **6829-6830.** Deus c.
massises d'or, / Qui estoient en son tresor.

** **6805.** G. i c. a aler *(P:* Si c. G. aler). **6806.** Por Enyde el palés mener *(H:*
Lui et la r. a.; *P:* La r. et li apeler). **6808.** Caroduanz *(H:* Cadualans;
P: Avoec fu li r. Cordalens). **6809** *et* **6821.** Savoie *(+ P; H:* Gavoie). **6810.**
le c. **6811.** A. va Y. *(H:* Lucans et Y.). **6813.** Et tot por les dames c. *(P:*
Cil qui vont por eles c.). **6814.** Don l'en poïst. **6815.** Que plus *(+ H).* **6817.**
Se fu *(P:* Si ont la r. trovee). **6821.** qui molt l'ot c. *(+ H).* **6827.** vialt
(+ H; P: li voloit h. f.). **6828.** commanda. **6831.** Quant il.

*** P. 6811-6812, 6815-6816, 6831-6832.

il demande à Gauvain de s'empresser
de l'amener en compagnie de la reine.
Gauvain y court, sans s'attarder,
avec, à ses côtés, le roi Cadovalant
et le roi généreux de Galvoie.
Guivret le Petit les accompagne,
suivi d'Ydier, le fils de Nut.
Parmi les autres barons, tant s'y rendirent
en hâte pour escorter les deux dames,
qu'ils auraient pu sans difficulté détruire une armée,
car ils étaient près d'un millier.
La reine a fait tout son possible
pour parer Enide.
Elle fut conduite au palais,
entourée d'un côté par Gauvain le courtois
et de l'autre par le roi généreux
de Galvoie, qui la chérissait
à cause d'Erec, son neveu.
Quand elles y arrivèrent,
voici que court vers elles avec grand empressement
le roi Arthur ; celui-ci, en homme courtois,
a fait asseoir Enide aux côtés d'Erec,
car il voulut lui faire un très grand honneur.
Il ordonne aussitôt de retirer
de son trésor deux couronnes
en or massif.
Dès qu'il en eut donné l'ordre,
on apporta sans tarder

Li furent devant aportees,
D'escha[r]boncles enluminees,
6835 Que quatre en avoit en chascune.
Nule rien n'est clarte[z] de lune
A la clarté que toz li mendre
Des escharboncles poïst rendre.
Por les clartez qu'eles rendoient,
6840 Tuit cil qui ou palais estoient,
Si tres durement s'esbahirent
Que de piece gote ne virent ;
Et nes li rois s'en esbahi,
Et neporquant mout s'esjoï,
6845 Quant si les vit cleres et beles.
L'une [fist] prendre a deus puceles
Et l'autre a deus barons tenir.
Puis comanda avant venir
Les evesques et les prïous
6850 Et les abbés religïous
Por enoindre le novel roy
Selonc la crestïenne loy.
Maintenant sont avant venu
Tuit li prelat, juene et chenu,
6855 Car a la cort avoit assez
Venuz evesques et abbez.
L'avesques de Nantes meïsmes,
Qui mout ert proudons et saintismes,
Fist le sacre dou roy novel
6860 Mout saintement et bien et bel

---

*   **6840.** Quant ou p. entrer les voient *(leçon isolée).* **6841.** s'esbloïrent
     (corr. CH ; P : Si d. s'en esjoïrent).

**   **6837.** Que porroit randre *(H :* que fait la m.). **6838.** Des e. la plus
     mandre *(HP :* pooit r.). **6839.** la clarté *(+ HP)* | gitoient. **6843.** Neïs
     (+ H). **6845.** Qu'il les vit si c. *(H :* Quant il les vit c. ; *P :* Et li rois qui
     les vit si b.). **6856.** Clers et e. et a. **6858.** fu *(+ HP).*

*** P. 6843-6844, 6853-6856.

devant lui les couronnes,
dont chacune resplendissait
de quatre escarboucles.
La clarté de la lune n'est vraiment rien
en comparaison de celle que la moindre
des escarboucles pouvait répandre.
Par les clartés que répandaient ces couronnes,
tous ceux qui étaient au palais
furent si fortement éblouis
qu'ils restèrent un moment sans rien voir ;
même le roi en fut ébloui.
Et cependant, qu'il se réjouit
de les voir si lumineuses et si belles !
Il fit prendre l'une par deux jeunes filles
et tenir l'autre par deux barons,
puis fit avancer
les évêques, les prieurs,
les abbés conventuels
pour oindre le nouveau roi
selon la loi chrétienne.
Aussitôt ont avancé
tous les prélats, jeunes et vieux,
car à la cour étaient venus
en grand nombre évêques et abbés.
L'évêque de Nantes en personne,
modèle de générosité et de sainteté,
sacra le nouveau roi
très saintement et pieusement

[Et] la corone ou chief li mist.
Li rois Artus aporter fist   (143 d)
Un ceptre, qui mout fu loëz.
Dou ceptre la façon oëz,
6865 Qu'il fu plus clerz d'une verrine,
Toz d'une esmeraude enterine,
Et avoit bien plain poing de gros.
Por verité dire vos os
Qu'en tot le mont ne a meniere
6870 De poisson ne de beste fiere
Ne d'ome ne d'oisel volage,
Que chascuns lonc sa propre ymage
N'i fust ovrez et entailliez.
Li ceptres fu au roi bailliez,
6875 Qui a merveilles l'esgarda.
Se le mist, que plus n'i tarda,
Li rois Erec en son poing destre,
Or fu rois si con il dut estre ;
Puis ont Enide coronee.
6880 Ja estoit la messe sonee,
Si s'en vont a la maistre yglise
Oïr la messe et le servise ;
A l'aveschié s'en vont orer.
De joie veïssiez plorer
6885 Le pere a la roïne Enide
Et sa mere Tarsenefide.
Por voir ausi ot non sa mere,
Et Liconaus ot non ses pere ;

---

*   **6865.** mout clerz *(corr. CH).* **6877.** Le roi *(corr. C; H = B; P :* A Erec
dedens).

**   **6865.** Qui fu (*H :* Que plus fu c.) | c'une v. **6867.** Et si a. pl. (*H :* Et s'a. ;
P : Un septre dont je bien dire os). **6868.** La v. (*H :* Par v. ; *P :* Que il
avoit plain puig de gros). **6877.** sa main d. (+ *HP).* **6879.** *C = B, mais
HP :* Puis [*P :* Lors] ra E. c. *(variante intéressante : c'est alors le roi
Arthur seul qui couronne Enide).* **6885-6886.** Le p. et la mere E. [-1] /
Qui ot a non Tarsenesyde (*H :* La mere a la r. E. / Qui avoit non
Quissenefide ; *P :* Le p. E. et la roïne / Et sa m. avoec qui ne fine). **6887.**
ensi (*H :* issi). **6888.** Licoranz.

***   P. 6863-6866, 6887-6888.

et lui posa la couronne sur la tête.
Le roi Arthur fit apporter
un sceptre qui suscita bien des louanges.
Ecoutez comment ce sceptre était travaillé :
il était plus lumineux qu'un vitrail,
taillé dans une seule émeraude,
et bien de la grosseur d'un poing.
Sans mentir, j'ose vous dire
qu'il n'y a dans le monde entier espèce
de poissons ou de bêtes sauvages,
d'hommes ou d'oiseaux qui volent
qui n'y fut ouvragée et gravée,
chacune selon sa forme propre.
Le sceptre fut confié au roi
qui le contempla, émerveillé ;
le roi le remit alors sans plus tarder
à Erec dans son poing droit.
Maintenant il était roi comme il devait l'être ;
puis ils ont couronné Enide.
Comme la messe était déjà sonnée,
ils vont à l'église principale
assister à la messe et à l'office ;
ils se rendent à l'église épiscopale pour prier.
Vous auriez pu voir pleurer de joie
le père de la reine Enide
et sa mère Tarsenefide.
A la vérité tel était le nom de sa mère
et Liconal, celui de son père.

Mout estoient ambedui lié.
6890 Quant il vindrent a l'aveschié,
Encontr'aux issi tote fors,
O reliques et o tressors,
La processïons dou mostier.
Croiz et textes et encensier,
6895 Et chasses o toz les cors sainz,
Dont en l'iglise [il] avoit mainz,
Lor fu a l'encontre fors trait,   (144 a)
De chanter n'i ot pas po fait.

Unques ensemble ne vit nus   (lettrine bleue)
6900 Tant rois, tant contes ne tant dus,
Ne tant barons a une messe.
Si fu granz la presse et espesse
Que touz estoit li mostiers plains.
Onques n'i pot entrer vilains,
6905 Se dames non et chevalier.
Defors la porte dou mostier
En remest d'aus encor assez,
Tant en i avoit amassez
Qui ou mostier entrer ne porent.
6910 Quant tote la messe oïe orent,
Si sont ou palais retorné.
Ja fu tot fait et atorné,
Tables mises et napes sus :
.V^c. tables i ot et plus ;
6915 Mais je ne vuil pas faire croire

---

*   **6911-6912.** retornez / Ja fu li maingiers atornez. **6914.** sanz plus.

**   **6891.** Ancontre s'an issirent hors (*H :* Q'encontre als s'en ist tote fors).
6892. A ... a (+ *P ; H :* Et od r. od t.). **6893-6894.** *intervertis.* **6893.**
Trestuit li moinne del m. **6894-6895.** O c., o teptre [?], o e. / Et o c.
a toz c. s. (*H :* C. et tieutes et e. / Et c. a tot les c. s. ; *P :* C., candeler
et e. / Et fiertres a tot maint c. s.). **6896.** Car an l'eg. en a. m. (*H :* Dont
il ot en l'eg. m.). **6897.** A l'e. orent tot hors t. **6898.** Et [*H :* Ne] de c.
n'i ot po f. (+ *H ; P :* De c. pas ne se sont faint). **6903.** Que toz an fu
(+ *HP*). **6907.** En avoit ancores a. (*HP :* En i r. e. a.). **6909.** Que. **6911.**
el chastel. **6912.** tot prest. **6915.** Mais ne vos v. pas f. (*H :* Mais jo ne
vos os f.) | acroire (+ *H*).

***   P. **6896-6897, 6915-6920.**

L'un et l'autre étaient tout heureux.
Quand on arriva à l'église épiscopale,
vinrent à leur rencontre tous les moines
qui, avec reliques et trésors,
quittaient en procession le monastère.
Croix, évangéliaires, encensoirs
et châsses avec tous les corps des saints,
qui étaient en grand nombre dans l'église,
furent sortis pour leur être présentés.
On ne se priva pas de chanter.
Jamais on ne vit ensemble
tant de rois, tant de comtes et de ducs,
tant de barons à une messe.
La foule qui s'y pressait était si nombreuse
que toute l'église était pleine.
Nul vilain n'y put entrer,
seuls y furent admis dames et chevaliers.
Et, parmi ces derniers, il en restait encore beaucoup
devant la porte de l'église,
si grand était l'attroupement
de ceux qui ne purent y entrer.
Quand ils eurent assisté à toute la messe,
ils sont retournés au palais.
Tout était déjà préparé,
les tables dressées et les nappes mises :
il y avait cinq cents tables et plus,
mais je ne cherche pas à vous faire accroire

Chose qui ne semble estre voire.
Mençonge sembleroit trop granz,
Se je disoie que .v^c.
Tables fussent mises a tire
6920 En un palais ; je nou quier dire.
Ainz en i ot cinq sales ploinnes,
Si que l'en pooit a granz poinnes
Voie entre les tables avoir.
A chascune table por voir
6925 Avoit ou roi ou duc ou conte,
Et .c. chevalier tot par conte
A chascune table seoient.
.M. serjant de pain i servoient,
Et .m. de vin, et .m. de mes,
6930 Vestuz d'ermin[s] peliçon[s] fres.
De mes divers sont tuit servi ;
Neporquant, se je ne les vi,   (144 b)
Bien en seüsse raison rendre,
Mais il m'estuet a el entendre
6935 [Que a raconter le mangier.
Assez orent et sans dangier,
A grant joie et a grant planté
Servi furent a volanté.
Quant cele feste fu finee,
6940 Li rois departi s'assanblee
Des rois et des dus et des contes,
Dont assez estoit grans li contes,

---

* *Fin du man. B peu soignée.* **6922.** grant p. **6923.** t. vooir. **6926.** Et .v^c.
chevaliers par c. **6927.** servoient. **6928.** serjanz. **6934.** aillors e. **6935-
6950.** *absents de BCVA (texte de P).*

** **6916.** Mançonge sanbleroit trop v. **6917-6918.** *absents.* **6920.** ja nel q.
(+ H). **6927.** En c. **6928.** .M. chevalier de pain s. (+ HP ; *la leçon de
B est meilleure*). **6930.** *On attendrait* vestu, *mais* BCHPE *ont* vestuz.
6931. Des m. d. | don sont s. (*H :* ont ml't s. ; *P :* ont tant s.). **6932.** nel
vos di. **6933.** Vos savroie bien r. r. (*H :* Vos en se. r. r.). **6935-6950.**
absents de C. *Variantes de* H : **6936.** A. en o. s. d. **6940.** l'a.

*** P. (6915-6920).

chose invraisemblable.
Le mensonge semblerait trop évident,
si je disais que cinq cents
tables étaient mises à la file
dans une grande salle; aussi, ne le dirai-je pas.
En revanche il y avait cinq salles si remplies
que l'on pouvait à grand-peine
trouver un passage entre les tables.
A chaque table, à dire vrai,
il y avait roi ou duc ou comte,
et cent chevaliers bien comptés
étaient assis à chacune d'elles.
Mille serviteurs servaient le pain,
et mille, le vin et mille, les mets,
tous vêtus de pelisses d'hermine neuves.
Tous sont servis de mets divers
et, bien que je ne les aie pas vus,
je saurais cependant vous les énumérer,
mais j'ai autre chose à faire
que de vous raconter le repas.
Ils eurent à manger sans restriction;
dans la liesse et dans l'opulence,
ils furent servis à volonté.
Quand cette fête fut achevée,
le roi congédia l'assemblée
des rois, des ducs et des comtes
qui étaient venus en grand nombre,

Des grandes gens et des menues
Qui a la feste sont venues.
6945 Mout lor a doné largement
Chevaus et armes et argent,
Dras et pailes de mainte guise,
Por ce qu'il ert de grant franchise
Et por Erec qu'il ama tant.
6950 Li contes fine ci a tant.]

E[x]plicit d'Erec et d'Enide.

---

*   **6948.** est *(corr. H).*

** **6943.** Des autres g. **6945.** ont. **6950.** Hui mais porés oïr avant *(suit sans
transition le* Conte du Graal). *Dans C,* Explycyt li romans d'Erec et
d'Enide (*H: exp. absent; P:* Chi fine d'Erec et d'Enide).

des grandes et des petites gens
qui s'étaient rendus à la fête.
Il leur a donné à profusion
chevaux, armes et argent,
draps et étoffes précieuses de toutes sortes,
par noblesse d'âme
et à cause d'Erec qu'il aimait tant.
Le conte prend fin sur ces mots.

INDEX DES NOMS PROPRES

Les chiffres renvoient au numéro des vers.

Table

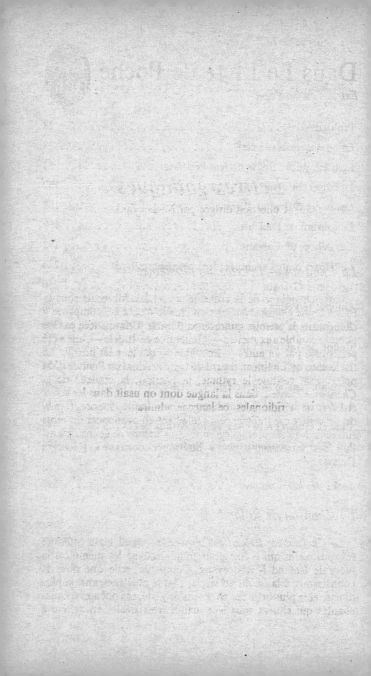

Lettres gothiques

Collection dirigée par Michel Zink

La Chanson de la croisade albigeoise

Cette chronique de la croisade contre les Albigeois sous la forme d'une chanson de geste en langue d'oc a été composée à chaud dans le premier quart du XIIIe siècle. Commencée par un poète favorable aux croisés — Guillaume de Tudèle —, elle a été poursuivie par un autre — anonyme — qui leur est hostile. La traduction qu'on lira en regard du texte original est l'œuvre d'un poète. Elle restitue le rythme, la passion, la couleur de la *Chanson*. « Écrite... dans la langue dont on usait dans les cours et les cités méridionales, ce langage admirable, sonore, ferme, dru, qui procure jouissance à seulement en prononcer les mots rutilants, à en épouser les rythmes, *La Chanson de la croisade* est l'un des monuments de la littérature occitane » (Georges Duby).

La Chanson de Roland

La Chanson de Roland est le premier grand texte littéraire français, celui qui a fixé pour toujours dans les mémoires la mort de Roland à Roncevaux. Composée, telle que nous la connaissons, à la fin du XIe siècle, c'est la plus ancienne, la plus illustre et la plus belle des chansons de geste, ces poèmes épiques chantés qui situent tous leur action trois siècles en arrière à l'époque carolingienne, sous le règne de Charlemagne ou de son fils. *La Chanson de Roland* est un poème d'une âpre grandeur, dense et profond, jouant avec une sobre puissance de ses résonances et de ses échos. L'édition et la traduction qu'en donne ici Ian Short sont l'une et l'autre nouvelles.

Journal d'un bourgeois de Paris

Ce journal a été tenu entre 1405 et 1449 par un Parisien, sans doute un chanoine de Notre-Dame et un membre de l'Université. Vivant, alerte, souvent saisissant, il offre un précieux témoignage sur la vie quotidienne et les mouvements d'opinion à Paris à la fin de la guerre de Cent Ans, durant les affrontements entre Armagnacs et Bourguignons, au temps de Jeanne d'Arc. Publié intégralement pour la première fois depuis plus d'un siècle, ce texte, écrit dans une langue facile, n'est pas traduit, mais la graphie en est modernisée et il est accompagné de notes très nombreuses dues à l'une des meilleures historiennes de cette période.

MARIE DE FRANCE
Lais

Contes d'aventure et d'amour, les *Lais*, composés à la fin du XIIe siècle par une mystérieuse Marie, sont d'abord, comme le revendique leur auteur, des contes populaires situés dans une Bretagne ancienne et mythique. Les fées y viennent à la rencontre du mortel dont elles sont éprises ; un chevalier peut se révéler loup-garou ou revêtir l'apparence d'un oiseau pour voler jusqu'à la fenêtre de sa bien-aimée. Mais la thématique universelle du folklore est ici intégrée à un univers poétique à nul autre pareil, qui intériorise le merveilleux des contes de fées pour en faire l'émanation de l'amour.

Lancelot du Lac

Lancelot enlevé par la fée du lac, élevé dans son château au fond des eaux. Lancelot épris, Lancelot amant de la reine Guenièvre. Lancelot exalté par son amour jusqu'à devenir le meilleur chevalier du monde. Lancelot dépossédé par son amour de tout et de lui-même. Quelle autre figure unit aussi violemment l'énigme de la naissance, le voile de la féerie, l'éclat de la chevalerie, le déchirement de l'amour ?

L'immense roman en prose de *Lancelot*, composé autour de 1225, n'était jusqu'ici accessible que dans des éditions très coûteuses et dépourvues de traduction, des extraits traduits sans accompagnement du texte original, ou à travers des adaptations lointaines. Le présent volume offre au lecteur à la fois le texte original, complet et continu jusqu'au baiser qui scelle l'amour de Lancelot et de la reine, et une traduction de François Mosès qui joint l'exactitude à l'élégance.

Tristan et Iseut
Les poèmes français — La saga norroise

Peu de légendes ont marqué l'imaginaire amoureux de notre civilisation aussi fortement que celle de Tristan et Iseut. Ce volume réunit les romans et les récits en vers français qui en constituent, au XIIᵉ siècle, les monuments les plus anciens : les romans de Béroul et de Thomas, la *Folie Tristan*, le lai du *Chèvrefeuille* et celui du *Donnei des Amants* (ou « Tristan rossignol »). On y a joint, traduite pour la première fois en français, la saga norroise du XIIIᵉ siècle, version intégrale d'une histoire dont les poèmes français ne livrent que des fragments.

Le Livre de l'Échelle de Mahomet

Le Livre de l'Échelle de Mahomet appartient à la littérature du *miraj*, ensemble de récits en arabe relatant l'ascension jusqu'à Dieu du prophète Mahomet durant un voyage nocturne. L'original en est perdu, mais on en connaît une traduction latine du XIIIᵉ siècle. C'est elle qui est éditée et traduite en français dans le présent volume.

Ce beau texte étrange et envoûtant est d'un intérêt exceptionnel. Il illustre une tradition islamique à la fois importante et marginale. Il est riche d'un imaginaire foisonnant. Il témoigne des efforts de l'Occident médiéval pour connaître l'Islam et mérite particulièrement à ce titre l'attention du lecteur d'aujourd'hui.

CHRÉTIEN DE TROYES
Le Conte du Graal
ou le roman de Perceval

Voici l'œuvre dernière, restée inachevée (c. 1181), du grand romancier d'aventure et d'amour qu'est Chrétien de Troyes. Paradoxe d'une mort féconde. Enigme demeurée intacte. Œuvre riche de toutes les traditions : biblique et augustinienne, antique et rhétorique, celtique et féerique. Est-ce un roman d'éducation ou le mystère d'une initiation ? Brille-t-il par le cristal de sa langue ou par la merveille d'une femme ?

Une édition nouvelle, une traduction critique, la découverte d'un copiste méconnu du manuscrit de Berne, autant d'efforts pour restituer au lecteur moderne les puissances d'abîme et d'extase du grand œuvre du maître champenois.

CHÉTIEN DE TROYES
Le Chevalier de la Charrette

Rédigé entre 1177 et 1179, ce roman draine la légende de Tristan pour opérer la transmutation qui ouvrira bientôt aux grands secrets du Graal.

La tour où Lancelot entre en adoration du Précieux Corps de sa Reine enclôt le mystère à partir duquel se renouvelle le roman médiéval. C'est aussi la mise en œuvre sublime d'un discours amoureux. Lequel s'autorise d'Aliénor d'Aquitaine et de sa fille, Marie de Champagne, ainsi que des Dames du Midi.

FRANÇOIS VILLON
Poésies complètes

Villon nous touche violemment par son évocation gouailleuse et amère de la misère, de la déchéance et de la mort. Mais c'est aussi un poète ambigu, difficile moins par sa langue que par son art de l'allusion et du double sens. La présente édition, entièrement nouvelle, éclaire son œuvre et en facilite l'accès tout en évitant le passage par la traduction, qui rompt le rythme et les effets de cette poésie sans en donner la clé. Toute la page qui, dans les autres volumes de la collection, est occupée par la traduction, est utilisée ici pour donner en regard du texte des explications continues que le lecteur peut consulter d'un coup d'œil sans même interrompre sa lecture.

CHARLES D'ORLÉANS
Ballades et Rondeaux

L'assassinat de son père, sa longue captivité après la défaite d'Azincourt, l'échec de sa politique italienne : drames et revers se sont succédé dans la vie de Charles d'Orléans. Mais le lecteur moderne ne trouvera que de loin en loin dans l'œuvre du poète le reflet de la douloureuse expérience du prince, car l'écriture y est liée étroitement à l'expression de la lyrique amoureuse.

L'œuvre excelle par sa musicalité mélancolique, par la suggestion des mouvements de l'âme, par un sens raffiné de la rime, des refrains, des échos. Les forces extérieures, expression des puissances qui régissent le sort des hommes, et les forces intérieures à caractère psychologique sont personnifiées par des allégories qui interviennent dans les situations changeantes de l'amour. Alors que le poids de l'histoire se fait sentir dans plusieurs ballades, les rondeaux, qui expriment le plus souvent le détachement du monde, y échappent presque complètement.

Cette édition, fondée sur une relecture du manuscrit personnel de Charles d'Orléans, offre la totalité des *Ballades* et des *Rondeaux*. En regard du texte original figurent des explications détaillées.

Imprimé en France sur Presse Offset par

BRODARD & TAUPIN

GROUPE CPI

La Flèche (Sarthe).
N° d'imprimeur : 30435 – Dépôt légal Éditeur : 61501-09/2005
Édition 05
Librairie Générale Française – 31, rue de Fleurus – 75278 Paris cedex 06.

ISBN : 2 - 253 - 05400 - 3   ⟡ 30/4526/7